GRAHAM GREENE

ORIENTEXPRESS

GRAHAM GREENE

ORIENTEXPRESS

Büchergilde Gutenberg Frankfurt am Main Wien Zürich

Vivien Candace in Liebe gewidmet

Alles auf Erden ist lyrisch in seinem ideellen Wesen, tragisch in seinem Geschick und komisch in seiner Wirklichkeit.

George Santayana

INHALT

ERSTER TEIL

OSTENDE

1

Der Zahlmeister nahm die letzte Landungskarte entgegen und beobachtete die Passagiere, wie sie über ein Gewirr von Schienen und Weichen hinweg den feuchten grauen Kai überquerten und um verlassen dastehende Güterwagen bogen; sie gingen mit hochgeschlagenen Mantelkragen und gebeugten Schultern. In den langgestreckten Waggons brannten auf den Tischen die Lampen und glühten gleich einer Kette blauer Perlen durch den Regen. Ein riesiger Kran schwang seine Last herum und senkte sie dann; das Rasseln seiner Winde übertönte für einen Augenblick das alles durchdringende Rauschen des Wassers – des Wassers, das aus dem wolkenverhangenen Himmel fiel, das gegen den Rumpf des Kanaldampfers und gegen den Kai schlug. Es war vier Uhr dreißig nachmittags.

»Mein Gott, das soll ein Frühlingstag sein«, sagte der Zahlmeister laut vor sich hin, während er sich von den Eindrücken der letzten Stunden zu befreien suchte, dem triefend nassen Schiffsdeck, dem Geruch von Dampf und Öl, dem schalen Bier in der Bar, dem Knistern von schwarzer Seide, das zu hören war, wenn die Stewardess mit Blechschüsseln in den Händen hin und her eilte. Er ließ den Blick die stählernen Kranschäfte hinaufwandern bis zur Plattform und der winzigen Gestalt im blauen Arbeitsanzug, die oben ein großes Rad drehte, und empfand ein ungewohntes Gefühl des Neides. Der Mann dort oben war durch zehn Meter Nebel und Regen vom Zahlmeister, den Reisenden und dem langgestreckten, hellerleuchteten Expreßzug getrennt. ›Ich kann von ihren verdammten Gesichtern nicht loskommen‹ dachte der Zahlmeister und erinnerte sich dabei des jungen Juden im dicken Pelzmantel, der sich darüber beschwert hatte, daß man ihm eine zweibettige Kabine zuweisen wollte – für die zwei gottverlassenen Stunden der Überfahrt.

Zum letzten Passagier der zweiten Klasse sagte er: »Nicht dorthin, Fräulein. Die Zollhalle ist da drüben!« Seine Laune erhellte sich ein wenig beim Anblick des ungewöhnlichen jungen Gesichtes. Diese da hatte sich über nichts beklagt.
»Wollen Sie nicht einen Träger für Ihren Koffer, Fräulein?«
»Lieber nicht«, gab sie zur Antwort. »Ich kann die Leute ja nicht verstehen. Außerdem ist er nicht schwer.« Über dem Kragen ihres billigen weißen Regenmantels kräuselte sie die Lippen zu einem Lächeln. »Oder würden Sie ihn gern tragen – Herr Kapitän?«
Ihre Unverfrorenheit entzückte ihn.
»Ach ja, wenn ich ein junger Mann wäre, so würden Sie keinen Träger brauchen. Ich weiß nicht, was aus der heutigen Jugend geworden ist.« Er schüttelte den Kopf, als der Jude die Zollstation verließ und, gefolgt von zwei schwerbeladenen Gepäckträgern, in seinen grauen Sämischschuhen vorsichtig über die Geleise schritt. »Reisen Sie weit?«
»Bis ans Ende«, erwiderte sie und blickte dabei bedrückt über die Schienen, die Berge von Koffern, die hellen Lampen im Speisewagen hinweg zu den dunkel wartenden Waggons.
»Fahren Sie im Schlafwagen?«
»Nein.«
»Das sollten Sie schon«, sagte er, »wenn Sie die ganze Strecke fahren. Warum wollen Sie überhaupt nach Konstantinopel? Heiraten Sie vielleicht?«
»Nicht daß ich wüßte.« Leise drang ihr Lachen durch die Traurigkeit des Abschieds und die Furcht vor dem Unbekannten. »Aber das kann man nie wissen, nicht wahr?«
»Arbeiten Sie dort?«
»Ja, ich bin Tänzerin. Im Varieté.«
Sie verabschiedete sich von ihm und wandte sich ab. Ihr Regenmantel verriet, wie mager sie war; doch selbst als sie zwischen den Schienen und Schwellen dahinstolperte, blieb sie sich ihrer körperlichen Erscheinung voll bewußt. Ein Signal wechselte von Rot auf Grün und mit einem langgezogenen Pfiff zischte der Dampf aus einem Ventil. Das Gesicht des Mädchens, nicht schön, doch pikant, ihre Art, zugleich anmaßend und doch wieder gedrückt, blieben einen Augen-

blick lang in seiner Erinnerung haften. »Denken Sie an mich!« rief er ihr nach. »In ein, zwei Monaten sehen wir uns wieder.« Aber er wußte schon jetzt, daß er sich dann ihrer nicht mehr erinnern würde; zu viele Gesichter würden während der kommenden Wochen durch das Fenster seines Büros gucken, um Geld zu wechseln, um eine Koje zu reservieren, als daß er sich an ein einzelnes Gesicht würde erinnern können. Und an dem jungen Mädchen hier gab es nichts Auffallendes.

Als er an Bord zurückkehrte, wurde das Deck bereits für die Rückfahrt gereinigt, und er war froher gelaunt, als er das Schiff ohne fremde Menschen sah. So hätte er es sich immer gern gewünscht: ein paar Südländer, mit denen man in ihrer eigenen Sprache grob umspringen, eine Stewardess, mit der man ein Glas Bier trinken konnte. Er brummte die Matrosen auf französisch an, und sie grinsten und sangen dann ein unanständiges Lied von einem ›cocu‹, das in ihm das behäbige Herz des Familienvaters vor Neid erblassen ließ. »Eine elende Überfahrt«, sagte er zu dem ersten Steward auf englisch. Der Mann war in London Kellner gewesen, und der Zahlmeister sprach nie ein Wort Französisch mehr, als nötig war. »Dieser Jude«, begann er, »hat er Ihnen ein anständiges Trinkgeld gegeben?«

»Was meinen Sie wohl? Sechs Francs.«

»War der Mensch krank?«

»Nein. Aber der alte Kerl mit dem Schnurrbart – der war die ganze Zeit seekrank. Ich krieg übrigens zehn Francs von Ihnen. Ich habe die Wette gewonnen; er war ein Engländer.«

»Aber gehen Sie. Der hat doch einen Akzent, den man mit dem Messer schneiden könnte.«

»Ich habe aber seinen Paß gesehen. Richard John. Lehrer.«

»Das ist seltsam«, entgegnete der Zahlmeister, »sehr seltsam.« Mit diesem Gedanken zog er widerstrebend die zehn Francs aus der Tasche und hatte dabei vor seinem inneren Auge das Bild des müden grauen Mannes im Regenmantel, der sich von der Reling abwandte, während das Fallreep hochging und die Sirenen gerade ihr Heulen gegen einen

lichten Riß in der Wolkendecke sandten. Er hatte um eine Zeitung gebeten, um eine Abendzeitung. So früh, hatte ihm der Zahlmeister bedeutet, wären sie noch nicht einmal in London zu haben, und als der Mann diese Antwort vernahm, war er dagestanden wie im Traum und hatte seinen langen grauen Schnurrbart gezwirbelt. Während der Zahlmeister der Stewardess ein Glas Bier einschenkte, ehe er seine Rechnungen durchsah, mußte er wieder an den Lehrer denken und erwog einen Moment lang, ob da nicht etwa ein dramatisches Schicksal an ihm vorübergegangen wäre, ein Müder und Gehetzter, einer, über den man einen Roman schreiben könnte. Auch dieser Mann hatte sich über nichts beschwert und war darum rascher seinem Gedächtnis entschwunden als der junge Jude, die Gruppe von Cook's Touristen, die kranke Frau in Lila, die einen Ring verloren, der alte Herr, der zweimal für seinen Bettplatz gezahlt hatte.
Das Mädchen war schon eine halbe Stunde vorher wieder vergessen gewesen; denn dies war das erste, was sie mit Richard John gemein hatte – hinter dem Füßegetrampel und dem Ölgeruch, den blinkenden Lichtern der Signale, den sorgenvoll nervösen Gesichtern, dem Gläsergeklirr, den Zahlenreihen – eine dunkle Leere in der Erinnerung des Zahlmeisters.

Der Wind hatte für ein paar Sekunden nachgelassen, und der Rauch, der in den heftigen Böen über dem Kai und seinem Schienengewirr hin und her gewogt hatte, hing ebensolang still in der Luft. Wie graue Nomadenzelte erschienen Myatt die Rauchschwaden, während er sich vorsichtig zwischen den Pfützen hindurchtastete. Er vergaß, daß seine Sämischschuhe ruiniert waren und daß der Zollbeamte wegen seiner zwei Seidenpyjamas zu ihm unverschämt gewesen war. Vor der Grobheit und Verachtung des Beamten, vor den Worten »Juif, Juif«, verkroch er sich in den Schatten dieser großen Zelte. Hier war er für einen Augenblick zu Hause und brauchte nicht an seinen Pelzmantel, seinen Maßanzug aus der Savile Row, sein Geld oder seine Stellung in der Firma zu denken, um wieder Mut zu fassen. Als er aber den Zug

erreichte, erhob sich der Wind von neuem, und er stand wiederum inmitten einer feindseligen Welt.
Voll Dankbarkeit erkannte er aber, was man für Geld alles kaufen konnte. Man bekam dafür nicht immer Höflichkeit, doch hatte er wenigstens rasche Bedienung damit erkauft. Als erster war er im Zollamt abgefertigt worden und konnte, noch ehe die andern Passagiere eintrafen, mit dem Schaffner wegen eines Schlafwagenabteils für sich allein handelseinig werden. Es war ihm zuwider, sich vor jemand anderem zu entkleiden, und doch wußte er, daß die Abmachung ihn mehr kosten würde, bloß weil er ein Jude war; mit einer einfachen Bitte und dem entsprechenden Trinkgeld war das nicht abzutun. Nun schritt er die erhellten Fenster des Speisewagens entlang, kleine Lampen mit blaurosa Schirmen brannten über dem Leinen der Tische, die für das Diner gedeckt waren. ›Ostende–Köln–Wien–Belgrad–Istanbul‹: er schritt an der Reihe der Namen vorüber, ohne hinzublicken; die Strecke war ihm wohlvertraut. Die Namen der Orte blieben in der Höhe seiner Augen hinter ihm zurück, wie die Kirchtürme oder Minarette, die Kuppeln oder Dome der Städte selbst, die keinem seiner Rasse bleibenden Aufenthalt gewährten.
Der Schaffner war schroff abweisend, wie er es erwartet hatte. Der Zug sei sehr voll, erklärte er, doch Myatt wußte, daß er log. Im April, so zeitig im Jahr, waren die Züge nicht überfüllt; auch hatte er auf der Überfahrt nur wenige Reisende erster Klasse gesehen. Während er noch verhandelte, drängte sich ein Rudel von Touristen durch den Gang, nicht mehr ganz junge Damen, die Schals, Reisedecken und Skizzenbücher mit sich schleppten, ein alter Geistlicher, der klagte, daß er irgendwo sein ›Wide World Magazine‹ verlegt hätte – »auf der Reise lese ich immer das ›Wide World Magazine‹« – und hinter ihnen, schwitzend und trotz aller Schwierigkeiten gut gelaunt, ihr Fremdenführer, der im Knopfloch das Abzeichen seines Reisebüros trug. »Voilà«, rief der Schaffner und schien durch seine Gebärde anzudeuten, daß der Zug eine ungewohnte, eine grausam schwere Last zu schleppen habe. Myatt aber kannte die Route zu gut,

um sich täuschen zu lassen. Die Reisegesellschaft, dies verriet ihm das Bild gehetzter Kulturbeflissenheit, das sie bot, gehörte in den Kurswagen nach Athen, der unterwegs abgekoppelt wurde. Als er schließlich das Trinkgeld verdoppelte, ließ sich der Schaffner erweichen und klebte einen Zettel mit ›Reserviert‹ auf das Fenster des Abteils. Mit einem Seufzer der Erleichterung sah sich Myatt darin allein.
Durch die Schutzwand aus Glas beobachtete er nun die verschwommenen vorüberziehenden Gesichter. Die feuchte Kälte des Tages drang sogar durch seinen Pelzmantel, und als er die Heizung aufdrehte, trübte der Nebelhauch seines Atems die Fensterscheibe, so daß er von den Vorübergehenden nicht mehr ausnehmen konnte als zusammenhanglose Einzelzüge, erst ein verdrossen suchendes Auge, dann ein Kleid aus lila Seide und dann wieder den runden Kragen eines Geistlichen. Nur einmal fühlte er sich versucht, seine wachsende Vereinsamung zu durchbrechen und mit den Fingern die Fensterscheibe abzuwischen, um eben noch zu sehen, wie ein überschlankes Mädchen in einem weißen Regenmantel gegen die zweite Klasse hin verschwand. Einmal ging die Tür auf, und ein älterer Mann blickte herein. Er hatte einen grauen Schnurrbart, trug Augengläser und einen schäbigen weichen Hut. Myatt sagte ihm auf französisch, daß das Abteil besetzt sei.
»Nur *ein* Platz«, sagte der Fremde.
»Suchen Sie die zweite Klasse?« fragte Myatt, doch der Mann schüttelte den Kopf und entfernte sich.

Mr. Opie sank mit bewußtem Wohlbehagen in seine Ecke und betrachtete neugierig und zugleich enttäuscht den bleichen, kleinen Mann ihm gegenüber. Der Mann sah sehr alltäglich aus; irgendein Leiden hatte ihm eine krankhafte Gesichtsfarbe verliehen. ›Nerven‹ dachte Mr. Opie und beobachtete dabei die unruhigen Finger des andern; diese aber gaben sonst kein Zeichen von verfeinerter Sensibilität: sie waren kurz, derb und dick.
Mr. Opie überlegte, ob er mit seinem Reisegefährten besonderes Pech habe, und begann: »Ich sage mir immer, daß es

nicht nötig ist, in der ersten Klasse zu reisen, wenn man nur einen Schlafwagen bekommt. Diese Wagen zweiter Klasse sind außerordentlich bequem.«

»Ganz richtig – ja«, gab der andere eifrig zur Antwort. »Aber woher wußten Sie, daß ich Engländer bin?«

»Ich habe es mir zur Gewohnheit gemacht«, entgegnete Mr. Opie lächelnd, »von meinen Mitmenschen immer das Beste zu denken.«

»Natürlich«, erwiderte der bleiche Mann, »Sie als Geistlicher –«

Unter dem Fenster riefen die Zeitungsjungen ihre Blätter aus, und Mr. Opie lehnte sich aus dem Fenster: »Le Temps de Londres. Qu'est-ce que ça? Rien du tout? Le Matin et un Daily Mail. C'est bon. Merci.« Sein Französisch schien dem andern voll von kleinen Schulbuchphrasen, die er mit Genuß, aber ungenau anwandte. »Combien est cela? Trois francs. Oh la-la.«

Zu seinem blassen Gegenüber sagte er: »Darf ich für Sie dolmetschen? Wollen Sie eine Zeitung haben? Genieren Sie sich nicht, wenn Sie ›La Vie‹ lesen wollen.«

»Nein, nichts, nichts, danke. Ich habe ein Buch.«

Mr. Opie blickte auf die Uhr. »In drei Minuten fahren wir.«

In den ersten Minuten hatte sie befürchtet, daß entweder er sprechen würde oder die große, hagere Frau, seine Gattin. Denn sie sehnte sich jetzt vor allem nach Stille. ›Wenn ich mir einen Schlafwagen hätte leisten können‹, dachte sie, ›wäre ich da allein gewesen?‹

In dem dämmerigen Abteil flammten zitternd die Lampen auf, und der dicke Mann bemerkte: »Jetzt wird's nicht mehr lange dauern.« Die Luft war staubig und feuchtwarm, und das Flackern des Lichtes vor dem Fenster erinnerte sie einen Augenblick lang an vertraute Dinge: an die elektrische Lichtreklame, die grell und in buntem Farbenwechsel über dem Theater in der High Street von Nottingham strahlte. Das lebensvolle Gewoge, die hastenden Gepäckträger und Zeitungsjungen riefen ihr plötzlich den ›Gänsemarkt‹, den Jahrmarkt von Nottingham, ins Gedächtnis, und an diese Erinne-

rung klammerte sie sich. Sie suchte im Geiste dem Markte feste Gestalt zu geben, ihn Ziegel um Ziegel aufzubauen und die Buden anzulegen, bis alles so viel Wirklichkeit besaß wie der kalte, regengepeitschte Kai und die wechselnden Signallichter. Da wandte sich der Mann an sie, und sie war gezwungen, aus ihrer verborgenen Welt emporzutauchen und Frohsinn und Lebensmut zu mimen.
»Nun, gnädiges Fräulein, wir haben eine lange gemeinsame Reise vor uns. Sollten wir uns da nicht miteinander bekannt machen? Ich heiße Peters und dies ist meine Frau Amy.«
»Mein Name ist Coral Musker.«
»Verschaffe mir doch ein Sandwich«, flehte die magere Frau. »Mein Magen ist so leer, daß ich ihn schon hören kann.«
»Dürfte ich Sie bemühen, Fräulein? Ich verstehe das Kauderwelsch hier nicht.«
Am liebsten hätte sie ihm zugerufen: ›Warum glauben Sie, daß ich es verstehe? Ich war noch nie außerhalb Englands.‹ Aber sie hatte sich so sehr dazu erzogen, Verantwortung auf sich zu nehmen, woher und in welcher Form immer diese an sie herantrat, daß sie keinen Einwand erhob und die Tür öffnete; und sie wäre auch den schlüpfrigen, im Dunkel liegenden Weg zwischen den Geleisen hinuntergelaufen, um den Wunsch des Mannes zu erfüllen, wenn sie nicht plötzlich eine Bahnhofsuhr erblickt hätte. »Es ist zu spät«, rief sie, »wir fahren in einer Minute.« Als sie sich umwandte, sah sie am Ende des Ganges ein Gesicht und eine Gestalt, daß sie vor plötzlichem Verlangen den Atem anhielt: noch schnell etwas Puder auf die Nase getupft, dem Portier am Bühneneingang gute Nacht zugerufen, und draußen in der Helle, die grell das Dunkel betrog, wartete schon der junge Jude mit den Schokoladebonbons, sein Auto stand gleich um die Ecke, es kam die rasende Fahrt und dann die verstohlene, gefährliche Umarmung. Aber diesen Mann kannte sie nicht; sie war wieder hier in einem fremden Land und in einem unerwünschten, gefürchteten Abenteuer, dem man nicht durch ein geschicktes Wort Einhalt gebieten konnte; denn mit keiner noch so sorgsam bemessenen Liebkosung würde sie die nahende Finsternis zufriedenstellen können. Des Mannes

Rasse, seine scharfen, gewöhnlichen Gesichtszüge und sein Pelzmantel hatten sie für einen Moment getäuscht.
›Der Zug hat Verspätung‹ dachte Myatt, in den Korridor hinaustretend. Er tastete nach der kleinen Dose mit Rosinen, die er stets in der Westentasche trug. Sie war in vier Fächer geteilt, und seine Finger griffen aufs Geratewohl nach einer Rosine. Er steckte sie in den Mund und bewertete sie nach dem Geschmack. ›Die Qualität wird schlechter. Das sind die von Stein & Co; die werden jetzt klein und trocken.‹ Am Ende des Korridors wandte sich ein Mädchen in weißem Regenmantel um und starrte ihn an. ›Hübsche Figur‹, dachte er. ›Kenne ich sie?‹ Er wählte eine andere Rosine und erriet ihre Herkunft, ohne sie anzusehen. ›Eine von den unseren, Firma Myatt, Myatt & Page.‹ Einen Moment lang, mit der Rosine auf der Zunge, kam er sich wie einer der Herren der Welt vor, die das Schicksal in ihrer Hand halten. ›Das ist mein und es ist gut‹, ging es ihm durch den Sinn. Da wurden die Wagenreihe entlang die Türen zugeschlagen, und ein Signalhorn ertönte.

Den Regenmantel über den Ohren hochgeschlagen, beugte sich Richard John aus dem Gangfenster und sah, wie allmählich die Lagerschuppen zurückzugleiten begannen gegen das träge rollende Meer. ›Das ist das Ende‹ dachte er, ›und zugleich der Anfang.‹ Gesichter huschten vorbei. Ein Mann mit einer Spitzhacke auf der Schulter schwenkte eine rote Laterne; der Rauch aus der Lokomotive hüllte ihn ein und verdunkelte sein Licht. Die Bremsen knirschten; die Wolken teilten sich, und die sinkende Sonne fiel blitzend auf die Schienen, in das Waggonfenster und in Johns Augen. ›Wenn ich nur schlafen könnte‹, dachte er voll Sehnsucht, ›so würde ich mich besser an all das erinnern können, woran ich mich erinnern muß.‹

Die Feuertür ging auf, und für kurze Zeit drangen die Glut und Hitze der Feuerbüchse hervor. Als der Lokomotivführer den Regulator auf Volldampf drehte, erbebte unter der Last der Wagen der Führerstand. Doch bald fiel die Maschine in den gleichmäßigen Rhythmus der Fahrt, der Lokomotivführer schloß die Dampfventile wieder, und als die letzten Sonnenstrahlen durch die Wolken drangen, glitt der Zug mit nur wenig Dampf bereits durch Brügge. Die sinkende Sonne erhellte hohe, triefend nasse Mauern, enge Gäßchen mit stillem Wasser, das eine Weile wie flüssiges Gold aufglühte. Irgendwo in dieser armseligen Fassung lag, gleich einem berühmten Juwel, die Altstadt, viel zu sehr bestaunt, besprochen und besucht. Dann gab der Dampf den Blick frei auf ein Gewirr von Schrebergärten; ihre Eintönigkeit wurde zuweilen durch häßliche, schmalbrüstige Villen unterbrochen, deren Front bald da, bald dort hinausging und die mit buntglasierten Ziegeln geschmückt waren, in denen sich das Abendlicht spiegelte. Die Funken des Expreßzuges wurden nun sichtbar, gleich Scharen von scharlachroten Käfern, die die Nacht zum Fluge hervorgelockt hatte; sie sanken nieder und glommen am Schienenstrang weiter, sie fielen auf Blätter, Zweige und Kohlstrünke und verloschen zu schwarzem Ruß. Ein Mädchen, das auf einem Karrengaul ritt, hob lachend das Gesicht; auf der Böschung des Bahndammes lagen ein Mann und eine Frau umarmt. Dann sank draußen die Dunkelheit herab, und die Reisenden sahen nichts als das körperlose Spiegelbild ihrer eigenen Gesichter in der Fensterscheibe.

2

»Premier service, premier service.« Das Echo pflanzte sich den Korridor entlang fort. Doch Myatt saß bereits im Speisewagen. Er wollte nicht Gefahr laufen, mit einem Fremden einen Tisch zu teilen und Höflichkeiten austauschen zu müssen oder, was wahrscheinlicher war, von ihm mit Verachtung behandelt zu werden. Konstantinopel, für viele Passagiere das Ziel einer fast endlosen Reise, kam ihm mit der Schnelligkeit der steil auftauchenden und vorüberjagenden Telegrafenmasten entgegen. Am Endpunkt seiner Reise würde er keine Zeit zum Nachdenken finden; ein Auto würde ihn erwarten, die Minarette würden an ihm vorüberfliegen, er würde eine schmutzige Treppe hinaufsteigen – und Mr.

Eckman würde sich hinter seinem Schreibtisch erheben. Geschäftskniffe, Zahlen, Verträge würden ihn umstricken. Schon hier, im Speisewagen, im Schlafwagen, im Korridor, mußte er jedes Wort im voraus erwägen, jede Betonung einüben. Er wünschte, er hätte es mit Engländern oder Türken zu tun; aber Mr. Eckman, und irgendwo im Hintergrunde der undurchdringliche Mr. Stein, gehörten seiner eigenen Rasse an und verstanden sich darauf, in den Tonfall einer Stimme, in die Art, wie jemand seine Zigarre hielt, die richtige Bedeutung hineinzulesen.
Den Mittelgang entlang kam der Kellner mit der Suppe. Wieder tastete Myattt nach seiner Brusttasche und knabberte noch eine Rosine, eine von Steins Rosinen, klein und trocken, jedoch – das mußte man zugeben – billig. Der ewige, unausweichliche Kampf zwischen Qualität und Quantität wurde in seinem Hirn ohne Entscheidung ausgefochten. Einer einzigen Tatsache war er so sicher wie nur irgend möglich gewesen, während er noch in London an seinem Schreibtisch festgenagelt saß, nur Steins Vertreter sah, nie Stein selbst, höchstens dessen Stimme aus weiter Ferne am Telefon hörte, eine geisterhafte Stimme, aus deren Tonfall er nichts erraten konnte: Stein saß auf dem trockenen. Aber wo? Auf einer Insel im weiten Ozean oder nahe der Küste? War er verzweifelt, oder hatte er sich bloß mit lästigen Einsparungsmaßnahmen abgefunden? Die Sache wäre einfach gewesen, wenn der Vertreter von Myatt & Page in Konstantinopel, der unschätzbare Mr. Eckman, nicht verwickelter geheimer Beziehungen zu Stein verdächtig gewesen wäre, die schon nahe an das Strafgesetz grenzten.
Nun tauchte er den Löffel in die geschmacklose Julienne; lieber aß er kräftige, scharfgewürzte Kost von derbem Nährwert. In der Dunkelheit draußen war nichts zu sehen als die gelegentlich aufblitzenden Lichter einer kleinen Station, der Flammenwirbel in einem Tunnel und, fortwährend im Fenster sich spiegelnd, die durchsichtigen Züge seines eigenen Antlitzes, seine Hand, die wie ein Fisch in der Scheibe herumzuschwimmen schien, wie ein Fisch, durch den das Wasser und der Seetang hindurchleuchteten. Diese Allge-

genwart seiner Hand irritierte ihn ein wenig, und er wollte eben den Vorhang herabziehen, als er hinter seinem Spiegelbilde die Gestalt des schäbig gekleideten Mannes im Regenmantel auftauchen sah, der in sein Abteil geblickt hatte. Seine Kleider, die bereits alle Farbe, Struktur und Undurchsichtigkeit eingebüßt hatten, Gespenster nur einstiger Schneiderarbeit, wahrten doch noch eine gewisse gezwungene Vornehmheit; da er seinen Regenmantel offen trug, konnte man darunter seinen steifen, hohen Kragen und seinen Rock mit einer Überzahl von Knöpfen sehen. Der Fremde wartete geduldig auf sein Essen; so schien es Myatt zunächst, indessen er seinem Geist kurze Erholung von den Spitzfindigkeiten der Herren Stein & Eckman gewährte. Aber ehe noch der Kellner den Fremden bedienen konnte, war dieser eingeschlafen. Sein Spiegelbild verschwand einen Augenblick, da die Lichter einer Station die Glaswände des Speisewagens in gewöhnliche Fenster zurückverwandelten, durch die man eine Schar ländlicher Reisender erblickte, die mit Kindern, Paketen und Netztaschen auf irgendeinen Lokalzug warteten. Mit der Finsternis kehrte das Gesicht zurück, das nickend in Schlaf versank.

Myatt vergaß den Mann, während er einen mittelschweren Burgunder, einen Chambertin, Jahrgang 1923, wählte, den er zum Kalbsbraten trinken wollte, obwohl er wußte, daß es Verschwendung war, im Speisewagen einen guten Wein zu kaufen, denn keine Blume kann die fortwährende Erschütterung überstehen. Durch den ganzen Wagen war das Geklirr der Gläser zu vernehmen, während der Expreßzug mit Volldampf Richtung Köln weiterstrebte. Beim ersten Glas dachte Myatt schon wieder an Stein, der voll Schlauheit oder Verzweiflung in Konstantinopel auf ihn wartete. Stein würde um einen ganz bestimmten Preis sein ganzes Geschäft verkaufen – dessen war Myatt gewiß; aber es hieß, daß noch ein anderer Käufer aufgetreten sei. Und dabei trieb Mr. Eckman offenkundig ein Doppelspiel, indem er den Preis gegen die eigene Firma in die Höhe zu treiben versuchte, wofür er sich wohl eine fünfzehnprozentige Kommissionsgebühr von Mr. Stein erhoffte. Mr. Eckman hatte geschrieben, daß die Firma

Moult Mr. Stein für sein Lager und seinen Kundenstock einen Phantasiepreis geboten hätte; das glaubte aber Myatt nicht. Er hatte einmal mit dem jungen Moult den Lunch eingenommen und wie von ungefähr Steins Namen erwähnt. Moult war kein Jude, er verstand sich weder auf Geschäftstricks noch auf Ausflüchte. Wenn er lügen wollte, würde er eben lügen; aber die Lüge würde nur in den Worten liegen; er wußte ja nicht, wie eine ungeübte Hand den Mund Lügen strafen kann. Im Umgang mit Engländern reichte nach Myatts Erfahrung ein einziger Trick aus. Wenn er ein wichtiges Thema anschnitt oder eine Suggestivfrage stellte, dann bot er seinem Gesprächspartner eine Zigarre an: log der Mann, dann zitterte für den Bruchteil einer Sekunde seine Hand, mochte die Antwort noch so prompt erfolgen. Myatt wußte, was die Nichtjuden über ihn sagten: »Ich mag diesen Juden nicht. Er schaut einem nie in die Augen.« ›Ihr Narren‹, pflegte er dann im geheimen zu triumphieren, ›ich kenne einen Trick, der diesen doppelt aufwiegt.‹ So wußte er zum Beispiel jetzt, daß der junge Moult nicht gelogen hatte. Es war Stein, der log, oder Mr. Eckman.

Er goß sich ein zweites Glas ein. Es schien ihm seltsam, daß er, der mit einer Geschwindigkeit von fast hundert Kilometern in der Stunde dahinraste, stillsaß, und nicht Mr. Eckman, der eben jetzt seinen Schreibtisch abschloß, den Hut vom Kleiderhaken nahm, die Treppe hinabstieg und das Telegramm der Firma dabei gleichsam zwischen seinen scharf vorstehenden Zähnen kaute: »Mr. Carleton Myatt eintrifft Istanbul 14. Verabredet Zusammenkunft – Stein.« Im Zuge, wie rasch er auch dahinflog, waren die Reisenden zur Ruhe gezwungen. Es war sinnlos, sich zwischen den Glaswänden Gemütserregungen hinzugeben; sinnlos, sich irgendeiner Tätigkeit zu widmen, außer der des Geistes, und diese konnte man ohne Furcht vor einer Störung betreiben. Die Welt pochte jetzt bei Eckman und Stein an, Telegramme trafen ein, Männer unterbrachen durch Worte ihre Gedankengänge, Frauen gaben Abendgesellschaften. In dem donnernd dahinbrausenden Expreß aber war der Lärm so gleichförmig, daß er dem Schweigen gleichkam, war die Bewegung so stetig, daß sie dem Geist schließlich wie Stillstand erschien. Nur außerhalb des Zuges war ein ungestümes Handeln möglich, und der Zug würde Myatt samt seinen Plänen drei Tage lang in Sicherheit beherbergen; am Ende dieser Zeit würde er ganz klar sehen, wie er mit Stein und Eckman zu verfahren hätte.

Als das Eis und das Dessert vorüber und die Rechnung beglichen war, blieb er noch eine Weile neben seinem Tisch stehen, um sich eine Zigarre anzuzünden. So sah er jetzt den Fremden vor sich, der zwischen den einzelnen Gängen wieder in Schlaf verfallen war; zwischen dem Kalbsbraten au Talleyrand und dem Eispudding war er offenbar in völliger Erschöpfung zusammengesunken.

Unter Myatts Blick erwachte er plötzlich. »Was ist?«

Myatt entschuldigte sich: »Ich hatte nicht die Absicht, Sie zu wecken.«

Der andere betrachtete ihn argwöhnisch. Etwas in dem plötzlichen Wechsel von Schlaf zu einer ihm besser vertrauten Unruhe, etwas in den noch vornehm tuenden Kleidern des Mannes, die der abgetragene Regenmantel Lügen strafte, weckten in Myatt das Mitleid. Er machte sich ihre frühere Begegnung zunutze und fragte: »Nun, haben Sie ein Abteil gefunden?«

»Ja.«

Darauf sagte Myatt impulsiv: »Ich dachte mir, Sie würden vielleicht schwer einschlafen können. Ich habe Aspirin im Koffer. Darf ich Ihnen einige Tabletten geben?«

»Ich habe alles«, war die barsche Antwort. »Ich bin Arzt.«

Ganz gewohnheitsmäßig betrachtete Myatt die Hände des andern, die so mager waren, daß die Knochen durch die Haut schienen. Er entschuldigte sich noch einmal, mit einer Spur der übertriebenen Demut des Beduinen in der Wüste: »Verzeihen Sie, daß ich Sie gestört habe. Sie schienen sich nicht wohl zu fühlen. Wenn ich etwas für Sie tun kann –«

»Nein. Nichts, nichts.« Doch als Myatt sich abwandte, rief er ihm nach: »Wie spät ist es genau?«

»Acht Uhr vierzig«, erwiderte Myatt. »Nein, zweiundvierzig«, und sah, wie der Mann seine Uhr genau auf die Minute einstellte.

Als er sein Abteil erreichte, verlangsamte der Zug seine Geschwindigkeit. Die mächtigen Hochöfen von Lüttich ragten entlang der Strecke empor wie alte Burgen, die bei einem Grenzüberfall in Flammen standen. Der Zug schwankte über klirrende Weichen; eiserne Pfeiler erhoben sich zu beiden Seiten, und tief unten lief quer zum Bahndamm eine menschenleere Straße in die Dunkelheit; über dem Eingang eines Cafés brannte eine Lampe. Die Geleise strahlten nach allen Seiten auseinander; einzeln fahrende Lokomotiven bewegten sich zischend im spitzen Winkel auf den Expreßzug zu. Grün blinkten die Signale gegen die Schlafwagen, und der hohe Bogen des Bahnhofsdaches wölbte sich über Myatts Wagen.

Zeitungsjungen schrien, und eine Reihe von gesetzten, steifen Männern in schwarzen Anzügen und Frauen in schwarzem Schleier standen wartend auf dem Bahnsteig.

Teilnahmslos wie eine Gruppe von würdevollen Fremden bei einem Begräbnis, ließen sie die Wagen erster Klasse an sich vorübergleiten: Ostende–Köln–Wien–Belgrad–Istanbul – und den Kurswagen nach Athen. Dann kletterten sie mit ihren Einkaufstaschen und den Kindern in die hinteren Wagen, wahrscheinlich auf dem Wege nach Pepinster oder Verviers, knapp fünfundzwanzig Kilometer weiter.

Myatt war müde. In der Nacht zuvor war er bis ein Uhr aufgeblieben und hatte mit seinem Vater, Jacob Myatt, die Lage der Firma Stein erörtert; und während er das Zucken des weißen Bartes vor sich beobachtete, war er sich wie nie zuvor bewußt geworden, wie sehr die Geschäfte den ringgeschmückten Greisenhänden seines Vaters entglitten, die vor ihm ein Glas warmer Milch umklammert hielten.

»Nie entfernen sie die Haut«, klagte Jacob Myatt und erlaubte seinem Sohne, einen Löffel zu nehmen und die Haut von der Milch abzuschöpfen. Es gab so manche Dinge, die er seinem Sohn überließ, denn Mr. Page zählte als Partner nicht. Sein Direktortitel war eine reine Auszeichnung, die man ihm für zwanzigjährige treue Dienste als erster Buchhalter verliehen hatte. ›*Ich* bin Myatt, Myatt & Page‹ dachte Jacobs Sohn, ohne daß ihn der Gedanke an die Verantwortung er-

schreckte; er war der Erstgeborene, und es war ein Naturgesetz, daß der Vater zugunsten des Sohnes zurücktrat.
Sie hatten sich gestern nacht hinsichtlich Eckmans nicht einigen können. Jacob Myatt glaubte, daß Stein ihren Vertreter getäuscht hätte, und sein Sohn wieder war überzeugt, daß Eckman mit Stein unter einer Decke steckte. »Du wirst ja sehen«, versicherte er seinem Vater voll Vertrauen in die eigene Schlauheit, aber Jacob Myatt sagte nur: »Eckman ist gescheit. Wir brauchen dort einen gescheiten Mann.«
So kam man nicht weiter, sagte sich Myatt, während er sich knapp vor der Grenze bei Herbesthal zum Einschlafen zurechtlegte. Dann aber holte er die Zahlen hervor, die Eckman als Grundlage für die Verhandlungen mit Stein vorgeschlagen hatte, den Wert des Lagers, den Wert des Kundenstocks, die Summe, die seiner Ansicht nach ein anderer Käufer Mr. Stein angeboten hatte. Eckman hatte Moult zwar nicht ausdrücklich genannt; er hatte auf ihn nur angespielt, und er konnte dies wieder ableugnen. Die Firma Moult hatte noch nie zuvor Interesse an Korinthen gezeigt und sich diesem Geschäftszweig nur insofern genähert, als sie kurze Zeit mit dem Dattelimport geflirtet hatte. Myatt dachte: ›Ich kann an diese Summe nicht glauben. Steins Geschäft ist nur für uns so viel wert, selbst wenn wir sein ganzes Lager in den Bosporus werfen, weil es uns ein Monopol einbringen würde. Für jeden anderen Käufer würde es den Erwerb eines bankrotten Geschäftes bedeuten, das von unserer Konkurrenz bereits geschlagen ist.‹
Die Ziffern begannen vor seinen schlaftrunkenen Augen wie in einem Nebel zu verschwimmen. Die Einser, Siebener und Neuner wurden zu Mr. Eckmans scharfen kleinen Zähnen, die Sechser, Fünfer, Dreier verwandelten sich wie in einem Trickfilm in Eckmans dunkel glänzende Augen. Wie bunte Ballons schwebten Provisionen durch den Raum und schwollen an, und er suchte nach einer Stecknadel, um einen nach dem andern auszustechen.
Durch das Geräusch von Schritten, die draußen auf dem Korridor auf und ab gingen, erwachte er zu vollem Bewußtsein. Er sah einen braunen Regenmantel und zwei auf

dem Rücken verschränkte Hände verschwinden und dachte: ›Armer Teufel!‹
Mit Eckman aber empfand er kein Mitleid, während er ihm in Gedanken vom Büro in die hochmoderne Wohnung folgte, in das blitzblanke Klosett, in das Badezimmer in Silber und Gold, in den Salon voll bunter Kissen, wo Frau Eckman saß und nähte – Unterhemden, Unterhosen, Hauben und Sokken für die Anglikanische Mission: Eckman war ein Christ.
Die ganze Strecke entlang flammten die Hochöfen, ihre Hitze aber drang nicht durch die Glaswände der Waggons. Es war bitterkalt, eine Aprilnacht, die wie auf einer altmodischen Weihnachtskarte vor Frost glitzerte. Myatt nahm seinen Pelzmantel und trat in den Gang hinaus. In Köln würde es einen Aufenthalt von fast fünfundvierzig Minuten geben – Zeit genug, um eine Tasse heißen Kaffee oder ein Glas Kognak zu trinken. Bis dahin konnte er auf und ab gehen, gleich dem Mann im Regenmantel.
Während es draußen nichts zu sehen gab, was seine Aufmerksamkeit verdient hätte, wußte Myatt, wer hier drinnen im Geiste an seiner Seite im Korridor auf und ab, zur Klosettür hinein- und wieder herausging: Mr. Eckman und Mr. Stein. Er versuchte etwas heißes Wasser in das sandige Waschbekken zu locken und überlegte dabei, daß Eckman neben seinem Klosettsitz eine mit einer Kette befestigte Bibel hatte. So wenigstens hatte man ihm berichtet. Groß und vergilbt und sehr die ›Familienbibel‹ inmitten der silbernen und goldenen Hähne und Spunde, verkündete sie jedermann, der zum Dinner eingeladen war, unzweideutig Eckmans Christentum. Es bedurfte keiner versteckten Anspielungen auf Kirchgänge und auf den Kaplan der Gesandtschaft; ein schlichtes »Möchten Sie sich vielleicht die Hände waschen, meine Liebe?« aus dem Munde seiner Frau oder seine eigene herzhaft-derbe Frage an die männlichen Gäste nach dem Kaffee oder Kognak genügte. Von Stein jedoch wußte Myatt so gut wie nichts.
»Wie schade, daß Sie nicht in Budapest aussteigen, da Sie sich so sehr für Cricket interessieren. Ich bemühe mich sehr, zwei Mannschaften innerhalb unserer Gesandtschaft zustande zu

bringen.« Ein Mann mit einem Gesicht, das so frostig, weiß und unpersönlich war wie sein geistlicher Kragen, sprach zu einem anderen, kleineren, mit einem Rattengesicht, der ihm gegenüberhockte und lebhaft gestikulierte. Seine Stimme, durch die Glastür ihres charakteristischen Tonfalles beraubt, drang in den Korridor hinaus, als Myatt gerade vorüberging. Es war eine gespenstische Stimme, und sie erinnerte Myatt wieder an Stein, der über dreitausend Kilometer hinweg telefoniert und die Hoffnung ausgesprochen hatte, Mr. Myatt bald in Konstantinopel empfangen zu dürfen; Steins Stimme hatte einladend, jedoch völlig unpersönlich geklungen.

Myatt ging durch die Wagen mit den Abteilen zweiter Klasse. Männer hatten ihre Westen ausgezogen und lagen mit blauen Schatten um das Kinn lang ausgestreckt auf den Bänken; Frauen, das Haar in staubigen Netzen gleich den Netztaschen oben beim Gepäck, zogen die Röcke eng um ihren Leib und sanken in seltsamen Stellungen auf ihren Plätzen hin, große Brüste und schmale Schenkel, kleine Brüste und dicke Schenkel in einem unbeschreiblichen Durcheinander. Eine hochgewachsene, magere Frau erwachte einen Augenblick und jammerte: »Das Bier, das du mir gebracht hast . . . Es war abscheulich. Mein Magen will sich nicht beruhigen.« Gegenüber saß ihr Gatte und lächelte in ihre sanft geschlossenen Augen; mit einer Hand rieb er sich das rauhe Kinn, während er auf das Mädchen im weißen Mantel hinüberschielte, das auf der Bank ausgestreckt lag, die Beine nahe seiner anderen Hand. Myatt blieb stehen und zündete sich eine Zigarette an. Ihm gefiel des Mädchens schmale Figur und sein Gesicht; die Lippen waren gerade genug angestrichen, um seinen Mangel an wirklicher Schönheit anziehend erscheinen zu lassen. Das Mädchen war sogar ganz hübsch; Gesichtszüge, Kopf, Nase und Ohren waren zierlich klein und verliehen ihm so eine gewisse unechte Verfeinerung, eine Art strahlender Niedlichkeit, gleich einem weihnachtlichen Schaufenster in einem ländlichen Laden voll kleiner Lichter, Flitter und bunter, billiger Geschenke. Myatt erinnerte sich, wie sie ihn über die Länge des Korridors hinweg angestarrt hatte, und fragte sich flüchtig, an wen er sie nur

erinnert haben mochte. Er war froh, daß ihr Blick keine Abneigung verraten hatte, kein Wissen um die innere Unruhe, die ihn trotz der besten Kleider, die man für Geld zu kaufen bekam, ständig erfüllte.
Der Mann, der neben ihr saß, legte nun seine Hand vorsichtig auf ihren Fußknöchel und schob sie ganz langsam gegen ihre Knie hinauf, wobei er unablässig seine Frau beobachtete. Das Mädchen erwachte und öffnete die Augen. »Wie kalt es ist«, hörte Myatt sie sagen und erkannte an ihrer betonten, abwehrenden Freundlichkeit, daß sie das Verschwinden der Hand bemerkt hatte. Sie blickte auf und sah, daß er sie beobachtete. Sie war taktvoll und geduldig, sie schien aber Myatt wenig raffiniert zu sein. Er erkannte, daß sie seine Qualitäten und die Möglichkeit, von ihm belästigt zu werden, gegen die ihres Mitreisenden abwog. Sie war nicht auf ein Abenteuer aus: das war der Ausdruck, den sie gebrauchen würde; er fand ihren Mut, ihre rasche Auffassungsgabe und ihre Entschlossenheit bewundernswert. »Ich denke, ich werde draußen eine Zigarette rauchen«, sagte sie und kramte schon in ihrer Handtasche nach dem Päckchen. Dann war sie an seiner Seite.
»Ein Streichholz?«
»Danke.«
Die beiden entfernten sich aus dem Gesichtskreis des Abteils und starrten zusammen in die dumpf dröhnende Finsternis hinaus.
»Ihr Nachbar gefällt mir nicht«, sagte Myatt.
»Man kann sich die Leute nicht aussuchen. Er ist nicht so übel. Peters heißt er.«
Nach kurzem Zögern sagte Myatt: »Ich heiße Myatt.«
»Komischer Name. Ich heiße Coral; Coral Musker.«
»Sie sind Tänzerin?«
»Jawohl.«
»Amerikanerin?«
»Nein, warum nahmen Sie das an?«
»Etwas in Ihrem Tonfall. Sie haben einen leichten Akzent. Je drüben gewesen?«
»Je drüben gewesen? Aber natürlich. In sechs Abendvorstel-

lungen die Woche und zweimal nachmittags. ›Der Garten des County Club auf Long Island‹, ›Palm Beach‹, ›Eine Junggesellenwohnung am Riverside Drive‹. Oh, wenn man nicht Amerikanisch kann, hat man in einer englischen Operette nicht die geringste Chance.«

»Sie sind tüchtig«, sagte Myatt ernst und entließ Eckman und Stein aus seinen Gedanken.

»Machen wir uns ein wenig Bewegung«, forderte ihn das Mädchen auf, »mir ist kalt.«

»Können Sie nicht schlafen?«

»Nicht nach einer solchen Überfahrt. Es ist auch zu kalt, und der Kerl da drinnen streichelt die ganze Zeit meine Beine.«

»Warum geben Sie ihm nicht eine Ohrfeige?«

»Noch bevor wir in Köln sind? Ich will keinen Skandal machen. Wir müssen miteinander noch bis Budapest auskommen.«

»So weit reisen Sie?«

»So weit reist er. Ich fahre die ganze Strecke.«

»Ich auch«, sagte Myatt, »geschäftlich.«

»Ja, wir reisen beide nicht zum Vergnügen, nicht wahr?« entgegnete sie mit leiser Wehmut. »Ich sah Sie schon, als der Zug abfuhr. Ich dachte, Sie wären jemand, den ich kenne.«

»Wer?«

»Wie soll ich das wissen? Ich schere mich nicht darum, wie ein Junge sich nennt. Es ist nicht der Name, unter dem der Briefträger ihn kennt.« Es schien Myatt, daß die Art, wie sie sich ruhig in die Täuschung schickte, Geduld und Mut verriet. Sie drückte ihr vor Kälte blau gewordenes Gesicht gegen das Fenster; jetzt hätte sie ein Junge sein können, der gierig die Waren eines Schaufensters prüft, die Taschenmesser, die Scherzartikel, Gummibälle zum Tellerheben, Stinkbomben, die quietschenden Brötchen – aber alles, was sich ihr darbot, war die Finsternis und das Spiegelbild ihrer Gesichter.

»Glauben Sie, daß es etwas wärmer werden wird, wenn wir weiter nach dem Süden kommen?« fragte sie, als ob sie in ein tropisches Klima zu fahren wähnte.

»Wir fahren nicht so weit, daß es viel ausmachen kann«, antwortete er. »Ich habe in Konstantinopel schon einmal im

April Schnee erlebt. Der Wind vom Schwarzen Meer bläst durch den Bosporus und fährt schneidend kalt um die Straßenecken. Die Stadt besteht aus lauter Ecken.«
»Ich hoffe nur, die Garderoben sind dort warm«, sagte sie. »Man hat auf der Bühne nicht genug an, um sich vor Kälte zu schützen. Wie gern würde ich jetzt etwas Heißes trinken.« Sie lehnte sich mit ihrem blauen Gesicht und mit gebeugten Knien gegen das Fenster. »Nähern wir uns schon Köln? Wie heißt übrigens Kaffee auf deutsch?« Ihr Aussehen beunruhigte ihn. Er lief den Gang entlang und schloß das einzige offene Fenster. »Fühlen Sie sich nicht wohl?«
Langsam und mit halbgeschlossenen Augen antwortete sie: »So ist's besser. Sie haben es hier geradezu drückend warm gemacht. Jetzt ist es mir wieder heiß. Hier, fühlen Sie!« Sie hob ihre Hand, er legte sie an seine Wange und erschrak über die Hitze. »Hören Sie«, sagte er, »gehen Sie in Ihr Abteil zurück, und ich will versuchen, ein Glas Kognak für Sie zu beschaffen. Sie sind ja krank.«
»Ich kann mich nur nicht erwärmen«, erklärte sie. »Erst war mir heiß, und jetzt ist mir wieder kalt. Ich mag nicht hineingehen. Ich bleibe hier.«
»Dann müssen Sie meinen Mantel nehmen«, begann er zögernd, aber ehe er noch Zeit fand, sein widerstrebend gemachtes Angebot durch die Worte ›für eine Weile‹ oder ›bis Sie sich wieder warm fühlen‹ einzuschränken, war sie schon zu Boden gesunken. Er ergriff ihre Hände und rieb sie, während er ihr Gesicht mit hilfloser Besorgnis beobachtete. Es erschien ihm plötzlich von entscheidender Wichtigkeit, daß er ihr helfe. Hätte er sie auf der Bühne tanzen sehen oder wäre er in der hellerleuchteten Straße vor der Bühnentür gestanden, so hätte er sie nur als Beute für seine Sinne betrachtet. Aber wie sie so hilflos und krank unter der matten, unruhig flackernden Lampe des Korridors lag und ihr Körper vom rasch dahineilenden Zug geschüttelt wurde, erweckte sie in ihm schmerzliches Mitleid. Sie hatte über die Kälte nicht geklagt, hatte von ihr nur wie von einem unausweichlichen Übel gesprochen, und er begriff blitzartig, daß das Leben für sie sich aus einer Unzahl solch unausweichli-

cher Übel zusammensetzte. Da vernahm er den eintönigen Schritt des Mannes, den er ein und das andere Mal an seinem Abteil hatte vorübergehen sehen, und eilte ihm entgegen.
»Sie sind Arzt? Eine Dame ist in Ohnmacht gefallen.«
Der Mann blieb stehen und fragte zögernd: »Wo ist sie?« Doch da sah er sie schon hinter Myatt. Sein Zaudern ärgerte den Juden.
»Sie ist wirklich krank«, drängte er ihn.
Der Arzt seufzte: »Also gut, ich komme.« Das war so gesprochen, als ob er seine ganze Kraft zu einer schweren Nervenprobe zusammennähme; aber die Furcht schien von ihm abzufallen, als er neben dem Mädchen kniete. Er ging zart mit ihr um – mit der unpersönlichen, erfahrenen Zartheit des Arztes, fühlte nach ihrem Herzen und hob ihr die Augenlider. Das Mädchen erwachte zu einem wirren Bewußtsein; sie glaubte, daß sie es war, die sich über einen fremden Menschen mit einem langen, schütteren Schnurrbart beugte. Sie bemitleidete ihn wegen des Erlebnisses, das ihn so tief beunruhigte, und ihre Fürsorge begegnete dem Wohlwollen, das sie in seinen Augen zu lesen glaubte. Sie senkte die Hände zu seinem Gesicht hinab. ›Er ist krank‹, träumte sie und verdrängte für einen Augenblick die verwirrenden Schatten, die in verkehrter Richtung fielen, die Lichtkugel, die scheinbar vom Boden zu ihr heraufstrahlte. »Wer sind Sie?« fragte sie und suchte sich zu erinnern, warum sie ihm wohl zu Hilfe gekommen war. Nie, dachte sie, hatte sie einen Mann gesehen, der dringender ihrer Hilfe bedurft hätte.
»Ein Arzt.«
Da öffnete sie erstaunt die Augen, und die Welt nahm wieder klare Umrisse an. Sie war es, die hier im Korridor lag, und der Fremde beugte sich zu ihr herab. »War ich bewußtlos?« fragte sie. »Es war furchtbar kalt.« Sie fühlte die schwere, langsame Bewegung des Zuges. Durch das Fenster fiel ein Lichtschein quer über das Gesicht des Arztes und weiter zu dem jungen Juden hinter ihm. Myatt! In plötzlicher Zufriedenheit lachte sie in sich hinein. Es war ihr, als hätte sie für den Augenblick alle Verantwortung auf einen anderen abgewälzt. Da hielt der Zug mit einem Ruck, so daß der Jude

gegen die Wand geworfen wurde. Der Arzt hatte sich nicht gerührt. Wenn er geschwankt hatte, so war es mit der Bewegung des Zuges geschehen und nicht gegen sie. Seine Augen waren auf Corals Gesicht gerichtet, sein Finger lag auf ihrem Puls. Er betrachtete sie mit einer Leidenschaft, die zitternd an der Schwelle einer Äußerung stand; sie aber wußte, daß es nicht Leidenschaft für sie oder eine ihrer Eigenschaften war. Dies formulierte sie im stillen so: ›Selbst wenn ich die Beine der Mistinguette hätte, er würde es nicht bemerken.‹ Sie fragte ihn: »Was ist los?«, aber von seiner Antwort ging bis auf die abgerissenen Worte »mein eigentlicher Beruf« alles in den lauten Rufen blauuniformierter Beamter auf dem Bahnsteig und an der Waggontür unter.
»Reisepässe und Gepäck bereithalten«, rief ihnen eine fremdartige Stimme zu.
»Ich werde mich um Ihre Sachen kümmern«, sagte Myatt zu ihr und bat sie um ihre Handtasche. Sie gab sie ihm und richtete sich, vom Arzt gestützt, an der Wand auf.
»Ihr Reisepaß?«
Zum ersten Male fiel ihr der Akzent des Arztes auf, als dieser langsam erklärte: »Mein Gepäck ist in der ersten Klasse. Ich kann diese Dame nicht allein lassen. Ich bin Arzt.«
»Englischer Paß?«
»Ja.«
»In Ordnung.«
Ein anderer Mann trat auf sie zu.
»Ihr Gepäck?«
»Ich habe nichts zu verzollen.«
Der Beamte ging weiter.
Coral Musker lächelte: »Ist dies wirklich die Grenze? Man könnte ja alles mögliche einschmuggeln. Die schauen das Gepäck ja gar nicht an.«
»Alles könnte man einschmuggeln«, erwiderte der Arzt, »mit einem englischen Paß.« Er folgte mit seinen Blicken dem Beamten, bis er verschwunden war, und schwieg bis zu Myatts Rückkehr.
»Jetzt könnte ich in mein Abteil zurückkehren«, sagte sie.
»Haben Sie einen Schlafwagenplatz?«

»Nein.«
»Steigen Sie in Köln aus?«
»Nein, ich fahre bis Konstantinopel.«
Er gab ihr denselben Rat, den ihr schon der Zahlmeister gegeben hatte: »Sie hätten im Schlafwagen fahren sollen.«
Die überflüssige Bemerkung reizte sie und ließ sie einen Augenblick ihr Mitleid mit seinem Alter und seinem Kummer vergessen. »Wie hätte ich mir das leisten können? Ich bin eine Choristin.«
Er entgegnete mit einer Bitterkeit, die ihr überraschend kam: »Nein, Sie haben nicht das nötige Geld.«
»Was soll ich jetzt tun?« wandte sie sich wieder an ihn. »Bin ich wirklich krank?«
»Wie kann ich Ihnen raten?« wehrte er ab. »Wenn Sie reich wären, würde ich Ihnen sagen: ›Fahren Sie sechs Monate auf Urlaub. Reisen Sie nach Nordafrika.‹ Sie fielen in Ohnmacht nach der bewegten Überfahrt und wegen der Kälte. O ja, das kann ich Ihnen alles sagen, aber es ist zwecklos. Ihr Herz ist angegriffen. Sie haben es jahrelang überanstrengt.«
Nun drang sie leicht erschreckt in ihn: »Was soll ich tun?«
Er breitete die Hände aus: »Nichts. Arbeiten Sie weiter. Aber gönnen Sie sich so viel Ruhe, wie Sie nur können. Und halten Sie sich warm. Sie haben zuwenig an.«
Da ertönte ein Pfiff, und der Zug setzte sich ruckweise in Bewegung. Die Lampen des Bahnhofs schwebten an ihnen vorbei in die Dunkelheit, und der Arzt schickte sich an, das Mädchen zu verlassen. Er sagte: »Wenn Sie mich noch einmal brauchen, ich bin drei Wagen weiter vorn. Mein Name ist John. Dr. John.«
»Und ich heiße Coral Musker«, sagte sie mit verschüchterter Höflichkeit.
Er verbeugte sich leicht vor ihr, formell und fremdländisch, und ging. Sie sah es seinen Augen an, daß ihn bereits andere Gedanken beschäftigten. Nie zuvor hatte sie so lebhaft empfunden, daß sie im Nu vergessen war. »Ein Mädchen, das die Männer vergessen«, summte sie vor sich hin, um nicht zu verzweifeln.
Aber der Arzt hatte sich noch nicht aus ihrer Hörweite

entfernt, als ihn jemand aufhielt. Langsam und vorsichtig, eine Hand am Geländer, kam ein kleiner, bleicher Mann den schwankenden Korridor entlang. Sie hörte, wie er den Arzt fragte: »Ist etwas geschehen? Kann ich behilflich sein?« Er war einen Kopf kleiner als der Arzt, und sie mußte beim Anblick seines gierig nach oben gerichteten Gesichts laut auflachen.
»Sie dürfen mich nicht für zudringlich halten«, sagte der Kleine, eine Hand am Ärmel des Arztes. »Ein Geistlicher in meinem Abteil meinte, jemand wäre krank.« Eifrig fügte er noch hinzu: »Ich sagte ihm, ich würde das feststellen.«
Coral hatte gesehen, wie der Arzt unablässig im Korridor auf und ab ging, wie er sich an dessen Verlassenheit förmlich klammerte, weil er sie der Gesellschaft in seinem Abteil vorzog. Jetzt fand er sich ohne sein Zutun wieder unter Menschen, und Fragen und Bitten hefteten sich an ihn wie Kletten. Das Mädchen erwartete einen Zornesausbruch, irgendeinen strengen Verweis, auf den hin der zudringliche Kerl bebend vor Groll wieder davoneilen würde. Um so mehr überraschte sie die sanfte Antwort des Arztes: »Ein Priester, sagten Sie?«
»O nein«, entschuldigte sich der Mann, »ich weiß ja gar nicht, welche Sekte, welchen Glauben er vertritt. Warum? Liegt jemand im Sterben?«
Dr. John schien ihre Furcht zu bemerken und rief ein paar beruhigende Worte den Gang hinab, ehe er sich an der hemmenden Hand vorüberdrängte. Der Kleine sah sich plötzlich als glücklichen Herrn der Situation. Als er dies voll ausgekostet hatte, trat er näher: »Was ist denn eigentlich passiert?«
Das Mädchen kümmerte sich nicht um ihn und nahm Zuflucht bei der Gegenwart des einzigen Freundes, der zurückgeblieben war: »So krank bin ich doch nicht, oder?«
»Was mich wundernimmt, ist sein Akzent«, sagte der Fremde. »Man würde ihn für einen Ausländer halten. Aber er nannte einen englischen Namen. Ich werde ihm nachgehen und mit ihm reden.«
Corals Verstand hatte seit ihrem Erwachen aus der Ohn-

macht klar gearbeitet. Das kurze Traumbild einer verkehrten Welt, in der der Arzt zu ihren Füßen gelegen und ihrer Hilfe und Pflege bedurft hatte, gab nun den altgewohnten Eindrücken der Welt die scharfen Umrisse des Ungewohnten. Aber ihre Worte hinkten hinter der Intuition nach, und als sie ausrief: »Belästigen Sie ihn doch nicht«, war der Fremde bereits außer Hörweite.
»Was meinen *Sie*?« fragte Myatt. »Hat er recht? Steckt ein Geheimnis hinter dem Arzt?«
»Wir alle haben unsere Geheimnisse«, war ihre Antwort.
»Vielleicht ist er auf der Flucht vor der Polizei.«
Darauf sagte sie mit absoluter Überzeugung: »Er ist ein guter Mensch.«
Myatt ließ diese Äußerung gelten und dachte nicht länger an den Arzt. »Sie müssen sich niederlegen«, sagte er, »und zu schlafen versuchen.«
Es hätte nicht ihrer ausweichenden Entgegnung: »Wie kann ich denn neben der Frau dort und ihrem knurrenden Magen schlafen?« bedurft, um ihn an Mr. Peters zu erinnern, der in seiner Ecke auf ihre Rückkehr lauern würde, um seine billige, bequeme und harmlose Befriedigung fortzusetzen. Denn gleich fuhr er fort: »Sie müssen mein Schlafwagenabteil haben.«
»Was? In der ersten Klasse?«
Ihre Ungläubigkeit und zugleich ihre Sehnsucht gaben für ihn den Ausschlag. Er entschloß sich, den orientalischen Fürsten zu spielen, der kostbare Geschenke verteilt und keinerlei Gegengaben erwartet oder fordert. Knauserigkeit war der traditionelle Vorwurf gegen seine Rasse; jetzt aber würde er einem Christen zeigen, wie unverdient er war. Vierzig Jahre in der Wüste, fern den Fleischtöpfen Ägyptens, hatten harte Sitten gezeugt, die vorgezählte Dattel und das gehamsterte Wasser; und tausend Jahre in der Wüste einer christlichen Welt, in der nur der verborgene Schatz sicher war, hatten sein Volk nicht zur Prunkentfaltung ermutigt. Aber nun änderte sich die Welt, die Wüste begann zu blühen. In vereinzelten Winkeln, vor allem in Westeuropa, konnte der Jude jene andere Eigenschaft entfalten, die er mit dem Araber teilte:

ein fürstlicher Gastgeber zu sein, der die Füße des Bettlers wäscht und ihn aus seiner Schüssel speist. Manchmal konnte er aufhören, der Feind der Reichen zu sein, um der Freund jedes Armen zu werden, der im Namen Gottes ein Dach für sein Haupt begehrt. Das Dröhnen des Zuges schwand aus dem Bewußtsein, die Lichter gingen in seinen Augen aus, indessen er zum eigenen Stolze das Zelt in der Oase, den Brunnen in der Wüste erstehen ließ. Er breitete seine Hände vor dem Mädchen aus: »Ja, Sie müssen dort schlafen. Ich werde es mit dem Schaffner regeln. Und meinen Mantel – den müssen Sie auch mitnehmen. Er wird Sie warmhalten. In Köln bringe ich Ihnen dann Kaffee, aber der Schlaf wird für Sie noch besser sein.«

»Das kann ich doch nicht annehmen. Wo werden Sie denn schlafen?«

»Ich werde schon einen Platz finden. Der Zug ist nicht voll.«

Zum zweiten Male verspürte sie eine unpersönliche Zärtlichkeit, doch war sie nicht so furchterregend wie das erste Mal. Sie war vielmehr wie eine warme Woge, in die sie eintauchte, nicht zu tief, als befürchtete sie, ihre Füße könnten auf den Sand stoßen, und doch wieder tief genug, um mühelos dorthin schwimmen zu können, wohin ihre Sehnsucht sie zog: zu einem Bett, einem Kissen und einer Decke und zum Schlaf. Deutlich empfand sie, wie zugleich mit seiner Selbstsicherheit die Liebenswürdigkeit zurückkehrte, da er aufhörte, sich zu entschuldigen oder mit Entschiedenheit aufzutreten, und nichts als ein hilfreicher Schatten war.

Myatt ging nicht auf die Suche nach dem Schaffner, sondern zwängte sich zwischen die Wände des Korridors und des Abteils, verschränkte seine Arme und versuchte zu schlafen. Aber ohne den Mantel war es erbärmlich kalt. Obwohl alle Fenster des Ganges geschlossen waren, wehte dennoch ein Luftzug durch die Klapptür und über die Verbindungsbrücke zwischen den Wagen. Auch war der Lärm des Zuges jetzt nicht regelmäßig genug, um wie Stille zu wirken. Es gab einige Tunnels zwischen Herbesthal und Köln, und in jedem verstärkte sich das Dröhnen des Expreßzuges. Myatt schlief unruhig, und das Zischen entweichenden Dampfes und der

Luftzug auf seiner Wange trugen zu dem Traum bei, den er träumte.
Der Durchgang des Waggons wurde zur langen, schnurgeraden Spaniards Road mit der Heide von Hampstead zu beiden Seiten. Myatt wurde von seinem Freunde Isaacs langsam in seinem Bentley gefahren, und die beiden beobachteten die Gesichter der Mädchen, die in Paaren auf der von Lampen erhellten Ostseite der Straße spazierten; es waren Ladenmädchen, die sich in gefahrvoller Weise für einen Trunk im Gasthaus, eine rasche Fahrt im Auto und für den Spaß des Abenteuers anboten. Auf der anderen Straßenseite saßen auf den wenigen im Dunkeln liegenden Bänken die Prostituierten, unförmig, verwahrlost und alt; sie hatten ihren Rükken dem sandigen Hang und den Dornbüschen zugewandt und warteten auf einen Mann, der alt, dumm und blind genug war, um ihnen zehn Shilling anzubieten. Isaacs hielt seinen Wagen unter einer Straßenlampe an, und er und Myatt ließen die namenlosen, jungen, hübschen und sinnlichen Gesichter an sich vorüberziehen. Isaacs wollte ein blondes und dickes Mädchen haben, Myatt ein schlankes, schwarzes, aber es war nicht leicht, sich die passende Freundin auszusuchen; denn die ganze Ostseite entlang standen die Autos von Konkurrenten, und die Mädchen lehnten sich lachend und rauchend über die offenen Wagentüren. Auf der andern Seite der Straße hielt geduldig ein vereinzelter Zweisitzer Wacht. Myatt ärgerte sich, weil Isaacs in seinem Geschmack so kompromißlos war; in ihrem Sportwagen war es kalt, und er spürte den Luftzug auf den Wangen. Als er Coral Musker vorübergehen sah, sprang er im Nu aus dem Wagen und bot ihr eine Zigarette an, hernach einen Drink und dann eine schnelle Fahrt. Das war der Vorteil bei allen diesen Mädchen, überlegte Myatt, daß sie genau wußten, was eine solche Spazierfahrt bedeutete; und wenn man ihnen nicht zu Gesicht stand, dann sagten sie einfach, sie müßten jetzt nach Hause gehen. Aber Coral Musker wollte mitfahren; sie würde ihn im Dunkel des Wagens als ihren Freund akzeptieren, wenn sie die Lampen, die Gasthäuser und die Villen hinter sich gelassen hatten und wenn ihnen im grünen Licht der Scheinwerfer

die Bäume gleich Papiersilhouetten entgegensprangen. Danach kamen die Büsche, die nach feuchten Blättern rochen und in denen noch der morgendliche Regen hing, und der kurze barbarische Genuß im Stoppelfelde. Isaacs freilich mußte sich mit seiner Gefährtin abfinden, obgleich sie dunkelhaarig, umfangreich und leicht bekleidet war, eine große Nase und spitze vorstehende Zähne hatte. Als sie aber vorne im Wagen neben Isaacs saß, wandte sie sich um, lächelte Myatt lange zu und sagte: »Ich bin ohne Visitenkarte mitgekommen, aber mein Name ist Stein.« Und dann stieg er, gegen einen starken Wind ankämpfend, eine große Treppe mit silbernen und goldenen Handleisten empor, und sie stand oben, hatte einen kleinen Schnurrbart und wies auf eine Frau, die dasaß und nähte und nähte und nähte, und rief ihm zu: »Darf ich Sie mit Mrs. Eckman bekannt machen?«

Coral Musker riß ihre Hand unwillig von den Decken los, während sie im Lichtkegel des Scheinwerfers tanzte und tanzte und tanzte. Der Regisseur schlug sie mit einem Rohrstock auf die nackten Beine und sagte ihr, daß sie nichts tauge, daß sie um einen Monat zu spät gekommen sei, daß sie ihren Kontrakt gebrochen habe. Und unterdessen tanzte, tanzte, tanzte sie und nahm keine Notiz von ihm, während er mit seinem Stock auf ihre Beine einhieb.

Mrs. Peters wälzte sich auf den Bauch und sagte zu ihrem Gatten: »Dieses Bier! Mein Magen will sich einfach nicht beruhigen. Er knurrt so stark, daß ich nicht schlafen kann.«

Mr. Opie träumte, daß er im weißen Chorhemd, das Schlagholz unterm Arm und mit dem Crickethandschuh, vom Handgelenk baumelnd, über eine mächtige, breite Marmortreppe zum Altare Gottes emporsteige.

Dr. John, der schließlich eingeschlafen war, während ihm noch eine bittere Tablette auf der Zunge zerging, sprach einmal im Schlaf ein paar deutsche Worte. Er reiste nicht im Schlafwagen, sondern saß kerzengerade in der Ecke seines Abteils und vernahm von draußen die langsamen, singenden Rufe: »Köln. Köln. Köln.«

ZWEITER TEIL
KÖLN

1

»Aber natürlich stört es mich nicht, meine Liebe, daß du betrunken bist«, sagte Janet Pardoe. Die Uhr des Kölner Bahnhofs schlug eins, und ein Kellner begann auf der Terrasse des ›Excelsior‹ die Lampen zu löschen. »Geh, laß mich deine Krawatte zurechtziehen.« Sie lehnte sich über den Tisch und brachte Mabel Warrens Krawatte in Ordnung.
»Drei Jahre leben wir nun schon zusammen«, begann Miss Warren mit einer tiefen, melancholischen Stimme, »und noch nie habe ich dir ein hartes Wort gesagt.«
Janet Pardoe rieb sich einen Tropfen Parfüm hinter die Ohren. Sie sagte: »Um Himmels willen, Liebling, sieh auf die Uhr! In einer halben Stunde geht der Zug, und ich muß noch mein Gepäck holen – und du mußt dein Interview erledigen. Trink deinen Gin aus und komm!«
Mabel Warren griff nach ihrem Glas und leerte es. Dann erhob sie sich; ihre vierschrötige Gestalt schwankte ein wenig. Sie trug eine Krawatte, einen steifen Kragen und ein Sportkostüm aus Tweed. Ihre Augenbrauen waren buschig, und sie hatte schwarze Augen voll Entschlossenheit, die jetzt vom Weinen gerötet waren.
»Du weißt ja, warum ich trinke«, widersetzte sie sich.
»Unsinn, Liebling«, entgegnete Janet Pardoe und vergewisserte sich durch einen Blick in den Spiegel ihrer Puderdose, daß alles an ihr in Ordnung war, »du trankst schon lange, bevor du mich kennenlerntest. Sieh doch die Dinge im richtigen Maßstab! Ich bleibe doch nur eine Woche weg.«
»Diese Männer!« sagte Miss Warren düster, und als Janet Pardoe sich erhob, um den Platz zu überqueren, faßte die andere sie mit ungewöhnlicher Kraft am Arm. »Versprich mir, daß du auf dich aufpassen wirst. Wenn ich nur mit dir kommen könnte!«
Knapp vor der Schwelle des Bahnhofs stolperte sie in eine Lache: »Ach, sieh, was ich jetzt getan habe. Was für ein

Tolpatsch ich doch bin! Nun habe ich dein schönes neues Kostüm angespritzt!« Und sie begann mit einer großen, rauhen Hand, an deren kleinem Finger ein Siegelring steckte, Janets Kleid abzubürsten.
»Um Gottes willen, Mabel, komm doch schon«, sagte Janet.
Miss Warrens Stimmung schlug plötzlich um. Sie reckte sich in die Höhe und versperrte ihrer Freundin den Weg: »Du sagst, daß ich betrunken bin. Ja, ich bin betrunken. Aber ich werde mich noch mehr betrinken.«
»Ach, komm schon.«
»Du mußt noch ein Glas mit mir trinken, sonst lasse ich dich nicht auf den Bahnsteig.«
Janet gab nach: »Also ein Glas, aber nur eines; merk dir's.«
Sie steuerte Mabel durch eine riesige, schwarze, schimmernde Halle in einen Raum, wo etliche müde Männer und Frauen in Eile ihren Kaffee hinunterstürzten.
»Noch einen Gin«, sagte Miss Warren, und Janet bestellte ihn.
In einem Spiegel an der Wand gegenüber sah Miss Warren ihr eigenes Gesicht, gerötet, zerzaust, ungepflegt, neben einem anderen, ihr viel vertrauteren, das schmal, dunkel und schön war. ›Was gelte ich schon?‹ dachte sie mit dem Trübsinn des Trinkers. ›Ich habe sie gemacht, ich bin für sie verantwortlich‹, und voll Bitterkeit: ›Ich habe für sie gezahlt. Sie trägt nichts, was ich nicht gekauft hätte. Wofür ich nicht im Schweiße meines Angesichts geschuftet hätte‹, spann sie ihren Gedanken weiter, obwohl es im Restaurant trotz der Zentralheizung bitterkalt war. ›Zu den unmöglichsten Zeiten stand ich auf, interviewte Bordellbesitzer in ihren Gefängniszellen, die Mütter von ermordeten Kindern, schrieb meine Reportagen über dies und jenes.‹ Mit einem gewissen Stolz wußte sie, was man in der Londoner Redaktion sagte: ›Wenn Sie eine rührselige Geschichte brauchen, dann schicken Sie die benebelte Mabel hin.‹ Das ganze Gebiet den Rhein abwärts war ihre Domäne. Es gab keine größere Stadt zwischen Köln und Mainz, wo sie nicht nach menschlich Interessantem gesucht, den Lippen von widerstrebenden Männern dramatische Phrasen aufgezwungen und Frauen, die vom

Schmerz so überwältigt waren, daß sie überhaupt nicht sprechen konnten, pathetische Worte in den Mund gelegt hätte. Kein Selbstmord, keine erschlagene Frau, kein geschändetes Kind hatten je das geringste Gefühl in ihr erregt; sie war eine Künstlerin, die kritisch prüfte, beobachtete, zuhörte; die Tränen waren nur fürs Papier. Aber jetzt saß sie da und schluchzte unter häßlich klingendem Gestöhne, nur weil Janet Pardoe sie für eine Weile verließ.

»Wen wirst du heute interviewen?« fragte diese. Sie interessierte sich nicht im geringsten dafür, aber sie wollte ihre Freundin von dem Gedanken an die bevorstehende Trennung ablenken; ihre Tränen fielen allzu deutlich auf. »Du solltest dein Haar kämmen«, fügte sie hinzu. Miss Warren trug keinen Hut. Ihr schwarzes Haar, das sie kurz geschnitten trug wie ein Mann, war in hoffnungsloser Unordnung.

»Mr. Savory interviewe ich.«

»Wer ist das?«

»Hat hunderttausend Exemplare verkauft. ›Die große fröhliche Runde‹, heißt das Buch. Eine halbe Million Worte. Zweihundert Personen kommen vor. Das Vorstadtgenie. Spricht Dialekt, wenn er gerade dran denkt.«

»Was tut er im Orientexpreß?«

»Er reist nach dem Osten, um Stoff zu sammeln. An sich nicht meine Sache, aber da ich dich zur Bahn begleite, habe ich sie übernommen. Die Redaktion hat mich um eine Viertelspalte gebeten, aber in London werden sie mir alles wieder auf ein paar Zeilen zusammenstreichen. Savory hat sich eine ungünstige Zeit ausgesucht; in der Sauregurkenzeit hätte er eine halbe Spalte haben können unter den Wassernixen und Seepferden.« Das kurz aufgeflammte berufliche Interesse verflackerte, als sie ihren Blick wieder auf Janet richtete. Nun würde sie am Morgen nicht mehr sehen, wie Janet im Pyjama den Kaffee eingoß, würde sie am Abend nicht mehr nach Hause kommen und Janet vorfinden, wenn sie gerade einen Cocktail mixte. Mit heiserer Stimme fragte sie ihre Freundin: »Liebling, welchen wirst du heute nacht tragen?« Diese feminine Frage klang seltsam, als Miss Warren sie mit ihrer tiefen Mannesstimme vorbrachte.

»Was willst du wissen?«
»Ich meine deinen Pyjama, liebes Kind. Ich möchte heute nacht an dich denken, genauso wie du aussehen wirst.«
»Ich glaube, ich werde mich gar nicht ausziehen. Schau, es ist schon ein Viertel nach eins. Wir müssen gehen, sonst wirst du dein Interview nie kriegen.«
Nun war Miss Warren in ihrer Berufsehre gekränkt. Sie rümpfte die Nase. »Du glaubst doch nicht etwa, daß ich Fragen an ihn richten muß?« sagte sie. »Ein Blick auf ihn genügt – und ich lege ihm die richtigen Worte in den Mund. Er wird nichts dagegen einwenden. Das ist Reklame!«
»Jetzt muß ich aber den Träger mit meinem Gepäck suchen.«
Alles verließ das Restaurant. Während die Tür aufging und wieder zufiel, drangen die Rufe der Träger und das Zischen des Dampfes ganz schwach bis zu dem Tisch der beiden Frauen.
Janet Pardoe wandte sich wieder an ihre Freundin: »Wir müssen gehen. Wenn du noch mehr Gin trinken willst, dann laß ich dich dabei allein.«
Aber Miss Warren sagte kein Wort, sie beachtete sie gar nicht. Janet sah sich plötzlich als Zuschauerin eines regelmäßig wiederkehrenden Rituals in Mabel Warrens journalistischer Laufbahn: der deutlich sichtbaren Abschüttelung ihrer Trunkenheit. Zuerst brachte sie mit einer Hand ihr Haar in Ordnung, dann übertünchte ein gepudertes Taschentuch, ihr einziges Zugeständnis an ihr weibliches Geschlecht, die Röte ihrer Wangen und ihrer Augenlider. Unterdessen suchte sie ihre Augen scharf einzustellen, wobei sie alles, was sie vor sich hatte, Tassen, Teller, Gläser, bis zu den entfernten Spiegeln und ihrem Bilde darin, gleichsam wie die Alphabet-Tafel eines Optikers benutzte. Diesmal war der erste Buchstabe des Alphabets, das große schwarze A, ein ältlicher Mann, der in einem Regenmantel an einem der Tische stand und eben die Brotkrumen von seinen Kleidern abstreifte, ehe er sich zu seinem Zug begab.
»Mein Gott, ich bin betrunken« murmelte Miss Warren, indem sie die Hand über die Augen legte. »Ich kann nicht richtig sehen. Wer ist das dort?«

»Meinst du den Mann mit dem Schnurrbart?«
»Ja.«
»Den habe ich noch nie gesehen.«
»Aber ich«, erwiderte Miss Warren. »Doch wo?«
Irgend etwas hatte sie wirksam von dem Gedanken an die Trennung abgebracht. Ihre Nase hatte eine Spur gewittert; sie ließ ein wenig Gin auf dem Grunde ihres Glases zurück und folgte dem Mann zur Tür. Doch der war schon draußen, durchquerte die schwarze, glänzende Halle und erreichte die Treppe, ehe es Miss Warren gelungen war, sich durch die Drehtür hindurchzuwinden. Sie rannte in einen Gepäckträger und stürzte auf die Knie; den Kopf schwenkte sie hin und her und suchte ihn von der Wohltat, der Schwermut und dem Nebel der Trunkenheit zu befreien. Der Träger blieb stehen, um ihr auf die Beine zu helfen; sie ergriff seinen Arm und ließ ihn erst los, als sie wieder sprechen konnte.
»Was für ein Zug fährt vom Bahnsteig 5 ab?« fragte sie ihn.
»Der Wiener Zug«, antwortete der Träger.
»Der nach Belgrad?«
»Jawohl.«
Es war reiner Zufall, daß sie Belgrad und nicht Konstantinopel genannt hatte, aber der Klang ihrer eigenen Stimme gab ihr wieder einen klaren Kopf. Sie rief Janet zu: »Bitte, beleg zwei Plätze. Ich fahre mit dir bis Wien.«
»Und deine Fahrkarte?«
»Ich habe meinen Journalistenausweis.« Jetzt war sie es, die ungeduldig wurde. »Beeil dich. Bahnsteig 5. Es ist ein Uhr achtundzwanzig. Nur noch fünf Minuten.« Immer noch hielt sie sich mit aller Kraft am Träger fest. »Hören Sie, ich möchte, daß Sie jemandem eine Nachricht von mir überbringen. Kaiser-Wilhelm-Straße 33.«
»Ich darf den Bahnhof nicht verlassen«, erwiderte der Mann und befreite sich von ihrem Griff.
»Wann sind Sie dienstfrei?«
»Erst um sechs.«
»Das nützt mir nichts mehr. Sie müssen sich hinausschleichen. Das können Sie doch, nicht? Niemand wird es bemerken.«

»Man würde mich entlassen.«
»Riskieren Sie es«, sagte Miss Warren. »Zwanzig Mark.«
Der Träger schüttelte den Kopf: »Der Aufseher würde es bemerken.«
»Ich gebe Ihnen noch zwanzig für ihn.«
»Aber der Aufseher würde sie nicht annehmen«, beharrte der Mann. »Es steht für ihn zuviel auf dem Spiel. Der Oberaufseher könnte es entdecken.«
Da öffnete Miss Warren ihre Handtasche und begann ihr Geld zu zählen. Zu ihren Häupten schlug eine Uhr die halbe Stunde. In drei Minuten fuhr der Zug ab, sie aber ließ sich auch nicht eine Sekunde lang ihre Verzweiflung anmerken. Die geringste Aufregung würde den Mann abschrecken.
»Achtzig Mark«, rief sie, »und dem Aufseher geben Sie, was Sie wollen. Sie werden höchstens zehn Minuten weg sein.«
»Ich riskiere viel damit«, wandte der Träger ein, aber er ließ sich die Banknoten in die Hand drücken.
»Also, hören Sie gut zu. Sie gehen jetzt in die Kaiser-Wilhelm-Straße 33. Dort finden Sie das Büro des Londoner ›Clarion‹. Jemand ist sicherlich dort. Sagen Sie ihm, daß Miss Warren mit dem Orientexpreß nach Wien gefahren ist, daß ich ihm das Interview nicht heute nacht schicke, sondern morgen von Wien aus telefonieren werde. Und sagen Sie ihm, ich bin hinter einer Sensation ersten Ranges her. So, jetzt wiederholen Sie das alles.«
Während der Träger langsam und stockend die Nachricht hersagte, hielt die Journalistin ihr Auge auf die Bahnhofsuhr gerichtet: 1 Uhr 31, 1 Uhr 31 einhalb. »Gut, beeilen Sie sich. Wenn Sie die Meldung nicht bis ein Uhr fünfzig hinbringen, dann zeige ich Sie an, weil Sie sich bestechen ließen.« Bei diesen Worten grinste sie ihn mit boshafter Ausgelassenheit an und zeigte dabei ihre großen, viereckigen Zähne. Dann rannte sie zur Treppe. 1 Uhr 32. Sie meinte, einen Pfiff gehört zu haben, und nahm die letzten drei Stufen mit einem Satz. Gerade setzte sich der Zug in Bewegung; der Bahnsteigschaffner suchte sie aufzuhalten, aber sie stieß ihn zur Seite und schrie nur das Wort »Legitimation« über die Schulter zurück. Die letzten Wagen dritter Klasse glitten eben mit

wachsender Geschwindigkeit an ihr vorüber. ›Mein Gott‹ dachte sie, ›ich werde das Saufen aufgeben.‹ Mit einer Hand erwischte sie die Griffstange des letzten Personenwagens, während ein Träger schreiend auf sie zulief. Durch zehn endlose Sekunden, in denen ein stechender Schmerz ihren Arm durchzuckte, fürchtete sie, vom Bahnsteig herab und gegen die Räder des Gepäckwagens geschleudert zu werden. Das hohe Trittbrett erschreckte sie. »Ich kann nicht mehr.« Noch einen Augenblick, und ihre Schulter würde nachgeben. Es war besser, sich auf den Bahnsteig fallen zu lassen und eine Gehirnerschütterung in Kauf zu nehmen, als beide Beine zu verlieren.

›Aber was für eine Geschichte würde ich mir entgehen lassen!‹ dachte sie voll Bitterkeit und wagte den Sprung. Sie fiel mit den Knien auf das Trittbrett, gerade noch ehe der Bahnsteig unvermittelt endete. Die letzten Lampen verschwanden. Mit äußerster Kraftanstrengung richtete sie sich empor und zog die Wagentür auf; dann stürzte sie der Länge nach in den Korridor.

Dort lehnte sie sich vorsichtig gegen die Wand, um ihre schmerzende Schulter zu schonen, und dachte mit ironischem Triumph: ›Die benebelte Mabel geht an Bord!‹

Das Morgengrauen drang durch den Schlitz zwischen den Vorhängen und fiel auf die gegenüberliegende Sitzbank. Als Coral Musker erwachte, erblickte sie zunächst diesen Platz und einen kleinen Lederkoffer. Sie war teilnahmslos und zugleich beunruhigt, als sie an den Zug dachte, den sie am Victoria-Bahnhof erreichen mußte, an das trockene Ei und an die zwei Tage alten Brotschnitten, die unten im Eßzimmer ihrer harrten. ›Hätte ich doch die Sache nie übernommen‹, dachte sie. Jetzt, da der Augenblick der Abreise gekommen war, hätte sie lieber unter den anderen Tänzerinnen auf der Treppe in der Shaftesbury Avenue Schlange gestanden und hätte sich gezwungen, in froher Laune stundenlang vor der Tür des Theateragenten zu warten. Sie hob den Vorhang und war einen Augenblick darüber erstaunt, daß sie eine vorbeisausende Telegrafenstange erblickte, einen grünen Fluß, in

dem die aufgehende Sonne sich orangefarben spiegelte, und grünbewaldete Hügel. Dann fiel ihr alles wieder ein.
Es war noch sehr früh, denn die Sonne stand tief am Himmel; sie tauchte gerade erst über den Hügeln empor. In einem Dorf am andern Ufer blinkten kleine Lichter, vereinzelte dünne Rauchsäulen standen regungslos in der windstillen Luft über den Holzhäusern, in denen schon Feuer brannten und das Frühstück für Arbeiter bereitet wurde. Das Dorf war so weit von der Bahnstrecke entfernt, daß es sich scheinbar unverrückbar dem Blicke darbot, während die Bäume und Häuschen am diesseitigen Ufer und die verankerten Boote rasch nach hinten flogen. Coral Musker schob den andern Vorhang in die Höhe und sah im Gang Myatt an die Wand gelehnt schlafen. Ihr erster instinktiver Gedanke war, ihn zu wecken, ihr zweiter, ihn schlafen zu lassen und sich zurückzulehnen und das Opfer eines andern voll auszukosten. Sie empfand ein zärtliches Gefühl für ihn, als hätte er ihr neue Hoffnung auf ein Leben geschenkt, das nicht ewigen Kampf um das bißchen tägliche Brot bedeutete. Vielleicht, dachte sie, war die Welt gar nicht so hart. Es fiel ihr ein, wie freundlich der Zahlmeister mit ihr gesprochen, wie er ihr nachgerufen hatte: »Denken Sie an mich!« Jetzt, da der junge Jude vor ihrer Tür schlief, bereit, um einer Fremden willen ein paar Stunden Unbequemlichkeit zu erdulden, erschien es ihr nicht unwahrscheinlich, daß der Zahlmeister sich ihrer doch noch erinnerte. Zum ersten Male dachte sie voll Glück: ›Vielleicht lebe ich im Geiste anderer Leute, auch wenn sie mich nicht körperlich sehen oder mit mir sprechen.‹ Wieder blickte sie zum Fenster hinaus, aber das Dorf war verschwunden und auch die Hügel; nur der Fluß war noch derselbe. Sie schlief wieder ein.

Miss Warren taumelte durch den Zug. Sie brachte es nicht über sich, mit der rechten Hand die Griffstangen anzufassen, denn ihre Schulter schmerzte immer noch, obgleich sie fast zwei Stunden im Korridor der dritten Klasse gesessen hatte. Sie fühlte sich zerschlagen, matt und vom Trinken benommen und ordnete nur mit Schwierigkeit ihre Gedanken; aber in der Nase hatte sie noch immer die echte Witterung des Wildes. Noch nie zuvor in zehn Jahren ihrer Reportertätigkeit, in zehn Jahren von Frauenrecht, Notzucht und Mord, war sie einer sensationellen Berichterstattung so nahe gekommen wie diesmal, und zwar nicht einer Geschichte, zu deren Veröffentlichung sich nur die Asphaltpresse gnädig herbeilassen würde, sondern einer, für die selbst der Korrespondent der ›Times‹ ein Jahr seines Lebens hingeben würde, wenn er sie erfahren könnte. Nicht jeder Zeitungsmann, so dachte sie stolz, wäre imstande gewesen, die Gelegenheit so beim Schopfe zu fassen, wie sie es getan hatte, obgleich sie stockbetrunken gewesen war. Als sie jetzt die Abteile erster Klasse entlangstolperte, saß der Triumph wunderlich auf ihrer Stirn gleich einer schief aufgestülpten Karnevalskrone. Das Glück war ihr günstig. Aus einem Abteil trat ein Mann und entfernte sich zum Klosett hin, und als sie sich gegen ein Fenster zurücklehnte, um ihn vorbeizulassen, sah sie den Mann im Regenmantel in einer Ecke dösen – für den Augenblick allein. Er blickte auf und sah, wie Miss Warren im Türeingang leicht vor- und rückwärts schwankte.

»Darf ich eintreten?« fragte sie. »Ich bin in Köln eingestiegen und kann keinen Platz finden.« Ihre Stimme klang leise, beinahe zärtlich, sie hätte damit einen geliebten Hund in die tödliche Gaskammer locken können.

»Der Platz ist besetzt.«

»Nur für einen Augenblick«, erwiderte Miss Warren, »nur um meine Beine auszuruhen. Ich bin so froh, daß Sie englisch sprechen. Ich fürchte mich immer davor, in einem Zug zu fahren, in dem nur eine Menge Ausländer reisen. Man könnte vielleicht in der Nacht etwas brauchen, nicht wahr?« Sie grinste ihn neckisch an. »Ich glaube, Sie sind ein Arzt.«

»Ich war einst ein Arzt«, gab der Mann zu.

»Und Sie reisen nach Belgrad?«

Er sah sie mit einem Gefühl des Unbehagens scharf an und durchschaute sie auf den ersten Blick: ihre breitschultrige Gestalt im Tweed, ein wenig vornübergebeugt, das Blitzen des Siegelrings, das gerötete, hungrige Gesicht.

»Nein«, erwiderte er, »nein, nicht so weit.«

»Ich fahre nur bis Wien«, sagte Miss Warren.
Der Fremde begann langsam: »Was veranlaßte Sie zu der Meinung –?« und überlegte, ob er richtig handelte, wenn er sie ausfragte. Er war an die Gefahr in Gestalt einer englischen alten Jungfer, die ein wenig zuviel Gin getrunken hatte, nicht gewöhnt; selbst vom andern Ende des Abteils aus konnte er den Alkoholgeruch wahrnehmen. Die Gefahren, denen er früher gegenübergestanden hatte, hatten einen geduckten Kopf, eine rasche Hand und eine glatte Lüge erfordert.
Miss Warren zögerte ebenfalls, und ihr Zögern war gleich einem Feuerhauch für einen Menschen im Gefängnis. Sie sagte: »Ich dachte, ich hätte Sie schon in Belgrad gesehen.«
»Dort bin ich nie gewesen.«
Plötzlich gab sie das Versteckspiel auf und warf alle Ausflüchte beiseite. »Ich war für meine Zeitung in Belgrad beim Kamnetz-Prozeß.« Aber sie hatte ihn schon hinlänglich gewarnt, und so nahm er ihre Worte mit vollkommener Gleichgültigkeit auf.
»Beim Kamnetz-Prozeß?«
»Ja, als General Kamnetz wegen Vergewaltigung angeklagt war. Czinner war der Kronzeuge der Staatsanwaltschaft. Aber der General wurde natürlich freigesprochen. Man hatte seine Parteigänger auf die Geschworenenbank gesetzt. Die Regierung hätte seine Verurteilung nie zugelassen. Es war vollkommen verrückt von Czinner, als Zeuge aufzutreten.«
»Verrückt?«
Sein höfliches Interesse ärgerte sie: »Sie haben natürlich von Czinner gehört. Man hatte eine Woche vorher versucht, ihn im Kaffeehaus zu erschießen. Er war der Führer der Sozialdemokraten, und dadurch, daß er gegen Kamnetz aussagte, arbeitete er seinen Gegnern geradezu in die Hände. Zwölf Stunden, bevor der Prozeß zu Ende war, hatten sie schon einen Haftbefehl wegen Meineids gegen ihn ausgefertigt. Sie saßen einfach dort und warteten auf den Freispruch.«
»Wie lange ist das jetzt her?«
»Fünf Jahre.«
Er beobachtete sie scharf und überlegte dabei, welche Antwort sie am meisten reizen würde.

»Also eine uralte Geschichte! Ist Czinner aus dem Gefängnis entlassen worden?«
»Er entkam ihnen damals. Ich gäbe was darum, wenn ich wüßte, wie er es anstellte. Es wäre eine wunderbare Geschichte. Er verschwand einfach. Alle glaubten, er sei ermordet worden.«
»Und war es nicht so?«
»Nein«, antwortete die Journalistin, »er entkam ihnen.«
»Ein gescheiter Mann.«
»Das glaube ich nicht«, sagte sie wütend. »Ein gescheiter Mann hätte nie Zeugnis abgelegt. Was ging ihn schon Kamnetz an, oder das Kind? Er war ein weltfremder Schwärmer, ein Narr.«
Ein kalter Luftstoß drang durch die offene Tür und ließ den Arzt erschauern. »Es ist eine bitterkalte Nacht gewesen«, sagte er.
Miss Warren schob diese Bemerkung mit ihrer breiten, abgearbeiteten Hand beiseite. Mit ehrfurchtsvoller Scheu sagte sie: »Wenn man sich vorstellt, daß er nie gestorben ist! Während die Geschworenen sich entfernt hatten, verließ er vor den Augen der Polizei den Gerichtssaal, und die saß dort und konnte nichts unternehmen, solange die Geschworenen nicht zurück waren. Ich möchte schwören, daß ich den Haftbefehl für Czinner aus Harteps Brusttasche herausragen sah. Czinner verschwand, und es war, als hätte er nie gelebt. Alles ging weiter wie zuvor, sogar Kamnetz.«
Nun konnte er ein bitteres Interesse nicht verbergen. Er sagte: »So? Sogar Kamnetz?«
Miss Warren ergriff die günstige Gelegenheit und begann heiser und mit einer unerwarteten Einbildungskraft zu sprechen: »Ja, wenn er jetzt zurückkehrte, würde er alles beim alten finden; als ob jemand die Uhr zurückgedreht hätte. Hartep läßt sich noch immer bestechen, Kamnetz wirft schon wieder sein Auge auf ein Kind; es sind dieselben Elendsviertel, dieselben Kaffeehäuser mit denselben Konzerten zwischen sechs und sieben. Carl hat das Café ›Moskowa‹ verlassen, das ist der einzige Unterschied, und der neue Kellner ist ein Franzose. Auch ein neues Kino gibt es neben

dem Park. Doch ja, noch etwas hat sich verändert. Man hat Krugers Gartenrestaurant verbaut. Wohnungen für Staatsbeamte.«

Der Mann verharrte schweigend, vollkommen unfähig, diesen neuen Schachzug seiner Gegenspielerin zu parieren. Krugers Gastgarten war also verschwunden mit seinen farbigen Lämpchen, bunten Gartenschirmen und mit den Zigeunern, die in der Dämmerung mit ihrer sanft einschmeichelnden Musik von Tisch zu Tisch gingen, und Carl war auch verschwunden. Einen Augenblick lang war er bereit, an diese Frau seine eigene Sicherheit und die seiner Freunde zu verkaufen, nur um dafür eine Nachricht über Carl einzutauschen. Hatte dieser seine Trinkgelder zusammengespart und sich in eine neue Wohnung am Park zurückgezogen? Faltete er die Servietten jetzt für seinen eigenen Tisch und entkorkte er die Flaschen für sein eigenes Glas? Er wußte, daß er dem gefährlichen, betrunkenen Weib die Rede abschneiden mußte, aber er konnte kein Wort hervorbringen, solange sie ihm Nachrichten aus Belgrad mitteilte – jene Nachrichten, die seine Freunde ihm in ihren wöchentlichen Geheimbriefen niemals sandten.

Es gab auch andere Dinge, um die er sie gern befragt hätte. Sie hatte gesagt, daß die Elendsviertel noch immer dieselben waren, und er konnte unter seinen Füßen die steilen Treppen verspüren, die in die engen Straßenschluchten hinabführten; er bückte sich in Gedanken unter der hellen zerfetzten Wäsche, die quer über die Straße aufgehängt war, und hielt sich das Taschentuch vor den Mund, um nicht den Geruch von Hunden, Kindern, verdorbenem Fleisch und menschlichem Unrat einatmen zu müssen. Gern hätte er gewußt, ob man im Armenviertel Dr. Czinner noch im Gedächtnis behalten hatte. Er hatte jeden Bewohner mit einer Intimität gekannt, die sie für gefährlich gehalten hätten, wären sie nicht voll blinden Vertrauens zu ihm gewesen und wäre er nicht durch seine Abkunft einer der Ihren gewesen.

In der Tat hatte man ihn dort ausgeraubt, sich ihm anvertraut, ihn willkommen geheißen, attackiert und wieder mit Liebe überschüttet.

Fünf Jahre – das war eine lange Zeit; vielleicht war er doch schon vergessen.
Mabel Warren zog scharf den Atem ein. »Um zur Sache zu kommen: ich möchte für meine Zeitung ein exklusives Interview von Ihnen haben, etwa unter dem Titel ›Wie ich entkam‹ oder ›Warum ich nach Hause zurückkehre‹.«
»Ein Interview?«
Seine ständigen Wiederholungen verdrossen sie. Sie hatte heftige Kopfschmerzen und kam sich ›verworfen‹ vor. Das war der Ausdruck, den sie im stillen gebrauchte. Er bedeutete Haß gegen die Männer, gegen alle Listen und Ausflüchte, die diese notwendig machten, gegen die Art, wie sie Schönheit zerstörten und dabei in ihrer eigenen Häßlichkeit einherstolzierten. Sie rühmten sich der Frauen, die sie besessen hatten – sogar das verwelkte, alternde Gesicht vor ihr hatte einst unverhüllte Schönheit gesehen, die Hände, die jetzt die Knie umklammert hielten, hatten einst gefühlt, erkundet und genossen. Und in Wien würde sie Janet Pardoe verlieren, die allein in die Welt hinausging, in der die Männer herrschten. Sie würden ihr schmeicheln und ihr glitzernden, wertlosen Tand schenken, als wäre sie ein Negermädchen, das man mit Spiegeln der Firma Woolworth und mit Glasperlen betrog. Aber nicht das Vergnügen der Männer fürchtete sie am meisten, sondern die Freuden Janets. Ohne sie überhaupt zu lieben, oder wenn, dann nur für eine Stunde, einen Tag, ein Jahr, konnten die Männer erreichen, daß Janet vor Lust schwach wurde und im Genuß laut aufschrie, während sie, Mabel Warren, die sie aus einem begrabenen Gouvernantendasein befreit, sie genährt und gekleidet hatte, die sie mit der gleichen Leidenschaft, ohne Überdruß, bis in den Tod lieben konnte, nichts besaß als ihre Lippen, um ihrer Liebe Ausdruck zu verleihen, und immer vor der Tatsache stand, daß sie keine Freude spenden und selbst nichts gewinnen konnte als das bittere Gefühl der eigenen Unzulänglichkeit.
Mit schmerzendem Kopf, den Geruch von Gin in der Nase und im Bewußtsein ihrer erhitzten Häßlichkeit, haßte sie die Männer und ihre heiteren, verlogenen Liebenswürdigkeiten mit der Intensität eines tiefen Grolles.

»Sie sind Dr. Czinner«, sagte sie ihm auf den Kopf zu und bemerkte mit wachsendem Zorn, daß er sich nicht einmal die Mühe nahm, seine Identität zu verleugnen, und nur ganz nebensächlich den Namen vorbrachte, unter dem er reiste: »Mein Name ist John.«

»Dr. Czinner«, fuhr sie ihn knurrend an und biß sich beim Versuch, ihre Selbstbeherrschung zu bewahren, mit ihren großen Zähnen in die Unterlippe.

»Richard John, Lehrer, auf einer Urlaubsreise.«

»Nach Belgrad.«

»Nein.« Einen Augenblick zögerte er. »Ich bleibe in Wien.«

Das glaubte sie ihm nicht, aber sie nahm sich zusammen und gewann ihre Liebenswürdigkeit wieder. »Ich steige ebenfalls in Wien aus. Vielleicht werden Sie mir gestatten, Ihnen dort einige der Sehenswürdigkeiten zu zeigen.«

Da trat ein Mann in den Türeingang, und sie erhob sich. »Entschuldigen Sie bitte. Das ist Ihr Platz.« Sie grinste in das Abteil und wankte von einer Seite zur andern, als der Zug über eine Weiche fuhr, und war außerstande, ein Rülpsen zu unterdrücken, welches das Abteil mit dem Geruch von Gin und mit winzigen Stäubchen eines billigen Puders erfüllte. »Ich werde Sie vor Wien wiedersehen«, sagte sie, und als sie den Korridor entlangging, lehnte sie ihr rotes Gesicht gegen das kalte, rußige Fenster; ein krampfhafter Schmerz über ihre eigene Trunkenheit und über den Schmutz, der ihr anhaftete, durchzuckte sie. ›Aber ich werde ihn noch zur Strecke bringen‹, dachte sie und errötete wegen ihres Rülpsens, als ob sie ein junges Mädchen bei einer vornehmen Tischgesellschaft wäre. ›Irgendwie werde ich ihn noch zur Strecke bringen, den gottverfluchten Kerl!‹

Zartes Licht durchflutete die Abteile. Für einen Augenblick hätte man meinen können, die Sonne wäre der sinnfällige Ausdruck eines Wesens, das die Menschheit liebte und für sie litt. Menschliche Wesen schwammen gleich Fischen frei von dem Zwang der Schwere im goldenen Wasser, ohne Schwingen, durchsichtig schwebten sie in einem gläsernen Aquarium. Häßliche Gesichter und ungestalte Leiber wurden verwandelt, wenn schon nicht zur Schönheit, so doch zu einem grotesken Aussehen, das mit spöttisch-zärtlicher Zuneigung geformt war. Auf dieser goldenen Welle stiegen und sanken sie, flüsterten und träumten sie. Sie waren nicht gefangen, denn in dieser Morgenstunde wurden sie ihrer Gesellschaft nicht gewahr.

Coral Musker erwachte zum zweitenmal. Sie erhob sich sogleich und ging an die Tür; der Jude döste draußen müde, und seine Augen öffneten sich ruckweise im Rhythmus des Zuges. Corals Geist war immer noch seltsam klar; es war, als besäße das goldene Licht eine durchdringende Kraft, so daß sie Beweggründe durchschauen konnte, die sonst verborgen blieben, und Bewegungen, die in der Regel für sie weder Wichtigkeit noch Bedeutung besaßen. Während sie Myatt beobachtete und er sie erblickte, sah sie, wie er seine Hände zu einer Geste ausstreckte, in der sie auf halbem Wege steckenblieben; sie wußte, daß dies eine Eigenheit seiner Rasse war, die er bewußt unterdrückte. Leise sagte sie: »Ich bin so unverschämt. Und Sie waren die ganze Nacht hier draußen.«

Er zuckte abwehrend die Achseln; jetzt hätte er ein Pfandleiher sein können, der eine Uhr oder eine Vase unter ihrem Wert einschätzte. »Warum nicht? Ich wollte Sie nicht stören und mußte auch mit dem Schaffner sprechen. Darf ich hineinkommen?«

»Natürlich. Es ist ja Ihr Abteil.«

Er lächelte und konnte es nicht unterlassen, seine Hände auszubreiten und sich aus der Hüfte leicht zu verbeugen. »Verzeihen Sie, es ist Ihr Abteil.« Mit diesen Worten zog er sein Taschentuch aus dem Ärmel, rollte die Manschetten hoch und fuhr mit den Händen durch die Luft. »Sehen Sie: eine Fahrkarte erster Klasse.« Aus seinem Taschentuch fiel eine Fahrkarte zwischen den beiden auf den Boden.

»Sie gehört Ihnen.«

»Nein, Ihnen.« Er begann über ihre Bestürzung vergnügt zu lachen.

»Was glauben Sie denn? Ich kann sie nicht annehmen. Sie muß mehrere Pfund gekostet haben.«

»Zehn«, erwiderte er großsprecherisch, »zehn Pfund.« Er zupfte seine Krawatte zurecht und sagte hochtrabend: »Für mich ist das nichts.«
Aber seine Selbstsicherheit, sein prahlerischer Blick entfremdeten ihn ihr. Mit tiefem Verdacht sagte sie: »Was haben Sie für Absichten? Wofür halten Sie mich?« Die Fahrkarte lag zwischen ihnen; nichts würde Coral dazu bringen, sie aufzuheben. Sie stampfte ungehalten mit dem Fuß, indessen draußen das goldene Licht verblaßte und nichts weiter zurückließ als einen gelben Fleck auf der Fensterscheibe und den Polstersitzen. »Ich gehe zu meinem Platz zurück«, erklärte sie.
Trotzig sagte Myatt: »Ich denke gar nicht an Sie. Ich habe andere Dinge im Kopf. Wenn Sie die Karte nicht nehmen wollen, können Sie sie ja wegwerfen.«
Sie merkte, daß er sie beobachtete und wieder prahlerisch und gleichgültig die Schultern hob, und wandte sich gegen das Fenster, gegen den Fluß, gegen eine vorüberfliegende Brücke und gegen eine kahle Buche, auf der die ersten Knospen prangten, und begann lautlos vor sich hin zu weinen: ›Das ist meine Dankbarkeit für eine lange, ruhige Nacht im Schlafwagen; so nehme ich ein Geschenk an.‹ Und voll Scham und Enttäuschung dachte sie an einstige Träume von großen Kurtisanen, die sich von Fürsten beschenken ließen: ›Und ich fahre ihn an wie eine müde Kellnerin.‹
Sie vernahm, wie er sich hinter ihr bewegte, und wußte, daß er sich nach der Fahrkarte bückte. Sie wollte sich ihm wieder zuwenden, ihm ihre Dankbarkeit aussprechen und sagen: ›Es wäre himmlisch, die ganze Reise in diesen tiefen Kissen zu sitzen, in diesem Bett zu schlafen, zu vergessen, daß ich auf dem Wege zu einem Engagement bin, und mich für reich zu halten. Noch nie zuvor war jemand so gut zu mir, wie Sie es sind‹ – aber die Worte von vorhin, die Niedrigkeit ihres Verdachtes, sie lagen wie eine gesellschaftliche Schranke zwischen ihnen.
»Leihen Sie mir Ihre Handtasche«, begann er wieder. Sie streckte sie ihm hinter ihrem Rücken entgegen und fühlte, wie seine Finger das Schloß öffneten. »Da«, sagte er, »ich

habe sie hineingetan. Sie brauchen sie nicht zu benutzen. Sitzen Sie hier nur, wann immer Sie wollen, und schlafen Sie hier, wenn Sie müde sind.«

›Ich bin so müde‹, ging es ihr durch den Sinn, ›ich könnte stundenlang hier schlafen.‹ Mit einer Stimme, die sich mühte, die Tränen zu verbergen, fragte sie: »Aber wie kann ich das?«

»Ach«, entgegnete er, »ich werde ein anderes Abteil finden. Ich schlief nur deshalb hier auf dem Gang, weil ich mir Ihretwegen Sorgen machte. Sie hätten vielleicht Hilfe gebraucht.«

Wieder begann sie zu weinen, die Stirn gegen das Fenster gelehnt und die Augen halb geschlossen, so daß ihre Wimpern gleichsam einen Vorhang bildeten zwischen ihrem eigenen Ich und den hartherzigen Mahnungen vertrockneter alter Frauen von reicher Erfahrung, die da sagten: »Die Männer wollen immer nur eines«, oder »Nimm von einem fremden Mann keine Geschenke an.« Man hatte sie immer gewarnt, daß die Gefahr in der Größe des Geschenkes liege. Schokoladebonbons und eine Autofahrt, selbst eine in der Dunkelheit nach einem Theaterbesuch, brauchten nicht mehr zur Folge zu haben als Küsse auf Mund und Hals und einen leichten Riß im Kleid. Die Männer erwarteten von einem Mädchen eine Gegenleistung – das war der Kernpunkt aller dieser weisen Ratschläge; man bekam nie etwas umsonst. Romanschriftsteller mochten behaupten, daß Keuschheit mehr wert sei als Rubine, aber in Wahrheit besaß sie ungefähr den Wert eines Pelzmantels. Einen Pelzmantel konnte man nicht annehmen, ohne mit einem Mann zu schlafen. Täte man es aber, dann würden alle abgebrühten Frauen sagen, daß der Mann berechtigten Grund zur Klage hätte. Und der Jude hatte zehn Pfund für sie ausgegeben.

Er legte seine Hand auf ihren Arm. »Was ist denn los? Sagen Sie es mir. Fühlen Sie sich krank?«

Sie erinnerte sich an die Hand, die ihr Kissen aufgeschüttelt hatte, und daran, wie seine Füße sich schlurfend entfernt hatten. »Wie kann ich das?« wiederholte sie. Aber jetzt waren ihre Worte eine flehentliche Bitte an ihn, etwas zu sagen und die angehäufte Erfahrung der Armen zu widerlegen.

»Setzen Sie sich«, erwiderte er, »und erlauben Sie mir, daß ich Ihnen die Landschaft zeige. Dieser Fluß ist der Rhein.«

Sie lachte: »Das habe ich schon erraten.«

»Haben Sie den Felsen gesehen, an dem wir vorbeifuhren? Der so in den Fluß vorspringt? Das war der Loreley-Felsen. Heine.«

»Was meinen Sie mit Heine?«

»Ein Jude«, sagte er mit Behagen.

Sie vergaß allmählich die Entscheidung, die zu treffen sie gezwungen gewesen, und betrachtete ihr Gegenüber mit Interesse. Sie versuchte hinter den allzu vertrauten Zügen, hinter den kleinen Augen, der großen Nase, dem geölten schwarzen Haar einen Fremden zu entdecken. Aber sie hatte diesen Typ zu oft gesehen: in der ersten Sitzreihe der Provinztheater, in einem Smoking wie ein Kellner, hinter einem Schreibtisch in den Büros der Theateragenten, in den Kulissen auf der Probe, um Mitternacht vor der Bühnentür. Die Welt des Theaters vibrierte von seiner leisen, unterwürfigen und doch wieder gebieterischen Stimme; er war geizig mit einem alltäglichen, gewohnheitsmäßigen Geiz und wieder großzügig in plötzlich aufwallender Laune; und nie durfte man ihm trauen. Leises Lob während einer Probe bedeutete noch gar nichts; im Büro würde er nachher bei einem Glas Whisky sagen: »Die Kleine in der vorderen Reihe ist nicht wert, was wir ihr zahlen.« Nie war er aufgebracht, nie schimpfte er, nie gebrauchte er einen ärgeren Ausdruck als ›die Kleine‹ und die Entlassung kam in Gestalt eines maschinengeschriebenen Zettelchens, das man im Brieffach fand.

Doch weil keine dieser Eigenschaften sie davon abhielt, die Juden gerade wegen ihrer Ruhe nett zu finden, und zum Teil auch, weil es die Pflicht eines Mädchens war, liebenswürdig zu sein, sagte sie jetzt mit sanfter Stimme: »Juden sind künstlerisch veranlagt, nicht wahr? Fast das ganze Orchester in ›Atta Girl‹ bestand aus Juden.«

»Ja«, pflichtete er ihr mit einer Bitternis bei, die sie nicht verstand.

»Lieben Sie Musik?«
»Ich spiele Violine«, sagte er, »aber nicht sehr gut.«
Eine Sekunde lang war es ihr, als ob sich hinter seinen wohlbekannten Augen ein fremdartiges Leben rege.
»Bei ›Sonny Boy‹ mußte ich immer weinen«, sagte sie und fühlte zugleich, welche Kluft ihr Einfühlungsvermögen von ihrer sprachlichen Ausdrucksfähigkeit trennte. Sie war für vieles empfänglich und konnte doch nur wenig davon ausdrücken, und was sie dann sagte, war oft das Unrichtige. Jetzt sah sie das fremdartige Leben in seinen Augen verlöschen.
»Sehen Sie«, sagte er scharf, »der Fluß ist verschwunden, wir haben den Rhein verlassen. Bald ist Frühstückszeit.«
Sie war schmerzlich berührt von dem Gefühl, unfair behandelt worden zu sein, aber sie neigte nicht zum Zank. »Ich werde meine Handtasche holen müssen«, sagte sie, »ich habe einige belegte Brote darin.«
Er starrte sie an. »Sie wollen doch nicht etwa sagen, daß Sie Vorräte für drei Tage mitgenommen haben?«
»O nein. Nur das Abendbrot für gestern und das heutige Frühstück. So erspare ich mir acht Shilling.«
»Sind Sie gar aus Schottland? Hören Sie, Sie werden mit mir frühstücken.«
»Was soll ich denn noch alles mit Ihnen tun?«
Er grinste: »Ich will's Ihnen sagen: zu Mittag essen, Tee, Abendessen, und morgen –«
Sie unterbrach ihn mit einem Seufzer: »Ich glaube fast, Sie sind leicht übergeschnappt. Sind Sie am Ende aus einer Anstalt ausgebrochen?«
Plötzlich machte er ein trauriges Gesicht und fragte sie demütig: »Sie könnten nicht mit meiner Gesellschaft vorliebnehmen? Sie würden sich langweilen?«
»Nein«, sagte sie, »ich würde mich durchaus nicht langweilen. Aber warum tun Sie das alles für mich? Ich bin nicht hübsch, und ich glaube, ich bin auch nicht gescheit.« Sehnsüchtig wartete sie nun darauf, daß er ihr widersprechen werde: ›Sie sind chön, geistsprühend, witzig‹ – die unglaubwürdigen Worte, welche sie jeder Verpflichtung entheben würden, ihm entweder eine Gegenleistung zu bieten oder

seine Geschenke abzulehnen; Schönheit und Witz galten mehr als jedes Geschenk, das er ihr anbieten mochte; wenn aber ein Mädchen geliebt wurde, dann pflegen selbst die alten, weltweisen Frauen zuzugeben, daß sie ein Recht darauf habe, zu nehmen und nichts dafür zu geben.

Myatt aber widersprach ihr nicht. Seine Erklärung war beinahe beleidigend in ihrer Schlichtheit: »Mit Ihnen kann ich so leicht reden. Ich habe das Gefühl, Sie gut zu kennen.«

Sie verstand ihn. Mit dem trockenen, belanglosen Schmerz der Enttäuschung entgegnete sie: »Ich glaube, ich kenne Sie auch.« Und was sie damit meinte, waren die endlosen Treppen, die Türen der Agenturen und der freundliche junge Jude, der ihr sanft und ohne Interesse erklärte, daß er ihr nichts, rein gar nichts, anbieten könne.

›Ja‹, dachte sie, ›wir kennen einander.‹ Diese Tatsache, die sie beide einander zugestanden hatten, machte sie jetzt wortkarg. Draußen bewegte sich die Welt, wandelte sich und glitt an ihnen vorüber. Bäume und Häuser hoben sich und sanken wieder vor dem Hintergrund eines blaßblauen, wolkenbesäten Himmels, die Buche wurde zur Ulme, die Ulme zur Tanne, die Tanne zum Felsen; wie Blei über heißem Wasser, nahm die Welt brodelnd immer neue Gestalt an, bald glich sie einer Flamme, bald einem Kleeblatt. Doch die Gedanken der beiden blieben unverändert, und es gab nichts zu sagen, weil es nichts zu entdecken gab.

»Sie wollen doch gar nicht«, begann sie wieder, »daß ich mit Ihnen frühstücke.«

Sie versuchte vernünftig zu sein und das verlegene Schweigen zu brechen.

Er aber wollte von ihrer Lösung nichts wissen. »Freilich will ich das«, sagte er, aber die Mattigkeit in seiner Stimme verriet ihr, daß sie nur herrisch aufzutreten, sich zu erheben, ihn zu verlassen und in ihren Wagen zurückzukehren brauchte; und er würde keinen Widerstand leisten.

Aber in ihrer Handtasche lagen die altbackenen Brote und die Milch von gestern in einer Weinflasche, während durch den Gang der Duft dampfenden Kaffees und knuspriger Brötchen herüberdrang.

Mabel Warren goß sich Kaffee ein, schwarz, stark, ohne Zucker. »Es ist die beste Geschichte, hinter der ich je her war«, erklärte sie. »Ich sah ihn vor fünf Jahren, wie er den Gerichtssaal verließ, während Hartep mit dem Haftbefehl in der Tasche auf ihn lauerte. Campbell von der ›News‹ war sofort hinter ihm her, aber auf der Straße verlor er seine Spur. Czinner ging gar nicht nach Hause, und bis zum heutigen Tag hat man nichts mehr von ihm gehört. Allgemein glaubte man, er wäre ermordet worden; aber ich habe nie begriffen, warum sie erst einen Haftbefehl gegen ihn erließen, wenn sie die Absicht hatten, ihn umzubringen.«
»Gesetzt den Fall«, sagte Janet Pardoe teilnahmslos, »daß er nichts sagt.«
Miss Warren brach ein Brötchen entzwei. »Ich habe noch nie versagt.«
»Du wirst also etwas erfinden?«
»Nein, das wäre gut genug für einen Mann wie Savory, aber nicht für Czinner.« Bösartig fuhr sie fort: »Ich werde ihn schon zum Sprechen bringen. Irgendwie, zwischen hier und Wien. Ich habe fast zwölf Stunden Zeit. Ich werde auf ein Mittel sinnen.« Dann fügte sie gedankenvoll hinzu: »Er behauptet, ein Lehrer zu sein. Das mag stimmen. Das wäre eine gute Geschichte. Und wohin fährt er jetzt? Er sagt, er wird in Wien aussteigen. Wenn er es tut, dann folge ich ihm. Ich werde ihm, wenn nötig, bis nach Konstantinopel folgen. Aber ich glaube es nicht. Er fährt nach Hause.«
»Ins Gefängnis?«
»Zu seinem Prozeß. Vielleicht verläßt er sich auf das Volk. In den Armenvierteln war er ja immer beliebt. Aber er ist ein Narr, wenn er sich einbildet, daß sie sich seiner noch entsinnen werden. Fünf Jahre! So lange erinnert man sich an niemanden.«
»Liebling, das ist doch krankhaft von dir.«
Nur schwer fand Mabel Warren in ihre unmittelbare Umgebung zurück: zu dem in der Tasse schwankenden Kaffee, zu dem leicht schaukelnden Tisch und zu Janet Pardoe. Diese hatte erst geschmollt, protestiert und gekränkt dreingeblickt; jetzt aber schielte sie seitwärts auf einen Juden, der einen

Tisch mit einem Mädchen teilte, das Miss Warren zwar ziemlich gewöhnlich, aber nicht ohne augenfälligen Reiz erschien. Und was den Juden betraf, so waren seine einzigen Vorzüge Jugend und Reichtum, aber sie genügten schon, so dachte die Journalistin mit bitterer Gewißheit, um Janets Blicke anzulocken.

»Du weißt, daß es wahr ist«, sagte Miss Warren mit zwecklosem Ärger. Mit ihrer viereckigen, abgearbeiteten Hand zerrte sie an einem zweiten Brötchen, während sie verspürte, in welch grotesker Weise ihre Erregung wuchs. »In einer Woche wirst du mich vergessen haben.«

»Bestimmt nicht, Liebling. Ich weiß, ich verdanke dir doch alles.«

Diese Worte befriedigten Mabel Warren nicht. ›Wenn ich liebe‹, überlegte sie, ›dann denke ich nicht daran, was ich dem andern verdanke.‹ Für sie zerfielen die Menschen in zwei Gruppen, in solche, die dachten, und in solche, die fühlten. Die einen dachten an die Kleider, die man ihnen gekauft, an die Rechnungen, die man für sie bezahlt hatte; aber die Kleider kamen bald wieder aus der Mode, und die beglichenen Rechnungen wehte der Wind vom Tisch; auf jeden Fall war die Schuld mit einem Kuß oder sonst einer Freundlichkeit abgestattet worden: die, die dachten, vergaßen also. Aber die andern, die fühlten, erinnerten sich; sie schuldeten nichts, und sie liehen nichts; sie haßten, oder sie liebten. ›Zu diesen gehöre ich‹ dachte Miss Warren, und ihre Augen füllten sich mit Tränen, und das Brot blieb ihr trocken in der Kehle stecken. ›Ich bin eine von jenen, die lieben und sich erinnern, die der Vergangenheit in schwarzen Kleidern oder mit dem schwarzen Trauerflor die Treue bewahren. Ich vergesse nicht.‹ Und ihre Augen ruhten eine Sekunde lang auf dem Mädchen des Juden, so wie ein müder Autofahrer das billige Gasthaus mit den roten Vorhängen und dem verwässerten Bier voll Sehnsucht betrachtet, ehe er seinen Weg zum besten Hotel mit seiner Musik und seinen Palmen fortsetzt. Sie dachte: ›Ich werde sie ansprechen. Sie hat eine hübsche Gestalt.‹ Denn schließlich konnte man nicht immer mit einer sanften Stimme, die wie Musik klang, und mit einer

gertenschlanken Gestalt zusammen leben. Treue war nicht dasselbe wie Erinnerung. Man konnte vergessen und treu bleiben, und konnte sich erinnern und dennoch treulos sein.
Sie liebte Janet Pardoe; sie würde sie immer lieben, beteuerte sie in ihrem Innern. Janet hatte ihr offenbart, was Liebe sein konnte, seit jenem Abend ihres ersten Zusammentreffens in einem Kino in der Kaiser-Wilhelm-Straße, und doch und doch ... Sie hatten sich in ihrer gemeinsamen Abneigung gegen den Hauptdarsteller des Films gefunden. Mabel Warren hatte, um in der angespannten Stille des verdunkelten Kinos ihrem Herzen Luft zu machen, laut und englisch ausgerufen: »Ich kann diese geschniegelten Männer nicht ausstehen«, und hatte eine leise, wohlklingende Zustimmung gefunden. Aber selbst dann hatte Janet noch bis zum Ende bleiben wollen, bis zur letzten Umarmung, bis zur letzten verschleierten Wollust. Mabel Warren hatte sie gedrängt, mit ihr zu kommen und noch etwas zu trinken, aber Janet hatte erklärt, noch dableiben und die Wochenschau sehen zu wollen, und so waren sie geblieben. Heute schien ihr jener erste Abend alles enthüllt zu haben, was es an Janets Charakter zu enthüllen gab: ihre unweigerliche Zustimmung, die ohne Einfluß blieb auf das, was sie wirklich tat. Scharfe Worte oder Widerspruch hatten nie ihre gleichmäßig ausdruckslose Laune getrübt – bis gestern nacht, als sie glaubte, sie wäre Mabel Warren losgeworden.
Die Journalistin sagte boshaft und ohne ihre Stimme zu senken: »Ich kann die Juden nicht leiden«, und Janet Pardoe wandte ihr ihre großen, strahlenden Augen zu und entgegnete: »Ich auch nicht, Liebling.«
In plötzlicher Verzweiflung flehte Mabel sie an: »Janet, wenn ich einmal gestorben bin, wirst du dich unserer Liebe erinnern? Du wirst keinem Mann erlauben, dich anzurühren?« Sie hätte Janets Widerspruch willkommen geheißen, eine Gelegenheit begrüßt, zu streiten, ihre Gründe vorzubringen, diesem unbeständigen Geist irgendein festes Siegel aufzudrücken; aber wieder war alles, was sie zu hören bekam, eine geistesabwesende Zustimmung: »Aber natürlich werde ich es keinem erlauben, Liebling. Wie könnte ich auch?« ›Wenn

ich vor einem Spiegel gesessen hätte‹ dachte Miss Warren, ›so hätte ich von dem Bild darin stärker den Eindruck eines fremden Geistes empfangen, aber freilich nicht die Genugtuung eines schönen Anblicks.‹ Es tat nicht gut, an sich selbst zu denken, an ihr grobes Haar, ihre rotunterlaufenen Augenlider, ihre hartnäckig männliche und mißtönende Stimme; jeder Mann, selbst ein ordinärer Jude, war rein körperlich ihr Nebenbuhler. ›Wenn ich nicht mehr da bin, wird Janet eine kurze Weile als holde Schönheit zurückbleiben und kaum existieren, abgesehen von der Notwendigkeit, zu schlafen, zu essen, bewundert zu werden. Aber bald wird sie sich wieder in ihren Sessel zurücklehnen, den Toast zerkrümeln und sagen: Aber natürlich stimme ich vollkommen mit dir überein. Das Gefühl habe ich immer gehabt.‹

Die Tasse in Mabel Warrens Hand zitterte, der Kaffee lief über und fiel in Tropfen auf ihr Kleid, das schon Flecke von Fett und Bier aufwies. ›Was liegt schon daran‹, dachte sie roh, ›was Janet treibt, solange ich nichts davon weiß? Was geht es mich an, ob sie einem Mann erlaubt, mit ihr schlafen zu gehen, wenn sie nur wieder zurückkommt?‹ Aber diese einschränkende Bedingung ließ sie vor seelischem Schmerz zusammenzucken – denn es war fraglich, ob Janet je zu einem ältlichen, unschönen, vernarrten Frauenzimmer zurückkehren würde. ›Sie wird ihm von mir erzählen‹, dachte Mabel, ›von den zwei Jahren, die sie mit mir verbracht hat, von den Tagen, da wir glücklich waren, von den Szenen, die ich ihr machte, sogar von den Gedichten, die ich für sie verfaßte, und er wird lachen, und sie wird lachen, und lachend werden sie zu Bett gehen. Ich sollte mir lieber klarmachen, daß dies jetzt das Ende ist, daß Janet von diesem Urlaub nie mehr zurückkommen wird. Ich weiß nicht einmal, ob sie wirklich ihren Onkel besucht. Doch es gibt ja genug ihresgleichen‹, dachte Miss Warren, während sie ein Brötchen zerbröselte und verzweifelt bemerkte, wie vernachlässigt ihre Hände waren; ›das Mädchen mit dem Juden dort zum Beispiel.‹ Die war so arm, wie Janet an jenem Abend im Kino gewesen war; sie war nicht so reizend wie Janet, die so schön war, daß es ein Glück bedeutete, eine Stunde dazusitzen und jede Bewegung ihres

Körpers zu beobachten, zu sehen, wie sie ihr Haar frisierte, ihre Kleider wechselte, ihre Strümpfe anzog, ein Getränk mixte; aber die andere besaß zweimal soviel Verstand, mochte es auch ein gewöhnlicher und schlauer Verstand sein.
»Liebling, hast du dich in das kleine Ding vergafft?« fragte Janet Pardoe belustigt.
Der Zug schwankte und donnerte in einen Tunnel hinein und wieder hinaus und verschlang Mabels Antwort, so wie eine zornige Hand einen Brief ergreifen und zerreißen und die Stücke verstreuen mag, wobei nur ein Papierfetzen mit dem Gesicht nach oben fällt und ein einziges Wort erkennen läßt: ». . . für immer . . .« Niemand außer Mabel Warren hätte sagen können, was sie beteuert hatte; ob sie geschworen, sich immer zu erinnern, oder ob sie erklärt hatte, daß man nicht für immer einem und demselben Menschen treu bleiben könne. Als der Zug wieder ins Tageslicht hinausbrauste, die Kaffeekannen schimmerten und das weiße Leinen der Tischtücher zwischen offenem Weideland, wo einige Kühe grasten, und einem tiefen Tannenforst ausgebreitet lag, hatte Miss Warren bereits vergessen, was sie hatte sagen wollen; denn in einem Mann, der eben den Speisewagen betrat, erkannte sie Dr. Czinners Reisegefährten. Im selben Augenblick erhob sich das Mädchen. Sie und der Jude hatten so wenig gesprochen, daß Miss Warren im Zweifel war, ob sie einander kannten. Sie hoffte, daß sie einander fremd waren, denn sie arbeitete bereits einen Plan aus, der ihr nicht nur zu einem Gespräch mit dem Mädchen verhelfen, sondern auch dazu beitragen würde, Czinner ein für allemal auf der ersten Seite ihrer Zeitung festzunageln – eine exklusive Kreuzigung.
»Leben Sie wohl«, sagte das Mädchen.
Die Journalistin, die die beiden mit dem Auge eines geübten Beobachters betrachtete, sah die hochgezogenen Schultern des Juden, als wäre er ein verschämter Gewohnheitsdieb, der sich auf der Anklagebank vorneigt und mehr aus Gewohnheit als im Gefühl erlittenen Unrechts leise Beschwerde führt, daß man ihn im Prozeß nicht fair behandelt habe. Ein oberflächlicher Beobachter hätte sie für ein zankendes Liebes-

paar gehalten, aber Mabel Warren wußte besser Bescheid. »Werde ich Sie wiedersehen?« fragte der Jude, und das Mädchen gab zur Antwort: »Wenn Sie mich brauchen, so wissen Sie, wo ich zu finden bin.«
Mabel Warren wandte sich an Janet: »Wir sehen uns später wieder. Ich muß jetzt ein paar Dinge erledigen.« Und sie folgte dem Mädchen, das den Speisewagen verließ, über den schwankenden Übergang zwischen den Wagen; sie stolperte und suchte nach einem Halt, aber ihre Kopfschmerzen waren in der wärmenden Erleuchtung einer guten Idee geschwunden. Denn als sie sagte, sie müsse ein paar Dinge erledigen, meinte sie damit nichts Unbestimmtes, sondern einen Gedanken, der in der hellerleuchteten Halle ihres Geistes triumphierend thronte und dem wiederum ihr eigener Verstand die beifällig murmelnde Menge abgab. Alles fügte sich zusammen – dies empfand sie vor allem –, und sie begann sich auszurechnen, wie viele Spalten ihr die Londoner Redaktion wohl einräumen würde. Sie hatte noch nie einen Artikel auf der Titelseite gehabt. Da war die Abrüstungskonferenz und die Verhaftung eines Lords wegen Unterschlagungen, und ein Baron hatte ein Ziegfeld-Girl geheiratet. Keines dieser Ereignisse war ›exklusiv‹. Sie hatte sie schon im Fernschreiber der Nachrichtenagentur gelesen, ehe sie zum Bahnhof gegangen war. ›Die Abrüstungskonferenz und das Ziegfeld-Girl werden sie auf die letzte Seite setzen‹ dachte sie, ›und meine Geschichte als Hauptartikel auf die erste, wenn nicht gerade in Europa Krieg ausbricht oder der König stirbt.‹ Die Augen auf das Mädchen vor sich gerichtet, stellte sie sich Dr. Czinner vor, wie er müde, schäbig und altmodisch mit seinem hohen Kragen und der dünnen, enggeknüpften Krawatte in der Ecke seines Abteils saß, die Hände auf den Knien, während sie ihm eine Menge Lügen über Belgrad erzählte. ›Dr. Czinner lebt‹ dachte sie, im Geiste bereits an der Überschrift arbeitend; aber das wäre nicht genug als erste Schlagzeile, denn fünf Jahre waren vergangen, und nicht viele Leser würden sich an den Namen erinnern. ›Ein mysteriöser Mann taucht wieder auf. Wie Dr. Czinner dem Tod entrann. Exklusiver Bericht.‹

»Mein Gott«, keuchte sie und hielt sich an der Griffstange fest, scheinbar erschreckt durch den zweiten Steg, den schwankenden Stahltritt, und durch das Gekreisch der an der Kuppelung zerrenden Waggons. Ihr Ausruf verhallte jedoch ungehört, und sie mußte ihn lauter wiederholen, was wenig zu der Rolle paßte, die sie sich zurechtgelegt hatte: der einer alten Frau, die nach Atem rang.
Das Mädchen wandte sich um und kam zurück; ihr ungeschultes Gesicht war bleich und unglücklich, so daß es selbst einem Fremden alles verriet. »Was ist denn los? Sind Sie krank?«
Miss Warren rührte sich nicht; am andern Ende der übereinandergreifenden Stahlplatten dachte sie angestrengt nach. »Mein Gott, wie froh bin ich, daß Sie eine Engländerin sind. Ich fühle mich so elend, ich kann nicht hinüber. Ich weiß, ich bin eine alberne alte Frau« – zu ihrem Schmerz mußte sie ihr Alter vorschützen, doch das ließ sich nicht vermeiden –, »aber wenn Sie mir Ihre Hand reichen wollen ...« Sie dachte: ›Für ein solches Spiel müßte ich langes Haar haben, das würde femininer wirken; ich wollte, ich hätte keine gelben Fingerspitzen; und Gott sei Dank rieche ich nicht mehr nach Alkohol.‹
Das Mädchen kam zurück und sagte: »Selbstverständlich. Sie brauchen sich nicht zu ängstigen. Nehmen Sie nur meinen Arm.«
Miss Warren ergriff ihn mit starken Fingern, wie wenn sie das Genick eines raufenden Hundes umfaßte.
Als sie den nächsten Korridor erreichten, sprach sie wieder. Der Lärm des Zuges war dort gedämpft, und sie war imstande, ihre Stimme zu einem heiseren Flüstern zu senken: »Wenn es nur einen Arzt im Zuge gäbe, meine Liebe; mir ist furchtbar übel.«
»Aber es gibt ja einen. Dr. John heißt er. Ich fiel in der vergangenen Nacht in Ohnmacht, und er half mir. Ich gehe ihn suchen.«
»Ich habe solche Angst vor Ärzten«, sagte Miss Warren mit plötzlich aufblitzendem Triumph; es war außerordentlich günstig, daß das Mädchen Czinner kannte. »Sprechen Sie ein

bißchen mit mir«, sagte sie, »bis ich etwas ruhiger bin. Wie heißen Sie, meine Liebe?«
»Coral Musker.«
»Sie müssen mich Mabel nennen, Mabel Warren. Ich habe eine Nichte, die Ihnen sehr ähnlich sieht. Ich arbeite in Köln für eine englische Zeitung. Sie müssen mich einmal besuchen kommen. Ich habe die entzückendste kleine Wohnung. Sind Sie auf Urlaub?«
»Ich bin Tänzerin und fahre nach Konstantinopel. Dort ist ein Girl in einer englischen Truppe krank geworden.«
Während Mabel Warren die Hände des Mädchens in den ihren hielt, fühlte sie einen Augenblick lang das erregende Verlangen, in einer absurden, augenfälligen Weise edelmütig zu sein. Warum sollte sie nicht die Hoffnung aufgeben, Janet Pardoe behalten zu können, und dieses Mädchen einladen, seinen Vertrag zu brechen und Janets Platz als ihre bezahlte Gesellschafterin einzunehmen?
»Sie sind so hübsch«, sagte sie laut.
»Hübsch?« fragte Coral Musker. Kein Lächeln milderte ihre Ungläubigkeit. »Sie wollen mich wohl zum besten halten.«
»Meine Liebe, Sie sind so lieb und gut zu mir.«
»Drauf tät' ich mich nicht verlassen.« Dieser leicht vulgäre Ausdruck verdarb für einen Augenblick Mabel Warrens Traumbild. Coral Musker sagte sehnsüchtig: »Lassen Sie das vom Gutsein weg. Aber sagen Sie noch einmal, daß ich hübsch bin.«
Mit tiefster Überzeugung willigte Mabel Warren ein: »Meine Liebe, Sie sind wunderschön.«
Die überraschte Gier, mit der das Mädchen sie nun betrachtete, war geradezu rührend. Das Wort ›Jungfräulichkeit‹ durchzuckte den dunklen Hintergrund von Mabel Warrens stadtgewohntem Geist. »Hat Ihnen das noch niemand gesagt?« Eifrig und ungläubig drang die Journalistin weiter in sie: »Auch Ihr junger Freund im Speisewagen nicht?«
»Ich kenne ihn doch kaum.«
»Sie sind klug, meine Liebe. Juden soll man nicht trauen.«
Coral Musker fragte langsam: »Glauben Sie, daß er das gedacht hat? Daß ich ihn nicht mochte, weil er ein Jude ist?«

»Die Juden sind das gewohnt.«
»Dann werde ich hingehen und ihm sagen, daß ich ihn gut leiden kann, daß ich Juden immer gut leiden konnte.«
Mabel Warren begann lautlos vor sich hin zu fluchen, bitter, obszön, giftig.
»Was sagten Sie da?« fragte die Tänzerin.
»Sie werden mich doch nicht verlassen, bevor Sie den Arzt gefunden haben? Sehen Sie, meine Nichte und ich haben das Abteil ganz am Ende des Wagens. Dorthin gehe ich, wenn Sie so freundlich sind, ihn zu holen.«
Sie wartete, bis Coral Musker verschwunden war, und schlüpfte dann in den Waschraum. Der Zug hielt plötzlich und begann sich dann rückwärts zu bewegen. Durchs Fenster erkannte Miss Warren die Türme von Würzburg und die Mainbrücke. Die Wagen dritter Klasse wurden abgekoppelt und die Zugsgarnitur zwischen Stellwerken und auf Nebengeleisen verschoben. Miss Warren ließ die Tür etwas offen stehen, so daß sie den Korridor überblicken konnte. Als Coral Musker und Dr. Czinner erschienen, schloß sie die Tür und wartete, bis ihre Schritte verhallten. Es war ein ziemlich weiter Weg bis zum Ende des Ganges. Wenn sie sich jetzt beeilte, würde sie gerade genug Zeit haben. Sie schlüpfte hinaus. Ehe sie die Tür leise schließen konnte, fuhr der Zug an, und die Tür fiel mit einem Knall zu; aber weder Coral Musker noch der Arzt blickten sich um.
Sie lief mit linkischen Bewegungen; durch das Schwanken des Zuges wurde sie von der einen Seite des Ganges zur andern geschleudert und schlug sich ein Handgelenk und ein Knie an. Fahrgäste, die vom Frühstück kamen, preßten sich flach gegen die Fenster, um sie vorüberzulassen; einige von ihnen beklagten sich über sie auf deutsch, da sie wußten, daß sie eine Engländerin war, und meinten, sie könnte sie nicht verstehen. Sie grinste sie boshaft an, bleckte dabei ihre großen Schneidezähne und eilte weiter. Es war leicht, das richtige Abteil zu finden, denn sie erkannte den Regenmantel, der in der Ecke hing, und den weichen, fleckigen Hut. Auf dem Sitz lag eine Morgenzeitung, die Czinner kurz vorher am Bahnhof in Würzburg gekauft haben mußte. Während der

kurzen Verfolgung Corals durch den Korridor hatte sie jeden Schritt sorgfältig überlegt. Der Fremde, der in demselben Abteil reiste, saß beim Frühstück. Dr. Czinner, der sie am Ende des Zuges suchte, würde mindestens drei Minuten fern sein. In dieser Zeit mußte sie genug ausspionieren, um ihn zum Sprechen zu bringen.

Da war zunächst der Regenmantel. In seinen Taschen fand sie nichts außer einer Schachtel Streichhölzer und einem Päckchen ›Gold-Flake‹-Zigaretten. Sie nahm den Hut in die Hand und tastete rundherum das Band ab und dann das Innenfutter; schon manchmal hatte sie recht wertvolle Informationen in Hüten versteckt gefunden; aber der Hut des Arztes war leer. Jetzt kamen die gefährlichsten Augenblicke ihrer Suche. Die Durchsuchung des Hutes und sogar der Taschen ließ sich verheimlichen; aber den Koffer aus dem Gepäcknetz zu nehmen, sein Schloß mit dem Taschenmesser aufzustemmen und den Deckel zu heben, das setzte sie allzu eindeutig der Anklage des Diebstahls aus. Eine Klinge ihres Messers zerbrach, während sie noch am Schloß herumarbeitete. Ihre Absicht mußte jedermann klar sein, der an dem Abteil vorüberkam; Schweiß trat ihr auf die Stirn, und ihre Hast wurde allmählich wahnwitzig. ›Wenn man mich jetzt bemerkt, dann werde ich entlassen‹, dachte sie; ›selbst das billigste Schundblatt in England könnte so etwas nicht dekken. Und wenn ich entlassen werde, verliere ich Janet, komme ich um die Möglichkeit, Coral zu gewinnen. Aber wenn ich Erfolg habe‹ dachte sie weiter und spähte, schob und kratzte, ›dann kann ich als Gegenleistung für einen solchen Artikel von der Zeitung alles haben. Vier Pfund Gehaltserhöhung pro Woche wäre nicht zuviel verlangt. Ich werde mir eine größere Wohnung nehmen können; wenn Janet das erfährt, wird sie zurückkommen, wird sie mich nie verlassen. Glück und Sicherheit kann ich damit gewinnen.‹ Da gab das Schloß nach, der Deckel sprang auf, und ihre Finger langten nach Dr. Czinners Geheimnissen. Eine wollene Bauchbinde war deren erstes.

Sie hob sie vorsichtig in die Höhe und fand seinen Reisepaß. Darin war sein Name mit Richard John angegeben und als

Beruf stand ›Lehrer‹. Er war sechsundfünfzig Jahre alt. ›Das beweist nichts‹, überlegte sie, ›diese fragwürdigen ausländischen Politiker wissen, wo man einen Paß zu kaufen bekommt.‹ Sie legte ihn dorthin zurück, wo sie ihn gefunden, und begann mit den Fingern zwischen seinen Anzügen zu kramen, halbwegs hinunter bis zur Mitte des Koffers, bis zu dem Punkt, den die Zollbeamten immer verfehlen, wenn sie den Inhalt eines Koffers vom Boden her und an den Seiten aufheben. Sie hoffte eine politische Flugschrift oder einen Brief zu finden, doch sie entdeckte nur einen alten Baedeker aus dem Jahre 1914: ›Konstantinopel und Kleinasien, Balkanstaaten, Archipel, Cypern‹; er stak in einer Hose. Aber Mabel Warren war gründlich: sie berechnete, daß sie nur noch eine Minute in Sicherheit arbeiten konnte, und da es nichts mehr zu durchsuchen gab, öffnete sie den Baedeker; es war nämlich auffallend, daß sie ihn so sorgfältig versteckt gefunden hatte. Sie blickte auf das Vorsatzblatt und las mit Enttäuschung den Namen Richard John, mit einer kratzenden Feder und in kleinen, umständlichen Buchstaben hingeschrieben; aber darunter befand sich eine Adresse: The School House, Great Birchington-on-Sea. Es war der Mühe wert, sich diese Anschrift zu merken; der ›Clarion‹ konnte einen Reporter hinschicken, um den Direktor der Schule zu interviewen; eine gute Geschichte mochte dort versteckt liegen.

Czinner schien den Reiseführer antiquarisch gekauft zu haben, denn der Einband war ziemlich abgegriffen; auf dem Vorsatzblatt klebte ein Schildchen mit der Anschrift einer Buchhandlung in der Charing Cross Road. Miss Warren schlug Belgrad auf. Der Stadtplan in Seitengröße hatte sich losgelöst, trug jedoch keinerlei Notizen. Sie prüfte jede Seite, die von Belgrad handelte, dann jede Seite über Serbien und jede Seite über jene Länder, die jetzt Teile Jugoslawiens waren. Sie entdeckte aber nicht einmal einen Tintenfleck und hätte ihre Suche aufgegeben, wenn der Baedeker nicht so merkwürdig versteckt gewesen wäre. Eigensinnig und entgegen der Wahrnehmung ihrer eigenen Augen glaubte sie, daß er dort versteckt worden war und daß es folglich etwas zu

verbergen gegeben haben mußte. Sie ließ die Blätter über ihren Daumen gleiten, was wegen der zahlreichen gefalteten Landkarten nicht ganz glatt ging. Aber auf einer der vorderen Seiten entdeckte sie einige Linien, Kreise und Vierecke, die mit Tinte über den Text gezogen waren. Der Text jedoch handelte von einer unbekannten Stadt in Kleinasien, und die Zeichnungen mochten von einem Kind mit Lineal und Zirkel hingekritzelt worden sein. Wenn die Zeichnungen Teile einer Geheimschrift waren, so konnte diese sicherlich nur ein Fachmann entziffern. ›Er hat mich geschlagen‹, dachte sie voll Haß und streifte die Kleider im Koffer glatt, ›hier gibt es nichts‹. Aber den Baedeker wollte sie nicht zurücklegen. Er hatte ihn versteckt – also mußte etwas darin zu finden sein. Sie hatte schon so viel gewagt, daß es ihr ein leichtes war, noch etwas mehr zu wagen. Also schloß sie den Koffer und legte ihn ins Gepäcknetz zurück; den Baedeker aber ließ sie in ihr Hemd gleiten, unter die Achselhöhle, wo sie ihn festhalten konnte, indem sie den Arm fest gegen die Seite preßte.
Es schien ihr nicht ratsam, in ihr Abteil zurückzukehren, denn da würde sie Dr. Czinner auf seinem Rückweg begegnen. Da fiel ihr Mr. Quin Savory ein, zu dessen Interview sie auf den Bahnhof gekommen war. Sein Gesicht war ihr wohlbekannt von Fotografien im ›Tatler‹, von Karikaturen im ›New Yorker‹ und Bleistiftskizzen im ›Mercury‹. Kurzsichtig blinzelnd spähte sie vorsichtig den Korridor hinab und entfernte sich dann rasch. Mr. Savory war in den Wagen erster Klasse nicht zu finden, aber in einem Schlafwagen zweiter Klasse spürte sie ihn auf. Das Kinn in dem Überzieher vergraben, eine Hand um den Kopf seiner Pfeife, beobachtete er mit kleinen, funkelnden Augen die Leute, die im Gang vorüberkamen. In der Ecke ihm gegenüber döste ein Geistlicher.
Miss Warren öffnete die Tür und trat ein. Ihr Benehmen war selbstsicher; sie setzte sich, ohne eine Einladung abzuwarten. Sie fühlte, daß sie diesem Manne etwas bot, was er gern hatte, nämlich Reklame, und daß sie nichts Gleichwertiges dabei gewann. Mit Savory brauchte man nicht leise zu sprechen, ihn nicht zu Enthüllungen zu verleiten, wie sie dies bei Dr.

Czinner versucht hatte; sie konnte ihn ungestraft beleidigen, denn die Presse besaß die Macht, seine Bücher zu verkaufen. »Mr. Quin Savory?« fragte sie und sah aus dem Augenwinkel, wie die Haltung des Geistlichen zu achtungsvoller Aufmerksamkeit wechselte. ›Armer Trottel‹, dachte sie, ›läßt sich durch eine Auflage von hunderttausend Stück beeindrucken. Wir verkaufen zwei Millionen; zwanzigmal soviel Leute werden morgen früh von Dr. Czinner gehört haben.‹ Sie fuhr fort: »Ich vertrete den ›Clarion‹. Möchte gern ein Interview.«

»Sie haben mich ein wenig überrascht«, entgegnete Mr. Savory und hob dabei sein Kinn und zupfte an seinem Mantel herum.

»Kein Grund, nervös zu werden«, sagte Miss Warren mechanisch. Sie holte einen Schreibblock aus ihrer Handtasche hervor und öffnete ihn. »Nur ein paar Worte für das englische Publikum. Reisen Sie inkognito?«

»O nein, nein«, verwahrte sich Mr. Savory, »ich gehöre ja nicht zum Königshaus.«

Miss Warren begann zu schreiben. »Wohin reisen Sie?«

»Zunächst mal nach Konstantinopel«, antwortete Mr. Savory aufgeräumt, anscheinend erfreut über Miss Warrens Interesse, das in Wirklichkeit dem Baedeker und dem Gekritzel geometrischer Figuren galt. »Dann gehe ich vielleicht nach Ankara, dem Fernen Osten, Bagdad, China.«

»Schreiben Sie ein Reisebuch?«

»O nein, nein. Meine Leser wollen einen Roman haben. Er wird ›Reise in die Welt‹ heißen. Die Abenteuer des kleinen Mannes aus London. Diese Länder und Kulturen« – er beschrieb mit der Hand einen Kreis in der Luft – »Deutschland, die Türkei, Arabien, sie alle spielen eine untergeordnete Rolle im Vergleich mit meinem Helden, einem Londoner Tabakwarenhändler. Verstehen Sie mich?«

»Durchaus«, erklärte Miss Warren und schrieb zugleich in großer Hast: ›Dr. Richard Czinner, eine der bedeutendsten revolutionären Erscheinungen der unmittelbaren Nachkriegszeit, ist auf der Heimreise nach Belgrad. Fünf Jahre lang hielt die Welt ihn für tot, aber während dieser Zeit lebte er als Lehrer in England und wartete auf seine Gelegenheit.‹ Aber worauf wartete er, fragte sich Miss Warren verwundert. Zu Savory gewandt fuhr sie fort: »Und Ihre Meinung über die moderne Literatur? Über Joyce, Lawrence und ihresgleichen?«

»Die werden vergehen«, gab Mr. Savory prompt zur Antwort, und sein Ausspruch wirkte wie ein Epigramm.

»Sie glauben an Shakespeare, Chaucer, Charles Reade und dergleichen?«

»Die werden fortleben«, erklärte Mr. Savory mit einem Anflug von Feierlichkeit.

»Die literarische Boheme – von der halten Sie nichts? Vom Zirkel in der Fitzroy Tavern?« Unterdessen schrieb sie weiter: ›Ein Haftbefehl war bereits erlassen, aber er konnte nicht vollzogen werden, solange der Prozeß nicht vorüber war. Dann aber war Czinner verschwunden. Alle Bahnhöfe wurden polizeilich überwacht, jedes Auto angehalten. Kein Wunder, daß sich rasch das Gerücht verbreitete, er sei von Agenten der Regierung ermordet worden.‹ Zu Savory sagte sie: »Sie halten es also nicht für nötig, daß sich ein Schriftsteller komisch kleidet? Mit einem großen schwarzen Hut, Samtjacke und so fort.«

»Ich halte das für tödlich«, erklärte Savory. Er war nun ganz unbefangen und beobachtete, während er sprach, verstohlen den Geistlichen. »Ich bin kein Dichter. Ein Dichter ist ein Individualist. Er kann sich kleiden, wie er will. Er ist nur sich selbst Rechenschaft schuldig. Ein Romanschriftsteller ist aber von andern Menschen abhängig, er ist ein Durchschnittsmensch, der allerdings mit der Kraft des Wortes begabt ist. Er ist ein Spion«, fügte er mit einer verwirrenden dramatischen Geste hinzu und verfiel in seinen Vorstadtdialekt. »Er muß alles sehen und unbemerkt weitergehen. Wenn die Leute ihn erkennten, würden sie sich vor ihm in Positur stellen, und er würde nichts aus ihnen herauskriegen.«

Miss Warrens Bleistift raste über das Papier. Nun, da sie Savory in Schwung gebracht hatte, konnte sie rasch denken; sie brauchte ihn nicht durch Fragen immer von neuem anzukurbeln. Ihr Bleistift machte sinnlose Zeichen, die einer

Stenografie genügend ähnlich sahen, um Mr. Savory davon zu überzeugen, daß seine Äußerungen im vollen Wortlaut niedergeschrieben wurden. Aber hinter der täuschenden Schutzwand von Kritzeleien, Linien, Kreisen und Vierecken verfolgte Miss Warren ihre eigenen Gedanken. Sie dachte an jede mögliche Bedeutung, die dem Baedeker zukommen mochte. Er war im Jahre 1914 erschienen, aber noch in sehr guter Verfassung. Mit Ausnahme jenes Teiles, der von Belgrad handelte, war er nie viel benutzt worden. Der Stadtplan war so oft gebraucht worden, daß er sich aus dem Buch gelöst hatte.

»Sie schließen sich diesen meinen Ansichten doch an?« fragte Mr. Savory in ängstlicher Erwartung. »Sie sind wichtig. Für mich sind sie der Prüfstein literarischer Sauberkeit. Die kann man nämlich besitzen und trotzdem hunderttausend Exemplare verkaufen.«

Miss Warren, verärgert über die Unterbrechung, unterdrückte nur mit Mühe die Gegenfrage: ›Glauben Sie, wir würden zwei Millionen Stück verkaufen, wenn wir die Wahrheit erzählten?‹ Sie sagte nur: »Sehr interessant. Das Publikum wird sehr interessiert sein. Und was ist nach Ihrer Meinung Ihr eigener Beitrag zur englischen Literatur?« Sie grinste ihn ermutigend an und hielt ihren Bleistift gezückt.

»Das festzustellen ist wohl Aufgabe eines andern«, erwiderte Savory. »Aber man hofft, man hofft, daß eine Schreibweise wie die meine dazu angetan ist, Fröhlichkeit und gesundes Empfinden in den modernen Roman zurückzubringen. Es gab da zuviel von dieser Innenschau und Düsterkeit. Schließlich ist die Welt doch ein schönes Abenteuer.« Seine knochige Hand, die die Pfeife hielt, schlug hilflos auf seine Knie. »Den Geist Chaucers neu zu erwecken . . .«, sagte er. Da ging eine Frau im Korridor vorüber, und einen Augenblick lang war Savorys ganze Aufmerksamkeit abgelenkt, schwamm sie gleichsam im Kielwasser der Frau, wie ein Kork auf und ab tanzend, so wie seine Hand. »Chaucer«, sagte er, »Chaucer«, aber plötzlich gab er vor Miss Warrens Augen den Kampf auf; seine Pfeife fiel zu Boden, und während er sich nach ihr bückte, rief er gereizt aus: »Verdammt noch mal, verdammt!« Er war ein überarbeiteter Mensch, gehetzt von einer Persönlichkeit, die nicht seine eigene war, von Wißbegierde und von Lüsten, ein Mensch am Rande eines Nervenzusammenbruches. Miss Warren betrachtete ihn schadenfroh. Nicht, daß sie ihn haßte – aber sie haßte jeden überwältigenden Erfolg, sei es, daß jemand von seinen Werken hunderttausend Exemplare verkaufte, oder daß einer eine Stundengeschwindigkeit von fünfhundert Kilometern erzielte, kurz alles, was sie zu dem ein Interview heischenden Reporter und den andern zu einem Menschen machte, der sich herablassend interviewen ließ. Mißerfolg in einem überwältigenden Ausmaß, das war eine andere Sache. Denn dann war sie die rächende Welt, die in Gefängniszellen eindrang, in Hotelhallen, in ärmliche Hinterstuben. Wenn ihr dann ein Mensch zwischen der Zimmerpalme und dem Klavier, vor dem Hochzeitsbild und der Marmorstanduhr hilflos ausgeliefert war, dann konnte sie fast so etwas wie Liebe für ihr Opfer aufbringen, dann stellte sie intime kleine Fragen und lauschte kaum den Antworten. Nun, letzten Endes lag gar keine so große Kluft zwischen Mr. Quin Savory, dem Verfasser der ›Großen fröhlichen Runde‹, und einer solchen gestrandeten Existenz, überlegte Miss Warren nicht ohne Genugtuung.

Sie hakte bei seiner Wendung ein. »Gesundes Empfinden«, sagte sie, »ist das Ihre Sendung? Nichts von dem Zeug ›nur für Erwachsene‹. Man verschenkt Ihre Bücher als Preise in den Schulen.«

Nun war ihre Ironie doch ein wenig zu deutlich gewesen. »Ich bin stolz darauf«, erwiderte er. »Die junge Generation wird in einer gesunden Tradition aufgezogen.«

Sie sah seine trockenen Lippen, bemerkte sein Schielen auf den Gang hinaus. »Das über die gesunde Tradition werde ich in den Artikel hineinnehmen«, dachte sie. »Das Publikum wird es gern hören. James Douglas wird es gern hören, und sie werden es um so lieber hören, wenn Savory zum Mittelpunkt eines Hyde-Park-Skandals geworden ist. Denn das wird er in wenigen Jahren sein. Ich werde es noch erleben und die Leute daran erinnern.« Sie war stolz auf ihre prophetische Begabung, obgleich sie es noch nie erlebt hatte, daß eine ihrer

Prophezeiungen in Erfüllung ging. Nimm eine Gesprächswendung in der Gegenwart, eine krankhafte Anlage, einen Tonfall, eine Gebärde, die dem unaufmerksamen Durchschnittsmenschen nicht mehr besagen als die Linien und Kreise im Baedeker hier, und verbinde sie mit dem, was du von der Umgebung eines Menschen, von seinen Freunden, seinen Möbeln und dem Hause weißt, das er bewohnt – und du siehst seine Zukunft, das armselige Los, das ihn erwartet.
»Mein Gott!« rief Miss Warren. »Ich hab's!«
Mr. Savory sprang auf. »Was haben Sie?« frage er. »Zahnschmerzen?«
»Nein, nein«, erwiderte Miss Warren. Sie war ihm dankbar für die Erleuchtung, die jetzt ihren Geist mit Licht überflutete und keinen Winkel dunkel ließ, in dem Dr. Czinner vor ihr hätte Zuflucht nehmen können. »Ich meine, ein ganz großes Interview. Jetzt weiß ich, wie ich Sie den Lesern präsentieren soll.«
»Werde ich eine Korrektur zu sehen bekommen?«
»Oh, wir sind keine Wochenschrift. Unsere Leser können nicht warten. Sie wissen ja, die lauern hungrig auf ein Rippenstück von einem Löwen wie Sie. Keine Zeit für Korrekturen. Morgen früh beim Frühstück werden die Leute in London dieses Interview lesen.«
Sie verließ ihn mit der Versicherung des Publikumsinteresses, während sie viel lieber in seinen überarbeiteten Geist, der bereits mit dem Problem von weiteren fünfhunderttausend populären Worten rang, die Idee gesät hätte, daß die Menschen so schnell vergessen, daß sie heute kaufen, was sie morgen schon verspotten. Aber dazu hatte sie keine Zeit; ein größeres Bild lockte sie, denn sie glaubte, das Geheimnis des Baedekers erraten zu haben. Es waren die Gedanken über die eigenen Prophezeiungen, die ihr den Schlüssel dazu geliefert hatten. Der Stadtplan war lose. Sie erinnerte sich, daß das Papier eines Baedekers dünn und nicht ganz undurchsichtig war. Wenn man den Stadtplan über die Federzeichnungen auf jener anderen Seite hielt, so würden diese durchscheinen.
›Mein Gott‹, dachte sie, ›nicht jeder würde auf so etwas

verfallen. Das verdient einen Drink. Ich werde ein leeres Abteil suchen und den Kellner rufen.‹ Nicht einmal mit Janet Pardoe wollte sie ihren Triumph teilen, sondern zog es vor, mit einem Glas Courvoisier allein zu bleiben, um ungestört überlegen und den nächsten Schritt bedenken zu können. Aber auch als sie das leere Abteil gefunden hatte, ging sie mit Vorsicht zu Werke und zog den Baedeker nicht eher aus ihrem Hemd hervor, als der Kellner den Kognak gebracht hatte. Und selbst dann tat sie es nicht sogleich. Sie hielt vielmehr das Glas an ihre Nase und ließ den Dunst des Alkohols bis zu jenem Punkt aufsteigen, wo hoch oben Hirn und Nase eins zu sein scheinen. Der Alkohol, den sie die Nacht zuvor getrunken hatte, war noch nicht ganz verflogen; er regte sich in ihr gleich Bodendunst an einem feuchten, heißen Tag. ›Mir ist ganz schwindlig‹, dachte sie, ›ganz schwindlig.‹ Durch das Glas und den Kognak hindurch sah sie die Welt draußen so flach und regelmäßig, daß sie sich überhaupt nicht mehr zu verändern schien; es waren saubere Felder und Bäume und kleine Gehöfte. Ihre Augen, kurzsichtig und gerötet schon von dem bloßen Geruch des Alkohols, konnten die wechselnden Einzelheiten nicht wahrnehmen, aber sie sah den Himmel, grau und wolkenlos, und die bleiche Sonne. ›Es würde mich nicht überraschen, wenn es zu schneien begänne‹, überlegte sie und vergewisserte sich, ob die Heizung voll aufgedreht war. Dann zog sie den Baedeker hervor. Bald würde der Zug Nürnberg erreichen, und sie wollte alles erledigt haben, ehe neue Passagiere zustiegen.
Ihre Vermutung war richtig gewesen, so viel stand fest. Als sie den Stadtplan und die Seite mit den Zeichnungen übereinander gegen das Licht hielt, liefen die Linien bestimmte Straßen entlang, schlossen die Kreise öffentliche Gebäude ein, so das Postamt, den Bahnhof, das Gerichtsgebäude und das Gefängnis. Aber was bedeutete das alles? Sie hatte angenommen, daß Dr. Czinner in die Heimat zurückkehrte, um eine persönliche Demonstration zu veranstalten, vielleicht um sich vor Gericht wegen Meineids zu verantworten. Aber in diesem Zusammenhang betrachtet, hatte der Stadtplan keinen Sinn. Sie prüfte ihn noch einmal. Die Straßen waren nicht

aufs Geratewohl gekennzeichnet – sinnvolle Planung lag alldem zugrunde. Eine dichte Gruppe von Vierecken ruhte auf einem andern Viereck auf, welches das Armenviertel umschloß. Das nächste Viereck wurde von den Fronten des Bahnhofs, des Postamts und des Gerichtsgebäudes gebildet. Innerhalb dieses Vierecks wurden die anderen Vierecke rasch kleiner, bis sie nur das Gefängnis einschlossen.
Zu beiden Seiten des Zuges stieg nun steil eine Böschung auf, und die Sonne verschwand. Funken, feuerrot gegen den bedeckten Himmel, schlugen wie Hagel gegen die Fenster, und Finsternis hüllte die Wagen ein, als der Zug in einen Tunnel donnerte. ›Revolution! Das bedeutet nichts weniger als Revolution‹, dachte Miss Warren, während sie den Stadtplan immer noch gegen das Fenster hielt, um das erste wiederkehrende Licht aufzufangen.
Das Donnern nahm ab, und es wurde plötzlich wieder hell. Dr. Czinner stand in der Tür des Abteils, eine Zeitung unterm Arm. Er hatte wieder seinen Regenmantel an, und sie betrachtete voll Verachtung seine Brille, sein graues Haar, seinen schütteren Schnurrbart und die enggeknotete Krawatte. Sie legte den Stadtplan weg und grinste ihn an.
»Nun?«
Dr. Czinner kam herein und schloß die Tür. Ohne jedes Anzeichen von Feindseligkeit ließ er sich ihr gegenüber nieder. ›Er weiß, daß ich ihn in der Klemme habe‹, dachte sie, ›er wird jetzt vernünftig sein.‹
»Würde Ihre Zeitung das billigen?« fragte er sie dann unvermittelt.
»Natürlich nicht«, gab sie zur Antwort. »Ich würde morgen rausfliegen. Aber wenn die Redaktion meine Geschichte bekommt, dann sieht die Sache anders aus.« Und mit wohlüberlegter Frechheit fügte sie noch hinzu: »Ich glaube, daß Sie für mich vier Pfund pro Woche wert sind.«
Nachdenklich und ohne Groll sagte Dr. Czinner: »Ich habe nicht die Absicht, Ihnen irgend etwas zu sagen.«
Sie machte eine wegwerfende Handbewegung: »Sie haben mir schon eine Menge erzählt. Hier steht es.« Dabei klopfte sie mit dem Finger auf den Baedeker. »Sie waren Lehrer für

fremde Sprachen in Great Birchington-on-Sea. Wir werden die Geschichte von Ihrem Direktor bekommen.«
Er ließ den Kopf sinken.
»Und dann«, sagte sie, »ist hier der Stadtplan. Und hier diese Zeichnungen. Ich habe meine Schlüsse daraus gezogen.«
Sie hatte erwartet, daß er Furcht oder Unwillen bekunden werde; er aber brütete noch immer über ihrer ersten Enthüllung. Sein Verhalten war ihr unverständlich, und einen angsterfüllten Augenblick lang dachte sie: ›Versäume ich den besten Zeitungsartikel? Ist der am Ende gar nicht hier zu finden, sondern in einer Schule an der Südküste Englands inmitten von roten Backsteinbauten, Schulbänken aus Pechtannenholz, Tintenfässern, gesprungenen Schulglocken und dem Geruch von Knabenkleidern?‹ Ihr Zweifel raubte ihr etwas von ihrer Selbstsicherheit, und sie sprach sanft, sanfter als sie beabsichtigte, denn es fiel ihr schwer, ihre belegte Stimme zu modulieren.
»Wir werden uns schon einigen«, brummte sie. »Ich bin nicht hier, um Ihnen zu schaden. Ich will mich in Ihre Angelegenheiten nicht einmischen. Wenn Sie Erfolg haben, ist meine Geschichte um so wertvoller. Ich verspreche Ihnen, kein Wort zu veröffentlichen, bis Sie mich dazu ermächtigen.« Dann sagte sie klagend, als wäre sie eine Malerin, der man vorgeworfen hat, daß sie die Farbe geringschätze: »Ich möchte Ihre Revolution nicht verderben. Es wird eine großartige Sache werden.«
Plötzlich sah Dr. Czinner um Jahre älter aus. Es war, als hätte er fünf Jahre des Schulzimmergeruchs und des Kreischens der Kreide auf Schultafeln mit zeitweiligem Erfolg von sich ferngehalten, nur um jetzt in einem Eisenbahnwagen zu sitzen und sich von all den zurückgedämmten Jahren nicht einzeln, sondern auf einen Schlag überfallen zu lassen. Er war jetzt ein alter Mann, der nickend in Schlaf versank, mit einem Gesicht so grau wie der Schneehimmel über Nürnberg.
»Erstens einmal«, begann Miss Warren, »was haben Sie für Pläne? Ich sehe, Sie verlassen sich stark auf die Armenviertel.«
Er schüttelte den Kopf. »Ich verlasse mich auf niemand.«

»Sie haben die absolute Herrschaft?«
»Am wenigsten über mich selbst.«
Miss Warren schlug sich kräftig auf das Knie. »Ich wünsche klare Antworten«, aber sie bekam dieselbe Auskunft: »Ich werde Ihnen nichts sagen.« Nun dachte sie: ›Er sieht eher siebzigjährig aus als fünfundsechzig, er wird taub und versteht mich nicht.‹ Sie war sehr langmütig; sie fühlte mit Gewißheit, daß sie hier nicht einem erfolgreichen Menschen gegenübersaß. Dr. Czinner glich viel eher einem Gescheiterten, und gescheiterte Existenzen konnte sie lieben, sie konnte für sie zarte Worte finden, sie so lange mit kleinen, freundlich gewieherten Wendungen umwerben, bis sie einen solchen Menschen schließlich zum Reden brachte. Schon manch schwacher Mann hatte sie mit dem Gefühl verlassen, daß sie sein bester Freund sei. Jetzt beugte sie sich vor, berührte sanft Dr. Czinners Knie und legte all die Liebenswürdigkeit, deren sie fähig war, in ihr Lächeln. »Wir stecken in dieser Geschichte unter einer Decke, Herr Doktor. Verstehen Sie das nicht? Oh, wir können Ihnen sogar helfen. Öffentliche Meinung, das ist nur eine andere Bezeichnung für den ›Clarion‹. Ich weiß, Sie fürchten, daß wir indiskret sein, daß wir Ihre Geschichte morgen veröffentlichen und damit die Regierung warnen werden. Aber ich versichere Ihnen, wir werden nicht einmal im Literaturteil auch nur einen einzigen Absatz bringen, ehe Sie Ihre Vorstellung beginnen. Dann aber möchte ich in der Lage sein, quer über die Titelseite zu schreiben: ›Dr. Czinners eigener Bericht. Sondermeldung des Clarion.‹ Nun, das ist doch nicht zuviel verlangt.«
»Es gibt nichts, was ich Ihnen zu sagen hätte.«
Miss Warren zog ihre Hände zurück. Glaubte der arme Narr etwa, daß er zwischen ihr und vier Pfund Gehaltserhöhung in der Woche stehen könnte, zwischen ihr und Janet Pardoe? Wie er hier so alt, dumm und starrsinnig vor ihr saß, wurde er für sie zum Sinnbild aller Männer, die ihr Glück bedrohten, die Janet umringten mit ihrem Geld, ihrem billigen Tand und mit dem Hohngelächter, das sie für die tiefe Neigung einer Frau zu einer andern übrig hatten. Aber das Sinnbild war in ihrer Gewalt, sie konnte es zertrümmern. Es war kein sinnlo-

ser Bosheitsakt gewesen, als Cromwell die Heiligenstatuen zerstört hatte. Etwas von der Kraft der Heiligen Jungfrau lag in der Statue der Heiligen Jungfrau, und wenn ihr Kopf und ihre Gliedmaßen abgeschlagen und die sieben Schwerter zerbrochen waren, dann wurden ihr weniger Kerzen angezündet, wurden vor ihrem Altar weniger Gebete verrichtet. Es brauchte nur ein Mann wie Dr. Czinner durch eine Frau ruiniert zu werden, und viel weniger dumme Mädchen als Coral Musker würden glauben, alle Kraft und alle Schlauheit sei nur dem Manne eigen. Aber sie wollte Czinner, weil er alt war und in ihrer Spürnase nach einem Fehlschlag roch, noch eine letzte Gelegenheit geben: »Nichts?«

»Nichts.«

Sie lachte ihn zornig an. »Sie haben mir schon allerhand verraten.« Das machte keinen Eindruck auf ihn, und so erklärte sie ihm langsam, als spräche sie zu einem Geistesschwachen: »Wir sind heute abend um acht Uhr vierzig in Wien. Um neun Uhr rufe ich unsere Kölner Redaktion an. Die wird meinen Artikel gegen zehn Uhr nach London telefonieren. Die Zeitung geht für die erste Londoner Ausgabe nicht vor elf in Druck. Selbst wenn der Bericht verspätet eintrifft, ist es noch bis drei Uhr möglich, die Titelseite für die letzte Ausgabe abzuändern. Die Leute werden meinen Bericht morgen beim Frühstück lesen. Jede Londoner Zeitung wird spätestens um neun Uhr morgens einen Reporter zur jugoslawischen Gesandtschaft geschickt haben. Die ganze Geschichte wird noch vor morgen mittag in Belgrad bekannt sein, und der Zug trifft erst um sechs Uhr abends dort ein. Und es wird nicht viel der Phantasie überlassen bleiben. Denken Sie doch, was ich alles werde sagen können. Dr. Czinner, der berühmte sozialistische Agitator, der vor fünf Jahren zur Zeit des Kamnetz-Prozesses aus Belgrad verschwand, ist auf der Heimreise begriffen. Er bestieg am Montag in Ostende den Orientexpreß, und sein Zug trifft heute abend in Belgrad ein. Man nimmt an, daß seine Ankunft mit einem sozialistischen Aufstand, der sich auf das Armenviertel Belgrads stützt, zusammenfallen wird. Dort hat man Dr. Czinner nie vergessen, und wahrscheinlich wird

der Versuch unternommen werden, den Bahnhof, das Postamt und das Gefängnis zu besetzen.« Miss Warren machte eine Pause. »Das ist der Artikel, wie ich ihn telefonisch durchgeben werde. Wenn Sie mir aber mehr erzählen wollen, so werde ich der Redaktion sagen, sie soll ihn zurückhalten, bis Sie die Erlaubnis zur Veröffentlichung geben. Ich biete Ihnen einen ehrlichen Handel an.«
»Ich sage Ihnen noch einmal, daß ich in Wien aussteige.«
»Das glaube ich Ihnen nicht.«
Dr. Czinner zog den Atem ein und starrte durch das Fenster auf den grauschimmernden Himmel, auf eine Gruppe von Fabrikschornsteinen und auf einen ungeheuren schwarzen Metallbehälter. Das Abteil füllte sich mit dem Geruch von Gas. In den Schrebergärten wuchsen in dieser elenden Luft die Kohlköpfe wie derbe, frostüberkrustete Blumensträuße. Dr. Czinner sagte so leise, daß sich die Journalistin vorbeugen mußte, um ihn zu verstehen: »Ich habe keinen Grund, Sie zu fürchten.«
Er hielt sich im Zaum, er war selbstsicher, und seine Ruhe zerrte an ihren Nerven. Es war ihr, als ob der Verbrecher auf der Anklagebank, der weinende Mann neben der Zimmerpalme plötzlich eine geheimnisvolle Kraftreserve erhalten hätte; deshalb beteuerte sie jetzt unsicher und voll Zorn: »Ich kann Ihnen die Hölle heiß machen.«
Darauf erwiderte Dr. Czinner ruhig: »Es wird Schnee geben.« Langsam fuhr der Zug in Nürnberg ein, und die großen Lokomotiven, die zu beiden Seiten in langen Reihen an ihnen vorbeikamen, spiegelten den feuchten, stahlgrauen Himmel wider. »Nein«, wiederholte Dr. Czinner, »Sie können nichts tun, was mir schaden würde.« Als sie auf den Baedeker pochte, bemerkte er mit einem Anflug von Humor: »Behalten Sie ihn zur Erinnerung an unsere Begegnung.«
Nun war sie sicher, daß ihre Furcht berechtigt gewesen war; er glitt ihr durch die Finger, und sie starrte ihn voll Wut an. ›Wenn ich ihm nur etwas antun könnte‹, dachte sie und sah im Spiegel hinter ihm, wie der Erfolg in Gestalt Janet Pardoes, voll Liebreiz, doch unwürdig und gedankenlos, durch end-

lose Straßen und durch die Hallen teurer Hotels davonschritt, ›wenn ich ihm nur etwas antun könnte!‹
Es versetzte sie in nur noch größere Wut, daß es ihr jetzt die Rede verschlug und Dr. Czinner Herr der Lage war. Er reichte ihr seine Zeitung mit den Worten: »Können Sie Deutsch lesen? Dann lesen Sie dies.«
Während der ganzen zwanzig Minuten, die der Zug in Nürnberg hielt, starrte sie auf das Blatt. Die Nachricht darin machte sie rasend. Sie war darauf gefaßt gewesen, eine Neuigkeit von einem außergewöhnlichen Ereignis zu erfahren, von der Abdankung eines Königs, dem Sturz einer Regierung, der Forderung des Volkes nach der Rückkehr Dr. Czinners, was diesen in den Rang eines Mannes erhoben hätte, der sich gnädig interviewen lassen konnte. Was sie aber las, war noch ungewöhnlicher, war ein Mißerfolg, der ihn völlig ihrer Gewalt entzog. Sie war schon viele Male von Erfolgreichen eingeschüchtert worden, aber noch nie von jemandem, der versagt hatte.
Sie las: ›Kommunistischer Aufstand in Belgrad. Eine Bande von kommunistischen Agitatoren versuchte gestern nacht, sich des Bahnhofs und des Gefängnisses von Belgrad zu bemächtigen. Der Überfall erfolgte für die Polizei völlig überraschend, und die Aufständischen waren fast drei Stunden im ungestörten Besitz des Hauptpostamtes und des Güterbahnhofs. Bis in die frühen Morgenstunden war jede telegrafische Verbindung mit Belgrad unterbrochen. Um zwei Uhr aber telefonierte unser Wiener Korrespondent mit dem Polizeipräsidenten Oberst Hartep und erfuhr, daß die Ruhe wiederhergestellt sei. Die Zahl der Aufständischen war gering, und es fehlte ihnen die richtige Führung. Ihr Angriff auf das Gefängnis wurde von den Wachen abgeschlagen. Die Rebellen hielten sich noch einige Stunden untätig im Hauptpostamt, offenbar in der Hoffnung, daß die Bewohner der ärmeren Stadtteile ihnen zu Hilfe kommen würden. Mittlerweile gelang es der Regierung, Polizeiverstärkungen heranzuziehen, und mit Unterstützung eines Zuges Soldaten und einiger Geschütze eroberte die Polizei das Postamt zurück, nachdem sie es kaum länger als drei Viertelstunden belagert

hatte.‹ Dieser knappe Bericht war in großen Lettern gedruckt, darunter stand in kleinerem Druck eine ausführliche Darstellung des Aufstandes. Miss Warren saß da und starrte sie an. Sie runzelte ein wenig die Stirn und fühlte, daß ihr Mund ganz trocken war. Doch ihr Gehirn war klar und leer.
Dr. Czinner erklärte: »Sie schlugen drei Tage zu früh los.«
Miss Warren fuhr ihn an: »Was hätten Sie besser machen können?«
»Mir wäre das Volk gefolgt.«
»Das Volk hat Sie vergessen. Fünf Jahre sind eine schrecklich lange Zeit. Die jungen Männer von heute waren Kinder, als Sie davonliefen.«
›Fünf Jahre‹, dachte sie und sah diese Zeit in der Zukunft unausweichlich auf sich herabfallen gleich dem endlosen Regen eines nassen Winters. Vor ihrem geistigen Auge sah sie Janet Pardoes Gesicht, die sich über die erste Runzel, das erste graue Haar beunruhigte, oder über die glatte, kosmetisch gestraffte Haut und über das schwarzgefärbte Haar, das alle drei Wochen an den Wurzeln weiß zu werden begann.
»Was gedenken Sie jetzt zu tun?« fragte sie.
»Ich sagte es Ihnen schon. Ich steige in Wien aus.«
Die rasche und schlichte Antwort erfüllte sie mit Argwohn.
»Das ist nett«, sagte sie, »dann bleiben wir beisammen. Wir können miteinander sprechen. Jetzt werden Sie doch nichts gegen ein Interview einzuwenden haben. Wenn Sie Geld brauchen, wird Ihnen unser Wiener Büro sicher etwas vorschießen.«
Sie bemerkte dabei, daß er sie sorgsamer als je zuvor beobachtete.
»Ja«, sagte er, »vielleicht können wir miteinander sprechen.«
Jetzt war sie ganz sicher, daß er log. Sie dachte: ›Er will mich hintergehen.‹ Aber es war schwer, seinen Beweggrund zu durchschauen. Er hatte keine andere Möglichkeit, als in Wien oder Budapest auszusteigen; weiterzureisen wäre für ihn gefährlich. Dann entsann sie sich seines Verhaltens im Kamnetz-Prozeß, wo er genau wußte, daß kein Geschworenengericht einen Schuldspruch über Kamnetz fällen würde,

und dennoch seine gefährliche, nutzlose Aussage machte, während Hartep schon mit dem Haftbefehl wartete. ›Er ist verrückt genug, um zu allem fähig zu sein‹, dachte sie und überlegte einen Augenblick, ob er sich hinter der Maske unerschütterlicher Ruhe nicht schon neben seinen Genossen auf der Anklagebank sah und sich mit einem Blick zur überfüllten Galerie hinauf verteidigte. ›Wenn er weiterfährt, dann fahre ich auch weiter; ich werde mich an ihn heften, ich muß seine Geschichte haben‹ – aber sie fühlte sich seltsam schwach und unentschlossen, denn ihr war keine Drohung mehr geblieben. Er war geschlagen und saß in seine Ecke zurückgelehnt, alt und hoffnungslos, und auf dem Zeitungsblatt, das zwischen ihnen auf dem Boden lag, sammelte sich der Staub. Dr. Czinner beobachtete sie triumphierend, wie sie den Baedeker auf dem Sitz vergaß und sich aus dem Abteil entfernte, und gab ihr auf ihren Ausruf: »Wir werden uns in Wien wiedersehen«, überhaupt keine Antwort.
Als Miss Warren gegangen war, bückte sich Dr. Czinner nach der Zeitung. Dabei riß sein Ärmel ein leeres Glas mit; es fiel zu Boden und zerbrach. Seine Hand lag auf der Zeitung, und er starrte auf das Glas, unfähig, seine Gedanken zu sammeln, und unfähig, sich zu entscheiden, was er zu tun hätte: die Zeitung an sich zu nehmen oder die gefährlich scharfen Glassplitter aufzulesen. Endlich legte er die Zeitung sorgsam zusammengefaltet auf sein Knie und schloß die Augen. In der Dunkelheit seines Bewußtseins ließen ihn die Einzelheiten des Berichtes, den Miss Warren gelesen hatte, nicht los. Er kannte jede Wendung der Treppe im Hauptpostamt; er konnte sich genau den Punkt vorstellen, wo sie die Barrikade errichtet hatten. ›Diese dummen Pfuscher‹, dachte er und versuchte die Männer zu hassen, die seine Hoffnungen zunichte gemacht hatten. Sie hatten sich und ihn ruiniert. Sie hatten ihn gleichsam in einem leeren Haus zurückgelassen, das keinen Mieter finden konnte, weil manchmal alte Geister vernehmlich durch die Zimmer spukten. Und Dr. Czinner selbst war nicht einmal das letzte Gespenst. Wenn ein Gesicht aus einem Zimmer spähte oder im Obergeschoß eine Stimme zu hören war oder etwas über einen Teppich raschelte, so

hätte es Dr. Czinner sein können, der nach fünf Jahren Begrabenseins in ein bewußtes Leben zurückzukehren versuchte, sich um Tischecken tastete, vor der Schultafel und den ungehorsamen Kindern seine gespenstische Durchsichtigkeit bloßstellte, sich in der Schulkapelle bei dem Gottesdienst hinkniete, an den er als lebendiger Mensch nie geglaubt hatte, und mit der hörbar atmenden, unharmonisch betenden Menge Gott anflehte, ihn mit Seinem Segen zu entlassen.
Und bisweilen schien es ihm, als ob ein Gespenst ins Leben zurückkehren könnte, denn er hatte die Erfahrung gemacht, daß er selbst als Gespenst Schmerz erleiden konnte. Das Gespenst hatte ein Gedächtnis; es konnte sich an Dr. Czinner erinnern, der so beliebt war, daß es sich gelohnt hatte, ihm einen Mörder zu dingen, der mit dem Revolver nach seinem Kopf schoß. Das war die stolzeste aller Erinnerungen, wie Dr. Czinner im Gasthaus in der ärmlichen Ecke des Stadtparks saß und hörte, wie hinter ihm die Kugel den Spiegel zertrümmerte, und wußte, daß dies der endgültige Beweis dafür war, wie sehr ihn die Armen liebten. Aber das Gespenst Czinner, das unter einem Schutzdach auf der Seepromenade kauerte, während der Ostwind über den Strand fegte und das graue Meer die Kieselsteine von sich schleuderte, hatte gelernt, über diese Erinnerungen zu weinen, ehe es zu dem roten Backsteinbau und zum Tee zurückkehrte und zu den Schuljungen, die die qualvoll heimtückischen Neckereien ersannen. Doch nach dem letzten Gottesdienst, nach den üblichen Hymnen und dem Händeschütteln entdeckte das Gespenst Czinner sich dabei, wie es den leiblichen Czinner berührte; eine Berührung war die ganze Genugtuung, die ihm zuteil wurde. Jetzt blieb nichts anderes übrig, als den Zug in Wien zu verlassen und umzukehren. In zehn Tagen würden die Kinderstimmen wieder singen: »Herr, gib uns deinen Segen, die wir hier versammelt sind.«
Dr. Czinner schlug die Zeitung auf und las ein paar Zeilen. Er konnte gegen diese Wirrköpfe keinen Haß empfinden; er kam diesem Gefühl dadurch noch am nächsten, daß er sie beneidete. Er konnte sie nicht hassen, wenn er an die Einzelheiten dachte, die kein Zeitungskorrespondent für erwäh-

nenswert gehalten hatte: daß der Mann, den man vor dem Sortierraum mit dem Bajonett niedergemacht hatte, nachdem er seinen letzten Schuß verfeuert hatte, ein Linkshänder gewesen war und die Musik von Delius geliebt hatte, jene melancholische, idealistische Musik eines Menschen, der an nichts glaubte als an den Tod. Und daß ein anderer, der sich aus dem Fenster im dritten Stockwerk der Telefonzentrale herabgestürzt hatte, eine Frau gehabt hatte, die nach einem Fabrikunfall von Narben entstellt und erblindet war, die er geliebt und der er in Trauer und wider Willen die Treue gehalten hatte.

»Aber was bleibt mir zu tun übrig?« Dr. Czinner legte die Zeitung weg und begann im Abteil auf und ab zu gehen, auf und ab, drei Schritte zur Tür hin und drei Schritte zurück ans Fenster. Ein paar Schneeflocken fielen, der Wind trieb den Rauch der Lokomotive gegen das Fenster, und wenn die Schneeflocken das Glas der Scheibe überhaupt erreichten, waren sie schon grau wie altes Papier. Aber zweihundert Meter höher, auf den Hügeln, die bei Neumarkt gegen die Bahnstrecke abfielen, lag der Schnee wie Beete von weißen Blüten. ›Hätten sie doch gewartet, hätten sie doch gewartet‹, dachte Dr. Czinner, und als sich seine Gedanken von den Toten zu den Männern wandten, die noch lebten, um ihren Richtspruch zu erwarten, da drängte sich ihm die Unmöglichkeit des eigenen leichten Entrinnens mit solcher Gewalt auf, daß er flüsternd die Worte hervorstieß: »Ich muß zu ihnen hin!« Aber was würde es nützen? Er setzte sich und suchte sich selbst zu beweisen, daß diese Geste praktischen Wert haben würde. ›Wenn ich mich stelle und mir mit den andern den Prozeß machen lasse, so wird die Welt auf meine Verteidigung hören, wie sie es nie tun würde, wenn ich in England in Sicherheit wäre.‹ Die erstarkende Kraft seines Entschlusses flößte ihm neuen Mut ein; er wurde zuversichtlicher. ›Das Volk‹, dachte er, ›wird aufstehen, um mich zu retten, obwohl es sich für andere nicht erhob.‹ Wieder fühlte das Gespenst Czinner sich dem Leben nahe, und Wärme berührte seine in Eis erstarrte Durchsichtigkeit.

Aber es gab viel zu überlegen. Fürs erste mußte er der

Zeitungskorrespondentin entkommen. In Wien mußte er ihr entwischen; das sollte nicht schwerfallen, denn der Zug traf dort erst kurz vor neun ein, und um diese Zeit war die Person sicher schon wieder betrunken. Er schauerte ein wenig vor Kälte und bei dem Gedanken an die Möglichkeit einer neuerlichen Begegnung mit diesem heiseren und gefährlichen Weib. Dann ergriff er den Baedeker, ließ die Zeitung fallen und dachte: ›Nun, die kann mir nicht mehr schaden. Sie scheint mich zu hassen. Ich möchte nur wissen, warum. Vermutlich ein merkwürdiger Berufsstolz. Jetzt kann ich eigentlich in mein Abteil zurückkehren.‹ Als er es aber erreichte, ging er dennoch daran vorbei, die Hände auf dem Rücken und den Baedeker unterm Arm, noch ganz im Banne des Gedankens, daß die gespenstischen Jahre nun vorüber waren. ›Ich lebe wieder‹, dachte er, ›weil ich mir bewußt bin, daß ich möglicherweise, ja fast mit Gewißheit, in den Tod gehe. Denn sie werden mich kaum noch einmal entwischen lassen, selbst wenn ich mich und die andern wie mit Engelszungen verteidigte.

Gesichter, die ihm bekannt waren, blickten auf, als er vorüberkam, aber sie vermochten ihn nicht aus seiner Versunkenheit aufzuschrecken. »Ich habe Angst«, sagte er sich triumphierend, »ich habe Angst.«

2

»Nicht *der* Quin Savory?« fragte Janet Pardoe.

»Nun«, entgegnete Mr. Savory, »mir ist kein anderer bekannt.«

»›Die große fröhliche Gesellschaft‹?«

»›Runde‹«, verbesserte Mr. Savory sie in scharfem Ton. »›Die große, fröhliche Runde‹.« Er legte seine Hand auf ihren Ellbogen und steuerte sie vor sich her den Korridor entlang. »Zeit für einen Sherry. Sich vorzustellen, daß Sie mit dem Frauenzimmer verwandt sind, das mich interviewt hat! Sind Sie ihre Tochter? Nichte?«

»Nicht gerade verwandt«, antwortete Janet Pardoe. »Ich bin ihre Gesellschafterin.«

»Lieber nicht!« Mr. Savorys Finger umschlossen ihren Arm etwas fester. »Sehen Sie sich um eine andere Stellung um. Sie sind zu jung für so etwas. Es ist Ihnen nicht zuträglich.«

»Wie recht Sie haben!« sagte Janet Pardoe, blieb einen Augenblick im Gang stehen und wandte ihm ihre Augen zu, die vor Bewunderung strahlten.

Miss Warren schrieb einen Brief, aber sie sah die beiden vorübergehen. Sie hatte einen Block Briefpapier auf ihrem Knie liegen, und ihre Füllfeder flog tinteverspritzend über das Papier und riß große Löcher hinein. ›Liebe Cousine Con! Ich schreibe Dir, weil ich nichts Besseres zu tun habe. Ich sitze im Orientexpreß, fahre aber nicht bis Konstantinopel. Ich steige in Wien aus, aber das ist eine andere Geschichte. Kannst du mir fünf Meter Samt besorgen, rosa? Ich möchte meine Wohnung neu herrichten, während Janet weg ist. Sie ist im selben Zug, aber ich verlasse sie in Wien. Keine leichte Arbeit, so einen ekelhaften alten Herrn quer durch halb Europa zu verfolgen. ›Die große fröhliche Runde‹ ist auch im Zug, aber Du liest ja keine Bücher. Und eine recht niedliche kleine Tänzerin, Coral mit Namen, die ich vielleicht als Gesellschafterin engagieren werde. Aber ich weiß noch nicht, ob ich mir die Wohnung wirklich neu ausstatten soll. Janet sagt, sie wird nur eine Woche wegbleiben. Du darfst keinesfalls mehr als 8 Shilling und 11 Pence für das Meter ausgeben. Blau würde mir zusagen, aber natürlich nicht marineblau. Der Mann, von dem ich Dir schon schrieb‹, fuhr Miss Warren fort, während sie mit ihren Blicken Janet Pardoe verfolgte und die Feder ins Papier spießte, ›glaubt, er ist mir geistig weit überlegen, aber Du weißt so gut wie ich, daß ich jedem die Hölle heiß machen kann, der sich das einbildet. Janet ist eine Nutte. Ich denke daran, mir eine neue Gesellschafterin zu nehmen. Hier im Zug ist eine kleine Tänzerin, die mir passen würde. Du solltest sie sehen, die entzückendste Figur! Du wirst sie genauso bewundern wie ich, meine liebe Con. Sie ist nicht sehr hübsch, hat aber herrliche Beine. Ich glaube, ich muß meine Wohnung doch neu herrichten lassen. Da fällt mir ein, Du kannst beim Samt bis zu 10 Shilling 11 Pence das Meter gehen. Vielleicht fahre ich bis Belgrad;

warte also, bis Du wieder von mir hörst. Janet scheint sich in diesen Savory vergafft zu haben. Aber ich kann auch ihm die Hölle heiß machen, wenn ich will. Leb wohl. Gib acht auf Dich und grüß Elsie von mir. Hoffentlich sorgt sie für Dich besser als Janet für mich. Du hast immer mehr Glück gehabt, aber warte, bis Du Coral siehst. Viele Küsse von Deiner Mabel. PS. Hast Du gehört, daß Onkel John vor einigen Tagen plötzlich gestorben ist, fast auf meiner Türschwelle?‹ Miss Warrens Feder schloß den Brief mit einem riesigen Tintenklecks. Sie kreiste diesen mit einem dicken Strich ein und schrieb dazu: ›Verzeihung.‹ Dann wischte sie die Feder an ihrem Kleid ab und klingelte nach dem Kellner. Ihr Mund war schrecklich trocken.

Coral Musker stand eine kleine Weile im Korridor; sie beobachtete Myatt und erwog, ob Mabel Warren die Wahrheit gesprochen hatte. Myatt saß mit gesenktem Haupt über einem Stoß von Papieren und fuhr mit einem Bleistift Zahlenreihen hinauf und hinunter, immer wieder zu derselben Zahl zurückkehrend. Jetzt legte er den Bleistift hin und stützte den Kopf in die Hände. Einen Augenblick empfand Coral Mitleid und zugleich Dankbarkeit. Da seine wissenden Augen ihr verborgen waren, hätte er ein Schuljunge sein können, der verzweifelt mit einer Hausaufgabe rang, die nicht richtig aufgehen wollte.

Sie konnte sehen, daß er die Handschuhe ausgezogen hatte, um den Bleistift besser halten zu können, und daß seine Finger vor Kälte blau waren; sogar der protzige Pelzmantel rührte sie, denn der war hoffnungslos unzulänglich; er konnte weder die Rechnungen seines Besitzers lösen noch seine Finger warm halten.

Coral öffnete die Tür und trat ein. Myatt hob das Gesicht und lächelte, aber seine Arbeit hielt ihn weiter gefangen. Sie wollte sie ihm abnehmen, ihm die Lösung zeigen und ihm sagen, er solle es den Lehrer nicht wissen lassen, daß ihm jemand geholfen habe.

›Aber wer?‹ dachte sie. ›Die Mutter? Die Schwester? Nicht jemand, der ihm so fernsteht wie eine Cousine.‹ Dabei ließ sie

sich mit jenem unbefangenen Schweigen nieder, welches das Maß ihrer Vertrautheit bildete.
Da sie es schließlich müde wurde, durch das Fenster zu sehen, wie draußen der Schnee immer dichter fiel, begann sie: »Sie sagten, ich dürfe kommen, wann ich wollte.«
»Aber natürlich.«
»Ich kam mir vorhin wie ein Biest vor, da ich Sie so plötzlich verließ und Ihnen nicht einmal ordentlich dankte. Sie waren gestern abend sehr nett zu mir.«
»Ich konnte den Gedanken nicht ertragen, daß Sie bei jenem Kerl in Ihrem Abteil bleiben sollten, wo Sie doch krank waren«, sagte er ungehalten und klopfte mit dem Bleistift auf das Papier. »Sie brauchten einen ordentlichen Schlaf.«
»Aber warum interessieren Sie sich so sehr für mich?«
Wieder erhielt sie die vernichtende, unausweichliche Antwort: »Ich hatte das Empfinden, Sie recht gut zu kennen.«
Damit hätte er sich wieder seinen Berechnungen zugewandt, wenn ihr Schweigen nicht gar so unglücklich gewesen wäre. Sie konnte sehen, daß er bekümmert und überrascht war und sich auch ein wenig bedrängt fühlte. Sie dachte: ›Er glaubt, ich erwarte von ihm, daß er zärtlich wird. Möchte ich das?‹ Es würde das Bild des Juden, wie sie ihn von andern Gelegenheiten her kannte, vervollständigen, wenn er ihr Haar leicht zerraufte und ihr das Kleid auseinanderzöge, um ihre Brust zu küssen. ›Ich bin ihm das schuldig‹ dachte sie, und die angesammelte Erfahrung anderer Frauen sagte ihr wieder, daß sie ihm viel mehr schuldete. ›Aber wie kann ich bezahlen, wenn er gar nicht auf Bezahlung dringt?‹ fragte sie sich. Und der bloße Gedanke, daß sie jenen seltsamen Akt vollziehen sollte, wenn sie nicht betrunken war, wie es nach ihrer Meinung manche Frauen waren, oder von Leidenschaft getrieben, sondern bloß von Dankbarkeit bewegt, machte sie kälter als der Schnee, der draußen fiel. Sie wußte nicht einmal, wie sie sich dabei zu benehmen hätte: würde sie die ganze Nacht bei ihm bleiben, sich in dem kalten Wagen entkleiden müssen?
Aber sie begann sich mit dem Gedanken zu trösten, daß er anderen Juden glich, die sie gekannt hatte, und sehr beschei-

den war; der einzige Unterschied bestand darin, daß er freigebiger war als die andern.
»Gestern nacht«, begann er und beobachtete sie scharf, während er sprach, und seine aufmerksame Haltung, seine Mißdeutung ihres Schweigens verrieten ihr, daß sie doch noch nicht alles voneinander wußten, »gestern nacht träumte ich von Ihnen.« Er lachte nervös auf. »Ich träumte, daß ich auf der Straße mit Ihnen anbändelte, Sie im Auto mitnahm, und daß Sie dann gleich . . .« Damit hielt er inne und verschluckte das Weitere. »Sie waren sehr aufregend.«
Sie erschrak; es war ihr, wie wenn ein Geldverleiher sich über seinen Tisch beugte und sehr zart, aber unerbittlich auf die Frage der Rückzahlung zu sprechen käme. »Ja, in Ihrem Traum«, sagte sie, er aber beachtete sie gar nicht und fuhr fort: »Da kam der Schaffner daher und weckte mich. Der Traum war sehr lebhaft. Ich war so erregt, daß ich Ihnen die Fahrkarte kaufte.«
»Sie wollen sagen, daß Sie dachten . . ., daß Sie gern . . .«
Jetzt hob der Geldverleiher seine Schultern, lehnte sich hinter seinem Schreibtisch zurück und klingelte nach dem Diener, damit er sie auf die Straße hinausgeleite, zu fremden Menschen und zur Freiheit eines unbekannten Daseins. »Ich sagte Ihnen das nur«, erklärte Myatt, »damit Sie nicht glauben, Sie schulden mir etwas. Es war die Wirkung des Traumes, und als ich die Karte gekauft hatte, dachte ich mir, Sie könnten sie nun auch benutzen.« Damit ergriff er seinen Bleistift und wandte sich wieder den Geschäftspapieren zu. Ohne zu denken, fügte er noch förmlich hinzu: »Es war eingebildet von mir, zu glauben, daß Sie für zehn Pfund –«
Diese Worte kamen ihr zunächst gar nicht zum Bewußtsein. Sie war allzu verwirrt von der Erleichterung, selbst von der Scham darüber, daß sie nur in einem Traum begehrenswert erschienen war, und vor allem von ihrer Dankbarkeit. Dann verfolgten sie aus dem Schweigen heraus seine letzten Worte, deren Andeutung von Demut für sie etwas Neues war. Sie trotzte mutig ihrem Schrecken vor diesem Handel, streckte ihre Hand aus und berührte Myatts Gesicht mit einer Dankbarkeit, die ihre Gebärde einer noch unbekannten Liebe

entliehen hatte. »Wenn Sie wollen, daß ich –«, sagte sie. »Ich dachte schon, ich langweilte Sie. Soll ich heute nacht kommen? Soll ich?« Dabei legte sie ihre Finger über die Papiere auf seinen Knien, schmale, kantige Hände, die Vertiefungen zwischen den Knöcheln voll Puder, die Nägel rot lackiert, und verdeckte die Zahlenreihen, Mr. Eckmans Berechnungen, Winkelzüge und schlaue Verschleierungen, und bot sich ihm dar mit einem gewinnenden und zugleich rührenden Zweifel an sich selbst.

Halb und halb folgte er im Geiste immer noch Mr. Eckman von einem verborgenen Zimmer ins andere und sagte dabei langsam: »Ich dachte, Sie mögen mich nicht.« Er hob ihre Hände von seinen Papieren und sagte, mit seinen Gedanken immer noch woanders: »Vielleicht, weil ich ein Jude bin.«

»Sie sind müde.«

»Aber da steckt etwas in diesen Rechnungen, was ich nicht herauskriegen kann.«

»Lassen Sie es bis morgen«, riet sie ihm.

»Dazu habe ich nicht Zeit. Ich muß es erledigen. Wir stehen ja nicht still.« In Wahrheit aber hatte er jedes Gefühl der Fortbewegung verloren, weil es schneite. Der Schnee fiel so dicht, daß man die Telegrafenstangen nicht mehr sehen konnte.

Sie zog ihre Hand zurück und fragte beleidigt: »Dann wollen Sie also nicht, daß ich komme?« Die Ruhe und Selbstverständlichkeit, mit der er ihren Vorschlag aufnahm, dämpften ihre Dankbarkeit. Aber ihre Bewegung brachte ihm eine Tatsache zum Bewußtsein, die – dies hatte sie oft erlebt – kein Jude übersehen kann: daß ihm nämlich etwas entzogen wurde, wofür er vorschnell eine Vorauszahlung geleistet hatte. »Ja«, sagte er, »kommen Sie, kommen Sie heute nacht.« Er drückte ihre Hände erst ganz sanft, dann immer fester. »Glauben Sie nicht, daß ich kalt bin. Es ist nur, weil wir einander so gut zu kennen scheinen.«

Er flehte sie an: »Seien Sie ein wenig fremd.«

Aber ehe sie noch eine Ausrede ersinnen konnte, hatte sie ihm schon zugestanden: »Ja, das Gefühl habe ich auch.« Es gab also nichts mehr zu sagen, und sie saßen wie alte Freunde schweigend nebeneinander und dachten ohne Erregung an die bevorstehende Nacht. Corals kurze Aufwallung von Dankgefühl war vorüber; sie erschien jetzt ebenso unnötig und unerwünscht. Einem so alten Bekannten war man nicht dankbar; man empfing Gefälligkeiten, und man erwies Gefälligkeiten und sprach ein wenig über das Wetter, war über eine Liebkosung nicht ungehalten und über Gleichgültigkeit nicht enttäuscht. Und wenn man einen alten Freund im Parkett sah, lächelte man ihm, während man auf der Bühne tanzte, ein-, zweimal zu, denn etwas mußte man doch mit seinem Gesicht anfangen, das nicht gerade schön war, und die Männer liebten es, wenn man sie von der Bühne aus erkannte.

»Es schneit immer ärger.«

»Ja. Es wird heute nacht kalt werden.« Und man lächelte, für den Fall, daß mit diesen Worten ein Witz beabsichtigt war, und sagte so verführerisch, wie dies bei einem so alten Freund noch möglich war: »Aber wir werden es warm haben.« Und man konnte nicht vergessen, daß die Nacht heranrückte, erinnerte sich an alle Ratschläge und Warnungen der Freundinnen, und war verwirrt und zugleich abgestoßen, weil ein Mann Gleichgültigkeit und heißes Begehren in einem fühlen konnte.

Den ganzen Vormittag und auch während des Mittagessens schneite es weiter. In Passau lag der Schnee dick auf dem Dach des Zollschuppens, während er längs der Bahnstrecke vom Dampf der Lokomotive zu grauen Eisströmen geschmolzen wurde. Die österreichischen Grenzbeamten stapften in Gummistiefeln umher und schimpften ein wenig, während sie das Gepäck flüchtig durchsuchten.

DRITTER TEIL

WIEN

1

Josef Grünlich begab sich auf die windgeschützte Seite des Schornsteins, während rund um ihn der Schnee sich auf dem Dach türmte. Unter ihm loderte gleich einem Freudenfeuer der Bahnhof aus der Dunkelheit. Eine Lokomotive pfiff, und langsam kam eine lange Reihe von Lichtern in Sicht. Er blickte auf seine Taschenuhr; da schlug eine Turmuhr gerade neun. ›Das ist der Orientexpreß‹, dachte Grünlich, ›mit zwanzig Minuten Verspätung; er wird durch den Schnee aufgehalten worden sein.‹ Er stellte seine flache Silberuhr genau ein, steckte sie wieder in die Westentasche und strich die Falten auf seinem dicken Bauch glatt. ›Ja‹, dachte er, ›in einer solchen Nacht ist es schon gut, wenn man dick ist.‹ Bevor er seinen Überrock zuknöpfte, fuhr er mit der Hand zwischen Hose und Unterhose und schob den Revolver zurecht, der dort zwischen seinen Beinen an einer Schnur hing, die um einen Knopf geschlungen war. »Bei drei Dingen verlaßt euch getrost auf euren Josef«, sagte er behaglich zu sich selbst, »bei einem Weib, einem guten Essen und einem Einbruch, der sich auszahlt.« Nun trat er aus dem schützenden Schatten des Schornsteins.

Das Dach war sehr schlüpfrig und sein Weg nicht ungefährlich. Der Wind trieb ihm den Schnee in die Augen, und unter seinen Füßen bildeten sich feste Eisklumpen an den Absätzen. Einmal glitt er aus und sah einen Moment lang das beleuchtete Vordach des Kaffeehauses drohend zu sich emporkommen, so wie ein Fisch durch dunkles Wasser zur Oberfläche steigt. Er flüsterte: »Heilige Maria, voll der Gnaden«, bohrte die Absätze in den Schnee und suchte mit den Fingern nach einem festen Halt. Die Kante einer Dachrinne war seine Rettung, er erhob sich wieder und lachte leise vor sich hin; es hatte keinen Sinn, der Natur zu zürnen. Ein wenig später fand er die eisernen Sprossen der Feuerleiter. Die nun folgende Kletterei schien ihm der gefährlichste

Teil des ganzen Unternehmens. Denn obgleich die Leiter, die auf der Rückseite eines Wohnhauses verlief, von der Straße abgewandt war, konnte man sie doch vom Lagerplatz aus gut sehen, der die äußerste Grenze der Runde eines Schutzmannes bildete. Dieser tauchte alle drei Minuten auf; die trübe Lampe an der Ecke eines Lagerhauses spiegelte sich in seinen schwarzen, blankpolierten Ledergamaschen, in seinem Koppel und in seiner Pistolentasche. Der tiefe Schnee dämpfte das Geräusch seiner Schritte, so daß Grünlich nicht hoffen durfte, durch sie gewarnt zu werden. Jedoch das Ticken der Taschenuhr hielt ihm die Gefahr ständig vor Augen. Tief geduckt und mit dem unbehaglichen Gefühl, daß er sich von seinem weißen Hintergrund deutlich abhob, wartete er am oberen Ende der Leiter, bis der Wachmann kam und wieder ging. Dann begann er den Abstieg. Er brauchte nur an einem unbewohnten Stockwerk vorbeizuklettern, aber als er das erste Fenster erreichte, fiel ein Lichtschein auf ihn, und ein Pfiff ertönte. ›Ich kann doch nicht geschnappt werden‹, dachte er ungläubig, ›ich bin noch nie geschnappt worden, so was passiert mir nicht.‹ Mit dem Rücken gegen den Hof wartete er auf einen Anruf oder eine Kugel, indessen sein Gehirn gleich dem kleinen, gutgeölten Räderwerk einer Uhr weiterarbeitete, ein Gedanke sich genau zum zweiten fügte und einen dritten in Bewegung setzte. Als nichts geschah, wandte er sein Gesicht von der Leiter und der kahlen Wand ab; der Hof tief unten war leer, der Lichtschein war von einer Lampe gekommen, die jemand in den Bodenraum über dem Güterschuppen getragen hatte, und der Pfiff war einer der vielen im Bahnhof gewesen. Sein Irrtum hatte ihn wertvolle Sekunden gekostet; deshalb setzte er seinen Abstieg ohne Rücksicht auf seine vereisten Schuhe fort und nahm immer zwei Sprossen auf einmal.

Als er zum nächsten Fenster kam, klopfte er leise an. Er bekam keine Antwort und stieß eine leise Verwünschung aus. Den Kopf hielt er gegen die Hofecke gerichtet, wo sehr bald der Polizist auftauchen mußte.

Er klopfte noch einmal, und jetzt vernahm er das Schlurfen nahender Pantoffeln.

Das Fenster wurde einen Spalt geöffnet und eine weibliche Stimme fragte: »Anton, bist du's?«
»Ja«, antwortete Grünlich, »der Anton. Laß mich schnell hinein.« Der Vorhang wurde beiseite gezogen, und eine magere Hand versuchte das Fenster aufzustoßen. »Schnell«, flüsterte Grünlich, »glaubst du, ich bin ein Akrobat?« Als das Fenster endlich etwas weiter offenstand, schwang sich der Dicke mit großer Behendigkeit von der Feuerleiter auf das Fensterbrett hinüber; es fiel ihm aber nicht leicht, sich durch das halboffene Fenster zu zwängen. »Kannst du's nicht noch etwas weiter aufmachen?« Unten pfiff dreimal eine Lokomotive, und Grünlichs Gehirn erfaßte automatisch die Bedeutung dieses Signals: ein schwerer Güterzug fuhr aus dem Bahnhof aus. Dann war er im Zimmer; die Frau schloß das Fenster, und der Lärm des Bahnhofs verhallte.
Grünlich bürstete den Schnee von Mantel und Schnurrbart und blickte auf die Uhr. Neun Uhr fünf. Der Zug nach Passau ging erst in vierzig Minuten, und er hatte schon seine Fahrkarte. Den Rücken gegen das Fenster und gegen die Frau gewandt, umfaßte er das Zimmer mit einem flüchtigen Blick; in seinem Gedächtnis aber rückte jede Einzelheit an den ihr bestimmten Platz, der Waschkrug und das Waschbecken auf dem rötlichbraunen Waschtisch, der angeschlagene Spiegel im Goldrahmen, das eiserne Bett, das Nachtgeschirr, das Heiligenbild. Er sagte: »Laß das Fenster lieber offen, für den Fall, daß dein Herr zurückkommt.«
Eine dünne Stimme sagte erschrocken: »Ich könnt' es nicht, ich könnt' es nicht.« Er wandte sich der Frau mit zärtlichem Spott zu: »Keusche Anna«, sagte er und betrachtete sie mit scharfem Kennerblick. Sie war so alt wie er, aber nicht so erfahren, dachte er, wie sie da mager, verwirrt und erregt am Fenster stand. Ihr schwarzer Rock lag quer über dem Bett, aber sie hatte noch ihre dunkle Bluse mit dem weißen Dienstmädchenkragen an und hielt sich ein Handtuch vor die Beine, um sie zu verdecken.
Er betrachtete sie spöttisch. »Schöne Anna«, sagte er.
Sie öffnete staunend den Mund und starrte ihn wortlos und fasziniert an. Grünlich bemerkte mit Mißfallen ihre ungleich-

mäßigen und verfärbten Zähne. ›Was immer ich tun muß‹, ging es ihm durch den Sinn, ›küssen werde ich sie nicht.‹ Aber es war klar, daß sie eine Umarmung erwartete. Ihre Keuschheit hatte sich in die abstoßende Koketterie einer Frau in den mittleren Jahren verwandelt, und auf diese mußte er eingehen. Er begann zu ihr wie zu einem Baby zu sprechen, ließ sich auf der Bettkante nieder und behielt die ganze Breite des Bettes zwischen sich und ihr. »Was hat denn die schöne Anna jetzt? Einen großen, starken Mann. Der wird dich schön zerdrücken.« Er drohte ihr scherzhaft mit dem Finger. »Wir werden's uns gutgehen lassen, hm?« Dabei schielte er nach der Tür und stellte zu seiner Erleichterung fest, daß sie nicht abgesperrt war. Es hätte dem alten Luder ähnlich gesehen, ihn hier einzuschließen und den Schlüssel zu verstecken; aber weder seine Befürchtung noch sein Ekel trübten die Glätte seines dicken, rosigen Gesichts.

Sie lächelte, holte tief Atem und seufzte pfeifend: »O Anton.«

Er sprang auf, sie ließ das Handtuch fallen und kam in ihren schwarzen Baumwollstrümpfen mit den vorsichtig gestelzten Schritten eines Vogels näher.

»Einen Augenblick«, sagte er, »einen Augenblick«, und hob abwehrend die Hand; er war entsetzt über die altmodische Lust, die er erweckt hatte. ›Keiner von uns zweien‹, dachte er, ›ist eine Schönheit.‹ Und die Gegenwart der Madonna in Rosa und Weiß gab der Situation den Beigeschmack bewußter Blasphemie. Er hielt sich Anna vom Leibe, indem er eindringlich flüsterte: »Bist du sicher, daß niemand in der Wohnung ist?«

Ihr Gesicht wurde rot, wie wenn er grob zudringlich geworden wäre. »Nein, Anton, wir sind ganz allein.«

Sein Geist begann wieder mit größter Genauigkeit zu arbeiten. Es waren nur die persönlichen Beziehungen, die ihn verwirrten; wenn Gefahr drohte, wenn es zu handeln galt, war sein Geist zuverlässig wie eine wohlerprobte und gutgeölte Maschine. »Hast du die Tasche, die ich dir gegeben habe?«

»Ja, Anton, hier unterm Bett.«

Mit diesen Worten zog sie eine kleine schwarze Arzttasche hervor; er griff ihr liebkosend unter das Kinn und sagte ihr, daß sie schöne Augen habe. »Zieh dich aus und leg dich ins Bett. Ich bin gleich wieder bei dir.« Bevor sie etwas sagen oder eine Erklärung verlangen konnte, war er schon munter auf den Zehenspitzen durch die Tür geschlüpft und hatte diese hinter sich geschlossen. Draußen sah er sich gleich nach einem Stuhl um, den er unter die Türklinke zwängte, so daß die Tür von der andern Seite nicht geöffnet werden konnte. Das Zimmer, in dem er sich jetzt befand, war ihm von einem früheren Besuch her vertraut. Es war ein Mittelding zwischen einem Büro und einem altmodischen Salon. Ein Schreibtisch stand darin, ein Sofa mit rotem Plüschbezug, ein Drehsessel, ein paar zusammenklappbare Tische, einige Radierungen aus dem 19. Jahrhundert: Kinder, die mit Hunden spielten, und Damen, die sich über Gartenmauern lehnten. Eine Wand des Raumes war fast ganz mit einem großen, zusammenrollbaren Plan des Bahnhofs bedeckt, auf dem Bahnsteige, Güterschuppen, Weichen und Stellwerke in den Grundfarben eingezeichnet waren. Die Umrisse der Möbel waren im Halbdunkel nur undeutlich zu erkennen. Die Straßenlampen, deren Schein von der Decke zurückgeworfen wurde, und eine Leselampe, die auf dem Schreibtisch brannte, warfen dunkle Schatten wie Schutzüberzüge über die Stühle. Josef stieß mit dem Schienbein gegen einen Klapptisch und riß beinahe eine Palme um. Er fluchte leise, und Anna rief aus dem andern Zimmer: »Was ist los, Anton? Was tust du denn?«

Er antwortete: »Nichts, nichts. Ich bin gleich wieder bei dir. Dein Chef hat ein Licht brennen lassen. Bist du sicher, daß er nicht zurückkommt?«

Sie begann zu husten, aber in den Atempausen rief sie ihm zu: »Er hat Dienst bis Mitternacht. Anton, bleibst du lange aus?«

Er schnitt ein Gesicht und rief zurück: »Ich zieh mich nur ein bissel aus, Anna.«

Durch das offene Fenster drang der Lärm der Straße ins Zimmer; fortwährend ertönten Hupensignale. Josef lehnte sich hinaus und überblickte prüfend die Straße. Taxi mit

Gepäck und Reisenden rasten in beiden Richtungen, aber er kümmerte sich um sie ebensowenig wie um das Flackern der Lichtreklamen am Himmel und um das Klirren von Geschirr im Kaffeehaus unmittelbar unter ihm, sondern blickte auf die Gehsteige hinab. Nur wenige Leute kamen vorbei; es war die Zeit des Abendessens, der Theater und der Kinos. Kein Schutzmann war zu sehen.
»Anton!«
Er fuhr auf: »Sei ruhig!« und zog die Vorhänge herunter, damit man ihn nicht von einem der Gebäude auf der anderen Straßenseite sehen könne. Er wußte genau, wo der Safe in die Wand eingelassen war. Es hatte nur eines Essens, eines Kinobesuches und einiger Gläser Wein bedurft, um von Anna diese Auskunft zu erhalten. Aber er hatte sich gescheut, sie nach der geheimen Zahlenkombination zu fragen. Dann hätte sie vielleicht gemerkt, daß ihre Reize allein nicht ausreichten, um ihn in der Finsternis über ein vereistes Dach in ihr Schlafzimmer zu locken. Von einem kleinen Bücherregal hinter dem Schreibtisch nahm er jetzt sechs schwere Bände über ›Betrieb und Verwaltung der Eisenbahnen‹ herab; dahinter verbarg sich eine kleine Stahltür. Grünlichs Hirn arbeitete jetzt klar und mit Konzentration; er bewegte sich ohne Hast und ohne Zaudern. Ehe er an die Arbeit ging, sah er auf die Uhr: neun Uhr zehn. Er berechnete, daß er noch eine halbe Stunde Zeit hatte. ›Zeit genug‹, dachte er, während er seinen feuchten Daumen gegen die Stahltür drückte, ›der Stahl ist kaum zehn Millimeter dick.‹ Er legte die schwarze Tasche auf den Tisch und packte seine Geräte aus. Seine Stemmeisen waren in bestem Zustand, auf Hochglanz poliert, mit scharfen Kanten. Auf sein schönes Werkzeug war er ebenso stolz wie auf seine flinke Arbeit. Er hätte den dünnen Stahl mit einem Brecheisen aufreißen können, aber Anna hätte die Schläge gehört, und er konnte sich nicht darauf verlassen, daß sie sich ruhig verhalten würde. Darum zündete er einen kleinen Schneidbrenner an, nachdem er zum Schutze seiner Augen eine dunkle Brille aufgesetzt hatte. Die erste, ungestüme Stichflamme ließ die Einzelheiten des Zimmers aus den Schatten hervortreten, die Hitze

versengte sein Gesicht und die Stahltür begann wie siedende Butter zu zischen.
»Anton!« Die Frau rüttelte an der Türklinke. »Anton, was tust du denn? Warum hast du mich eingesperrt?«
Durch das dumpfe Brausen der Flamme schrie er zu ihr hinüber: »Halt den Mund!«
Er hörte, wie sie am Schloß herumarbeitete und an der Klinke rüttelte. Dann rief sie wieder eindringlich: »Anton, laß mich hinaus!«
Jedesmal, wenn er den Schneidbrenner ansetzte, drehte er die Flamme zurück. Er verließ sich auf Annas angsterfüllte Dummheit und schrie sie wild an: »Sei still, oder ich drehe dir das Genick um!«
Einen Augenblick war sie still. Die Flamme wuchs wieder, und die roterhitzte Stahltür wurde weißglühend. Da rief Anna ganz laut: »Ich weiß, was du tust, Anton.« Grünlich jedoch arbeitete unbeirrt weiter und achtete nicht auf den Zuruf; Annas nächster Aufschrei aber erschreckte ihn: »Du bist beim Safe, Anton.« Wieder begann sie an der Türklinke zu rütteln, so daß er gezwungen war, die Flammen wieder zusammensinken zu lassen und ihr zuzurufen: »Sei still! Ich hab dir's schon gesagt: ich dreh dir deinen grauslichen Hals um, du alte Hur.«
Sie senkte die Stimme, aber sie preßte offenbar jetzt die Lippen ans Schlüsselloch, denn er konnte sie deutlich hören: »Sag das nicht, Anton. Hör zu, laß mich hinaus. Ich muß dir was sagen, muß dich warnen.« Er antwortete nicht, sondern arbeitete weiter, bis der Stahl weiß glühte. »Ich hab dich angelogen, Anton. Laß mich hinaus. Herr Kolber kommt gleich zurück.«
Er senkte den Schneidbrenner und sprang auf. »Was ist das? Was sagst du da?«
»Ich hab gefürchtet, du wirst nicht kommen, wenn du es weißt. Wir hätten schon Zeit gehabt, uns liebzuhaben, eine halbe Stunde; und wenn er früher gekommen wäre, wären wir eben stillgelegen.«
Grünlichs Verstand arbeitete blitzschnell. Er verfluchte das Frauenzimmer erst gar nicht; er stellte den Schneidbrenner

ab und packte ihn mit dem Stemmeisen, der Brechstange, den Dietrichen und dem Topf voll Pfeffer in die Tasche. Ohne sich lange zu besinnen, gab er einen der leichtesten Beutezüge seiner Laufbahn auf; es war sein Stolz, daß er kein Risiko auf sich nahm, welches sich vermeiden ließ. Man hatte ihn noch nie erwischt. Bisweilen hatte er mit andern zusammengearbeitet, die erwischt worden waren: aber sie trugen ihm das nicht nach. Sie bewunderten vielmehr seine ungewöhnliche Laufbahn und ließen sich einsperren, stolz darauf, daß er entkommen war. Und später zeigten sie ihn ihren Freunden und sagten: »Das ist der Josef. Schon fünf Jahre beim Geschäft und noch nie gesessen.«

Er schloß die Tasche und zuckte nervös zusammen, als von draußen ein sonderbares Geräusch hereindrang, das dem Schwirren einer Bogensehne glich. »Was war das?«

Durch die Tür flüsterte Anna: »Der Aufzug. Jemand hat ihn hinuntergeholt.«

Er ergriff einen Band der ›Eisenbahnverwaltung‹, aber der Safe war noch rotglühend, und so legte er ihn wieder auf den Tisch. Von unten drang das Klirren eines Gittertors herauf, das ins Schloß fiel, und dann kam das Summen des Lifts. Grünlich trat zu den Fenstervorhängen hin und zog die Schnur, an der sein Revolver hing, einige Zentimeter höher. Er überlegte, ob es ihm gelingen würde, durch das Fenster zu entkommen, erinnerte sich aber, daß es bis zur Plache des Kaffeehauses mindestens zehn Meter waren. Wieder vernahm er, wie die Tore des Aufzugs sich öffneten und schlossen. Anna wisperte durch das Schlüsselloch: »Im Stockwerk unter uns.«

›Gut‹, sagte sich Grünlich, ›da habe ich noch etwas Zeit. Zurück in Annas Zimmer und dann übers Dach. Auf den Zug nach Passau werde ich zwanzig Minuten warten müssen.‹ Der Stuhl war fest unter die Türklinke gezwängt. Grünlich mußte die Tasche beiseite legen und beide Hände benutzen. Der Stuhl glitt über den Parkettboden hin und stürzte um. Im selben Augenblick wurde das Licht aufgedreht.

»Rühren Sie sich nicht vom Fleck und heben Sie die Hände hoch«, schrie Herr Kolber.

Grünlich gehorchte augenblicklich. Er drehte sich ganz langsam um, und in diesen Sekunden faßte er seinen Plan. »Ich bin unbewaffnet«, entgegnete er und betrachtete Kolber mit sanften, vorwurfsvollen Augen. Kolber trug die blaue Eisenbahneruniform und die runde Schirmmütze eines Vorstand-Stellvertreters. Er war klein und hager und hatte ein braunes, faltiges Gesicht; die Hand, die den Revolver hielt, zitterte ein wenig vor Aufregung, Alter und Wut. Einen Augenblick lang waren Grünlichs sanfte Augen ganz schmal und auf diesen Revolver gerichtet; er berechnete den Winkel, unter dem die Waffe wahrscheinlich abgefeuert werden und ob die Kugel fehlgehen würde. ›Nein‹, sagte er sich, ›er wird auf meine Beine zielen und mich in den Bauch treffen.‹ Kolber stand mit dem Rücken gegen den Safe und hatte deshalb die Unordnung im Büchergestell noch nicht bemerken können.
»Das verstehen Sie nicht«, sagte Grünlich.
»Was tun Sie dort an der Tür?«
Grünlichs Gesicht war noch immer von der Gluthitze gerötet. »Ich und die Anna«, sagte er.
Kolber schrie ihn an: »Reden Sie weiter, Sie Halunke!«
»Ich bin der Freund von der Anna. Es ist mir peinlich, Herr Vorstand, daß Sie mich da entdeckt haben. Die Anna hat mich eingeladen.«
»Anna?« fragte Kolber ungläubig. »Wieso?«
Grünlich wand sich vor Verlegenheit. »Ja, Herr Kolber, das ist nämlich so: ich bin der Freund von der Anna.«
»Anna, kommen Sie mal heraus.«
Die Tür öffnete sich langsam, und Anna trat ein. Sie hatte ihren Rock wieder angezogen und ihr Haar in Ordnung gebracht. »Das stimmt, Herr Kolber.« Entsetzt starrte sie auf den freiliegenden Safe hinter ihm.
»Was ist denn los mit Ihnen? Wohin schauen Sie denn? Das ist eine schöne Bescherung. Eine Frau in Ihrem Alter!«
»Ja, Herr Kolber, aber –« Sie zauderte, doch Grünlich unterbrach sie, ehe sie sich noch verteidigen oder ihn anklagen konnte: »Ich habe die Anna gern.«
Diese Worte nahm sie mit mitleiderregender Dankbarkeit auf: »Ja, das hat er mir gesagt.«

Kolber stampfte mit dem Fuß: »Sie waren ein Narr, Anna. Drehen Sie seine Taschen um: denn wahrscheinlich hat er Ihr Geld gestohlen.« Es fiel ihm nicht ein, seinen Safe zu untersuchen, und Grünlich ging auf die Rolle des kleinen Gelegenheitsdiebes ein, die ihm zugefallen war. Kolber kannte diesen Typ bis zur letzten Großtuerei und zum letzten Winseln um Gnade. Er hatte mit solchen Leuten gearbeitet, sie angestellt und sie ohne Bedauern ins Gefängnis wandern sehen. Groschensammler nannte er sie und verstand darunter Menschen ohne Ehrgeiz und ohne Einfall.
»Ich habe ihr Geld nicht gestohlen«, winselte Grünlich. »Ich würde so etwas nicht tun. Ich hab die Anna gern.«
»Drehen Sie seine Taschen um.« Anna gehorchte, aber ihre Hände bewegten sich in seinen Kleidern, wie wenn es eine Liebkosung wäre. »Und jetzt seine Hüfttasche.«
»Ich hab keinen Revolver«, erwiderte Grünlich.
»Seine Hüfttasche«, wiederholte Kolber, und Anna zog das Taschenfutter hervor. Als Kolber sah, daß auch diese Tasche leer war, senkte er seinen Revolver; aber er zitterte immer noch vor Wut. »Aus meiner Wohnung ein Bordell zu machen«, sagte er. »Was haben Sie zu sagen Anna? Das ist eine schöne Bescherung!«
Anna rang ihre mageren Hände und blickte zu Boden. »Ich weiß nicht, was über mich gekommen ist.« Aber noch während sie sprach, schien es ihr klarzuwerden. Sie blickte auf, und Grünlich sah, wie sich in ihren Augen Zuneigung in Abscheu und Abscheu in Wut verwandelte. »Er hat mich verführt«, sagte sie.
Währenddessen dachte Grünlich unablässig an seine schwarze Tasche auf dem Tisch hinter Kolbers Rücken, an den Stoß Bücher und an den deutlich sichtbaren Safe, aber seine ungemütliche Lage trübte nicht seine Gedanken. Früher oder später würde Kolber entdecken, was ihn in seine Wohnung gezogen hatte, und nun bemerkte Grünlich ganz nahe an der Hand des Vorstandes eine Klingel, die vermutlich mit der Wohnung des Portiers in Verbindung stand.
»Darf ich meine Hände herunternehmen, Herr Vorstand?«
»Ja, aber rühren Sie sich nicht von der Stelle.«

Kolber stampfte mit dem Fuß. »Ich muß die Wahrheit herauskriegen, auch wenn ich die ganze Nacht hierbleiben muß. Ich will nicht haben, daß Männer herkommen und mein Dienstmädchen verführen.«
Das Wort ›Männer‹ lenkte Grünlich vorübergehend ab; denn der Gedanke, daß jemand diesem alternden Mädchen nachstellen könnte, belustigte ihn, und er mußte lächeln. Anna sah dieses Lächeln und erriet seinen Grund. Sie sagte zu Kolber: »Geben Sie acht. Er wollte gar nicht mich haben. Er –«
Aber Grünlich nahm ihr die Anklage aus dem Mund. »Ich will alles gestehen. Ich bin gar nicht wegen der Anna hergekommen. Schauen Sie, Herr Kolber.« Er schwenkte seine linke Hand gegen den Safe. Immer noch mit gesenktem Revolver wandte sich Kolber um – da jagte ihm Grünlich zwei Schüsse in die Kreuzgegend.
Anna fuhr sich mit der Hand an die Kehle und begann gellend zu schreien; ihren Blick hielt sie von dem Erschossenen abgewandt. Kolber war in die Knie gesunken und seine Stirn schlug auf den Boden auf. Zwischen den beiden Schüssen hatte er sich noch einmal gewunden, und er wäre nun seitlich umgestürzt, wenn die Zimmerwand ihn nicht daran gehindert hätte.
»Halt's Maul!« rief Grünlich, und als Anna zu schreien fortfuhr, packte er sie an der Kehle und schüttelte sie. »Wenn du nicht zehn Minuten das Maul hältst, dann lege ich dich genauso um – verstanden?« Da sah er, daß sie in Ohnmacht gefallen war, und warf sie auf einen Stuhl. Dann schloß und verriegelte er das Fenster und versperrte die Tür zu Annas Zimmer, weil er fürchtete, daß sie dorthin laufen würde und ihre Hilferufe von dem Schutzmann unten gehört werden könnten, wenn er auf seiner Runde wieder zum Lagerplatz kam. Den Schlüssel stieß er mit dem Griff einer Scheuerbürste in die Klosettmuschel hinab. Dann sah er sich noch einmal in dem Büroraum um; er hatte schon beschlossen, die schwarze Tasche auf dem Tisch liegenzulassen; da er immer Handschuhe trug, so würde die Tasche nur Annas Fingerabdrücke aufweisen. Es war ihm um die schönen Werkzeuge leid, aber er war bereit, alles zu opfern, was ihn in Gefahr

bringen konnte, sogar, so dachte er mit einem Blick auf die Uhr, die Fahrkarte nach Passau. Der Zug ging erst in einer Viertelstunde, und so lange konnte er nicht in Wien herumlungern. Er erinnerte sich an den Expreßzug, den er vom Dach aus gesehen hatte, den Orientexpreß, und überlegte: ›Kann ich dort hinein, ohne eine Fahrkarte zu lösen?‹ Er ließ nicht gern seine Personenbeschreibung zurück, und es kam ihm sogar der Gedanke, Anna mit einem seiner Stemmeisen die Augen auszustechen, damit sie ihn später nicht identifizieren könnte. Doch der Gedanke ging vorüber. Unnötige Gewalttätigkeit stieß ihn ab, nicht weil er sie verabscheute, sondern weil er in seinen Methoden Exaktheit liebte; er wollte nichts weglassen, was notwendig war, und nichts hinzufügen, was überflüssig war. Mit größter Vorsicht, um sich nicht mit Blut zu beflecken, durchsuchte er dann Kolbers Taschen nach dem Zimmerschlüssel, und als er ihn gefunden hatte, blieb er noch einen Augenblick vor dem Spiegel stehen, um sein Haar zu kämmen und den Hut abzubürsten. Dann verließ er den Raum, schloß die Tür hinter sich ab und ließ den Schlüssel in einen Schirmständer im Vorzimmer fallen. Er hatte nicht die Absicht, noch einmal über das Dach zu klettern.

Er zögerte kurz, als er die offenen Türen des Aufzugs sah, beschloß aber sogleich, die Treppe zu benutzen, da das Geräusch des Lifts die Bewohner der tiefer liegenden Stockwerke auf ihn aufmerksam machen könnte. Während er die Treppe hinabstieg, lauschte er nach Annas Schreien, aber nur Schweigen folgte ihm. Draußen fiel immer noch der Schnee, und der dämpfte den Klang der Wagenräder und der Fußschritte. Aber das Schweigen über ihm schien rascher und dichter zu fallen und die Spuren zu verwischen, die er zurückgelassen hatte: den Bücherstoß, die schwarze Tasche, den ausgeglühten Safe. Er hatte noch nie einen Menschen getötet, aber solange das Schweigen dauerte, konnte er vergessen, daß er diesen unwiderruflichen Schritt getan hatte, der ihn auf den gefährlichen Gipfel seiner Laufbahn führte.

Im ersten Stock stand eine Tür offen, und als er an ihr vorüberkam, hörte er eine verdrießliche Frauenstimme sagen: »Solche Höschen, sage ich dir. Nun, ich bin ja nicht die Tochter des Bundespräsidenten, und ich sage zur Verkäuferin: Geben Sie mir was Ordentliches, Fräulein. Hauchdünn! So was hast du noch nicht gesehen –«

Grünlich drehte seinen dichten grauen Schnurrbart und trat kühn auf die Straße. Er blickte sich nach allen Seiten um, als erwartete er einen Freund. Kein Schutzmann war zu sehen, und da der Gehsteig frisch vom Schnee gesäubert war, hinterließ er keine deutlichen Fußspuren. Er wandte sich mit flotten Schritten nach links gegen den Bahnhof hin; dabei spitzte er die Ohren nach einem Schrei aus der Höhe, hörte aber nichts als das Hupen der Taxi und das Rauschen des fallenden Schnees.

Am Ende der Straße lockte ihn der riesige Bogen der Bahnhofshalle gleich der erhellten Fassade eines Varietés.

Aber es wäre zu gefährlich, dachte er, vor dem Eingang herumzulungern wie ein Verkäufer von Lotterielosen. Und plötzlich, im Bewußtsein der Höhe des Zinshauses, Stockwerk um Stockwerk von Kolbers Wohnung bis hinunter, und beim Gedanken an seine eigene Geistesgegenwart – die Hand, die auf den Safe wies, der rasche Griff nach der Schnur, der Revolver, im selben Moment gezogen und auch schon abgefeuert – überkam ihn ein stolzes Gefühl: ›Ich habe einen Menschen getötet.‹ Er ließ seinen Mantel im Nachtwind flattern, strich sich die Weste glatt und spielte mit seiner silbernen Uhrkette; und vor einer imaginären Freundin zog er den weichen grauen Hut, den der beste Hutmacher Wiens erzeugt hatte, der aber für ihn etwas zu klein war, weil er ihn von einem Kleiderhaken in einem Waschraum gestohlen hatte. ›Ich, Josef Grünlich, habe einen Menschen getötet. Ich bin ein gescheiter Kerl, gescheiter als die andern. Warum soll ich wie ein kleiner Dieb zum Bahnhof schleichen, unauffällig durch die Tür schlüpfen, mich im Schatten von Lagerhäusern verstecken? Es ist Zeit für eine Tasse Kaffee.‹ Er wählte einen Tisch auf dem Gehsteig, an der Ecke des Vordachs, das sich ihm entgegengehoben hatte, als er auf dem Dach ausgeglitten war. Er blickte durch den fallenden Schnee in die Höhe: ein, zwei, drei Stockwerke und dort oben war das

erleuchtete Fenster von Kolbers Zimmer; vier Stockwerke, und der Schatten des Hauses verlor sich in dem grauen Himmel. Es wäre ein böser Sturz gewesen.
»Einen weißen Kaffee.« Gedankenvoll rührte er darin, Josef Grünlich, der Mann des Schicksals. Es gab nichts mehr zu tun. Er zauderte nicht. Ein Schatten der Unzufriedenheit glitt über seine Züge, als er dachte: ›Aber ich kann das niemandem erzählen. Es wäre zu gefährlich.‹ Sogar sein bester Freund Anton, dessen Namen er sich zugelegt hatte, durfte nichts erfahren, denn die Polizei würde vielleicht eine Belohnung für Angaben über den Täter aussetzen. ›Dennoch, früher oder später werden sie es erraten‹, sagte er sich, ›und sie werden auf mich deuten und sagen: Das ist der Josef. In Wien hat er den Kolber umgebracht, aber erwischt haben sie ihn nicht. Er ist noch nie erwischt worden.‹
Er stellte seine Tasse hin und lauschte. War das ein Taxi, ein Geräusch vom Bahnhof oder war es der Schrei einer Frau gewesen? Er blickte nach den Tischen in der Runde. Niemand schien etwas Ungewöhnliches gehört zu haben; die Leute sprachen, tranken, lachten; ein Mann spuckte auf den Boden. Aber Grünlichs Durst war ein wenig gemildert, während er so dasaß und lauschte. Da kam ein Polizist die Straße entlang. Wahrscheinlich war er von seinem Verkehrsposten abgelöst worden und befand sich auf dem Heimweg. Grünlich hob seine Tasse auf und hielt sie sich vor das Gesicht, während er über ihren Rand hinweg vorsichtig nach dem Schutzmann lugte. Da hörte er ganz deutlich einen gellenden Schrei. Der Schutzmann blieb stehen, und Grünlich sah sich ängstlich nach dem Kellner um, stand auf und legte einige Münzen auf den Tisch; der Revolver zwischen den Beinen hatte ihm eine kleine Wunde gerieben.
»Gute Nacht.«
Der Schutzmann kaufte eine Abendzeitung und ging weiter. Grünlich griff sich mit den behandschuhten Fingern an die Stirn; als er sie wieder wegzog, waren sie feucht vom Schweiß. ›So geht's nicht‹, sagte er sich, ›ich darf nicht nervös werden, ich muß mir den Schrei eingebildet haben.‹ Schon wollte er sich wieder setzen und seinen Kaffee austrinken, als er aber-

mals den Schrei vernahm. ›Wie lange wird es noch dauern‹, dachte er, ›bis sie das Fenster öffnet? Dann werden alle sie hören.‹ Er verließ den Tisch, und draußen auf der Straße hörte er die Schreie deutlicher. Aber die Taxis fuhren laut hupend vorbei, und einige Träger wankten unter der Last ihres Gepäcks schwerfällig über den schlüpfrigen Gehsteig; niemand blieb stehen, niemand hörte etwas.

Da schlug etwas mit metallischem Klang auf dem Pflaster auf, und Grünlich blickte zu Boden. Es war eine Kupfermünze. ›Komisch‹, dachte er, ›ein gutes Zeichen.‹ Als er sich aber niederbeugte, um das Geldstück aufzuheben, sah er den ganzen Weg vom Kaffeehaus her in Abständen Kupfer- und Silbermünzen auf dem Gehsteig liegen. Er griff in seine Hosentasche und fand darin nichts als ein Loch. ›Mein Gott, habe ich sie verloren, seitdem ich die Wohnung verlassen habe?‹ Und er sah sich am Ende einer deutlich erkennbaren Spur stehen, Pflasterstein um Pflasterstein und dann Stufe um Stufe hinauf zu Kolbers Zimmertür. Rasch begann er seinen Weg zurückzugehen, die Münzen aufzulesen und sie in die Manteltasche zu stopfen. Aber er hatte das Kaffeehaus noch nicht wieder erreicht, als das Glas eines Fensters hoch über ihm klirrend zerbrach und eine Frauenstimme immer wieder um Hilfe schrie. Ein Kellner kam aus dem Kaffeehaus gerannt und starrte in die Höhe; ein Taxichauffeur zog die Bremse an und brachte seinen Wagen am Randstein zum Stehen. Zwei Männer, die Schach gespielt hatten, ließen ihre Figuren im Stich und eilten auf die Straße hinaus. Grünlich hatte es unter dem fallenden Schnee sehr still geschienen, aber erst jetzt umgab ihn das wirkliche Schweigen, als das Taxi stehengeblieben war, im Kaffeehaus alles verstummte und die Frau immer wieder schrie: »Zu Hilfe! Zu Hilfe!« Jemand sagte: »Die Polizei!« Zwei Polizisten kamen die Straße entlanggelaufen, ihre Revolvertaschen klatschten gegen ihre Hüften. Dann war alles wieder wie zuvor; nur eine kleine Gruppe von Nichtstuern sammelte sich am Eingang des Wohnhauses. Die beiden Schachspieler kehrten zu ihrem Spiel zurück; der Chauffeur drückte auf den Startknopf, aber da der Motor schon erkaltet war, mußte er aussteigen, um ihn

anzukurbeln. Grünlich ging nicht allzu rasch auf den Bahnhof zu, und ein Zeitungsverkäufer begann die Geldstücke einzusammeln, die er auf dem Gehsteig hatte liegenlassen. ›Klar, daß ich nicht auf den Zug nach Passau warten kann‹, dachte Grünlich. Andererseits aber konnte er es auch nicht riskieren, sich ohne Fahrkarte ertappen und deshalb einsperren zu lassen. ›Aber ich habe kein Geld, mir noch eine zu kaufen, sogar mein Kleingeld ist futsch. Josef, Josef‹, beschwor er sich selbst, ›mach jetzt keine Scherereien. Du mußt zu mehr Geld kommen. Du wirst doch nicht jetzt klein beigeben. Josef Grünlich: fünf Jahre dabei und noch nicht eingesperrt gewesen. Du hast einen Menschen umgelegt, da wirst doch du, der Beste in deiner Branche, etwas zuwege bringen, was jedem kleinen Taschendieb leichtfällt, nämlich einer Frau die Handtasche zu klauen.‹
Er hielt die Augen offen, während er die Stufen zum Bahnhof hinaufstieg. Er durfte nichts riskieren; wenn er geschnappt wurde, so stand ihm lebenslängliches Zuchthaus bevor, nicht bloß eine Woche Gefängnis. Er mußte also sorgfältig wählen. Einige Handtaschen wurden ihm geradezu in die Hände gespielt, so wenig wurden sie in der gedrängt vollen Bahnhofshalle behütet; aber ihre Besitzerinnen sahen entweder allzu unbemittelt aus oder allzusehr von der leichten Sorte. Die einen würden höchstens ein paar Schillinge in einer abgegriffenen Börse ihr eigen nennen, und die andern würden in ihren Taschen höchstwahrscheinlich nicht einmal Kleingeld haben, sondern nur eine Puderquaste, einen Lippenstift, einen Spiegel, vielleicht ein paar Kondoms.
Schließlich fand er, was er suchte; etwas Besseres sogar, als er erhofft hatte. Eine Ausländerin, wahrscheinlich eine Engländerin, mit kurzem, unbedecktem Haar und geröteten Augen kämpfte gerade mit der Tür einer Telefonzelle. Ihre Handtasche war zu Boden gefallen, während sie mit beiden Händen die Türklinke ergriff. Allem Anschein nach war sie leicht betrunken, und als Ausländerin würde sie wohl viel Geld in der Tasche haben.
Für Grünlich war das ganze ein Kinderspiel.

Endlich ließ sich die Tür öffnen, und Mabel Warren stand vor dem schwarzen, schimmernden Apparat, der seit nunmehr zehn Jahren ihre besten Stunden und ihre besten Phrasen verschlungen hatte. Sie bückte sich nach ihrer Handtasche, aber diese war verschwunden. ›Merkwürdig‹, dachte sie, ›ich hätte schwören können – oder habe ich sie im Zug gelassen?‹ Dort hatte sie mit Janet Pardoe ein Abschiedsessen eingenommen, ein Glas Sherry, fast eine ganze Flasche Rheinwein und zwei starke Liköre getrunken. Danach war sie leicht benommen gewesen. Janet hatte für das Essen gezahlt, aber sie hatte ihrer Gesellschafterin einen Scheck gegeben und den Rest des Bargeldes behalten. In der Tasche ihrer Tweedjacke hatte sie jetzt mehr als zwei Pfund in kleinen österreichischen Noten, in der Handtasche aber befanden sich fast achtzig Mark.

Sie fand es nicht ganz leicht, der Überlandzentrale die Nummer ihres Kölner Büros verständlich zu machen, weil ihre Aussprache nicht mehr ganz deutlich war. Während sie wartete, ihren schweren Körper auf den schmalen Stahlsitz gestützt, beobachtete sie die Bahnsteigsperre. Immer weniger Reisende kamen von den Bahnsteigen her, und von Dr. Czinner war nirgends eine Spur zu sehen. Und doch hatte er, als sie zehn Minuten vor Wien in sein Abteil geblickt hatte, Hut und Regenmantel angehabt und ihr geantwortet: »Ja, ich steige aus.« Sie hatte ihm nicht getraut, und als der Zug einfuhr, wartete sie, bis er sein Abteil verließ, und sah dann noch, wie er auf dem Bahnsteig nach seiner Fahrkarte kramte; auch jetzt hätte sie ihn nicht aus den Augen gelassen, wenn sie nicht ihr Büro hätte anrufen müssen. Denn wenn Czinner log, so war sie entschlossen, ihm bis nach Belgrad zu folgen; aber dann würde sie heute nacht keine Gelegenheit mehr finden, zu telefonieren. ›Habe ich meine Tasche im Zug gelassen?‹ fragte sie sich noch einmal. Da schrillte auch schon das Telefon.

Sie blickte auf ihre Armbanduhr: ›Ich habe zehn Minuten Zeit. Wenn er nicht binnen fünf Minuten erscheint, werde ich zum Zug zurückgehen. Es wird ihn teuer zu stehen kommen, mich anzulügen.‹

»Hallo, hallo, ist dort der Londoner ›Clarion‹? Edwards? Gut. Nehmen Sie das auf. Nein, mein Junge, das ist nicht das Savory-Interview. Das gebe ich Ihnen gleich nachher. Dies hier ist ein Artikel für die Titelseite, aber Sie müssen ihn noch eine halbe Stunde zurückhalten. Wenn ich Sie nicht wieder anrufe, dann schießen Sie damit los. Also: Der kommunistische Aufstand in Belgrad, der Mittwoch nacht mit einigen Verlusten an Menschenleben niedergeschlagen wurde, wie wir in unseren gestrigen Spätausgaben berichteten, war von dem berüchtigten Agitator Dr. Richard Czinner geplant worden, der während des Kamnetz-Prozesses – nein, Kamnetz, K wie Kaiser, A wie Arsch, M wie Maultier, N wie Nebel, nein, nicht Nabel, aber das macht nichts, es ist derselbe Anfangsbuchstabe, E wie Erotik, T wie Torte, Z wie Zebra. Haben Sie es? – des Kamnetz-Prozesses verschwunden ist. Anmerkung für den politischen Redakteur: siehe Zeitungsausschnitte August 1927. Man glaubte, er sei von Regierungsagenten ermordet worden, aber obgleich gegen ihn ein Haftbefehl erlassen worden war, entkam er dennoch, und in einem exklusiven Interview, das er unserem Sonderkorrespondenten gewährte, beschrieb er sein Leben als Lehrer in Great Birchington-on-Sea. Anmerkung für den Lokalredakteur: ich konnte ihn nicht dazu bewegen, sich darüber zu äußern. Verschaffen Sie sich das Zeug vom Schuldirektor. Sein Name ist John. Der Belgrader Aufstand brach vorzeitig aus. Er war für den Samstagabend geplant gewesen, um welche Zeit Dr. Czinner, der England Mittwoch abend verließ, in der Hauptstadt eingetroffen wäre und die Führung übernommen hätte. Dr. Czinner erfuhr von der Revolte und deren Zusammenbruch, als der Orientexpreß, mit dem er reiste, Würzburg erreichte, und beschloß sofort, in Wien auszusteigen. Es brach ihm schier das Herz, und er konnte nur immer wieder zu unserem Sonderkorrespondenten mit leiser Stimme murmeln: ›Hätten sie doch gewartet!‹ Er war sicher, daß die gesamte Arbeiterschaft Belgrads den Aufstand unterstützt hätte, wenn er dort gewesen wäre. Mit gebrochener Stimme erzählte er unserem Korrespondenten die erstaunliche Geschichte seiner Flucht aus Belgrad im Jahre 1927 und beschrieb ihm die Pläne, die jetzt vorzeitig zerstört worden waren. Haben Sie das? Jetzt hören Sie gut zu. Wenn Sie den Rest der Geschichte nicht binnen einer halben Stunde bekommen, dann streichen Sie alles nach ›Würzburg erreichte‹ und setzen Sie wie folgt fort: Und nach langem und schmerzlichem Zögern beschloß er, seine Reise nach Belgrad fortzusetzen. Sein Herz war gebrochen, und er konnte nur murmeln: ›Diese braven Genossen! Wie kann ich sie jetzt im Stich lassen?‹ Als er sich ein wenig beruhigt hatte, erklärte er unserem Sonderkorrespondenten, daß er beschlossen habe, sich dem Gericht zu stellen, zugleich mit den Überlebenden des Aufstands, und so die fragwürdige Berühmtheit aufrechtzuerhalten, die er zur Zeit des Kamnetz-Prozesses gewonnen hatte. Seine Beliebtheit in Arbeiterkreisen ist ein offenes Geheimnis, und seine jetzige Heimkehr ist dazu angetan, die Regierung in beträchtliche Verlegenheit zu bringen.«

Miss Warren holte tief Atem und blickte auf ihre Uhr. Nur noch fünf Minuten bis zur Abfahrt des Zuges. »Hallo. Laufen Sie nicht davon. Hier ist der Schmus über Savory. Den müssen Sie flott aufnehmen. Sie wollten eine halbe Spalte haben, aber dafür habe ich jetzt keine Zeit. Ich gebe Ihnen nur einige Stichworte: Mr. Quin Savory, der Verfasser der ›Großen fröhlichen Runde‹, ist auf dem Wege nach dem Fernen Osten, um Stoff für seinen neuen Roman ›Reise in die Welt‹ zu sammeln. Wenngleich das Buch im östlichen Milieu spielen soll, wird der große Schriftsteller darum doch seinem geliebten London nicht untreu werden, denn der Leser wird jene fernen Länder mit den Augen eines kleinen Londoner Tabakwarenhändlers sehen. Mr. Savory, eine kleine, braungebrannte Erscheinung, begrüßte unseren Korrespondenten auf dem Bahnsteig in Köln. Er hat eine kurz – machen Sie keine Witze, ich sagte: kurz, nicht Hunds-, eine kurz angebundene Art, macht aber aus seinem warmfühlenden Herzen keinen Hehl. Gebeten, seinen eigenen Platz in der englischen Literatur zu bestimmen, erklärte er: ›Ich bin für gesundes Empfinden und gegen die morbide Selbstbetrachtung eines Lawrence oder Joyce. Das Leben ist etwas Feines für die Abenteuerlustigen, die einen gesunden Geist in einem gesunden Körper haben.‹ Mr. Savory, der sich unauffällig und ohne Exzentrizität kleidet, hält nichts von der Boheme gewisser literarischer Kreise. ›Sie geben dem Sexuellen‹, sagte er, indem er den berühmten Satz Burkes amüsant variierte, ›was für die Menschheit bestimmt ist.‹ Unser Berichterstatter erinnerte Mr. Savory an die warme Bewunderung, die zahllose Leser für Emmy Tod empfunden haben, die kleine Scheuerfrau in der ›Großen fröhlichen Runde‹ (die übrigens jetzt gerade das hundertste Tausend erreicht hat). ›Sie besitzen eine wunderbare Kenntnis des weiblichen Herzens, Mr. Savory‹, sagte er. Mr. Savory, der unverheiratet ist, stieg mit einem feinen Lächeln wieder in den Zug. ›Ein Romanschriftsteller‹, erwiderte er lachend, ›ist so etwas wie ein Spion‹, und er winkte fröhlich mit der Hand, als der Zug ihn entführte. Es ist, nebenbei bemerkt, ein offenes Geheimnis, daß Carol Delaine, die Tochter Lord Garthaways, die Rolle der Scheuerfrau Emmy Tod in der britischen Verfilmung der ›Großen fröhlichen Runde‹ spielen wird. Haben Sie alles? Natürlich ist es lauter Schmus; was soll man sonst über das kleine Schweinchen schreiben?«

Miss Warren legte den Hörer auf. Dr. Czinner war nicht erschienen. Sie war zornig, aber doch zufrieden. Er hatte gehofft, sie am Wiener Bahnhof abzuschütteln, und sie malte sich genießerisch seine Enttäuschung aus, wenn er von seiner Zeitung aufblicken und sie wieder in der Tür seines Abteils stehen sehen würde. »Wie eine Klette werde ich mich an ihn heften«, flüsterte sie vor sich hin.

Der Bahnsteigschaffner hielt sie auf: »Ihre Fahrkarte, bitte.« Er sah sie nicht an, denn er war damit beschäftigt, die Fahrkarten von Reisenden einzusammeln, die eben mit einem Lokalzug angekommen waren: Frauen mit Kindern auf dem Arm, ein Mann, der eine lebende Henne fest in der Hand hielt. Miss Warren suchte sich einen Weg zu bahnen: »Journalistenausweis!«

Der Schaffner wandte sich ihr mißtrauisch zu: »Wo ist er?«

»Ich habe meine Handtasche vergessen«, sagte Miss Warren.

Der Schaffner nahm die letzte Fahrkarte entgegen und schichtete dann alle zu einem ebenmäßigen Stoß, um den er behutsam einen Gummiring schlang. Die Dame, erklärte er mit starrsinniger Höflichkeit, habe ihm beim Verlassen des Bahnsteiges gesagt, daß sie einen Ausweis besitze; sie habe ihm ein Stück Pappkarton unter die Nase gehalten und rasch weitergedrängt, bevor er es habe prüfen können; jetzt würde er es gern sehen.

»Verflucht«, rief Miss Warren. »Dann ist mir meine Handtasche gestohlen worden.«

Aber die Dame habe eben noch gesagt, daß sie im Zug sei.

Miss Warren fluchte wieder. Sie wußte, daß ihr Aussehen gegen sie sprach; sie trug keinen Hut, ihr Haar war in Unordnung und ihr Atem roch nach Alkohol. »Ich kann nichts tun«, erklärte sie. »Ich muß in den Zug zurück. Schikken Sie einen Mann mit mir, und ich werde ihm das Geld geben.«

Der Schaffner schüttelte den Kopf. Er selbst könne seinen Platz nicht verlassen, erklärte er, und es wäre gegen die Vorschrift, wenn er einen der Träger, die in der Halle seien, auf den Bahnsteig mitschickte, um das Geld für eine Fahrkarte einzuheben. Warum könne die Dame nicht eine Fahrkarte lösen und dann von der Eisenbahngesellschaft Rückerstattung des Fahrpreises verlangen?

»Weil«, so rief Miss Warren wutentbrannt, »die Dame nicht genug Geld bei sich hat.«

Mit einem Blick auf die Uhr sagte der Beamte höflich: »In diesem Falle wird die Dame einen späteren Zug nehmen müssen. Der Orientexpreß wird bereits abgegangen sein. Was die Handtasche betrifft, so brauchen Sie sich nicht zu beunruhigen. Wir können gerne zur nächsten Station telefonieren.«

In der Schalterhalle pfiff jemand eine kleine Melodie. Miss Warren hatte sie schon früher einmal gehört – es war ein keckes, sinnliches Liedchen –, während sie und Janet Hand in Hand in der Dunkelheit gelauscht hatten. Damals strich die Filmkamera über die im Atelier aufgebaute Straße hin, fing hier eine Strophe aus dem Munde eines Mannes auf, der in einem Fenster lehnte, dort eine von einer Frau, die Gemüse verkaufte, und eine dritte von einem jungen Mann, der im

Schatten einer Mauer ein Mädchen umarmte. Miss Warren griff sich ans Haar. In ihre Gedanken und Sorgen, in die Gesellschaft Janets, Savorys, Corals und Czinners drängte sich für eine Sekunde ein rosiges Jungengesicht, in dem hinter einer Hornbrille sanfte Augen hilfreich aufleuchteten. »Ich glaube, Madame, Sie haben eine kleine Meinungsverschiedenheit mit diesem Mann. Es wäre mir eine Ehre, für Sie dolmetschen zu dürfen«, erklang es mit amerikanischem Akzent.

Miss Warren fuhr wütend herum. »Scheren Sie sich zum Teufel«, rief sie und ging wieder zur Telefonzelle. In ihrem Schwanken zwischen Sentimentalität und Ärger, zwischen Bedauern und Rachsucht hatte der Amerikaner die Entscheidung gebracht. ›Czinner wähnt sich in Sicherheit‹, dachte sie, ›glaubt, daß er mich abgeschüttelt hat, daß ich ihm nichts antun kann, weil er gescheitert ist.‹ Aber als das Telefon in der Zelle klingelte, war sie ganz ruhig. Mochte Janet mit Savory flirten, Coral mit ihrem Juden: Mabel Warren kümmerte sich im Augenblick nicht darum. Wenn sie zwischen Liebe zu einem Weibe und Haß gegen einen Mann zu wählen hatte, dann gab es für sie nur ein Gefühl; über ihre Liebe mochte man lachen, über ihren Haß hatte noch nie jemand gespöttelt.

2

Coral Musker starrte verwirrt auf die Speisekarte. »Wählen Sie für mich«, sagte sie und war froh, daß er Wein bestellte; denn der würde ihr heute nacht helfen. »Ihr Ring gefällt mir.« Die Lichter Wiens flogen an ihnen vorbei in die Finsternis zurück, und der Kellner beugte sich über den Tisch, um den Vorhang herabzuziehen.

Myatt sagte: »Er kostete fünfzig Pfund.« Er stand wieder auf vertrautem Boden, er war zu Hause, nicht mehr verblüfft durch die Widersprüche menschlichen Benehmens. Die Weinkarte vor ihm, die gefaltete Serviette auf dem Teller, die Schritte der Kellner, die an seinem Stuhl vorbeigingen – all das gab ihm wieder Selbstvertrauen. Er lächelte und bewegte dabei seine Hand, so daß der Stein aus verschiedenen Facetten gegen die Decke und die Weingläser blitzte. »Er ist fast doppelt soviel wert.«

»Erzählen Sie mir von ihr«, sagte Mr. Quin Savory. »Sie ist ein sonderbarer Typ. Trinkt sie eigentlich?«
»Sie ist mir sehr zugetan.«
»Wer wäre das nicht?« Er lehnte sich nach vorne, zerkrümelte sein Brot und fragte vorsichtig: »Ich habe das nie begreifen können: was kann eine Frau mit einer solchen Veranlagung denn *tun*?«

»Nein, ich will nichts mehr von diesem ausländischen Bier wissen. Mein Magen verträgt es nicht. Frag den Kellner, ob sie Guiness haben. Ich möchte gern Guiness trinken.«
»Sie haben natürlich eine großartige Wiederauferstehung des Sports in Deutschland«, sagte Mr. Opie. »Wundervolle Typen von jungen Menschen, das sieht man. Aber es ist doch nicht dasselbe wie unser Cricket. Nehmen Sie zum Beispiel Hobbs und Sutcliffe ...«

»Küsse, immer nur Küsse.«

»Aber ich spreche dieses Kauderwelsch nicht, Amy.«

»Sagen Sie immer gleich, was ein Ding wert ist? Wissen Sie, was ich wert bin?« Ihre Verlegenheit und Angst schafften sich in Reizbarkeit Luft. »Natürlich wissen Sie es. Zehn Pfund für eine Fahrkarte.«
»Das habe ich alles schon erklärt«, entgegnete Myatt.
»Wenn ich jene Dame dort wäre«, sagte Coral.
Myatt wandte sich um und sah das schlanke Mädchen im Pelzmantel. Ihre sanften, lichterfüllten Blicke hoben ihn gleichsam auf, fällten ihr Urteil über ihn und setzten ihn wieder auf seinen Platz zurück.
»Sie sind hübscher«, sagte er mit offenkundiger Unaufrichtigkeit, während er noch einmal des Mädchens Blick zu erhaschen und ihr Urteil zu erfahren suchte. ›Es ist keine Lüge‹, sagte er sich, ›denn Coral in ihrer besten Verfassung ist

höchstens hübsch zu nennen, während man auf die Fremde nie den unbedeutenden Maßstab des bloß Hübschen anwenden könnte. Aber ich würde vor ihr stumm sein. Ich könnte zu ihr nicht so leicht sprechen wie zu Coral, ich würde mir meiner Hände, meiner Rasse bewußt bleiben.‹ Und in einer Aufwallung von Dankbarkeit wandte er sich zu Coral: »Sie sind gut zu mir.«

Er beugte sich über die Suppe, die Brötchen und den Ständer mit Essig und Öl. »Sie werden gut zu mir sein.«

»Ja«, sagte sie, »heute nacht.«

»Warum nur heute nacht? Wenn wir nach Konstantinopel kommen, warum sollten Sie dann nicht, warum sollten wir nicht . . .« Er zögerte. Etwas war an ihr, das ihm ein Rätsel blieb: ein kleines von niemandem besuchtes Wäldchen in der weiten Landschaft ihrer Vertrautheit.

»Dort mit Ihnen leben?«

»Warum nicht?«

Aber es waren nicht Gegengründe gegen seinen Vorschlag, die sie bestürmten, die ihr Denken so beeinflußten, daß sie ihre Augen schärfer auf die Wirklichkeit einstellen mußte, auf den schwankenden Zug, auf die Menschen, die, soweit sie blicken konnte, zwischen den herabgelassenen Fenstervorhängen aßen und tranken, und auf die abgerissenen Sätze aus den Gesprächen anderer Leute: »Ja, das ist alles. Küsse, nur Küsse.« – »Hobbs und Sutcliffe?«

Im Gegenteil, es sprachen viele Gründe dafür. Anstatt in der Morgendämmerung durchfroren in ein schmutziges Zimmer und zu einer ausländischen Vermieterin heimzukehren, die sie nicht verstehen würde, wenn sie sie um eine Wärmflasche oder eine Tasse Tee bat, und ihr für ihren müden Kopf irgendeinen fremden Ersatz für Aspirin anbieten würde, in eine elegante Wohnung mit blitzblanken Hähnen und fließendem heißem Wasser und in ein weiches Bett mit einer geblümten Seidendecke zurückzukehren, das wäre wirklich jeden Schmerz und jedes Unbehagen einer Nacht wert. ›Aber es ist zu schön, um wahr zu sein‹, dachte sie, ›und wenn er mich heute nacht kalt und verschüchtert und unerfahren findet, wird er mich nicht mehr haben wollen.‹

»Warten Sie«, wandte sie sich an Myatt, »vielleicht werden Sie mich gar nicht haben wollen.«
»Aber freilich will ich Sie.«
»Warten Sie bis zum Frühstück. Fragen Sie mich dann. Oder fragen Sie mich lieber nicht.«

»Nein, nicht Crickét. Nicht Crickét«, sagte Grünlich und wischte sich den Schnurrbart, »in Deutschland lernen wir laufen.«
Über diese sonderbare Wendung mußte Mr. Opie lächeln.
»Sind Sie selbst ein Läufer?«
»Zu meiner Zeit war ich ein großer Läufer«, sagte Grünlich. »Niemand lief so schnell wie ich. Niemand konnte mich einholen.«

»Helles.«
»Red nicht von der Hölle, Jim.«
»Das tue ich ja nicht. Ich meine das Bier. Versuch das einmal. Es enthält nicht soviel Kohlensäure. Was du vorhin hattest, nennen sie hier ›dunkel‹.«

»Ich bin so froh, daß Ihnen das Buch gefiel.«
»Diese kleine Scheuerfrau – mir ist ihr Name entfallen, aber sie war reizend.«
»Kommen Sie nach dem Essen mit mir zurück, und unterhalten wir uns ein wenig.«
»Sie werden aber jetzt nicht unvernünftig sein, Mr. Savory?«

»Ich werde Sie fragen.«
»Versprechen Sie nichts. Versprechen Sie gar nichts. Reden wir von etwas anderem. Erzählen Sie mir lieber, was Sie in Konstantinopel tun werden.«
»Da gibt es nur Geschäfte. Eine kitzlige Sache. Wenn Sie das nächstemal Rosinenpudding essen, dann denken Sie an mich. Rosinen. Ich bin gleichbedeutend mit Rosinen«, fügte er mit humorvollem Stolz hinzu.
»Dann werde ich Sie Rosinenpudding taufen. Ich kann Sie doch nicht Carleton nennen, nicht wahr? Was für ein Name!«

»Hier, nehmen Sie eine Rosine. Ich habe immer etliche bei mir. Nehmen Sie eine aus diesem Fach. Gut, nicht?«
»Mm, saftig.«
»Das ist eine von unserer Firma, Myatt, Myatt & Page. Nun versuchen Sie eine von diesen hier. Was halten Sie von der?«

»Schau mal da hinein in die erste Klasse, Amy. Kannst du sie nicht sehen? Ja, ja, die ist zu gut für uns.«
»Mit dem Juden da? Na, dann weiß man, was man zu denken hat.«

»Ich habe natürlich die größte Hochachtung vor der römisch-katholischen Kirche«, erklärte Mr. Opie. »Ich bin nicht bigott. Als ein Beispiel von Organisation . . .«

»Ich bin jetzt aber unvernünftig.«

»Saftig.«
»Nein, nein, diese ist nicht saftig.«
»Habe ich was Falsches gesagt?«
»Das ist eine von der Firma Stein. Eine billige, minderwertige Rosine. Die Weingärten sind dort ungünstig gelegen. Das macht sie trocken. Nehmen Sie noch eine. Merken Sie nicht den Unterschied?«
»Ja, die ist trocken. Sie schmeckt ganz anders. Aber die andere war saftig. Sie wollen mir nicht glauben, aber es war wirklich so. Sie müssen sie durcheinandergebracht haben.«
»Nein, ich habe sie selbst ausgesucht. Es ist merkwürdig, sehr merkwürdig.«

Überall im Speisewagen herrschte nun mit einemmal jenes einträchtige Schweigen, das angeblich anzeigt, daß ein Engel durch den Raum schwebt. Aber durch das Schweigen der Menschen klirrten die Gläser auf den Tischen, rollten die Räder mit dumpfen Stößen über die Schienen, zitterten die Fenster und schwirrten Funken wie Streichholzköpfe durch die Finsternis. Schon spät für das letzte Service betrat mitten in diesem Schweigen Dr. Czinner den Speisewagen; seine

Knie waren leicht gebeugt wie die eines Matrosen, der bei stürmischer See sein Gleichgewicht zu bewahren sucht. Ein Kellner ging ihm voraus, aber er merkte nicht, daß man ihn führte. Worte glühten in seinem Geist auf und ballten sich zu Sätzen: ›Sie behaupten, daß ich ein Verräter an meinem Vaterland sei, aber ich erkenne mein Vaterland nicht an. Die finsteren Stiegen, die in enge Gassen hinabführten, der Unrat an der fensterlosen Wand, die verhungerten Gesichter – das sind keine Serben‹, dachte er, ›die diesem oder jenem Herrn im schwarzen Frack Gehorsam schulden; das sind die Armen der ganzen Welt.‹ Nun stand er im Geiste vor dem Militärgericht, das unter den Adlern und den gekreuzten Schwertern saß, und rief: ›*Sie* sind veraltet, überholt mit Ihren Maschinengewehren, Ihrem Giftgas und Ihrem Geschwätz vom Vaterland.‹ Während er durch den Gang zwischen den Tischen schritt, faßte er unbewußt nach seiner festgeknoteten Krawatte, rückte sie zurecht und griff nach der altmodischen Nadel darin. ›Ich bin ein Mann der Gegenwart.‹ Aber für den Augenblick drängte sich in seinem großsprecherischen Traum die Erinnerung an lange Reihen von boshaften Jungengesichtern, an den versteckten Hohn, die Spitznamen, die Karikaturen, die Briefchen, die unter der Bank in der Grammatik weitergegeben wurden, das allgegenwärtige Geflüster – nirgends zu fassen und zu bestrafen. Er setzte sich und starrte verständnislos auf die Speisekarte.

›Ja, ich hätte nichts dagegen, wenn ich der Jude wäre‹ überlegte Mr. Peters während der langen Heimsuchung durch den Engel, ›sein Mädchen ist ein gutes Stück. Nicht hübsch. Hübsch würde ich sie nicht nennen, aber eine gute Figur hat sie, und das‹ sagte sich Mr. Peters mit einem Seitenblick auf die lange, eckige Gestalt seiner Frau, wobei ihm überdies noch ihr ewig knurrender Magen einfiel, ›das ist das wichtigste.‹

Es war merkwürdig. Er hatte die Muster mit besonderer Sorgfalt ausgesucht. Selbstverständlich konnten sogar von Steins Rosinen nicht alle minderwertig sein; aber wenn man in seinem Argwohn schon so weit ging, dann war es leicht, darin noch einen Schritt weiterzugehen. Es war zum Beispiel durchaus denkbar, daß Mr. Eckman ein wenig auf eigene Rechnung Geschäfte gemacht, Stein einen Teil der Rosinensendung seiner eigenen Firma überlassen hatte, um die Qualität von Steins Rosinen vorübergehend zu verbessern, und gar auf Grund der so verbesserten Qualität Moult veranlaßt hatte, für Steins Unternehmen ein Angebot zu machen. ›Mr. Eckman dürfte jetzt ungemütliche Minuten durchleben‹ dachte Myatt, ›wenn er den Fahrplan studiert, auf die Uhr sieht und überlegt, daß ich schon den halben Weg zurückgelegt habe. Morgen werde ich ein Telegramm senden und Joyce die Führung des Geschäftes übertragen. Mr. Eckman soll einen Monat Urlaub bekommen. Joyce wird auf die Bücher aufpassen‹ – und er malte sich das aufgeregte Hin und Her im Büro aus, wie in einem Ameisenhaufen, den ein Menschenfuß aufgestöbert hat: Eckman ruft Stein an, oder Stein ruft Eckman an, hier wird ein Taxi bestellt, dort eines weggeschickt; ein Mittagessen einmal ohne Wein, und dann die steile Treppe hinauf zum Büro, und oben steht der getreue, aber einfältige Joyce, der auf die Bücher aufpaßt. Und während der ganzen Zeit würde Mrs. Eckman auf ihrem Stahlrohrsofa sitzen und für die Anglikanische Mission Kinderkleidchen stricken, und in der großen vergilbten Bibel, Eckmans erster Vorspiegelung falscher Tatsachen, würde sich auf der nie umgewendeten Seite der Staub sammeln.

Mr. Savory drückte auf den Knopf, um den Vorhang hochschnellen zu lassen, und Mondlicht fiel auf sein Gesicht und auf sein Fischmesser und verwandelte den Stahl des verlassen daliegenden Gegengeleises in schimmerndes Silber. Es hatte zu schneien aufgehört, aber auf den Böschungen und zwischen den Schwellen lag, die Dunkelheit erhellend, der frische Schnee zu Haufen getürmt. Einige hundert Meter entfernt glitzerte die Donau wie Quecksilber. Savory konnte hohe Bäume nach hinten fliehen sehen und Telegrafenmasten, die an ihren metallenen Armen das Mondlicht auffingen, während sie vorüberhasteten. Während das Schweigen den Speisewagen in seinem Bann hielt, schob er den Gedanken an Janet Pardoe für eine Weile von sich und überlegte, welche Worte er gebrauchen würde, um diese Nacht zu beschreiben. ›Es ist alles nur eine Frage der richtigen Auswahl und Anordnung. Ich darf nicht alles zeigen, was ich sehe, sondern nur einige wenige scharf kontrastierte Blickpunkte herausgreifen. Ich darf nicht die Schatten über dem Schnee erwähnen, denn ihre Farbe und Form sind unbestimmt, aber ich darf wohl die scharlachrote Lampe des Signals anführen, deren Licht auf den weißen Boden fällt, das lodernde Feuer im Wartesaal eines kleinen Landbahnhofes, den winzigen Lichtpunkt auf einem Schleppkahn, der gegen die Strömung ankämpft.‹

Grünlich streichelte die wunde Stelle an seinem Bein, wo der Revolver rieb, und überlegte: ›Wie viele Stunden noch bis zur Grenze? Sind die Grenzwachen von dem Mord verständigt worden? Aber ich bin ja in Sicherheit. Mein Paß ist in Ordnung. Niemand hat gesehen, wie ich die Handtasche stahl. Nichts wird mich mit Kolbers Wohnung in Verbindung bringen. Hätte ich den Revolver irgendwo wegwerfen sollen?‹ fragte er sich, beruhigte sich aber gleich mit dem Gedanken: ›Dann könnten sie vielleicht nachweisen, daß er mir gehört. Aus einem Kratzer in der Bohrung kann die Polizei jetzt die unglaublichsten Dinge ersehen.‹ Mit jedem Jahr wurde es gefährlicher, ein Verbrechen zu begehen; so hatte er von einem neuen Verfahren zum Nachweis von Fingerabdrücken gehört, wodurch man die Fingerabdrücke feststellen konnte, selbst wenn der Verbrecher Handschuhe getragen hatte. ›Aber mich haben sie bis jetzt mit ihrer ganzen Wissenschaft nicht erwischt!‹

›Der Film‹, dachte Mr. Savory, ›hat das Auge gelehrt, die Schönheit der Landschaft in der Bewegung zu erfassen; wie ein Kirchturm sich hinter und über den Bäumen bewegt, wie er mit dem unebenen menschlichen Schritt sich senkt und wieder emportaucht; die reizvolle Wirkung eines Schornsteins, der gegen eine Wolke aufsteigt und sich wieder unter den weiter entfernten Schornsteinklappen verliert. Dieser Eindruck der Bewegung muß in Prosa vermittelt werden‹, und die Dringlichkeit dieser Aufgabe ergriff ihn so mächtig, daß er sich nach Papier und Bleistift sehnte, solange die Stimmung anhielt, und daß er bedauerte, Janet Pardoe eingeladen zu haben, nach dem Essen mit ihm ins Abteil zurückzukehren und weiterzuplaudern. Er wollte arbeiten. Er wollte ein oder zwei Stunden frei sein von jeder störenden Einmischung einer Frau. ›Ich will sie nicht haben‹, dachte er, aber als er den Vorhang wieder herabzog, fühlte er neuerdings den Stachel der Begierde. Janet war gut gekleidet, sie sprach wie eine Dame, und sie hatte seine Bücher mit Bewunderung gelesen: diese drei Tatsachen besiegten ihn, der sich noch immer seines Geburtshauses im ärmlichen Balham und der flüchtigen Intonation seines Londoner Dialektes bewußt war. Nach sechs Jahren ununterbrochener Erfolge, die sich in den Auflageziffern ausdrückten – 2000, 4000, 10000, 25000, 100000 –, überraschte es ihn immer noch, daß er sich in der Gesellschaft gutgekleideter Frauen befand und nicht durch die dicke Fensterscheibe eines Restaurants oder durch die Breite des Ladentisches von ihnen getrennt war. Man schrieb, Tag um Tag, unter Mühen und oft in trüber Stimmung, aber doch auch wieder mit einer gewissen Freude, seine hunderttausend Worte. Ein Buchhalter schrieb ebenso viele in das Hauptbuch und trotzdem hatten die Worte, die der einstige Verkäufer Quin Savory schrieb, ein Ergebnis, das die härteste Arbeit auf einem Bürosessel nicht erzielen konnte. Und während er in seinem Fisch herumstocherte und dabei Janet Pardoe verstohlen beobachtete, dachte er weder an sein Bankkonto, an Tantiemen und Aktien, noch an die Leser, die über sein Pathos weinten oder über seinen Vorstadthumor lachten, sondern an die hohen Treppen, die zu Londoner Salons hinaufführten, an Doppeltüren, die sich ihm öffneten, an die Ankündigung seines Namens, an die Gesichter der Frauen, die sich ihm mit Interesse und Ehrerbietung zuwandten.

›Bald, in einer Stunde oder zwei, wird er mein Geliebter sein‹ – bei diesem Gedanken und dem Anflug von Furcht vor einer unbekannten Beziehung erschien ihr das dunkle, wissende Gesicht weniger vertraut. Als sie im Korridor in Ohnmacht gefallen war, war er lieb zu ihr gewesen, hatten seine Hände sie in einen warmen Mantel gehüllt und seine Stimme ihr Ruhe und Luxus angeboten. Dankbarkeit prickelte in ihren Augen, und wenn im Speisewagen nicht solche Stille geherrscht hätte, so hätte sie gesagt: ›Ich liebe dich.‹ Sie hielt die Worte auf den Lippen, um mit ihnen ihr persönliches Schweigen zu brechen, wenn das allgemeine Schweigen zu Ende sein würde.

›Die Presse wird dasein‹, dachte Czinner und sah die Journalistenloge, wie sie beim Kamnetz-Prozeß voll von hastig schreibenden Menschen gewesen war; ein Zeichner hatte eine Skizze des Generals angefertigt. ›Jetzt werden sie mich skizzieren. Es wird die Rechtfertigung der langen kalten Stunden auf der Seepromenade sein, als ich auf und ab ging und mich fragte, ob ich recht getan hatte, zu fliehen. Jedes Wort muß genau sitzen, ich muß klar an den Sinn meines Kampfes denken – mir vor Augen halten, daß es nicht nur um die Armen Belgrads geht, sondern um die Armen eines jeden Landes.‹ Er hatte sich oft gegen die nationale Einstellung des kämpferischen Flügels der Sozialdemokratischen Partei gewandt. Sogar das Lied ihrer Bewegung war nationalistisch: ›Auf, Slawen, auf!‹ Man hatte es gegen seinen Wunsch zum Parteilied gemacht. Es gefiel Czinner, daß er einen englischen Paß in der Tasche hatte und einen deutschen Stadtplan im Koffer. Den Paß hatte er in einem kleinen Papierladen in der Nähe des Britischen Museums von dem Besitzer, einem Polen, erstanden. Im Hinterzimmer hatte ihm der magere, sommersprossige Mann, dessen Namen er bereits vergessen hatte, das Dokument über den Teetisch hinweg eingehändigt und sich wegen des Preises entschuldigt. »Die Kosten sind sehr hoch«, hatte er geklagt, und während er seinem Kunden in den Mantel half, hatte er unwillkürlich und ohne innere Anteilnahme die Frage gestellt: »Wie geht das Geschäft?«

Es war ganz klar, daß er Czinner für einen Dieb gehalten hatte. Dann hatte er in den Laden zurückmüssen, um einem Schuljungen heimlich einen ›Almanach Gaulois‹ zu verkaufen. ›Auf, Slawen, auf!‹ Der Mann, der die Musik dazu komponiert hatte, war vor dem Sortierraum im Postamt mit dem Bajonett niedergestochen worden.

»Gedünstetes Huhn! Kalbsbraten . . .« Die Kellner riefen es durch den Wagen und brachen das herrschende Schweigen. Alles begann sogleich zu reden.
»Ich finde, daß die Ungarn ein angeborenes Talent für Crikket haben. In der letzten Saison hielten wir sechs Spiele ab.«
»Dieses Bier ist auch nicht besser. Ich möchte doch ein Glas Guiness.«
»Ich glaube wirklich, diese Rosinen . . .« – »Ich liebe dich.« – »Unser Agent . . . was haben Sie gesagt?« – »Ich sagte: Ich liebe dich.«
Der Engel war weitergeflogen. Und lärmend und fröhlich, unter dem Donnern der Räder, dem Klappern der Teller, dem Stimmengewirr der Reisenden und dem Klirren der Spiegel, fuhr der Zug an einer lang hingestreckten Tannenwaldung entlang und an der glitzernden Donau dahin. Das Manometer im Wagen stieg, der Lokomotivführer öffnete den Regulator, die Geschwindigkeit des Zuges stieg um 10 km die Stunde.

3

Coral Musker blieb auf den stählernen Trittbrettern zwischen dem Speisewagen und dem Wagen zweiter Klasse stehen. Durch das Schwanken des Zuges wurde sie so gerüttelt und geschüttelt, daß sie vorübergehend nicht weiterkonnte, um ihren Koffer aus dem Abteil zu holen, wo Mr. Peters mit seiner Frau Amy saß. In Gedanken entfernte sie sich von dem ratternden Metall und den stoßenden Kolben; in einen Pelzmantel gehüllt, schritt sie die Treppe zu ihrer Wohnung hinauf. Auf dem Tisch des Salons stand ein Korb mit Treibhausrosen und einer Karte: ›Mit vielen Küssen von Carl‹ – denn sie hatte beschlossen, ihn so zu nennen. Man

konnte nicht sagen: ›Ich liebe dich, Carleton‹, aber ›Ich bete dich an, Carl‹, war leicht. Sie lachte laut auf und klatschte in die Hände in der plötzlichen Erkenntnis, daß die Liebe etwas ganz Einfaches war, daß sie aus Dankbarkeit, Geschenken und vertraulichen Scherzen, aus einer schönen Wohnung, keiner Arbeit und einem Dienstmädchen bestand.
Nun begann sie den Korridor entlangzulaufen; dabei wurde sie bald nach links, bald nach rechts geschleudert, aber sie kümmerte sich nicht darum. ›Ich werde drei Tage zu spät ins Theater gehen und sagen: Ist Mr. Sidney Dunn irgendwo zu finden?; aber der Portier wird natürlich ein Türke sein und nur etwas in seinen Schnurrbart murmeln, und ich werde allein meinen Weg zu den Garderoben finden müssen und über die wirr herumliegenden Feuerwehrschläuche stolpern. Und ich werde guten Tag sagen oder bon jour und meinen Kopf in die große Garderobe stecken und fragen: Wo ist Sid? Er wird vorne bei der Probe sein, und ich werde plötzlich vor ihm aus den Kulissen auftauchen, und er wird sagen: Wer, zum Teufel, sind Sie denn? und den Takt schlagen, während Dunn's Babies tanzen und tanzen und tanzen. Ich bin Coral Musker. – Sie kommen um drei Tage zu spät. Was, zum Teufel, soll das heißen? Und ich werde sagen: Ich habe nur hereingeschaut, um zu kündigen.‹ Sie wiederholte den Satz laut, um festzustellen, wie er sich anhören würde: »Ich habe nur hereingeschaut, um zu kündigen«, aber im Lärm des Zuges hörte sich ihre anmaßende Prahlerei eher wie ein zitterndes Gejammer an.
»Verzeihen Sie«, sagte sie zu Mr. Peters, der noch ein wenig schmierig vom Abendessen in seinem Winkel schlummerte. Er hatte seine Beine quer durch das Abteil gestreckt; sie verwehrten ihr den Eintritt. »Verzeihen Sie«, wiederholte sie.
Mr. Peters erwachte und entschuldigte sich: »Kommen Sie zu uns zurück? Das ist schön.«
»Nein«, antwortete sie, »ich hole nur meinen Koffer.«
Mrs. Peters, die auf der Bank zusammengerollt lag und einen Pfefferminzbonbon auf der Zunge zergehen ließ, fuhr plötzlich auf: »Sprich nicht mit ihr, Herbert. Sie soll nur ihren Koffer nehmen. Bildet sich ein, daß sie für uns zu gut ist.«

»Ich möchte nur meinen Koffer holen. Was stört Sie denn dabei? Ich habe kein Wort gesagt ...«
»Reg dich nicht auf, Amy«, sagte Mr. Peters. »Es geht uns nichts an, was diese junge Dame tut. Nimm noch einen Pfefferminzbonbon. Es ist nur ihr Magen«, erklärte er Coral. »Sie hat Magenweh.«
»Junge Dame, hat sich was. Eine Nutte ist sie.«
Coral hatte ihren Koffer unter der Bank hervorgezogen, jetzt aber stellte sie ihn mit Wucht Mr. Peters auf die Zehen. Sie stützte die Hände in die Hüften und sah der Frau voll ins Gesicht; sie fühlte sich sehr alt, selbstsicher und entschlossen, weil die Art des Streites ihr ihre Mutter in Erinnerung rief, wie diese, die Hände in die Hüfte gestemmt, ein paar freundliche Worte mit einer Nachbarin wechselte, welche angedeutet hatte, daß sie mit dem Untermieter ›etwas habe‹. In diesem Augenblick war Coral ihre Mutter; sie streifte ihre eigene Lebenserfahrung, die gespielte Vornehmheit und die gewählte Sprache so leicht von sich ab wie ein Kleid. »Was bilden Sie sich ein? Wer sind Sie denn schon?« Sie wußte die Antwort: kleine Geschäftsleute auf Reisen, die mit Hilfe von Cooks Reisebüro nach Budapest fuhren, weil diese Stadt ein bißchen weiter entfernt war als Ostende, weil sie sich dann zu Hause brüsten konnten, weit gereist zu sein, und die grellfarbigen Etiketten billiger Hotels auf ihren Koffern vorweisen konnten. Früher einmal hätte das auch auf sie Eindruck gemacht, aber sie hatte gelernt, die Dinge als selbstverständlich hinzunehmen, nie ihre Unwissenheit einzugestehen, sondern immer eingeweiht zu erscheinen. »Mit wem, glauben Sie, sprechen Sie eigentlich? Ich bin nicht eines Ihrer Ladenmädchen. Aber in Ihrer Hintergasse haben Sie ja bestimmt gar keine.«
»Nun, nun«, sagte Mr. Peters, den ihre Enthüllung an seiner empfindlichsten Stelle getroffen hatte, »das ist noch lange kein Grund, so böse zu werden.«
»Oh! Kein Grund? Haben Sie gehört, was sie mich genannt hat? Sie hat wohl bemerkt, daß Sie mit mir etwas anfangen wollten.«
»Wir wissen ja ganz genau, daß er für Sie nicht gut genug

war«, mischte sich Mrs. Peters ein. »Leichtverdientes Geld, auf das sind Sie aus. Glauben Sie nur ja nicht, wir brauchen Sie hier in diesem Wagen. Ich weiß schon, wohin Sie gehören.«
»Nehmen Sie gefälligst das süße Zeug aus dem Mund, wenn Sie mit mir reden.«
»In der Arbuckle Avenue. Die fangen sich ihre Kunden gleich im Westbahnhof vom Zug ab.«
Coral lachte. Es war das theatralische Lachen ihrer Mutter, mit dem sie die Nachbarn aufforderte, herbeizukommen und sich den Kampf anzusehen. Ihre Finger an den Hüften kribbelten vor Erregung. Sie war lange Zeit ›brav‹ gewesen, hatte immer dialektfrei gesprochen, nie von einem ›Freund‹ geredet, nie gesagt: »Freut mich, Sie kennenzulernen.« Jahrelang hatte sie unentschieden zwischen den Gesellschaftsschichten geschwankt, und hatte nirgends hingehört, außer zum Theater; sie hatte die ihr angeborene ordinäre Art abgestreift und eine natürliche Vornehmheit unmöglich erwerben können. Jetzt kehrte sie mit Vergnügen zu ihrem Typus zurück: »Ich möchte nicht eine Vogelscheuche sein wie Sie, nicht einmal, wenn man mir was zahlte. Kein Wunder, daß Sie mit solch einem Gesicht Bauchweh haben. Kein Wunder, daß Ihr Alter einmal eine Abwechslung haben wollte.«
»Nun, nun, meine Damen«, sagte Mr. Peters begütigend.
»Er würde sich nicht seine Hände an Ihnen dreckig machen. Ein schäbiger kleiner Jud – für so einen sind Sie gerade gut genug.«
Plötzlich begann Coral zu weinen, obwohl ihre Hände noch immer stolz zum Kampf herausforderten. Sie besaß noch genügend Stimmgewalt, um zu antworten. »Lassen Sie ihn aus dem Spiel«, aber an Mrs. Peters' Worten blieb der Schmutz hängen wie der zerflatternde Rauch einer Himmelsreklame über einer schönen Gegend.
»Oh, wir wissen, daß er Ihr Liebhaber ist.«
»Meine Liebe«, sagte da eine Stimme hinter Coral, »lassen Sie sich von diesen Leuten nicht ärgern.«
»Da ist noch einer Ihrer Freunde.«
»So?« Dr. Czinner schob seine Hand unter Corals Ellbogen und zog sie sanft aus dem Abteil.

»Juden und Ausländer! Schämen sollten Sie sich.«
Dr. Czinner ergriff ihren Koffer und trug ihn in den Gang hinaus. Als er zu Mrs. Peters zurückkam, zeigte er ihr nicht das abgehetzte, unglückliche Gesicht des ausländischen Lehrers, sondern die Unbekümmertheit und den beißenden Spott, der den Journalisten an ihm aufgefallen war, als er seine Zeugenaussage gegen Kamnetz gemacht hatte. »So?« Mrs. Peters nahm den Pfefferminzbonbon aus dem Munde. Dr. Czinner, beide Hände in den Taschen seines Regenmantels, wiegte sich auf den Zehen nach vorne und nach hinten. Er trat als Herr der Situation auf, aber er war nicht sicher, wie er dies in Worte kleiden sollte, denn sein Geist war noch immer erfüllt von großsprecherischen Phrasen, von sozialistischer Rhetorik. Die Anzeichen der Unterdrückung, die er hier wahrnahm, machten ihn barsch, im Augenblick aber fand er nicht die Worte, ihr entgegenzutreten. Er fühlte, daß sie irgendwo in einem dunklen Winkel seines Innern vorhanden waren, glühende Worte, Sätze, so bitter wie beißender Rauch. »So?«
Mrs. Peters begann ihren Mut wiederzugewinnen. »Was stecken Sie Ihre Nase hier herein? Das geht doch zu weit. Erst *ein* Wichtigtuer und dann noch ein zweiter. Herbert, tu doch was dagegen.«
Nun begann Dr. Czinner zu reden. In seinem schwerfälligen Akzent nahmen die Worte ein gewisses Gewicht an, das Mrs. Peters zwar nicht überzeugte, aber doch zum Schweigen brachte. »Ich bin Arzt.« Er sagte ihnen, wie vergeblich es wäre, von Menschen ihrer Sorte Schamgefühl zu erwarten. Das Mädchen sei in der vergangenen Nacht bewußtlos geworden, und er habe ihm gesagt, es solle sich um seiner Gesundheit willen einen Schlafwagenplatz nehmen. Der Argwohn entehre nur den Argwöhnischen. Dann gesellte er sich wieder zu Coral draußen auf dem Gang. Die beiden waren vom Abteil aus nicht zu sehen, aber Mrs. Peters' Stimme ließ sich deutlich vernehmen: »Ja, aber wer zahlt dafür? Das möchte ich gern wissen.«
Dr. Czinner preßte seinen Hinterkopf gegen die Fensterscheibe und flüsterte voll Haß: »Bourgeois!«

»Ich danke Ihnen«, sagte Coral und fügte, als sie den enttäuschten Ausdruck in seinem Gesicht sah, noch hinzu: »Kann ich etwas für Sie tun? Fühlen Sie sich krank?«
»Nein, nein«, wehrte er ab. »Aber ich nütze nichts. Ich habe nicht die Gabe, Reden zu halten.« Er lehnte sich gegen das Fenster zurück und lächelte sie an. »Sie waren besser. Sie haben sehr gut gesprochen.«
»Warum waren die Leute so gemein?« fragte sie.
»Sie sind immer gleich, die Bourgeois«, antwortete er. »Die Proletarier haben ihre Tugenden, und der Gentleman ist oft gut, gerecht und tapfer. Er wird für etwas Nützliches bezahlt als Staatsmann, Lehrer oder Arzt, oder er hat sein Geld von seinem Vater geerbt; er verdient es vielleicht nicht, aber er hat niemandem weh getan, um es zu bekommen. Aber der Bourgeois – der kauft billig ein und verkauft teuer. Er kauft vom Arbeiter und verkauft an den Arbeiter zurück. Er ist zu nichts nutz.«
Ihre Frage hatte keine Antwort erfordert. Sie starrte ihn an, bestürzt über die Flut seiner erklärenden Worte und über die Kraft seiner Überzeugung, ohne auch nur ein Wort von dem zu verstehen, was er sagte. »Ich habe den Leuten doch nichts getan.«
»Oh, Sie haben ihnen schon etwas getan. Ich auch. Wir stammen aus derselben Klasse. Aber wir verdienen unseren Lebensunterhalt auf ehrliche Weise, tun nichts Schlechtes, sondern eher etwas Gutes. Wir sind ein Beispiel, das gegen sie zeugt, und das mögen sie nicht.«
Aus dieser Erklärung griff sie nur das eine heraus, das sie verstand. »Sie sind kein Gentleman?«
»Nein, und ich bin auch kein Bourgeois.«
Sie konnte den leicht prahlerischen Ton seiner Antwort nicht verstehen, denn seit sie ihr Elternhaus verlassen hatte, war es immer ihr Ehrgeiz gewesen, fälschlich für eine Dame gehalten zu werden. Mit diesem Ziel vor Augen hatte sie mit so viel Sorgfalt studiert wie ein ehrgeiziger Leutnant, der sich für die Kriegsschule vorbereitet. Ihr Lehrgang schloß jeden Monat eine neue Nummer der Zeitschrift ›Woman and Beauty‹ ein und jede Woche eine Nummer von ›Home Notes‹. Sie stu-

dierte darin die Fotos von jüngeren Filmstars und von den Töchtern weniger bekannter Lords, und erfuhr, was für modisches Zubehör man gerade trug und welcher Gesichtspuder sich augenblicklich besonderer Beliebtheit erfreute.
Er begann sie sanft zu beraten: »Wenn Sie nicht auf Urlaub gehen können, dann versuchen Sie soviel Ruhe zu genießen wie nur möglich. Erregen Sie sich nicht ohne Grund –«
»Die haben mich aber eine Nutte genannt.« Sie konnte sehen, daß das Wort ihm nichts sagte; es kräuselte nicht eine Sekunde lang die spiegelglatte Fläche seines Geistes. Er fuhr fort, mit leiser Stimme über ihre Gesundheit zu sprechen, ohne ihr in die Augen zu sehen. ›Er denkt an etwas anderes‹, ging es ihr durch den Kopf, und sie bückte sich ungeduldig nach ihrem Koffer, um ihn zu verlassen. Er kam ihr aber durch eine Flut von Ratschlägen über Beruhigungsmittel, Fruchtsäfte und warme Kleider zuvor. Dunkel erfühlte sie einen Wechsel in seiner Haltung: gestern noch hatte er die Einsamkeit gesucht, jetzt ergriff er jeden Vorwand, um eine Minute länger in ihrer Gesellschaft bleiben zu können. »Was meinten Sie«, fragte sie, »als Sie gestern von Ihrer ›eigentlichen Arbeit‹ sprachen?«
»Wann sagte ich das?« fragte er sie in scharfem Ton.
»Gestern, als ich in Ohnmacht fiel.«
»Da träumte ich. Ich habe nur *eine* Arbeit.«
Er sagte nichts mehr. Und einen Augenblick später nahm sie ihren Koffer und ging.
Nichts in ihrer Lebenserfahrung hätte sie befähigt, die Tiefe der Einsamkeit zu ergründen, in der sie ihn zurückließ. ›Ich habe nur *eine* Arbeit‹: dies war ein Geständnis, das ihn erschreckte, denn es war nicht immer wahr gewesen. Er hatte nicht im Gedanken an eine einzige Aufgabe gelebt und sich nicht an diese Idee gewöhnt, da sein Leben einst von einer Vielheit von Pflichten freundlich erhellt gewesen war. Wenn er mit einem Geist zur Welt gekommen war gleich einem riesigen, leeren Raum, dessen Wände mit den Wappen eines Hauses, das sein Ansehen in der Welt verloren hat, bedeckt und voll von Rissen waren, dessen verstaubte Tapeten in Fetzen hingen, so hatten seine Pflichten ihn mit einer ausrei-

chenden Lichtfülle erhellt, so wie die einzelnen Kerzen eines Kandelabers, der zu massiv ist, als daß man ihn verpfänden könnte. Da war die Pflicht gegen seine Eltern, die gedarbt hatten, damit er studieren könne. Er erinnerte sich noch des Tages seiner Promotion, wie sie damals ihn in seiner einfachen Bude besuchten, still in einer Ecke saßen und ihn mit Achtung, ja mit Scheu, aber ohne Liebe betrachteten, denn lieben konnten sie ihn jetzt nicht mehr, da er ein gebildeter Mann war; einmal hatte sein Vater ihn sogar mit ›Herr‹ angesprochen. Diese Kerzen waren früh erloschen, und er hatte den Verlust der beiden Lichter unter so vielen kaum bemerkt. Denn er hatte die Pflichten gegen seine Patienten, die Pflicht gegen die Armen Belgrads, und die langsam wachsende Idee der Pflicht gegenüber seiner eigenen Klasse in jedem Lande. Seine Eltern hatten gedarbt, damit er Arzt werden könne, er selbst hatte gehungert und seine Gesundheit gefährdet, um Arzt zu werden, und erst nach Jahren der Praxis hatte er die Nutzlosigkeit seiner beruflichen Tüchtigkeit erkannt. Er konnte nichts für sein Volk tun; er konnte den Erschöpften nicht Ruhe empfehlen und den Zuckerkranken nicht Insulin verschreiben, denn sie hatten kein Geld, um das eine oder das andere zu bezahlen.
Er begann im Korridor auf und ab zu gehen und murmelte dabei etwas vor sich hin. Wieder fielen draußen kleine Schneeflocken und wurden wie Dampf gegen das Fenster geblasen.
Dann war da seine Pflicht gegen Gott gewesen. Er verbesserte sich: gegen einen Gott. Es war ein Gott, der in die gedrängt vollen Kirchenschiffe unter einem grellen, von Motten zerfressenen Baldachin herabgeschwebt kam; es war ein Gott, nicht größer als ein Kronenstück, eingefaßt in einen goldstrotzenden Rahmen; es war ein Gott mit zwei Gesichtern, eine Gottheit, die die Armen in ihrem Unglück tröstete, indessen sie die Augen zu ihrer Herabkunft zwischen den Pfeilern emporhoben, eine Gottheit, die sie überredet hatte, um einer zweifelhaften Zukunft willen ihr Leid zu tragen, indessen sie ihre Stirne beugten und das Gewoge der Chorsänger und Priester mit ihren Litaneien an ihnen vorüber-

schwebte. Dr. Czinner hatte diese Kerze mit seinem eigenen Atem ausgeblasen, weil er sich sagte, daß Gott nur eine Erfindung der Reichen sei, um die Armen niederzuhalten; er hatte diese Kerze mit einer gewissen Geste ausgeblasen, einem merkwürdigen, altmodischen Gefühl von Tollkühnheit, und empfand mitunter einen unvernünftigen Groll gegen jene, die bereits ohne religiöses Gefühl geboren waren und deshalb über den heiligen Ernst des Bilderstürmers aus dem 19. Jahrhundert lachen konnten.

Und jetzt blieb nur eine schwachbrennende Kerze, um den weiten Raum zu erhellen. ›Ich bin weder ein Sohn noch ein Arzt, noch ein gläubiger Mensch. Ich bin ein Sozialist.‹ Dieses Wort, das die Politiker auf zahllosen Rednertribünen in den Mund nahmen, das in schlechtem Druck auf schlechtem Papier in zahllosen Zeitungen zu lesen war, hatte einen brüchigen Klang.

›Ich habe auch da versagt.‹ Er war allein, seine einzige Kerze zuckte unruhig, und er hätte jede Gesellschaft willkommen geheißen.

Als er sein Abteil erreichte und dort einen Fremden vorfand, freute er sich. Der Mann wandte ihm den Rücken zu, drehte sich aber auf kurzen, stämmigen Beinen blitzschnell um. Das erste, was Dr. Czinner bemerkte, war ein silbernes Kreuz an seiner Uhrkette, das nächste, daß sein Koffer nicht genau auf dem Platz lag, wo er ihn zurückgelassen hatte. Traurig fragte er: »Sind Sie auch ein Reporter?«

»Ich spreche nicht Englisch«, antwortete ihm der Mann auf deutsch.

Dr. Czinner verstellte den Türeingang und fuhr in derselben Sprache fort: »Also ein Polizeispitzel? Sie kommen zu spät.« Seine Augen waren noch immer auf das silberne Kreuz gerichtet, das mit den Bewegungen des Fremden hin und her schwang. Es hätte ein großes Kreuz sein können, das mit den stolpernden Schritten eines Menschen mitschwang, und einen Augenblick lang hatte Dr. Czinner das Empfinden, daß er sich gegen die Häuser einer steilen Straße drückte, um die Bewaffneten, die Speere und die Pferde und den erschöpften, gemarterten Menschen vorbeizulassen. Der war nicht gestor-

ben, um die Armen niederzuhalten, um ihre Ketten noch fester zu schmieden; man hatte seine Worte verdreht.
»Ich bin kein Polizeispitzel.«
Dr. Czinner schenkte dem Fremden kaum Beachtung, da er die Möglichkeit erwog, daß jene Worte, wenn sie verdreht worden waren, zum Teil doch wahr gewesen sein mochten. Er suchte sich zu beweisen, daß sein Zweifel nur vom Nahen des Todes herrührte, denn er sagte sich, daß der Mensch, dem die Bürde seines Fehlschlags zu schwer und schier unerträglich wurde, sich unvermeidlich an die grundlosesten Versprechungen klammerte: ›Ich werde dir Ruhe geben.‹ Der Tod gab nicht Ruhe, denn es konnte keine Ruhe geben ohne das Bewußtsein der Ruhe.
»Sie mißverstehen mich, Herr . . .«
»Czinner.« Er verriet dem Fremden seinen Namen ohne Zögern; die Zeit der Verstellung war vorüber, und in der neuen Atmosphäre der Wahrheitsliebe mußte er nicht nur die Maske seiner Identität fallen lassen. Da gab es Worte, die er nicht genau erforscht hatte, geläufige Schlagworte, die er sich zu eigen gemacht hatte, weil sie seiner Sache nützten: ›Religion ist der Freund des reichen Mannes.‹ Er sagte zu dem Fremden: »Wenn Sie kein Polizeispitzel sind, was sind Sie dann? Was haben Sie hier getan?«
»Mein Name ist . . .« Der Dicke schwang sich in den Hüften hin und her, während er mit einem Finger seinen untersten Westenknopf drehte. Der Name wurde in die von Schnee erhellte Dunkelheit gerufen und ging im Donnern des Zuges, dem Dröhnen stählerner Pfeiler einer laut widerhallenden Brücke unter. Gleich einem silbernen Aal glitt die Donau von der einen Seite der Bahnlinie auf die andere. Der Mann mußte seinen Namen wiederholen: »Josef Grünlich.« Er fuhr zögernd fort: »Ich habe nach Geld gesucht.«
»Sie haben gestohlen.«
»Sie sind zu früh zurückgekommen.« Er begann langsam zu erklären: »Ich bin der Polizei entronnen. Nichts Unehrenhaftes, Herr Czinner, das kann ich Ihnen versichern.« Er drehte in einem fort an seinem Westenknopf, ein wenig überzeugender fremder Redner in der neu erhellten geisti-

gen Atmosphäre Dr. Czinners, die nur von unumstößlichen Wahrheiten erfüllt war, von einem hungernden Gesicht, bunter, zerschlissener Wäsche, einem leidenden Kind, einem Mann, der den steilen Weg nach Golgatha hinaufstolperte.
»Es war ein politisches Vergehen, Herr Czinner. Eine Affäre mit einer Zeitung. Man hat mir ein großes Unrecht angetan, und ich mußte fliehen. Es geschah um unserer Sache willen, daß ich Ihren Koffer öffnete.« Er stieß das Wort ›Sache‹ mit einem warmen, gierigen Atem hervor, wodurch er es zu einem billigen Schlagwort erniedrigte, dem nur ein seichter Gefühlswert anhaftete. »Werden Sie den Schaffner rufen?« Er beugte seine Knie, und seine Finger umklammerten den Westenknopf.
»Was meinen Sie mit Ihrer Sache?«
»Ich bin Sozialist.« Dr. Czinner kam mit scharfer Eindringlichkeit die Erkenntnis, daß man eine Bewegung nicht nach ihren Anhängern beurteilen konnte; der Sozialismus war nicht verdammt, weil Grünlich sein Anhänger war; aber Dr. Czinner war dennoch begierig, Grünlich rasch wieder zu vergessen.
»Ich werde Ihnen etwas Geld geben.« Er zog seine Brieftasche hervor und händigte ihm fünf englische Pfund ein. »Gute Nacht.«
Es war leicht, Grünlich loszuwerden, und es hatte ihn wenig gekostet, denn Geld würde für ihn in Belgrad wertlos sein. Er brauchte keinen Rechtsanwalt zu seiner Verteidigung; sein Verteidiger war seine eigene Zunge. Aber es war weniger leicht, dem Gedanken zu entrinnen, den Grünlich zurückgelassen hatte: daß eine Bewegung nicht durch die Unehrenhaftigkeit ihrer Anhänger verurteilt war. Er sprach sich selbst nicht ganz frei von Unehrenhaftigkeit, und die Wahrheit seiner Überzeugung änderte sich nicht deshalb, weil er selbst der Eitelkeit und verschiedener Niedrigkeiten schuldig war; einmal hatte er ein Mädchen geschwängert. Selbst sein Entschluß, erster Klasse zu reisen, war nicht ganz edlen Motiven entsprungen; es war so leichter, der Grenzpolizei zu entgehen; aber es war auch bequemer, es paßte besser zu seiner Führereitelkeit. Da wurde er sich bewußt, daß er betete:

»Hergott, vergib mir.« Aber er war von der Gewißheit der Vergebung ausgeschlossen, wenn überhaupt eine Macht existierte, die Vergebung gewährte.
Der Schaffner kam und prüfte seine Fahrkarte. »Es schneit schon wieder«, sagte er. »Vor uns ist es auf der Strecke noch ärger. Wir können von Glück reden, wenn wir ohne Verspätung durchkommen.« Er schien geneigt, stehenzubleiben und sich zu unterhalten. Vor drei Jahren, sagte er, hätten sie ein böses Erlebnis gehabt. Achtundvierzig Stunden lang wären sie an einer der ärgsten Stellen der Strecke, einem völlig kahlen Landstrich des Balkans, eingeschneit gewesen; man hätte nichts zu essen bekommen und auch mit der Kohle sparen müssen.
»Werden wir fahrplanmäßig in Belgrad ankommen?«
»Das kann man jetzt nicht sagen. Meine Erfahrung ist die: Schnee auf dieser Seite von Budapest, doppelt soviel Schnee vor Belgrad. Es ist etwas anderes, bevor wir die Donau erreichen. Es kann in München schneien und in Budapest sommerlich sein. Gute Nacht, Herr Doktor. Sie werden in dieser Kälte noch Patienten bekommen.« Der Schaffner ging weiter und schlug dabei die Hände kräftig gegeneinander.
Dr. Czinner blieb nicht lange in seinem Abteil; der Reisende, mit dem er es geteilt hatte, war in Wien ausgestiegen. Bald würde es unmöglich sein, auch vorüberfliegende Lichter durch die Fenster zu sehen; der Schnee häufte sich in jedem Spalt, und Eisblumen bildeten sich an den Scheiben. Wenn ein Stellwerk oder eine Bahnhofslampe vorüberhuschte, wurde ihr Licht durch das undurchsichtige Eis in Streifen zerlegt, so daß das Waggonfenster vorübergehend zu einem Kaleidoskop wurde, in dem die Splitter farbigen Glases bunt durcheinandergeschüttelt werden. Um sich zu wärmen, vergrub Dr. Czinner seine Hände in die losen Falten seines Regenmantels und begann wieder im Korridor auf und ab zu gehen. Er schritt durch den Wagen des Zugführers und gelangte zu den Wagen dritter Klasse, die in Wien an den Zug angehängt worden waren. Die meisten Abteile lagen im Dunkeln; nur eine trübe Kugel an der Decke verbreitete etwas Licht. Auf den hölzernen Bänken legten die Passagiere

eben ihre zusammengerollten Mäntel als Kopfpolster hin und machten sich für die Nacht zurecht. Manche Abteile waren so voll, daß Männer und Frauen in zwei Reihen kerzengerade aufrecht sitzend schliefen; ihre Gesichter erschienen in dem schwachen Licht grün und unbewegt. Aus den leeren Flaschen unter den Sitzen drang der Geruch billigen Rotweins, und einige Brocken säuerlichen Brotes lagen auf dem Boden verstreut. Als Czinner in der Nähe des Klosetts war, machte er rasch wieder kehrt; der Geruch war zuviel für ihn. Hinter ihm schwang die Tür mit dem Rütteln des Expreßzuges auf und fiel wieder ins Schloß.

›Hierher gehöre ich‹, dachte er ohne Überzeugung, ›ich sollte *dritter* Klasse reisen. Ich möchte nicht einem konstitutionellen Arbeiterabgeordneten gleichen, der erster Klasse fährt, um in einem gar nicht frei gewählten Parlament seine Stimme abzugeben.‹ Aber er tröstete sich mit dem Gedanken, daß wiederholter Zugwechsel ihn viel Zeit gekostet, daß man ihn an der Grenze sicher aufgehalten hätte. Aber dennoch war er sich nach wie vor seiner nicht ganz selbstlosen Beweggründe bewußt, die ihn erst beunruhigten, seitdem er seines Mißerfolges innegeworden war; all seine Eitelkeit, seine niedrigen Handlungen und kleinen Sünden wären in der erregenden Spannung und Selbstlosigkeit des Sieges hinweggefegt worden. Aber jetzt, da alles von seiner Zunge abhing, wünschte er, daß er seine Verteidigungsrede von der Anklagebank aus mit einem ganz reinen Gewissen halten könnte. Unbedeutende Dinge in seiner Vergangenheit, seinen Feinden unbekannt, könnten in seinem Geiste anschwellen und ihm die Zunge hemmen. ›Ich versagte völlig bei dem kleinen Krämer und seiner Frau. Werde ich denn in Belgrad besseren Erfolg haben?‹

Da seiner Zukunft eine festbestimmte Grenze gesetzt war, begann er sich, entgegen seiner sonstigen Gewohnheit, mit seiner Vergangenheit zu beschäftigen. Es hatte eine Zeit gegeben, zu der er um den Preis einer kurzen Reue ein reines Gewissen hatte erkaufen können: ›Seit meiner letzten Beichte habe ich folgende Sünden begangen . . .‹ Er dachte sehnsüchtig und etwas bitter: ›Wenn ich die Reinheit meiner

Motive so leicht zurückgewinnen könnte, dann wäre ich ein Narr, es nicht zu versuchen. Meine Reue über meine Taten ist heute nicht geringer als damals, aber ich bin von der Vergebung nicht überzeugt; ich glaube nicht, daß es jemanden gibt, der verzeiht.‹ Beinahe verhöhnte er jetzt seinen einstigen Glauben: ›Soll ich zum Kassierer der Sozialdemokratischen Partei gehen und ihm meine Sünden beichten, oder zu den Reisenden dritter Klasse?‹ Des Priesters abgewandtes Antlitz, sein erhobener Finger, das Geflüster einer tonlosen Zunge, sie schienen ihm plötzlich so schön, so unendlich erstrebenswert und unwiederbringlich verloren wie seine Jugend und die erste Liebe im Winkel einer Viaduktmauer. In diesem Augenblick bemerkte er Mr. Opie allein in einem Abteil zweiter Klasse; er schrieb in einem Notizbuch.
Dr. Czinner beobachtete ihn mit einer Art verschämter Begierde, weil er fast daran war, sich einem Glauben zu beugen, den zu unterdrücken bisher sein Stolz gewesen war. ›Aber wenn es mir Frieden bringt‹, versicherte er sich, und während er die Gedankenverbindungen dieses Wortes noch ganz unbestimmt erfühlte, schob er schon die Tür zurück und trat in das Abteil. Das lange, bleiche Gesicht und die farblosen Augen, der Eindruck vererbter Kultur brachte ihn in Verlegenheit; durch seine Bitte würde er des Priesters Überlegenheit anerkennen. Und wieder war er einen Augenblick lang der Junge mit den schmutzigen Händen, der im Dunkel des Beichtstuhls über seine alltäglichen Sünden errötete. Er sagte in seinem verräterisch steifen Englisch: »Entschuldigen Sie bitte. Vielleicht störe ich Sie? Wollen Sie schlafen?«
»Durchaus nicht. Ich steige in Budapest aus. Ich glaube nicht, daß ich schlafen werde«, wehrte er lächelnd ab, »bis ich sicher gelandet bin.«
»Mein Name ist Czinner.«
»Opie«, erwiderte der andere. Der Name Czinner sagte ihm nichts; vielleicht erinnerten sich nur Journalisten daran.
Dr. Czinner zog die Tür zu und setzte sich ihm gegenüber. »Sie sind ein Priester?« Er wollte ›Hochwürden‹ hinzufügen, aber das Wort blieb ihm in der Kehle stecken; es bedeutete zuviel, es bedeutete ein graues, kasteites Gesicht, Zuneigung,

die sich zur Verehrung, Opferbereitschaft, die sich zu Argwohn verhärtet hatte gegen einen Sohn, der zum Feind geworden war.
»Kein römisch-katholischer«, antwortete Mr. Opie. Dr. Czinner schwieg einige Minuten, da er nicht wußte, wie er seine Bitte in Worte kleiden sollte. Seine Lippen fühlten sich trocken an von einem buchstäblichen Durst nach Rechtschaffenheit, die einem Glas eiskalten Wassers auf dem Tisch im Zimmer eines andern glich. Opie schien seine Verlegenheit zu bemerken und sagte aufgeräumt: »Ich stelle gerade eine kleine Anthologie zusammen.«
»Eine Anthologie?« wiederholte Dr. Czinner mechanisch.
»Ja«, antwortete Mr. Opie, »eine religiöse Anthologie für den Laien, etwas, das innerhalb der anglikanischen Kirche den Platz der katholischen Erbauungsbücher einnehmen soll.« Seine hagere weiße Hand streichelte den schwarzen Waschledereinband seines Notizbuches. »Aber ich beabsichtige, tiefer zu schürfen. Die katholischen Bücher sind – wie soll ich sagen? – allzu einseitig religiös. Ich möchte etwas zusammenstellen, was allen Lagen des täglichen Lebens gerecht wird. Spielen Sie Cricket?«
Diese Frage kam Dr. Czinner überraschend. Er hatte in seiner Erinnerung wieder im Finstern gekniet und seine zerknirschte Reue beteuert.
»Nein, nein«, war seine Antwort.
»Tut nichts. Sie werden aber verstehen, was ich meine. Angenommen, Sie sind als letzter daran; Sie haben eben Ihre Knieschützer angelegt. Acht Tore sind bereits gefallen, fünfzig Läufe müssen noch gemacht werden. Sie fragen sich, ob die Verantwortung Ihnen zufallen werde. In den üblichen Erbauungsbüchern werden Sie keinen tröstlichen Zuspruch für diese kritische Situation in Ihrem Leben finden, und Sie mögen sogar gegenüber der Religion einen gewissen Argwohn hegen. Ich ziele nun darauf ab, dem Bedürfnis eines Menschen in einer solchen Lage gerecht zu werden.«
Mr. Opie hatte fließend und mit Begeisterung gesprochen. Dr. Czinner fand, daß seine Kenntnis des Englischen ihn im Stich ließ. Die Worte ›Knieschützer‹, ›Tore‹, ›Läufe‹ verstand

er nicht. Er wußte nur, daß sie mit dem englischen Cricketspiel zusammenhingen. Sie waren ihm in den vergangenen fünf Jahren vertraut geworden, verbunden in seinem Geiste mit dem grünen Rasen, über den salzig der Meerwind wehte, mit der Überwachung ungehorsamer Rangen bei einem Spiel, das er nicht beherrschte; aber die religiöse Bedeutung dieser Wörter war ihm nicht greifbar; er nahm nur an, daß der Geistliche, Mr. Opie, sie in irgendeinem übertragenen Sinne verstand.

›Verantwortung‹, ›kritische Situation im Leben‹, ›Bedürfnis eines Menschen‹ – das verstand er, und es gab ihm die erwünschte Gelegenheit, seine Bitte vorzubringen.

»Ich wollte mit Ihnen über die Beichte sprechen«, sagte er und war beim Klang dieses Wortes für einen flüchtigen Augenblick wieder jung.

»Ein schwieriges Thema«, äußerte sich Mr. Opie. Er betrachtete einen Moment lang seine Hand und begann dann rasch zu sprechen: »Ich denke über diese Frage nicht dogmatisch. Ich glaube sogar, es spricht sehr vieles für die Haltung der katholischen Kirche in diesem Punkt. Die moderne Psychologie arbeitet auf genau derselben Linie. Zwischen dem Verhältnis des Beichtvaters zum Beichtkinde und dem Verhältnis des Psychoanalytikers zum Patienten besteht eine Ähnlichkeit. Es gibt natürlich insofern einen Unterschied zwischen beiden, als der eine behauptet, die Sünden zu vergeben. Aber der Unterschied«, fuhr Mr. Opie rasch fort, da Czinner ihn zu unterbrechen suchte, »ist im Grunde genommen nicht sehr groß. In dem einen Fall, sagt man, werden die Sünden vergeben und verläßt das Beichtkind den Beichtstuhl mit klarem Geiste und der Absicht, das Leben von neuem zu beginnen. Im andern Fall wird behauptet, man brauche die Laster der Patienten nur beim Namen zu nennen, seine unbewußten Beweggründe zu ihnen ans Licht zu bringen, um die Gewalt der Begierde auszuschalten. Der Patient verläßt den Psychoanalytiker sowohl mit der Kraft als auch mit der Absicht, einen neuen Anfang zu machen.« Da öffnete sich die Tür und ein Mann trat ein. »Von diesem Gesichtspunkt aus«, sagte Mr. Opie, »scheint die Beichte vor dem

Psychoanalytiker wirksamer zu sein als die Beichte vor dem Priester.«

»Sie sprechen über die Beichte?« fragte der Neuankömmling. »Darf ich Sie von Ihrem Thema etwas ablenken? Es gibt nämlich auch einen literarischen Gesichtspunkt, der zu berücksichtigen ist.«

»Darf ich die Herren miteinander bekannt machen?« sagte Mr. Opie. »Dr. Czinner – Mr. Quin Savory. Wir haben hier wirklich die Elemente einer sehr fesselnden Diskussion beisammen: den Arzt, den Geistlichen und den Schriftsteller.«

Dr. Czinner fragte langsam: »Haben Sie nicht das Beichtkind ausgelassen?«

»Ich war gerade dabei, es einzuführen«, war Mr. Savorys Antwort. »Im gewissen Sinne bin ich das Beichtkind; insofern der Roman auf den Erlebnissen des Schriftstellers beruht, legt er eine öffentliche Beichte ab. Er bringt den Leser in die Situation des Priesters und Psychoanalytikers.«

Darauf erwiderte Mr. Opie lächelnd: »Aber Ihr Roman ist eine Beichte nur in dem Sinne, in welchem auch der Traum eine Beichte ist. Freuds Traumzensor greift ein. Freuds Zensor«, mußte er lauter wiederholen, da der Zug eben unter einer Brücke hindurchfuhr. »Was sagt der Mediziner dazu?«

Die höflichen und aufmerksam erwartungsvollen Blicke der beiden anderen verwirrten Dr. Czinner. Er saß da, den Kopf ein wenig vorgeneigt, unfähig, seine bitteren Gedanken in Worten über die Lippen zu bringen. Schon zum zweiten Male am heutigen Abend versagte ihm die Stimme; wie konnte er sich da auf sie verlassen, wenn er nach Belgrad kam?

»Und dann«, sagte Mr. Savory, »ist noch Shakespeare da.«

»Wo ist der nicht?« fragte Mr. Opie. »Er überragt wie ein Riese diese enge Welt. Sie wollten sagen –«

»Was war seine Haltung gegenüber der Beichte? Er war natürlich als Katholik geboren.«

»In Hamlet«, begann Mr. Opie, aber Dr. Czinner wartete nicht länger. Er erhob sich mit zwei knappen Verbeugungen. »Gute Nacht«, sagte er dazu. Er wollte seinen Ärger und seine Enttäuschung aussprechen, aber alles, was er herausbringen konnte, war: »Sehr interessant.« Der Korridor, der nur durch das gedämpfte Licht einer Reihe blauer Lampen schwach erhellt war, verlief grau und vibrierend gegen die dunklen Gepäckwagen. Jemand drehte sich im Schlafe um und sagte auf deutsch: »Unmöglich, unmöglich.«

Als Coral den Arzt verlassen hatte, begann sie zu laufen, so schnell sie in dem schwankenden Zug mit ihrem Koffer nur laufen konnte; sie war außer Atem und fast schön zu nennen, als Myatt sie an der Klinke seiner Coupétür zerren sah. Vor zehn Minuten hatte er die Briefe Mr. Eckmans und die Liste der Marktpreise beiseite gelegt, denn ehe die Worte und Zahlen für ihn irgendeine Bedeutung gewinnen konnten, hörte er wieder die Stimme Corals: »Ich liebe dich.«
›Was für ein Spaß‹, dachte er, ›was für ein Spaß.‹ Er sah auf die Uhr. Sieben Stunden würde der Zug nicht halten, und er hatte dem Schaffner ein Trinkgeld gegeben. Er überlegte, ob das Personal in Fernzügen an solche Dinge gewöhnt war. Als er jünger war, pflegte er Romane von Kurieren des Königs zu lesen, die von allein reisenden wunderschönen Gräfinnen verführt wurden, und sich dabei zu fragen, ob ihm jemals solches Glück widerfahren werde. Er schaute in den Spiegel und preßte sein gefettetes schwarzes Haar zurück. ›Ich sehe nicht schlecht aus, wenn nur meine Haut nicht so bleich wäre.‹ Aber wenn er seinen Pelzmantel ablegte, konnte er nicht umhin, sich daran zu erinnern, daß er beleibt wurde, und daß er ›in Rosinen‹ reiste und nicht mit einem Portefeuille voll versiegelter Geheimdokumente. ›Aber sie ist auch keine schöne russische Gräfin, doch sie hat mich gern, und sie hat eine hübsche Figur.‹
Er setzte sich, blickte nach einer Weile wieder auf die Uhr und erhob sich. Er war erregt. ›Du dummer Junge‹, dachte er, ›sie ist nichts Neues. Hübsch, nett und gewöhnlich, du kannst sie jede Nacht in der Spaniards Road finden.‹ Trotz dieser Gewißheit hatte er das Gefühl, daß dieses Abenteuer etwas Frisches, den Reiz des Unbekannten an sich hatte. Vielleicht war es nur die Situation: mit siebzig Stundenkilometern in einem Schlafwagenbett zu reisen, das kaum mehr als zwei Fuß breit war. Vielleicht war es ihr Ausruf während des

Abendessens. Die Mädchen, die er kennengelernt hatte, scheuten sich, jene Wendung zu gebrauchen. Sie würden ›Ich liebe dich‹ sagen, wenn man sie danach fragte, aber ihr spontaner Tribut würden eher die Worte sein: ›Du bist ein netter Junge.‹ Er begann an Coral zu denken, wie er nie zuvor an eine Frau gedacht hatte, die zu haben war. ›Sie ist lieb und süß, ich möchte ihr was Nettes tun.‹ Es fiel ihm sekundenlang nicht ein, daß sie bereits Ursache hatte, ihm dankbar zu sein.
»Komm herein«, lud er sie ein, »komm herein.« Er nahm ihr den Koffer ab, schob ihn unter den Sitz und ergriff ihre Hände.
»Ja«, sagte sie lächelnd, »jetzt bin ich da, nicht wahr?« Trotz dieses Lächelns merkte er, daß sie sich fürchtete, und fragte sich, warum. Er ließ ihre Hände los, um die Vorhänge der dem Gang zugewandten Fenster herabzulassen, so daß sie beide plötzlich allein zu sein schienen und in einem kleinen, bebenden Kasten. Er küßte sie und fand ihren Mund kühl, weich und unsicher in seiner schüchternen Erwiderung.
Sie setzte sich auf die Bank, die in ein Bett verwandelt worden war, und fragte ihn: »Hast du dich gefragt, ob ich kommen würde?«
»Du hast es ja versprochen«, erinnerte er sie.
»Ich hätte es mir anders überlegen können.«
»Aber warum?« Myatt wurde ungeduldig. Er wollte nicht dasitzen und reden; ihre Beine, die frei baumelten, ohne den Boden zu berühren, erregten ihn. »Wir werden es schön haben.« Er zog ihr die Schuhe aus und ließ seine Hände ihre Strümpfe hinaufgleiten.
»Du bist sehr erfahren, nicht?« fragte sie.
Er errötete. »Hast du was dagegen?«
»Oh, ich bin froh drüber«, antwortete sie, »so froh. Ich könnte es nicht ertragen, wenn du nicht erfahren wärest.« Ihre großen, erschrockenen Augen, ihr bleiches Gesicht unter der gedämpften blauen Lampe belustigten ihn zuerst und zogen ihn dann an. Er wollte sie aus ihrer kühlen Zurückhaltung zu seiner Leidenschaft aufrütteln. Er küßte sie wieder und versuchte ihr das Kleid über die Schultern zu streifen. Ihr Körper zitterte und wand sich unter dem Kleid wie eine in

einen Sack gebundene Katze. Plötzlich drängte sie ihre Lippen gegen ihn und küßte sein Kinn. »Ich liebe dich«, sagte sie, »wirklich.«

Das Gefühl des Ungewöhnlichen verstärkte sich in ihm. Es war ihm, als wäre er von daheim auf einem vertrauten Weg aufgebrochen, am Gaswerk vorüber, über die rote Ziegelbrücke, die über den Wimble führt, und quer durch die Felder, und befände sich nun nicht in dem Heckenweg, der hügelan zur neu angelegten Straße und den Bungalows verläuft, sondern am Eingang zu einem fremden Wald und einem schattigen Pfad, den er nie gegangen war und der Gott weiß wohin führte. Er nahm die Hände von ihren Schultern und sagte, ohne sie zu berühren: »Wie süß du bist«, und dann voll Staunen: ». . . und wie lieb.« Nie zuvor hatte er so gefühlt, wie die Begierde in ihm wuchs, zurückgehalten wurde und gerade deshalb wieder wuchs; stets hatte er sich mit leichtblütiger Erregung in ein neues Abenteuer gestürzt.

»Was soll ich tun? Soll ich mich ausziehen?«

Er nickte nur; das Sprechen fiel ihm schwer, und er sah, wie sie sich erhob, in eine Ecke ging und sich langsam und mechanisch auszuziehen begann, indem sie ein Stück nach dem andern zusammenfaltete, erst die Bluse, den Rock, die Unterwäsche, und alles auf der Bank gegenüber zu einem netten Stoß aufstapelte. Während er ihren ruhigen, in sich versunkenen Bewegungen folgte, wurde er sich der Unzulänglichkeit seines eigenen Körpers bewußt. Er sagte: »Du bist sehr schön«, und stammelte ein wenig in der ungewohnten Erregung. Als sie quer durch das Abteil auf ihn zukam, sah er, daß er sich getäuscht hatte: ihre Gelassenheit war gleich einer dünnen, straff gezogenen Haut, ihr Gesicht rot vor Erregung und ihre Augen voll Schrecken; sie sah aus, als wüßte sie nicht, ob sie lachen oder weinen sollte. Aber sie fanden sich ganz selbstverständlich in dem schmalen Raum zwischen den Sitzen. »Ich wollte, das Licht ginge ganz aus«, sagte sie. Sie stand nahe bei ihm, während seine Hände sie berührten; beide schwankten ganz leicht mit der Bewegung des Zuges.

»Nein«, sagte er, »ich möchte es voll aufgedreht haben.«

»Das wäre schicklicher«, sagte sie und begann still in sich hineinzulachen. Ihr Lachen, ein fast unhörbarer Klang, breitete sich unter dem Donnern des Expreßzuges aus, aber als sie miteinander redeten, mußten sie, statt zu flüstern, die intimen Worte laut und deutlich aussprechen.
Das Gefühl des Ungewöhnlichen überdauerte sogar die geläufigen Gesten. Im Bett erwies sich Coral als unbeholfen in einer geheimnisvollen, unschuldigen Weise, die ihn überraschte. Ihr Gelächter verstummte nicht allmählich, sondern brach plötzlich ab, so daß er sich fragte, ob er sich den Ton eingebildet habe oder ob es eine Sinnestäuschung durch die rasend dahingleitenden Räder gewesen sei. Plötzlich rief sie eindringlich: »Hab Geduld mit mir. Ich kenne mich noch nicht richtig aus«, und dann schrie sie auf vor Schmerz. Er hätte nicht mehr erschrecken können, wenn ein Gespenst in altertümlicher Tracht aus einer Zeit lange vor der Erfindung der Dampfmaschine durch das Abteil gegangen wäre. Er hätte von ihr gelassen, wenn sie ihn nicht mit ihren Händen festgehalten hätte, während sie Worte sprach, von denen im Dröhnen des Zuges nur abgerissene Bruchstücke zu verstehen waren: »Geh nicht fort! Sei nicht böse. Ich wollte nicht . . .« Da hielt plötzlich der Zug, und durch den Ruck taumelten sie auseinander.
»Was ist los?« fragte sie.
»Ein Bahnhof.«
Sie wehrte schmerzlich ab: »Warum gerade jetzt?«
Myatt zog das Fenster herab und beugte sich hinaus. Die matte Lichterreihe des Zuges beleuchtete den Boden nur ein paar Schritte vom Gleis weg. Der Schnee lag schon fußhoch; irgendwo in der Ferne glühte in Abständen ein roter Funke auf, wie ein Blinkfeuer im weißen Flockenwirbel der Windstöße.
»Es ist kein Bahnhof«, verbesserte er sich, »nur ein Signal, das auf Halt steht.«
Der Stillstand der Räder machte die Nacht sehr ruhig; nur einmal unterbrach zischender Dampf das lautlose Schweigen. Da und dort erwachten Reisende, streckten die Köpfe aus den Fenstern und begannen eine Unterhaltung. Von den

Wagen dritter Klasse ganz hinten kam der Klang einer Geige. Ihre Melodie war schlicht, spritzig, mathematisch genau, aber im Herüberklingen durch die Finsternis und über den Schnee büßte sie etwas von ihrer klaren Bestimmtheit ein, bis sie von Myatts Seele eine Spur von Verwirrung und Bedauern nahm: »Ich habe es nie gewußt. Ich hätte es nie vermutet.« Im Abteil lag jetzt solche Wärme zwischen ihnen, daß er, ohne das Fenster zu schließen, vor dem Bett kniete, mit seiner Hand sanft ihr Gesicht berührte und mit neugierigen Fingern ihre Züge abtastete. Wieder war er von dem neuartigen Gedanken überwältigt: ›Wie süß und wie schön.‹ Sie lag ruhig, ein wenig erschüttert von raschen Atemzügen des Schmerzes oder der Lust.
In der dritten Klasse begann jemand den Geigenspieler auf deutsch zu beschimpfen; er beschwerte sich darüber, daß er in diesem Lärm nicht schlafen könne, schien aber nicht zu wissen, daß er im Dröhnen des Zuges wohl geschlafen hatte, und daß es die Stille um die präzisen, getragenen Klänge war, die ihn geweckt hatte. Der Geiger schimpfte zurück und spielte unverdrossen weiter.
Einige Leute begannen zu gleicher Zeit zu sprechen, und jemand lachte auf.
»Habe ich dich enttäuscht?« fragte sie. »Habe ich mich schrecklich dumm angestellt?«
»Du warst süß«, antwortete er. »Aber ich wußte ja nicht ... warum bist du dann gekommen?«
Darauf sagte sie in einem Ton, der so leicht klang wie der der Geige, aber ebensogut wie diese die Verwirrung im Herzen eines Menschen zu lösen vermochte: »Ein Mädchen muß es einmal mitmachen.«
Wieder berührte er ihr Gesicht und sagte: »Ich tat dir weh.«
»Nun, Spaß war es keiner«, erwiderte sie.
»Nächstes Mal«, begann er ihr zu versprechen, sie aber unterbrach ihn mit einer Frage, deren Ernst ihn zum Lachen brachte: »Wird es ein nächstes Mal geben? Habe ich bestanden?«
»Möchtest du ein nächstes Mal haben?«
»Ja«, antwortete sie, dachte aber nicht an seine Umarmung,

sondern an die Wohnung in Konstantinopel, an ihr eigenes Schlafzimmer und an das Schlafengehen um zehn. »Wie lange gedenkst du dort zu bleiben?«
»Vielleicht einen Monat, vielleicht auch länger.«
Nun flüsterte sie mit solch tiefem Bedauern die Worte: »So kurz!«, daß er viele Versprechungen machte, die er, wie er genau wußte, bei Tageslicht wieder bereuen würde.
»Du kannst mit mir zurückkommen. Ich würde dir in London eine Wohnung mieten.« Ihr Schweigen schien die Überspanntheit seiner Versprechungen besonders hervorzuheben. »Du glaubst mir nicht?«
Im Tone grenzenlosen Vertrauens sprach sie: »Oh, es ist zu schön, um wahr zu sein.«
Das völlige Fehlen jeder Koketterie rührte ihn, und es wurde ihm mit plötzlicher Eindringlichkeit bewußt, daß er ihr erster Geliebter war. »Höre, willst du morgen wiederkommen?«
Sie wehrte ab, voll echter Furcht, daß er ihrer müde sein würde, ehe sie Konstantinopel erreichten. Er aber beachtete ihre Einwände nicht.
»Ich werde eine Feier veranstalten.«
»Wo? In Konstantinopel?«
»Nein«, erwiderte er, »dort kenne ich ja niemand, den ich einladen könnte.« Und einen Augenblick lang warf der Gedanke an Mr. Eckman einen Schatten über sein Vergnügen.
»Was? Hier im Zug?« Sie begann zu lachen, dieses Mal aber zufrieden und unerschrocken.
»Warum nicht?« Er wurde ein wenig prahlerisch. »Ich würde alle einladen, zu einer Art Hochzeitsmahl.«
»Ohne Hochzeit«, neckte sie ihn.
Myatt aber gewann immer mehr Gefallen an seiner Idee. »Ich werde alle einladen: den Arzt, dann die Person in der zweiten Klasse, den neugierigen Kerl – erinnerst du dich an ihn?« Er zögerte einen Augenblick. »Das Mädchen . . .«
»Welches Mädchen?«
»Nun, die Nichte deiner Bekannten.«
Aber seine Großtuerei war ein wenig gedämpft durch den Gedanken, daß sie seine Einladung nicht annehmen würde.

›Sie ist kein Mädchen aus dem Chor‹, dachte er und schämte sich sogleich seiner Undankbarkeit, ›sie ist nicht hübsch und leichtsinnig und gewöhnlich; sie ist schön, ist die Art von Frau, die ich heiraten möchte.‹ Und eine Sekunde lang dachte er mit einem Anflug von Bitterkeit, daß sie ihm völlig unzugänglich sei. Dann gewann er seine gute Laune wieder. »Ich werde den Geigenspieler holen«, brüstete er sich, »damit er uns vorpielt, während wir speisen.«

»Du würdest nicht wagen, die Leute einzuladen«, sagte sie mit strahlenden Augen.

»Ich werde es tun. Sie werden ein Diner, wie ich es bestelle, nicht ablehnen. Wir werden den besten Wein trinken, den sie hier servieren können«, fuhr er fort, indes er blitzschnelle Berechnungen über die Kosten anstellte und bereitwillig vergaß, daß der Zug durch sein Rütteln jeden Wein zu einer durchschnittlichen Mittelmäßigkeit reduzierte. »Es wird etwa zwei Pfund pro Kopf kosten.«

Sie klatschte zustimmend in die Hände. »Du wirst nicht wagen, ihnen den Grund zu verraten.«

Er lächelte sie an. »Ich werde ihnen sagen, daß wir auf die Gesundheit meiner Geliebten trinken.«

Lange Zeit lag sie ruhig da und verweilte bei diesem Wort und seiner Andeutung von Komfort und Fortdauer und fast von Anständigkeit. Dann schüttelte sie den Kopf. »Es ist zu schön, um wahr zu sein.« Aber ihre ungläubigen Worte gingen unter in dem Zischen des Dampfes und dem Mahlen der kreisenden Räder.

Während die Kuppelungen zwischen den Wagen sich ächzend strafften und das Signal, das jetzt grün strahlte, langsam vorüberzog, sagte Josef Grünlich: »Ich bin der Präsident der Republik.« Er erwachte, als ein Herr im Frack eben daran war, ihm einen goldenen Schlüssel zu überreichen, der ihm die neuen städtischen Safes öffnen sollte; er erwachte zugleich zur vollen Erkenntnis seiner Umgebung und zur vollen Erinnerung an seinen Traum. Die Hände auf seine feisten Knie gestützt, begann er zu lachen. ›Präsident der Republik, das ist gut. Und warum auch nicht? Ich kann gut lügen.

Kolber und den Arzt, beide habe ich an einem Tag herumgekriegt. Fünf Pfund hat er mir gegeben, weil ich schlau war und gleich erraten habe, wer er war, als er von einem Polizeispitzel sprach. Schlau – das ist der Josef Grünlich, wie er leibt und lebt. Schauen Sie dorthin, Herr Kolber. Ein Zug an der Schnur, zielen, schießen – alles in einer Sekunde. Und geschnappt haben sie mich nicht dabei! Den Josef können sie nicht schnappen. Was hat der Geistliche gesagt?‹ Grünlich begann tief in seinen Bauch hineinzulachen. ›Spielen Sie Cricket in Deutschland? Und ich sagte: Nein, wir lernen laufen. Zu meiner Zeit war ich ein großer Läufer. Bitt schön, das war gescheit, und er hat den Witz gar nicht verstanden und etwas von einem Sobs und Huglich geredet.‹
›Aber es war trotzdem ein böser Moment‹, dachte er weiter und starrte in den fallenden Schnee hinaus, ›wie der Doktor bemerkt hat, daß sein Koffer verschoben war. Ich habe meine Finger schon an der Schnur gehabt. Wenn er versucht hätte, den Schaffner zu rufen, so hätte ich ihn in den Bauch geschossen, bevor er noch ein Wort herausgebracht hätte.‹
Grünlich lachte wieder glücklich und fühlte, wie der Revolver ganz leicht an der wunden Stelle auf der Innenseite seines Knies rieb. ›Ich hätt' ihm die Gedärme rausgelassen.‹

VIERTER TEIL
SUBOTICA

1

Der Morseapparat im Büro des Bahnhofsvorstandes in Subotica klickte unruhig; Punkte und Striche wurden in den leeren Raum geschleudert. Lukitch, der diensthabende Beamte, der bei offener Tür in einer Ecke der Reisegepäckaufgabe saß, verfluchte die lästigen Töne; aber er machte keine Miene, sich zu erheben. »Es kann um diese Zeit nichts Wichtiges sein«, erklärte er dem Gepäckbeamten und Ninitch, einem jungen Mann in der grauen Uniform der Grenzwache. Er mischte eben ein Päckchen Karten, da schlug es sieben. Draußen sank eine farblose Sonne über grauen, halbgeschmolzenen Schnee, und die Schienen glitzerten feucht. Ninitch trank sein Glas Rakia, und der schwere Pflaumenschnaps trieb ihm die Tränen in die Augen.
Lukitch fuhr fort, die Karten zu mischen.
»Worum, glaubst du, handelt es sich?« fragte der Gepäckbeamte.
Lukitch schüttelte seinen schmutzigen und zerzausten Kopf. »Man kann's natürlich nicht sagen. Aber ich würde mich nicht wundern. Es würde ihr recht geschehen.«
Der Gepäckbeamte begann zu kichern. Ninitch hob seine schwarzen Augen, in denen nichts als Einfalt zu lesen stand, und fragte: »Wer ist sie?« In seiner Einbildung begann der Telegraf mit einer gebieterischen Frauenstimme zu sprechen.
»O ihr Soldaten«, sagte der Gepäckbeamte, »ihr wißt nicht die Hälfte von dem, was hier vorgeht.«
»Das stimmt«, sagte Ninitch. »Wir stehen stundenlang mit aufgepflanztem Bajonett herum. Es wird doch nicht einen neuen Krieg geben, wie? Hin zur Kaserne und wieder zurück zum Bahnhof. Wir haben keine Zeit, etwas zu sehen.«
Punkt, Punkt, Punkt, Strich ratterte der Telegraf. Lukitch teilte die Karten in drei gleiche Stöße. Manchmal klebten sie aneinander, und er leckte seine Finger ab, um sie zu trennen.

Dann legte er die drei Stöße nebeneinander vor sich hin. »Wahrscheinlich ist es die Frau des Vorstands«, sagte er. »Wenn sie eine Woche wegfährt, schickt sie ihm zu den ausgefallensten Zeiten Telegramme, jeden Tag, spät in der Nacht oder zeitig in der Früh. Voll von verliebten Worten. Manchmal sogar in Reimen: ›Dein kleiner Schatz schickt dir einen Schmatz.‹ Oder: ›Ich gedenke dein voll Treue und lieb dich stets aufs neue.‹!«
»Warum tut sie das?« fragte Ninitch.
»Weil sie fürchtet, er könnte eines seiner Dienstmädchen bei sich im Bett haben. Sie glaubt, daß ihn die Reue packen wird, wenn das Telegramm im rechten Augenblick eintrifft.«
Der Gepäckbeamte kicherte: »Und was das Lustigste dabei ist, er schaut die Dienstmädchen überhaupt nicht an. Sein Geschmack geht eher in die andere Richtung, wenn es seine Frau nur wüßte.«
»Ihre Einsätze, meine Herren«, rief Lukitch und beobachtete die beiden anderen scharf, während sie ihre Kupfermünzen auf zwei der Kartenstöße legten. Dann teilte er jeden der drei Stöße aus. In dem dritten, auf den kein Geld gelegt worden war, fand sich der Karo-Bube. Lukitch unterbrach das Austeilen und strich die Münzen ein. »Die Bank gewinnt«, erklärte er und gab die Karten an Ninitch weiter. Es war ein sehr einfaches Spiel.
Der Gepäckbeamte drückte seine Zigarette aus und zündete sich eine neue an, während Ninitch die Karten mischte. »Hat der Zug etwas Neues gebracht?«
»In Belgrad ist alles ruhig«, antwortete Lukitch.
»Funktioniert das Telefon?«
»Leider ja.« Der Telegraf hatte zu klappern aufgehört, und Lukitch seufzte erleichtert auf. »Das ist jedenfalls vorüber.«
Der Soldat unterbrach das Kartenmischen und sagte unsicher: »Ich bin froh, daß ich nicht in Belgrad war.«
»Kampf, mein Junge«, meinte der Gepäckbeamte aufgeräumt.
»Ja, aber es waren unsere eigenen Leute, nicht wahr?« entgegnete Ninitch scheu. »Es wäre was anderes, wenn es Bulgaren gewesen wären.«

»Töte oder du wirst getötet«, sagte der Beamte. »Nun, teil schon aus, Ninitch.«
Ninitch begann die Karten zu verteilen und irrte sich mehrmals beim Auszählen; es war offenkundig, daß ihn etwas anderes beschäftigte. »Und dann, was wollen die Leute? Was wollten sie damit erreichen?«
»Sie waren Rote«, antwortete Lukitch.
»Arme Leute? Machen Sie Ihre Einsätze, meine Herren«, fügte er mechanisch hinzu.
Lukitch häufte alle Kupfermünzen, die er gewonnen hatte, auf denselben Stoß wie der Gepäckbeamte; er warf diesem einen Blick zu und zwinkerte ihn an. Der andere erhöhte darauf seinen Einsatz. Ninitch war zu sehr mit seinen langsamen, schwerfälligen Gedanken beschäftigt, um zu bemerken, daß er beim Teilen verraten hatte, wo der Karo-Bube war. Der Gepäckbeamte konnte ein Kichern nicht unterdrücken.
»Schließlich bin ich ja auch arm«, sagte Ninitch.
»Wir haben schon gesetzt«, sagte Lukitch ungeduldig, und Ninitch schlug die Karten auf. Seine Augen weiteten sich ein wenig, als er erkannte, daß beide Mitspieler gewonnen hatten; es überkam ihn momentan leiser Verdacht, dann aber zahlte er die Münzen aus und erhob sich.
»Willst du schon gehen?« fragte Lukitch.
»Muß zurück ins Wachlokal.«
Der Gepäckbeamte grinste. »Er hat sein ganzes Geld verloren. Geh, Lukitch, gib ihm noch einen Rakia, bevor er geht.«
Lukitch goß ihm noch ein Glas voll und hielt dann die Flasche in schräger Haltung fest. Das Telefon begann zu läuten.
»Zum Teufel«, rief er. »Es ist schon wieder dieses Weib.« Er stellte die Flasche hin und ging in den Nebenraum.
Die bleiche Sonne schien schräg durch das Fenster und fiel auf die Körbe und Koffer, die hinter dem Schalter aufgehäuft lagen. Ninitch erhob sein Glas, und der Gepäckbeamte saß da, mit einem Finger auf den Spielkarten, und lauschte.
»Hallo, hallo!« schrie Lukitch in grobem Ton. »Was wollen Sie denn? Der Telegraf? Ich habe nichts gehört. Ich kann nicht die ganze Zeit dabeisitzen. Ich habe im Bahnhof viel zu tun. Sagen Sie der Frau, sie soll ihre Telegramme zu einer

vernünftigen Zeit senden. Wie bitte?« Seine Stimme änderte sich unvermittelt. »Oh, bitte vielmals um Verzeihung, Herr Polizeipräsident. Ich hätte nie gedacht...« Der Gepäckbeamte kicherte. »Gewiß, sofort, Herr Polizeipräsident, sofort. Ich schicke sofort hin, Herr Polizeipräsident. Wenn Sie bitte zwei Minuten am Apparat warten wollen, Herr Polizeipräsident . . .«

Mit einem Seufzer trat Ninitch in die scharfe Luft der kleinen Station ohne Bahnsteige hinaus. Er hatte vergessen, seine Handschuhe anzuziehen, und ehe er sie eiligst über die Hände zog, fiel die Kälte schon beißend seine Finger an. Langsam schritt er durch den erst halbgeschmolzenen und dann wieder halbgefrorenen Schmutz und Schnee. ›Nein, ich bin froh, daß ich nicht in Belgrad war‹, überlegte er. Es war alles sehr verwirrend; die waren arm, und er war arm; sie hatten Frau und Kind, er hatte eine Frau und eine kleine Tochter; sie müssen gehofft haben, damit etwas zu gewinnen, diese Roten. Die Sonne schien über das Dach des Zollschuppens und traf sein Gesicht mit flüchtiger Wärme; gleich einem verlassenen Hund stand eine Lokomotive auf dem Geleise und ließ in kleinen Stößen ihren Dampf entweichen. Kein Zug fuhr vor dem Orientexpreß in Richtung Belgrad durch den Bahnhof. Eine halbe Stunde lang würden dann Lärm und Bewegung herrschen, die Zollbeamten würden auftauchen, und die Wachtposten deutlich sichtbar vor der Wachstube postiert sein; dann würde der Zug weiterdampfen und nach ihm gab es nur noch einen Zug, einen kleinen Lokalzug nach Vinkovce. Ninitch vergrub seine Hände in den leeren Taschen. Dann würde die Zeit gekommen sein für einen neuen Rakia und ein neues Kartenspiel. Aber er hatte kein Geld. Wieder beschlich ihn der leise Verdacht, daß man ihn betrogen hatte.

»Ninitch, Ninitch!« Er wandte sich um und sah, wie Lukitch ohne Mantel und Handschuhe durch den Schmutz hinter ihm hergelaufen kam. Ninitch dachte: ›Er hat mich ausgeraubt, aber Gott hat sein Herz gerührt, und er will mir alles zurückgeben.‹ Er blieb stehen und lächelte Lukitch an, als wollte er sagen: ›Fürchte dich nicht, ich bin dir nicht böse.‹

»Du Trottel, ich dachte, du hörst mich überhaupt nicht«, fuhr ihn der Beamte an, als er keuchend neben ihm stand, klein, schmutzig und verdrießlich. »Geh sofort zu Major Petkovich. Er wird am Telefon verlangt. Ich bekomme aus der Wachstube keine Antwort.«
»Unser Telefon ist seit gestern abend gestört«, erklärte Ninitch, »seit es geschneit hat.«
»Schlamperei«, fauchte der Beamte.
»Heute sollte jemand aus der Stadt kommen, um es zu reparieren.« Er zögerte. »Der Major wird nicht in diesem Schnee herauskommen. So hoch brennt das Feuer in seinem Zimmer«, sagte er.
»Trottel, Idiot«, schrie der Beamte. »Der Polizeipräsident von Belgrad ist am Apparat. Sie wollten ein Telegramm durchgeben, aber du hast so laut geredet, daß ich nichts hören konnte. Tummle dich.« Ninitch setzte seinen Gang zur Wachstube fort, aber der Beamte schrie ihm nach: »Lauf, du Idiot, lauf!« Ninitch setzte sich, behindert von seinen schweren Stiefeln, in Trab. ›Es ist merkwürdig‹, dachte er, ›man wird behandelt wie ein Hund‹, und einen Augenblick später spann er seinen Gedanken weiter: ›Aber schließlich ist es anständig von ihnen, daß sie mit mir Karten spielen. Sie verdienen sicher an einem Tag, was ich in einer Woche verdiene, und bekommen das Geld ausbezahlt‹, sagte er sich beim Gedanken an die Summen, die man ihm von seinem Sold für Kost, Quartier und Heizung abzog.
»Ist der Major drinnen?« fragte er im Wachzimmer und klopfte zaghaft an die Tür. Er hätte die Meldung an den Feldwebel weitergeben sollen, aber dieser war nicht im Zimmer, und man wußte nie, wann sich wieder eine Gelegenheit zu einer besonderen Dienstleistung bieten würde; und diese könnte zur Beförderung führen, zu besserer Bezahlung, besserem Essen, zu einem neuen Kleid für seine Frau.
»Herein!«
Major Petkovich saß an seinem Tisch gegenüber der Tür. Er war klein, mager, hatte scharfe Gesichtszüge und trug einen Zwicker. Wahrscheinlich floß etwas ausländisches Blut in seinen Adern, denn er war blond. Er las ein längst veraltetes

deutsches Buch über Strategie und fütterte zwischendurch seinen Hund mit Wurststückchen. Ninitch starrte neidisch auf das prasselnde Feuer.

»Nun, was gibt's?« fragte der Major gereizt; er glich einem Schulmeister, der beim Korrigieren der Schularbeiten gestört worden ist.

»Der Polizeipräsident hat den Bahnhofsvorstand angerufen, Herr Major, und möchte Sie dort telefonisch sprechen.«

»Ist unser Apparat gestört?« fragte der Major und versuchte, während er das Buch weglegte, seine Neugierde und Aufregung zu verbergen, was ihm nicht recht gelang. Er wollte den Eindruck erwecken, als stünde er mit dem Polizeipräsidenten auf vertrautem Fuße.

»Ja, Herr Major, der Telefonarbeiter ist nicht gekommen.«

»Wie lästig! Wo ist der Feldwebel?«

»Er ist einen Augenblick fortgegangen.«

Major Petkovitch zupfte an seinen Handschuhen und strich sie dann glatt. »Du kommst mit. Ich werde vielleicht eine Ordonnanz brauchen. Kannst du schreiben?«

»Sehr wenig, Herr Major.« Ninitch fürchtete, daß der Major einen anderen Boten suchen würde, aber er brummte nur ärgerlich. Ninitch und der Hund folgten ihm dicht auf den Fersen durch das Wachzimmer und über die Schienen. Im Büro des Bahnhofsvorstandes suchte in einem Winkel Lukitch den Eindruck großer Geschäftigkeit zu machen, während der Gepäckbeamte an der Tür stand und etwas in einen großen Vordruck eintrug.

»Die Verbindung ist einwandfrei, Herr Major«, sagte Lukitch und sah Ninitch hinter dem Rücken des Majors finster an; er beneidete den andern, da er so nahe dem Apparat stand.

»Hallo, hallo, hallo«, rief Major Petkovitch in säuerlichem Ton. Der Soldat neigte seinen Kopf gegen das Telefon. Über die vielen Meilen zwischen der Grenzstation und Belgrad kam geisterhaft eine kultivierte, anmaßende Stimme mit einer so klaren Aussprache, daß sogar Ninitch, der einen halben Meter vom Apparat entfernt stand, die gemessenen Silben deutlich verstehen konnte. Sie fielen wie eine Reihe

von Stecknadeln in das tiefe Schweigen. Lukitch und der Gepäckbeamte hielten umsonst den Atem an; selbst die Lokomotive auf dem Gegengeleise hatte aufgehört, Dampf ausströmen zu lassen.
»Hier Oberst Hartep.«
›Das ist der Polizeipräsident‹, dachte Ninitch, ›und ich höre ihn. Wie stolz wird meine Frau heute abend sein. Die Geschichte wird die Runde durch die Kaserne machen, darauf kann man sich bei meiner Frau verlassen. Viel Ursache hat sie ja nicht, auf mich stolz zu sein‹, dachte er schlicht und ohne sich damit selbst herabzuwürdigen, ›sie schlägt nur das Beste aus dem heraus, was sie hat.‹
»Ja, ja, hier Major Petkovitch.«
Die arrogante Stimme klang etwas leiser, und Ninitch fing nur einzelne Worte auf: »Auf keinen Fall . . . Belgrad . . . durchsuchen Sie den Zug.«
»Soll ich ihn in die Kaserne bringen?«
Die Stimme erhob sich etwas: »Nein. Sowenig Leute wie möglich dürfen ihn sehen. An Ort und Stelle.«
Major Petkovitch wandte ein: »Aber wir haben hier ja nicht die Räumlichkeiten dazu. Was können wir nur mit ihm anfangen?«
». . . nur ein paar Stunden.«
»Durch ein Kriegsgericht? Das ist ganz gegen die Ordnung.«
Die Stimme begann leise zu lachen: »Ich selbst . . . bis spätestens Mittag bei Ihnen . . .«
»Aber im Falle eines Freispruchs?«
». . . Ich selbst«, sagte die Stimme undeutlich. »Sie, Herr Major, und Hauptmann Alexitch.« Sie wurde noch leiser: »Diskret . . . unter Freunden«, und dann wieder etwas deutlicher: »Er darf nicht allein gelassen werden . . . Verdächtige . . . jede Ausrede . . . die Zollbehörde. Kein Aufsehen, verstehen Sie mich?«
Im Ton tiefster Mißbilligung antwortete der Major: »Noch einen Befehl, Herr Oberst?«
Die Stimme wurde lebhaft: »Ja, ja. Wegen des Essens. Ich glaube, Sie haben dort nicht viel Auswahl. Im Bahnhof . . . ein schönes Feuer . . . etwas Heißes . . . kalte Sachen und

Wein im Auto.« Dann trat eine Pause ein. »Bedenken Sie, Sie tragen die Verantwortung.«
»Für so etwas Ungehöriges –«, begann der Major, aber die Stimme unterbrach ihn: »Ich meinte damit natürlich nur das Essen.«
»Herrscht in Belgrad volle Ruhe?« fragte Major Petkovitch steif.
»In tiefstem Schlaf«, erwiderte die Stimme.
»Darf ich noch etwas fragen?«
Dann rief der Major gereizt: »Hallo, hallo, hallo« und hängte wütend ab. »Wo ist der Mann? Komm!«
Und wieder gefolgt von Ninitch und dem Hund, stürzte er in die Kälte hinaus, überquerte die Geleise, durchschritt das Wachzimmer und schlug die Tür zu seiner Kanzlei hinter sich zu. Darauf schrieb er einige kurze Instruktionen und übergab sie Ninitch zur Beförderung. Er war in solcher Eile und so gereizt, daß er zwei von ihnen zu versiegeln vergaß. Natürlich las Ninitch sie durch; heute abend würde seine Frau auf ihn stolz sein. Ein Brief war für den Zollvorsteher bestimmt; der war versiegelt. Einer, an den Hauptmann in der Kaserne gerichtet, wies diesen an, sofort die Bahnhofswache zu verdoppeln und an jeden Mann zwanzig Schuß auszugeben. Das beunruhigte Ninitch. Bedeutete es Krieg und daß die Bulgaren kamen? Oder die Roten? Er erinnerte sich daran, was in Belgrad vorgefallen war, und wurde tief beunruhigt.
›Schließlich sind es unsere eigenen Leute‹, überlegte er, ›sie sind arm, sie haben Frau und Kind.‹ Der letzte Befehl war für den Koch in der Kaserne bestimmt und enthielt genaue Anweisungen für ein Mahl für drei Personen, das um ein Uhr dreißig in der Kanzlei des Majors heiß serviert werden sollte. ›Denken Sie daran, Sie tragen die Verantwortung‹, schloß der Befehl.
Nachdem Ninitch den Raum verlassen hatte, nahm der Major die Lektüre des veralteten deutschen Werkes über Strategie wieder auf, während er seinen Hund mit Wurststückchen fütterte.

2

Coral Musker war eingeschlafen, lange bevor der Zug Budapest erreichte. Als Myatt seinen verkrampften Arm unter ihrem Kopf hervorzog, erwachte sie zu einem Morgen, der so grau wie die Dünung eines bleiernen Meeres war. Rasch sprang sie aus dem Bett und kleidete sich an; ihre Bewegungen waren jetzt ganz anders als die dumpfe Genauigkeit in der vergangenen Nacht; sie war in Eile und aufgeregt und legte alles auf den verkehrten Platz. Leichten Herzens stimmte sie ein kleines Liedchen an: »Ich bin so glücklich, so unbeschwert glücklich . . .« Die Bewegung des Zuges schleuderte sie gegen das Fenster, aber sie schenkte dem grauen Morgen nicht mehr als einen flüchtigen Blick. Lichter erschienen da und dort, eines nach dem andern, doch es war noch nicht so hell, daß sie die Häuser hätte ausnehmen können. Eine beleuchtete Brücke über die Donau funkelte wie eine edelsteinbesetzte Schnalle. »Ich geh, wohin ich mag, und sing den ganzen Tag.« Irgendwo unten am Fluß schimmerte weiß ein Haus; man hätte es für einen Baumstrunk in einem Obstgarten halten können, wenn nicht im Erdgeschoß zwei Lichter geleuchtet hätten. Während Coral noch hinblickte, erloschen sie plötzlich. »Dort haben sie bis in den frühen Morgen gefeiert« – und sie überlegte, was es für ein Fest gewesen sein mochte. Sie lachte kurz und fühlte sich eins mit allen gewagten, anstößigen und jugendlich-tollen Dingen. »Was dich bekümmert, das kümmert mich nicht. Sommer folgt auf Frühling. Ich lächle nur und . . .« Völlig angekleidet bis auf die Schuhe, wandte sie sich dem Bett und Myatt zu.

Er lag in einem unruhigen Schlaf und bedurfte dringend des Rasiermessers. Seine Bettücher waren zerknüllt, und nur mit Mühe konnte sie ihn mit der Erregung und dem Schmerz der vergangenen Nacht in Verbindung bringen. Dieser Mann war ein Fremder; er würde die Verantwortung für die Worte bestreiten, die ein Eindringling im Dunkeln gesprochen hatte. So viel war ihr versprochen worden. Aber sie sagte sich, daß ihr solches Glück nicht beschieden war. Die Worte älterer, erfahrener Frauen kamen ihr wieder in Erinnerung: ›Vorher versprechen sie alles mögliche‹, und das seltsame

Moralgesetz ihrer Klasse warnte sie: ›Man darf sie nicht daran erinnern.‹ Dennoch näherte Coral sich ihm und versuchte mit sanfter Hand sein Haar zu ordnen, damit es annähernd dem ihres Geliebten ähnle. Als sie seine Stirn berührte, erwachte er; ihre Augen trafen mutig den Blick, von dem sie fürchtete, daß er zunächst völlig ausdruckslos sein werde, weil Myatt sich wohl nicht mehr daran erinnerte, wer sie war und was sie miteinander erlebt hatten. Sie sprach sich mit der Lebensregel: ›Es gibt genug Fische im Meer‹ Mut zu; aber zu ihrem freudigen Erstaunen sagte er sofort, ohne sich erst mühsam erinnern zu müssen: »Ja, wir müssen den Geigenspieler bestellen.«

Erleichtert klatschte sie in die Hände: »Und vergiß nicht den Doktor.« Dann setzte sie sich auf die Bettkante und schlüpfte in die Schuhe. »Ich bin so glücklich ...« summte sie und dachte: »Er erinnert sich, er wird sein Versprechen halten.« Sie sang weiter: »Ich lebe in der Sonne, ich liebe im Mondschein, mir geht es so gut.« Der Schaffner kam den Gang entlang und klopfte an die Tür: »Budapest!« Die Lichter drängten sich zusammen; über dem andern Ufer des Stroms leuchteten drei Sterne, die offenbar vom schwer lastenden Himmel ein Stück herabgefallen waren.

»Was ist das? Dort! Jetzt verschwindet es. Rasch!«

»Die Burg«, antwortete er.

»Budapest!« Josef Grünlich, in seinem Winkel nickend, fuhr aus dem Schlaf und trat ans Fenster. Er erhaschte ein kurzes Aufblitzen des Wassers zwischen hohen, grauen Häusern und der Lichter, die in oberen Stockwerken brannten. Aber der Bogen der Bahnhofshalle schnitt sie mit einem Schlag ab, und dann glitt der Zug in den gewaltigen, widerhallenden Raum und stand still. Mr. Opie stieg gleich aus, frisch und munter und schwer beladen, und stellte erst zwei Koffer fest auf den Boden, dann eine Golftasche und ein Tennisracket im Futteral. Josef Grünlich grinste und atmete tief auf, der Anblick Mr. Opies erinnerte ihn an sein Verbrechen. Ein Mann in der Uniform des Reisebüros Cook kam vorbei und führte eine hochgewachsene, zerknittert aussehende Frau und ihren Gatten; durch den zischenden Dampf und durch die Rufe in fremden Sprachen stolperten sie verwirrt und unglücklich hinter ihm drein. Grünlich überlegte, daß er nun den Zug verlassen könnte. Dies war etwas, was seine persönliche Sicherheit berührte; deshalb stellte er seine humorvollen und großtuerischen Gedanken sofort ein. Die kleinen, exakt arbeitenden Rädchen in seinem Hirn drehten sich im Kreise und begannen, gleich der Rechenmaschine einer Bank, mit unfehlbarer Genauigkeit das Soll und Haben anzusagen. In einem Zug war er tatsächlich eingesperrt; an jedem Punkt seiner Reise konnte die Polizei ihn verhaften; je eher er also die Freiheit wiedergewann, desto besser. Als Österreicher würde er in Budapest nicht auffallen. Wenn er die Reise bis Konstantinopel fortsetzte, würde er sich der Gefahr von drei weiteren Zollkontrollen aussetzen. Die automatische Maschine lief noch einmal durch die Zahlen, addierte, überprüfte die Summe und ging zur Sollseite über. Die Budapester Polizei war tüchtig. In den Balkanländern hingegen war sie korrupt, und von den Zollbeamten war nichts zu befürchten. Auf dem Balkan war er überdies vom Tatort weiter weg. In Konstantinopel hatte er Freunde. Grünlich beschloß also weiterzureisen, und als sein Entschluß feststand, gab er sich wieder einem Traum des Triumphes hin. Bilder von schnellgezückten Revolvern schwirrten ihm durch den Kopf, Stimmen redeten über ihn: »Das ist der Josef. Fünf Jahre schon bei dem Geschäft und noch nie erwischt worden. In Wien hat er den Kolber umgebracht.«

»Budapest!« Dr. Czinner hielt etwas länger als eine Minute im Schreiben inne. Diese kurze Pause war die Ehrenbezeigung, die er der Stadt erwies, in der sein Vater geboren war. Sein Vater hatte Ungarn als junger Mensch verlassen und sich in Dalmatien niedergelassen. In Ungarn war er ein kleiner Bauer gewesen, der auf dem Acker eines andern schwer arbeitete; in Spalato und schließlich in Belgrad hatte er sich als Schuster selbständig gemacht. Und doch erschien Dr. Czinner das frühere, mehr knechtische Leben, das Bluterbe eines ungarischen Kleinbauern, wie der Hauch einer höhe-

ren, weiteren Kultur, der durch die finsteren, stinkenden Gäßchen der Balkanstädte wehte. Es war, wie wenn ein athenischer Sklave, der in einem barbarischen Land endlich freigelassen worden war, mit etwas mitleidigem Bedauern auf die Bildwerke, die Dichtung und die Philosophie einer Kultur herabgesehen hätte, an der er keinen Anteil gehabt hatte. Der Bahnhof begann hinter ihm zurückzubleiben, Bezeichnungen tauchten auf in einer Sprache, die sein Vater ihn nie gelehrt hatte: Restoracioj, Posto, Informoj. Ein Plakat flog nahe am Wagenfenster vorüber: ›Teatnoj Kaj Amuzejoj‹, und mechanisch verzeichnete sein Gehirn die ungewohnten Namen der Vergnügungsstätten, die gerade geöffnet würden, wenn der Zug in Belgrad eintraf: die Oper, das Königliche Orpheum, das Tabarin und der Jardin de Paris. Er erinnerte sich der Worte, die sein Vater im dunklen Kellerzimmer hinter dem Laden geäußert hatte: »In Budapest genießen sie das Leben.« Auch sein Vater hatte einst das Leben in dieser Stadt genossen, indem er sein Gesicht gegen die Spiegelscheiben der Restaurants gedrückt und ohne Neid beobachtet hatte, wie drinnen die Speisen serviert wurden und wie die Geiger von einer Tischgesellschaft zur andern gingen, und hatte sich mit diesem einfachen Ersatz für das Leben begnügt. Den Sohn aber hatte des Vaters billige Befriedigung geärgert.
Er schrieb noch zehn Minuten weiter, faltete dann das Papier zusammen und steckte es in die Tasche seines Regenmantels. Er wollte für jeden Fall gerüstet sein; er wußte, daß seine Feinde keinerlei Skrupel kannten; sie würden ihn lieber auf der Stelle in einer Hintergasse ermorden, als lebend auf der Anklagebank sehen. Die Stärke seiner Position lag darin, daß sie nichts von seiner Rückkehr wußten; er mußte seine freiwillige Anwesenheit in Belgrad bekanntgeben, ehe sie noch erfuhren, daß er da war, denn dann konnte von einem plötzlichen Meuchelmord an einem nichtidentifizierbaren Fremden keine Rede sein; man würde nicht anders können, als ihn vor Gericht stellen. Er öffnete seinen Koffer und nahm den Baedeker heraus. Dann zündete er ein Streichholz an und hielt es gegen eine Ecke des Stadtplans von Belgrad;

langsam verbrannte das glänzende Papier. Der Bahnhof fluschte in einer kleinen Stichflamme auf, dann sah Dr. Czinner, wie sich der Postplatz in zähe, schwarze Asche verwandelte. Hernach bräunten sich die grünen Flächen des Parkes, des Kalimagdan. Die Straßen der Elendsviertel verbrannten als letzte, und er blies in die Flamme, um ihre Vernichtung zu beschleunigen.
Als der Stadtplan ganz verbrannt war, streute er die Asche unter den Sitz, nahm eine bittere Tablette und versuchte zu schlafen. Er vermochte es nicht. Er war ein Mensch ohne Humor, denn sonst hätte er über die plötzliche Leichtigkeit seines Herzens gelächelt, als er achtzig Kilometer hinter Budapest mit einemmal eine Unterbrechung der weiten Donautiefebene bemerkte, einen Hügel in der Form eines Fingerhutes und zottig durch seinen Fichtenbestand. Eine Straße beschrieb einen weiten Kreis, um dem Hügel auszuweichen, und verlief dann schnurgerade zur Hauptstadt. Straße und Hügel waren jetzt weiß von Schnee, der in großen Klumpen, die Krähennestern glichen, in den Bäumen hing. Dr. Czinner erinnerte sich an die Straße, den Hügel, den Wald, weil sie die ersten Eindrücke waren, die er im Gefühl völliger Sicherheit empfangen hatte, nachdem er vor fünf Jahren über die Grenze entkommen war. Sein Genosse, der das Auto lenkte, hatte hier zum ersten Male sein Schweigen gebrochen, seitdem sie Belgrad verlassen hatten, und ihm zugerufen: »In fünf Viertelstunden sind wir in Budapest.« Bis dahin hatte Dr. Czinner nicht gewußt, daß er in Sicherheit war. Jetzt hatte die Leichtigkeit seines Herzens eine genau entgegengesetzte Ursache. Er dachte jetzt nicht daran, daß er nur achtzig Kilometer von Budapest entfernt war, sondern daran, daß ihn nur noch hundertzwanzig Kilometer von der Grenze trennten. Beinahe war er zu Hause. Im Augenblick war jedoch sein Instinkt stärker als seine Überzeugung. Es nützte nichts, sich zu sagen, daß man keine Heimat gehabt habe und daß das Ziel seiner Reise ein Gefängnis sei. In diesem Augenblick unbeschwerten Genusses fuhr er Krugers Biergarten entgegen, dem Park, der abends im grünen Licht schwamm, und den steilen Gassen mit der buntflatternden,

zerschlissenen Wäsche. ›Nun werde ich das alles wiedersehen‹, sagte er sich. ›Sie werden mich vom Gefängnis zum Gericht führen.‹
Dann erinnerte er sich mit unsinniger Trauer, daß das Gartenrestaurant ja Wohnhäusern gewichen war.

Über den Frühstückstisch hinweg betrachteten Coral und Myatt einander zu ihrer unendlichen Erleichterung wie Fremde. Während des Abendessens waren sie alte Freunde gewesen, die einander nichts zu sagen hatten. Während des Frühstücks aber redeten sie die ganze Zeit rasch und ununterbrochen, als ob der Zug nicht Kilometer, sondern Zeit verschlinge, und als ob sie die Stunde mit Unterhaltung auszufüllen hätten, die für ein ganzes Leben miteinander genügen würde.
»Und wenn ich nach Konstantinopel komme, was soll ich tun? Mein Zimmer ist vorausbestellt.«
»Mach dir darüber keine Sorgen. Ich habe ein Hotelzimmer bestellt. Du kommst mit mir, und wir machen daraus ein Doppelzimmer.«
Sie nahm seine Lösung des Problems mit atemloser Freude an, aber sie hatte keine Zeit, zu schweigen, sich still zurückzulehnen. Felsen, Häuser und kahles Weideland flogen an ihnen mit siebzig Kilometer Stundengeschwindigkeit vorüber, und so vieles war noch zu sagen. »Wir kommen zur Frühstückszeit an, nicht wahr? Was werden wir den ganzen Tag tun?«
»Wir werden zusammen zu Mittag essen. Am Nachmittag muß ich ins Büro gehen, um nach dem Rechten zu sehen. Du kannst einkaufen gehen. Am Abend komme ich zurück, wir essen gemeinsam und dann gehen wir ins Theater.«
»Fein. In welches Theater?«
Die Nacht schien in ihm eine außerordentliche Wandlung herbeigeführt zu haben. Sein Gesicht ähnelte nicht mehr dem aller jungen Juden, die sie halb intim gekannt hatte; sogar die Gebärde, mit der er immer wieder gab, das unwillkürliche Auseinanderbreiten der Hände, war anders. Auch sein Hinweis auf das, was er für sie auszugeben bereit war, und wie gut

sie es bei ihm haben werde, war einzigartig, weil sie ihm Glauben schenkte.
»Wir werden die besten Plätze in deinem Theater nehmen.«
»Dunn's Babies?«
»Ja, und wir werden sie dann alle zum Essen einladen, wenn du magst.«
»Nein.« Sie schüttelte den Kopf. Sie konnte es nicht riskieren, ihn jetzt zu verlieren; denn viele von Dunn's Babies würden schöner sein als sie. »Gehen wir lieber nach dem Theater schlafen.« Sie begannen beim Kaffeetrinken zu lachen und verschütteten braune Tropfen auf dem Tischtuch. In Corals Lachen war keine Sorge; sie war glücklich, denn der Schmerz lag hinter ihr. »Weißt du, wie lange wir schon beim Frühstück sitzen?« fragte sie. »Eine ganze Stunde. Es ist ein Skandal. Früher habe ich das nie getan. Eine Tasse Tee im Bett um zehn Uhr ist mein Frühstück. Und zwei Schnitten geröstetes Brot und etwas Orangensaft, wenn ich eine nette Wirtin habe.«
»Und wenn du keine Arbeit hast?«
Sie lachte: »Dann lasse ich den Orangensaft weg. Sind wir jetzt schon nahe der Grenze?«
»Ja.« Myatt zündete sich eine Zigarette an. »Rauchst du?«
»Nicht am Morgen. Ich lasse dich bei deiner Zigarette allein.« Sie erhob sich. Im selben Augenblick fuhr der Zug über eine Weiche, und sie wurde gegen Myatt geschleudert. Sie griff nach seinem Arm, um sich festzuhalten, und sah über seine Schulter hinweg ein Stellwerk und einen dunklen Schuppen, gegen den der Schnee getrieben worden war, schwankend verschwinden. Eine Sekunde lang hielt sie Myatts Arm fest, dann war ihr Schwindelgefühl vorüber. »Liebling, komm bald, ich werde auf dich warten.« Plötzlich wollte sie sagen: ›Komm jetzt mit‹, denn sie fürchtete sich davor, allein gelassen zu werden, wenn der Zug in einer Station hielt. Fremde könnten einsteigen und seinen Platz besetzen, und sie würde sich nicht mit ihnen verständigen können. Sie würde nicht verstehen, was die Zollbeamten zu ihr sagten. Aber sie redete sich ein, daß er ihrer bald müde sein würde, wenn sie Forderungen an ihn stellte. Es war nicht gut, wenn man einem Mann

lästig fiel. Ihr Glück war nicht so gesichert, daß sie auch nur das Geringste zu riskieren wagte. Sie blickte zurück: er saß, den Kopf ein wenig gebeugt, auf seinem Platz und streichelte mit den Fingern eine goldene Zigarettendose. Später war sie froh, daß sie diesen letzten Blick auf ihn geworfen hatte, der für sie ein Symbol der Treue, ein Bild sein sollte, das sie mit sich nahm, so daß sie sagen konnte: ›Ich habe dich nie verlassen.‹

Eben als sie ihr Abteil erreichte, hielt der Zug, und sie sah durchs Fenster einen kleinen, schmutzigen Bahnhof. ›Subotica‹ stand in schwarzen Buchstaben auf einer Reihe von Lampen. Der Bahnhof bestand aus wenig mehr als ein paar Lagerschuppen, und er besaß keinen Bahnsteig. Eine Gruppe von Zollbeamten in grünen Uniformen kam mit einem halben Dutzend Soldaten zwischen den Geleisen daher. Sie schienen es mit der Durchsuchung des Gepäcks nicht eilig zu haben. Sie lachten, plauderten und gingen dann zum Gepäckwagen weiter. Ein paar Bauern standen herum und betrachteten den Zug; eine Frau säugte ihr Kind. Eine größere Anzahl von Soldaten war zu sehen, die nichts zu tun hatten; einer von ihnen verwies die Bauern von den Geleisen, aber zwanzig Meter weiter unten stiegen sie wieder darüber. Die Reisenden begannen unruhig zu werden; der Zug hatte bereits eine halbe Stunde Verspätung, und kein Mensch machte noch Miene, das Gepäck durchzusehen oder die Pässe zu prüfen. Mehrere Passagiere stiegen aus und überquerten die Geleise in der Hoffnung, im Bahnhof ein Büfett zu finden. Ein hochgewachsener, magerer Deutscher mit einem kugelrunden Kopf ging unablässig auf und ab. Coral Musker sah, daß der Arzt den Zug verließ; er trug seinen weichen Hut und Regenmantel und ein Paar grauer Wollhandschuhe. Er und der Deutsche gingen immer wieder aneinander vorüber, aber sie hätten sich in verschiedenen Welten bewegen können, denn keiner nahm vom andern die geringste Notiz. Einmal standen sie Seite an Seite, während ein Beamter ihre Pässe prüfte, aber sie gehörten noch immer verschiedenen Welten an, denn der Deutsche kochte vor Ungeduld, während der Arzt still vor sich hin lächelte.

Als Coral in seine Nähe kam, konnte sie die Art seines Lächelns erkennen: es war nichtssagend und sentimental. Es schien so fehl am Platze wie eine Puppe auf einer alten, geschnitzten Balustrade.
»Entschuldigen Sie, daß ich Sie anspreche«, sagte sie bescheiden, ein wenig eingeschüchtert durch sein steifes, respektvolles Benehmen. Er verbeugte sich und legte seine graubehandschuhten Hände auf den Rücken; dabei bemerkte sie, daß in einem Daumen ein Loch war. »Ich wollte Sie fragen ... wir wollten Sie fragen ... ob Sie heute abend mit uns speisen würden.« Das Lächeln verflog, und sie sah, wie er die Worte zu einer schroffen Abweisung sammelte. Deshalb sagte sie erklärend: »Sie haben sich meiner so lieb angenommen.« Es war im Freien sehr kalt, deshalb begann sie auf und ab zu gehen. Der halbgefrorene Schmutz zerbrach krachend um Corals Schuhe und bespritzte ihre Strümpfe.
»Es wäre mir ein großes Vergnügen gewesen«, entgegnete er, wobei er seine Worte mit schrecklicher Korrektheit ordnete, »und es ist mir unendlich leid, daß ich Ihre Einladung nicht annehmen kann. Aber ich verlasse heut abend in Belgrad den Zug. Ich hätte mich wirklich sehr gefreut ...« Mit einem Stirnrunzeln blieb er stehen und schien völlig vergessen zu haben, was er hatte sagen wollen; die Hand im abgetragenen Handschuh steckte er in die Tasche seines Regenmantels. Da kamen zwei Männer in Uniform auf sie zu. Der Arzt legte seine Hand auf Corals Arm und drehte sie sanft herum, und sie begannen den Zug entlang zurückzugehen. Er blickte noch immer finster drein und beendete nie seinen Satz. Statt dessen begann er einen neuen: »Wenn ich Sie bitten darf ... meine Augengläser sind von der Kälte angelaufen ... was sehen Sie vor uns?«
»Vom Gepäckwagen kommen einige Zollbeamte auf uns zu.«
»Ist das alles? In grünen Uniformen?«
»Nein, in grauen.«
»So?« sagte der Arzt und blieb stehen. Er nahm ihre Hand in die seine, und sie verspürte einen gefalteten Briefumschlag auf dem Handteller. »Gehn Sie rasch in Ihren Wagen zurück

und verstecken Sie diesen Brief, und wenn Sie nach Konstantinopel kommen, dann geben Sie ihn zur Post. Und jetzt gehen Sie rasch, aber zeigen Sie keine Eile.«
Sie gehorchte, ohne zu wissen, was er damit wollte. Nach zwanzig Schritten war sie bei den Männern in Grau angelangt und bemerkte, daß es Soldaten waren; sie trugen keine Gewehre, aber ihre Bajonette verrieten es ihr. Sie traten ihr in den Weg, und einen Augenblick lang meinte sie, sie würden sie aufhalten. Sie redeten rasch miteinander, aber als sie auf wenige Schritte herangekommen war, trat einer zur Seite, um sie vorüberzulassen. Sie war sehr erleichtert, weil sie den gefalteten Brief in ihrer Hand verspürte. Sollte sie etwas über die Grenze schmuggeln? Etwa ein Rauschgift? Da kam einer der Soldaten hinter ihr her; sie hörte seine Stiefel über den gefrorenen Schmutz knirschen. Sie sagte sich, daß sie sich etwas einbilde, daß er sie anrufen würde, wenn er etwas von ihr wollte, und sein Schweigen gab ihr wieder Mut. Dennoch schritt sie rascher aus. Ihr Abteil befand sich im nächsten Wagen, und Myatt würde auf deutsch erklären können, wer sie war. Aber er war nicht in seinem Abteil; er saß noch im Speisewagen und rauchte. Sie zauderte einen Augenblick und dachte dann: ›Ich werde zum Speisewagen gehen und ans Fenster klopfen.‹ Aber diese Sekunde des Zögerns hatte schon zu lange gedauert. Eine Hand faßte sie am Ellbogen, und eine Stimme sprach sie leise in einer fremden Sprache an. Sie fuhr herum, bereit, zu protestieren, zu bitten oder, wenn nötig, sich loszureißen und zum Speisewagen zu laufen; der Soldat aber hatte sanfte Augen, und das beruhigte sie ein wenig. Er lächelte ihr zu, nickte und deutete gegen das Bahnhofsgebäude. Sie fragte ihn: »Was wollen Sie? Können Sie nicht englisch sprechen?« Er schüttelte den Kopf, lächelte wieder und deutete in dieselbe Richtung; sie sah, wie der Arzt mit den Soldaten zusammentraf und mit ihnen dann auf den Bahnhof zuschritt. Es konnte nichts Schlimmes sein, denn er ging vor ihnen her, und sie wandten keine Gewalt an. Corals Soldat nickte, lächelte und brachte schließlich mit großer Mühe drei englische Worte hervor: »Alles ganz gut«, und deutete dabei wieder auf den Bahnhof.

»Kann ich es schnell meinem Freund sagen?« fragte sie. Er nickte lächelnd, faßte sie aber am Arm und führte sie mit sanftem Druck vom Zug weg.
Im Wartesaal befand sich nur der Arzt. In der Mitte des Raumes brannte ein Ofen. Die Eisblumen an den Fenstern behinderten den Ausblick. Coral war sich die ganze Zeit bewußt, daß sie den Brief in der Hand hielt. Der Soldat führte sie sanft und höflich hinein und schloß die Tür, ohne sie abzusperren.
»Was will man von uns?« fragte Coral. »Ich darf den Zug nicht versäumen.«
»Fürchten Sie sich nicht«, erwiderte der Arzt. »Ich werde es den Leuten erklären, und man wird Sie nach fünf Minuten wieder gehenlassen. Sie müssen sich unter Umständen eine Durchsuchung gefallen lassen. Hat man Ihnen den Brief abgenommen?«
»Nein.«
»Geben Sie ihn mir lieber zurück. Ich will Sie nicht in Schwierigkeiten bringen.«
Sie streckte die Hand aus, und im selben Augenblick öffnete sich die Tür. Der Soldat trat wieder ein und nahm ihr mit einem ermunternden Lächeln den Brief ab. Dr. Czinner wandte sich an ihn, und der Mann gab ihm eine schnelle Antwort; er hatte einfältige, unglückliche Augen. Als er wieder gegangen war, sagte Dr. Czinner: »Das behagt ihm nicht. Man hat ihm befohlen, durchs Schlüsselloch zu schauen und aufzupassen, ob wir einander etwas zustecken.«
Die Tänzerin setzte sich auf eine Holzbank und streckte die Füße gegen das Feuer. Voll Staunen bemerkte Dr. Czinner: »Sie sind aber sehr ruhig.«
»Es hat doch keinen Zweck, sich aufzuregen«, entgegnete sie. »Man kann mich sowieso nicht verstehen. Mein Freund wird sich gleich nach mir umsehen.«
»Das ist richtig«, sagte er erleichtert. Er zögerte kurz. »Sie müssen sich wundern, warum ich mich bei Ihnen für diese Unannehmlichkeit nicht entschuldige. Sehen Sie, es gibt etwas, was ich für wichtiger halte als jede Unannehmlichkeit. Ich glaube, Sie werden mich nicht ganz verstehen.«

»Ich soll Sie nicht verstehen?« entgegnete sie und dachte mit wehmütigem Humor an die Nacht. Ein langgezogener Pfiff zitterte durch die eisige Luft, und sie sprang erschrocken auf: »Das ist doch nicht unser Zug? Ich darf ihn nicht versäumen.«
Dr. Czinner stand am Fenster. Er wischte mit der flachen Hand die Scheibe ab und schaute durch die Eisblumen hinaus. »Nein«, sagte er, »es ist eine Lokomotive auf dem anderen Geleise. Ich glaube, sie wechseln die Maschine aus. Dazu brauchen sie noch lange. Haben Sie also keine Angst.«
»Ich habe ja keine Angst«, erwiderte sie und setzte sich neuerlich auf die harte Bank. »Mein Freund wird gleich hier sein. Dann werden es *die* Leute mit der Angst zu tun kriegen. Er ist ein reicher Mann, müssen Sie wissen.«
»So?« sagte Dr. Czinner.
»Ja, und auch einflußreich. Er ist Chef einer Firma. Sie hat etwas mit Rosinen zu tun.« Sie begann zu lachen. »Er sagte mir, ich solle an ihn denken, wenn ich Rosinenpudding esse.«
»So?«
»Ja. Ich habe ihn gern. Er war sehr gut zu mir. Er ist ganz anders als andere Juden. Gewöhnlich sind sie ja nett, aber er – nun, er ist so ruhig.«
»Ich glaube, der junge Mann hat großes Glück«, sagte Dr. Czinner.
Da ging die Tür auf, und zwei Soldaten stießen einen Mann herein. Dr. Czinner sprang blitzartig vor und stellte einen Fuß an die Tür. Dann sprach er leise zu den Soldaten; einer von ihnen gab ihm eine Antwort, der andere stieß ihn zurück, schloß die Tür und versperrte sie.
»Ich fragte sie«, sagte Dr. Czinner, »warum man Sie hier festhält. Ich erklärte ihnen, daß Sie weiterreisen müssen. Einer von ihnen sagte mir, es sei alles in Ordnung. Ein Offizier möchte nur ein oder zwei Fragen an Sie richten. Der Zug wird nicht vor einer halben Stunde abgehen.«
»Vielen Dank«, sagte Coral.
»Und ich?« rief wütend der Neuankömmling, »und ich?«
»Von Ihnen weiß ich nichts, Herr Grünlich.«
»Die Zollbeamten sind gekommen und haben mich durchsucht und den Revolver haben sie mir weggenommen.

›Warum haben Sie nicht gemeldet, daß Sie im Besitz eines Revolvers sind?‹ fragten sie, und ich sagte darauf: ›Niemand würde in Ihrem Land ohne Revolver reisen.‹«
Coral Musker mußte lachen; Josef Grünlich warf ihr einen bösen Blick zu. Dann strich er seine zerdrückte Weste glatt, sah auf die Uhr und setzte sich nieder. Mit den Händen auf seinen dicken Knien starrte er gerade vor sich hin und dachte nach.
›Nun muß er seine Zigarette ausgeraucht haben‹, dachte Coral. ›Er wird in sein Abteil zurückgegangen sein und mich nicht angetroffen haben. Zehn Minuten wird er vielleicht warten, bevor er einen der Bahnbeamten fragt, ob sie mich gesehen haben. In zwölf Minuten wird er mich gefunden haben.‹ Ihr Herz schlug schneller, als ein Schlüssel im Schlüsselloch umgedreht wird, und sie wunderte sich über die Schnelligkeit, mit der Myatt sie gefunden hatte. Aber es war nicht Myatt, der hereinkam, sondern ein blonder Offizier, der sich ziemlich erregt gebärdete. Er schrie schnarrend einen Befehl nach hinten, worauf zwei Soldaten hereinkamen und sich an der Tür postierten.
»Was bedeutet das alles?« wandte sich Coral an Dr. Czinner. »Denken die Beamten, daß wir etwas geschmuggelt haben?« Sie verstand nicht, was die andern in ihrer fremden Sprache redeten, und fühlte sich plötzlich verloren und hatte Angst; denn sie wußte, daß diese Männer ihre Worte nicht verstehen würden, mochten sie auch noch so bereit sein, ihr zu helfen. Sie flehte Dr. Czinner an: »Sagen Sie ihnen, daß ich unbedingt weiterreisen muß. Bitten Sie sie, es meinem Freund zu sagen.«
Czinner aber kümmerte sich nicht um sie, sondern stand mit den Händen in den Taschen steif neben dem Ofen und beantwortete Fragen. Sie wandte sich an Grünlich in der Ecke, und indem sie auf seine Schuhspitzen starrte, sagte sie: »Bitte, sagen *Sie* den Leuten, daß ich nichts getan habe.« Nur eine Sekunde lang hob Grünlich seinen Blick und starrte sie haßerfüllt an.
Schließlich sagte Dr. Czinner: »Ich versuchte dem Offizier zu erklären, daß Sie nichts von dem Brief wissen. Er aber sagt,

daß er Sie etwas länger hierbehalten muß, bis der Polizeipräsident Sie verhört hat.«
»Aber der Zug?« rief sie flehentlich, »der Zug?«
»Ich glaube, das wird schon in Ordnung sein. Er hält hier noch eine halbe Stunde. Ich habe den Offizier gebeten, Ihren Bekannten zu verständigen, und er sagte mir, er werde sehen, was er tun könne.«
Sie ging auf den Offizier zu und berührte ihn am Arm. »Ich muß mit diesem Zug weiterfahren«, sagte sie, »ich muß. Verstehen Sie das doch bitte.«
Er schüttelte sie ab und wies sie in einem scharfen, bestimmten Ton zurecht, währenddessen der Zwicker auf seiner Nase hin und her wackelte; was aber der Inhalt seiner Zurechtweisung war, das verstand sie nicht. Dann verließ er plötzlich den Wartesaal. Coral drückte ihr Gesicht an die Fensterscheibe. Zwischen zwei Eisblumen hindurch sah sie den Deutschen, der draußen unablässig auf und ab ging. Sie versuchte bis zum Speisewagen zu sehen.
»Ist er schon zu sehen?« fragte Dr. Czinner.
»Es wird gleich wieder schneien«, antwortete sie und wandte sich vom Fenster ab. Mit einemmal konnte sie ihre Unruhe nicht länger ertragen. »Was will man von mir? Warum hält man mich hier fest?«
Der Arzt suchte sie zu beruhigen: »Es ist nur ein Mißverständnis; die fürchten sich, weil es in Belgrad einen Aufstand gegeben hat. Auf mich hat man es abgesehen, auf sonst niemand.«
»Aber warum? Sie sind doch ein Engländer, nicht?«
»Nein, ich bin einer von ihnen«, antwortete er mit einer gewissen Bitterkeit.
»Was haben Sie getan?«
»Ich habe versucht, die Dinge zu ändern.« Und mit einer deutlichen Abneigung gegen jedes Klischee klärte er sie auf: »Ich bin nämlich Kommunist.«
»Aber warum? Warum?« rief sie sogleich aus und blickte ihn voll Furcht an. Sie konnte nicht verbergen, daß ihr Vertrauen in den einzigen Mann erschüttert war, der neben Myatt imstande und gewillt war, ihr zu helfen. Sogar die Freundlich-

keit, die er ihr im Zug erwiesen hatte, kam ihr jetzt verdächtig vor. Sie kehrte zur Bank zurück und setzte sich so weit von Grünlich weg, als sie nur konnte.
»Es würde viel Zeit brauchen, Ihnen die Gründe zu erklären«, erwiderte Dr. Czinner.
Sie überhörte diese Antwort; sie verschloß ihren Geist gegen den Sinn aller Worte, die er äußerte. Sie sah in ihm nun einen der nachlässig gekleideten Männer, die an Samstagnachmittagen auf dem Trafalgar Square aufmarschierten und Plakate mit abscheulichen Aufschriften herumtrugen wie: ›Proletarier aller Länder, vereinigt euch‹, ›Alte Genossen aus Walthamstown‹, ›Arbeiterjugendverband, Ortsgruppe Balham‹. Sie waren die Störenfriede, die die Reichen aufhängen und die Theater schließen würden; die sie zu einer traurigen freien Liebe in einem Sommerlager zwingen und dann dazu bringen würden, mit ihrem Kind im Arm hinter dem Banner ›Englische Arbeiterinnen‹ durch die Oxford Street zu marschieren.
»Länger, als ich Zeit habe«, sagte er.
Sie nahm auch diese Worte nicht zur Kenntnis. Im Augenblick dünkte sie sich unendlich hoch über ihn erhaben. Sie war die Geliebte eines reichen Mannes, und er war ein Arbeiter. Als sie ihm wieder Beachtung schenkte, geschah es mit gewollter Verachtung: »Ich glaube, Sie werden ins Gefängnis wandern.«
»Und ich glaube, man wird mich erschießen«, war seine Entgegnung.
Nun starrte sie ihn bestürzt an und vergaß einen Augenblick lang den Klassenunterschied, der sie trennte. »Warum?«
Er lächelte mit einem Anflug von Eigendünkel: »Weil sie vor mir Angst haben.«
»In England«, sagte sie, »läßt man die Roten reden, soviel sie wollen. Die Polizei steht daneben.«
»Ah, da gibt es aber noch einen Unterschied. Wir tun mehr als bloß reden.«
»Aber man wird Ihnen doch den Prozeß machen?«
»Ja, aber eine besondere Art von Prozeß. Man wird mich nach Belgrad bringen.«

Irgendwo erklang ein Signalhorn, und ein scharfer Pfiff zerriß die klare Luft. »Jetzt verschieben sie wahrscheinlich«, sagte Dr. Czinner beruhignd. Eine Rauchwolke trieb gegen die Fenster und verdunkelte den Wartesaal. Von draußen hörte man Stimmen und eilige Fußtritte entlang den Geleisen. Die Kuppelungen zwischen den Waggons stießen aneinander und strafften sich dann wieder ächzend, und die dünnen Wände erzitterten unter dem Knirschen der Pufferfederungen und dem taktmäßigen Schlag der schweren Räder. Als der Rauch sich verzogen hatte, saß Coral Musker ganz still auf ihrer Holzbank. Es gab nichts zu sagen, und ihre Füße waren eiskalt. Aber nach einer Weile begann sie aus Dr. Czinners Schweigen einen Vorwurf herauszuhören und sagte erregt: »Er wird zurückkommen, um mich zu holen. Warten Sie nur, und Sie werden schon sehen.«

Ninitch ließ sein Gewehr in seinen gebeugten Arm fallen und schlug die behandschuhten Hände ineinander. »Diese neue Lokomotive macht einen schrecklichen Lärm«, sagte er, indessen er zusah, wie der Expreß gleich einem Gummiband elastisch um eine Kurve verschwand. Die Weiche schnellte klirrend in ihre frühere Stellung zurück, und hinter dem Zug ging das Signal über der Strecke nach Belgrad auf Halt. Ein Mann kam die Stufen vom Stellwerk herab, überquerte die Schienen und verschwand gegen ein kleines Haus zu.
»Der ist zum Mittagessen gegangen«, sagte Ninitchs Kamerad voll Neid.
»Solange ich hier bin, habe ich noch nie eine so laute Lokomotive gehört«, meinte Ninitch. Dann erst begriff er die Bemerkung seines Kameraden. »Der Major läßt sich ein warmes Essen aus der Kaserne bringen«, sagte er, verschwieg aber seinem Freunde, daß der Polizeipräsident aus Belgrad kommen würde; diese Neuigkeit hob er für seine Frau auf.
»Du hast Glück«, sagte der andere, »du wirst ein ordentliches Essen kriegen. Wenn ich deine Frau jeden Tag in der Früh daherkommen sehe, dann denke ich mir oft, daß es schön sein muß, verheiratet zu sein.«
»Es ist gar nicht so übel«, sagte Ninitch bescheiden.

»Sag mir, was sie dir bringt.«
»Einen Laib Brot und ein Stück Wurst, manchmal etwas Butter. Sie ist eine brave Frau.« Aber seine Gedanken waren nicht so bescheiden: »Ich bin nicht gut genug für sie. Ich möchte gern reich sein, ihr ein Kleid kaufen, eine Halskette, und sie nach Belgrad ins Theater führen.« Er dachte zuerst mit Neid an die ausländische junge Dame, die im Wartesaal eingesperrt war, an ihre Kleider, die ihm sehr kostbar erschienen, und an ihre Halskette aus grünem Glas; aber als er sie mit seiner Frau verglich, vergaß er rasch seinen Neid und begann auch die Ausländerin mit Zuneigung zu betrachten. Ergriffenheit über die Schönheit und Zerbrechlichkeit der Frauen bemächtigte sich seiner, während er seine großen, plumpen Hände zusammenschlug.
»Wach auf«, flüsterte sein Freund, und beide reckten sich und standen starr aufgerichtet, als auf der Straße zum Bahnhof ein Auto erschien und spritzend die Eisdecken der gefrorenen Pfützen zerbrach.
»Wer, zum Teufel, ist denn das?« fragte Ninitchs Freund, wobei er kaum die Lippen bewegte.
Aber Ninitch wußte es voll Stolz, er wußte, daß der hochgewachsene Offizier mit den vielen Orden der Polizeipräsident war, und er kannte sogar den Namen des anderen Offiziers, der wie ein Gummiball aus dem Auto sprang und für Oberst Hartep die Wagentür aufriß.
»Was für ein Nest«, sagte Oberst Hartep mit amüsiertem Widerwillen, indem er erst auf den Straßenschmutz und dann auf seine glänzend gewichsten Stiefel blickte.
Hauptmann Alexitch blähte seine runden roten Backen auf. »Die Leute hier hätten einige Bretter hinlegen können.«
»Nein, das tun sie nicht. Wir sind die Polizei. Uns können sie nicht leiden. Weiß Gott, was für einen Fraß sie uns vorsetzen werden. Hier, mein Junge«, er winkte Ninitch heran, »hilf dem Chauffeur diese Kisten herauszunehmen. Paß auf, daß die Weinflaschen aufrecht bleiben und nicht geschüttelt werden.«
»Herr Oberst, Major Petkovich . . .«
»Laß den Major Petkovich.«

»Entschuldigen Sie«, mischte sich da eine entschiedene, aufgeregte Stimme hinter Ninitch ins Gespräch.
»Gewiß, Herr Major«, sagte Oberst Hartep lächelnd und verbeugte sich, »aber Sie brauchen sich durchaus nicht zu entschuldigen.«
»Dieser Mann hier hat die Gefangenen zu bewachen.«
»Sie haben also gleich mehrere erwischt. Ich gratuliere Ihnen.«
»Zwei Männer und eine junge Frau.«
»In diesem Falle dürften wohl ein starkes Schloß, ein Wachtposten mit Bajonett und Gewehr und zwanzig Schuß Munition vollauf genügen.«
Major Petkovich fuhr sich mit der Zunge über die Lippen. »Die Polizei weiß natürlich am besten, wie man ein Gefängnis bewacht. Ich beuge mich dem höheren Wissen.« Damit wandte er sich an Ninitch und sagte: »Nimm die Sachen aus dem Auto und bring sie auf mein Zimmer.« Er führte die Offiziere um die Ecke des Wartesaals, so daß sie von drinnen nicht gesehen werden konnten.
Ninitch starrte ihnen nach, bis der Chauffeur ihn anrief: »Ich kann nicht den ganzen Tag hier im Wagen warten. Beeil dich. Ihr Soldaten seid nicht ans Arbeiten gewöhnt.« Er begann die Kisten aus dem Auto zu heben und sagte dazu den Inhalt einer jeden an: »Eine halbe Kiste Champagner. Eine kalte Ente. Obst. Zwei Flaschen Sherry. Wurst. Weingebäck. Salate. Oliven.«
Ninitchs Kamerad rief aus: »Na, ist das ein gutes Essen?«
Ninitch stand da und starrte einen Augenblick schweigend hin. Dann sagte er leise: »Es ist ein Festmahl.«
Er hatte den Sherry, den Sekt und die Ente bereits in das Zimmer des Majors getragen, als er seine Frau die Straße heraufkommen sah; sie brachte ihm in ein Tuch eingeschlagen sein eigenes Mittagessen. Sie war klein und dunkel und hatte ein schalkhaftes, humorvolles Gesicht. Ihr Umhangtuch lag straff um ihre Schultern, und sie trug riesige Stiefel.
Ninitch stellte die Kiste mit dem Obst hin und ging ihr entgegen. »Ich werde nicht lange ausbleiben«, sagte er leise, damit der Fahrer ihn nicht hören konnte. »Wart auf mich. Ich

muß dir etwas erzählen.« Damit wandte er sich wieder voll Ernst seiner Aufgabe zu. Seine Frau setzte sich an den Straßenrand und beobachtete ihn; als er aber aus dem Zimmer des Majors zurückkam, wo die Tafel bereits gedeckt war und die Offiziere eifrig dem Wein zusprachen, war sie verschwunden; das Essen hatte sie am Straßenrand zurückgelassen.
»Wo ist sie?« fragte er seinen Kameraden.
»Sie sprach mit dem Chauffeur und ging dann zur Kaserne zurück. Anscheinend war sie über etwas aufgeregt.«
Ninitch war schmerzlich enttäuscht. Er hatte sich darauf gefreut, seiner Frau die Geschichte von Oberst Harteps Ankunft zu erzählen, und nun war ihm der Chauffeur zuvorgekommen. Es war immer dasselbe. Das Leben eines Soldaten war ein Hundeleben. Die Zivilisten bezogen hohe Gehälter, raubten die Soldaten beim Kartenspiel aus, mißbrauchten sie und stellten sich sogar zwischen den Soldaten und seine Frau. Aber Ninitchs Groll verflog bald wieder. Es gab noch mehr Geheimnisse, die er für seine Frau entdecken konnte, wenn er nur Augen und Ohren offenhielt. Er wartete geraume Zeit, ehe er die letzte Kiste in das Zimmer des Majors trug. Dort schäumte der Champagner leise im Glas, alle drei Offiziere redeten zur gleichen Zeit, und Major Petkovich waren seine Augengläser in den Schoß gefallen. »Solche Brüste«, sagte gerade Hauptmann Alexitch, »und solche Schenkel. Ich sagte zu Seiner Exzellenz: wenn ich an Ihrer Stelle wäre . . .« Major Petkovich hatte einen Finger in den Wein getaucht und zog damit Linien auf dem Tischtuch. »Der erste Grundsatz: nie gegen die Flügel losschlagen, immer zuerst das feindliche Zentrum vernichten.« Oberst Hartep war völlig nüchtern. Rauchend lehnte er sich in seinem Stuhl zurück: »Nehmen Sie nur ein wenig Senf, zwei Sprossen Petersilie . . .«, aber keiner der rangjüngeren Offiziere hörte ihm zu. Er lächelte sanft und füllte ihre Gläser.

Es schneite wieder. Durch das Gestöber sah Dr. Czinner, wie die Bauern von Subotica über die Bahnstrecke kletterten und sich voll Neugierde schräg nach vorne gegen den Wartesaal

reckten. Ein Mann kam so nahe ans Fenster heran, daß er hineinstarren und das Gesicht des Arztes genau betrachten konnte. Die beiden waren nur einen halben Meter voneinander entfernt und nur durch eine Glasscheibe, die Eisblumen und den wolkigen Hauch ihres Atems getrennt. Dr. Czinner konnte die Runzeln im Gesicht des Bauern sehen, die Farbe seiner Augen erkennen und mit flüchtigem beruflichem Interesse eine kleine Wunde auf seiner Wange studieren. Immer wieder wurden die Bauern von den beiden Soldaten zurückgejagt, die mit Gewehrkolben auf sie losschlugen. Die Bauern zogen sich bis zu den Geleisen zurück, schwärmten aber plötzlich wieder näher, hartnäckig, dumm und hoffnungslos.
Im Wartesaal war es sehr lange still gewesen. Dr. Czinner kehrte zum Ofen zurück. Das Mädchen saß da, die Daumen ineinanderverschlungen und das Haupt leicht gesenkt. Er wußte sofort, was sie tat: sie betete, daß ihr Geliebter sie bald abholen möge, und aus ihrer Heimlichkeit schloß er, daß sie nicht gewohnt war, zu beten. Sie war von großer Angst erfüllt, und mit einem kalten Einfühlungsvermögen konnte er das Ausmaß ihrer Furcht abschätzen. Doch seine Erfahrung sagte ihm zweierlei: daß Gebete nicht erhört wurden und daß ein so gelegentlicher Liebhaber sich nicht bemühen werde, zurückzukommen.
Es tat ihm leid, daß er sie in die Sache verwickelt hatte, aber er bedauerte es nicht mehr, als er eine Notlüge bedauert hätte. Er hatte immer die Notwendigkeit anerkannt, seine eigene Unbescholtenheit hinzuopfern; nur eine Partei, die bereits an der Macht war, konnte sich Skrupel leisten; Skrupel in seinem eigenen Gewissen wäre nur das Eingeständnis, daß er den überwältigenden Wert seines Kampfes anzweifelte.
Aber aus irgendeinem Grunde verbitterte ihn dieser Gedanke. Er erkannte, daß er Tugenden beneidete, die zu hegen er selbst weder reich noch stark genug war. Er hätte Edelmut, Barmherzigkeit, einen peinlich genauen Ehrenstandpunkt in seinem Herzen willkommen geheißen, wenn er den Erfolg hätte auf seine Seite bringen können, wenn die Welt nach dem Plan gestaltet worden wäre, den er liebte und herbeisehnte. Grollend sagte er zu Coral Musker: »Ein Glück für

Sie, daß Sie glauben, das Beten werde Ihnen nützen.« Aber zu seiner Überraschung mußte er erkennen, daß sie es fertigbrachte, seine Bitterkeit instinktiv zu überbieten, die sich auf Theorien gründete, welche eine fehlbare Vernunft so sorgfältig entwickelt hatte.

»Ich glaube es nicht«, entgegnete sie, »aber etwas muß man doch tun.«

Er war entsetzt über die Selbstverständlichkeit ihres Unglaubens, der nicht in der mühseligen Lektüre rationalistischer Schriftsteller und Naturwissenschaftler des 19. Jahrhunderts seinen Ursprung hatte; sie war in ihren Unglauben so sicher hineingeboren, wie er in den Glauben hineingeboren war. Er hatte jeden sicheren Halt im Leben geopfert, um zu demselben Punkt zu gelangen wie sie, und einen Augenblick lang drängte es ihn, in ihr Herz das dürre Reis des Zweifels einzupflanzen, einen halben Glauben, der sie gegen ihre Überzeugung mißtrauisch machen würde. Aber er ließ diese Anwandlung vorübergehen und sprach ihr statt dessen Mut zu: »Er wird aus Belgrad zurückkommen und Sie holen.«

»Vielleicht hat er aber keine Zeit dazu.«

»Dann wird er an den britischen Konsul telegrafieren.«

Sie sagte: »Natürlich«, aber ohne innere Überzeugung. Die Ereignisse der Nacht, das Erlebnis von Myatts Zärtlichkeit, wichen von ihr in die Vergessenheit zurück wie eine erleuchtete Landungsbrücke in die Dunkelheit. Sie strengte ihr Gedächtnis an, um sich seine Züge zu vergegenwärtigen, aber bald unterschied er sich durch nichts mehr von den anderen Gesichtern einer großen Menschenmenge, die sich zusammengefunden hat, um von jemandem Abschied zu nehmen. Es dauerte nicht lange, und sie begann zu zweifeln, ob er sich von all den andern Juden, die sie kannte, überhaupt unterschied. Sogar ihr Körper, der jetzt ausgeruht und nicht mehr wehe war – der tiefe Friede war freilich mit dem Schmerz geschwunden –, war sich keines Unterschieds bewußt. Sie wiederholte das Wort ›natürlich‹, weil sie sich ihres Mangels an Glauben schämte, weil es ohnehin zwecklos war, zu murren, weil sie nichts verloren hatte, sondern nur einen Tag zu spät zur ersten Vorstellung kommen würde. ›Von seiner

Sorte gibt es noch genug‹, sagte sie sich, fühlte sich aber dennoch sonderbar an eine Erinnerung gefesselt, die jeder Überzeugung entbehrte.

Grünlich saß aufrecht in seiner Ecke und schlief; seine Augenlider zuckten; sie waren bereit, sich bei dem geringsten ungewohnten Laut zu heben. Grünlich war gewohnt, sich an fremden Orten auszuruhen und jeden Zeitgewinn zu nutzen. Als die Tür aufging, waren seine Augen sofort hellwach.
Ein Posten kam herein, winkte mit der Hand und rief ihnen etwas zu. Dr. Czinner wiederholte auf englisch, was er gesagt hatte: »Wir sollen hinauskommen.« Durch die offene Tür trieb der Schnee herein und bildete auf der Schwelle eine graue Pfütze. Sie konnten die Bauern sehen, die dicht zusammengedrängt auf den Schienen standen.
Grünlich erhob sich, strich seine Weste glatt und stieß Dr. Czinner mit dem Ellbogen an. »Wenn wir jetzt alle abhauten, eh, durch den Schnee, alle zugleich?«
»Sie würden schießen«, antwortete Dr. Czinner.
Der Wachtposten schrie wieder etwas und winkte mit der Hand.
»Aber schießen werden sie auf jeden Fall. Was wollen sie draußen von uns?«
Der Arzt wandte sich zu Coral Musker: »Ich glaube, Sie haben nichts zu befürchten. Kommen Sie?«
»Selbstverständlich.« Dann bat sie ihn: »Warten Sie einen Augenblick auf mich. Ich habe mein Taschentuch verloren.«
Die hohe, magere Gestalt des Arztes bückte sich – sie war abgewinkelt wie ein Zirkel – und holte das Taschentuch unter der Bank hervor. Die Tänzerin mußte über seine Schwerfälligkeit lächeln, vergaß ihr Mißtrauen und bedankte sich überschwenglich. Als sie im Freien waren, ging er mit gesenktem Kopf, um sich vor dem Schnee zu schützen, und lächelte vor sich hin. Ein Soldat führte sie an, und ein zweiter folgte hinter ihnen, das Gewehr mit aufgepflanztem Bajonett im Hüftanschlag. Über die Köpfe der Gefangenen hinweg riefen sie einander etwas in einer Sprache zu, die Coral nicht verstand; sie wußte auch nicht, wohin man sie führte. Schritte

knirschten, und der Schmutz spritzte auf, als die Bauern wieder über die Geleise näher herankamen, um einen neugierigen Blick auf die Häftlinge zu werfen. Coral fürchtete sich ein wenig vor den olivfarbenen Gesichtern, und sie war eingeschüchtert, weil sie nicht wußte, was überhaupt vorging. Sie fragte Dr. Czinner: »Warum lächeln Sie?« Und hoffte von ihm zu hören, daß er für sie alle einen Weg wisse, um die Freiheit wiederzugewinnen, den Zug zu erreichen, kurz, um die Uhr zurückzudrehen.
Er antwortete: »Ich weiß es nicht. Habe ich gelächelt? Vielleicht, weil ich wieder zu Hause bin.« Sein Mund war ernst, doch bald entspannte er sich wieder zu einem schwachen Lächeln, und während seine Augen durch die angelaufenen Brillengläser bald hierhin, bald dorthin spähten, zeigte sich in ihnen ein feuchter Schimmer; sie waren leer bis auf den Ausdruck einfältigen Glücksgefühls.

3

Myatts Blicke waren auf die immer länger werdende Asche seiner Zigarre gerichtet; er war tief in Gedanken. Diese Augenblicke liebte er, in denen er mit sich allein war und keine Zurückweisung fürchtete, wenn sein Körper befriedigt und sein Gemüt zur Ruhe gekommen war. In der Nacht zuvor hatte er vergeblich zu arbeiten versucht; immer wieder hatte sich das Gesicht des Mädchens zwischen ihn und seine Zahlen gedrängt; jetzt aber war sie an den gebührenden Platz verwiesen. Bald, wenn der Abend kam, würde er vielleicht wieder nach ihr Verlangen tragen, und sie würde dasein; bei diesem Gedanken empfand er Zärtlichkeit und sogar Dankbarkeit, nicht zum wenigsten deshalb, weil sie jetzt, da sie körperlich nicht mehr anwesend war, auch kein lästiges Gespenst zurückgelassen hatte. Er konnte sich nun, ohne in seine Papiere zu blicken, genau der Zahlen entsinnen, die er vorher nicht hatte ordnen können. Er multiplizierte, dividierte, subtrahierte und sah, wie sich auf der Fensterscheibe, hinter der die körperlosen Gestalten der Zollbeamten und Gepäckträger von ihm unbemerkt vorüberzogen, die langen

Zahlenreihen von selbst gruppierten. Unterdessen wollte jemand seinen Reisepaß sehen, und dann fiel die Asche von seiner Zigarre, und er ging in sein Abteil, um sein Gepäck zu öffnen. Coral war nicht dort, aber er nahm an, daß sie im Waschraum war. Der Zollbeamte griff nach ihrem Koffer.
»Und das?«
»Er ist nicht abgesperrt«, sagte Myatt, »die Dame ist nicht hier. Sie werden nichts finden.« Als er wieder allein war, lehnte er sich in seine Ecke zurück und schloß die Augen, um über die Affären des Mr. Eckman besser nachdenken zu können. Aber als der Zug Subotica verließ, war er fest eingeschlafen. Er träumte, daß er die Treppe zu Eckmans Büro hinaufsteige; eng, ohne Läufer und finster, hätte sie zu einer verrufenen Wohnung am Leicester Square führen können, statt zum Hauptbüro der größten Rosinen-Importeure Europas. Er entsann sich nicht, die Tür durchschritten zu haben, und saß im nächsten Augenblick Mr. Eckman gegenüber. Ein großer Stoß von Papieren lag zwischen ihnen, und Eckman strich sich den schwarzen Schnurrbart und klopfte mit seiner Füllfeder auf den Tisch, während eine Spinne die feinen Fäden ihres Netzes um ein ausgetrocknetes Tintenfaß zog. Das elektrische Licht glomm nur schwach, und die Fenster waren rußig; in einer Ecke saß auf einem Stahlrohrsofa Mrs. Eckman und strickte Kinderkleidchen.
»Ich gebe alles zu«, erklärte Mr. Eckman. Doch plötzlich stieg sein Stuhl in die Höhe, bis er hoch über dem Tisch saß, auf den er mit dem Hammer eines Versteigerers herabschlug.
»Antworten Sie mir auf diese Fragen«, sagte er. »Sie stehen unter Eid. Gebrauchen Sie keine Ausflüchte. Sagen Sie ja oder nein. Haben Sie das Mädchen verführt?«
»Gewissermaßen schon.«
Mr. Eckman zog einen Bogen Papier aus dem Stoß hervor, dann noch einen und noch einen, bis der Haufen ins Wanken geriet und endlich mit dem Krachen fallender Ziegel zu Boden stürzte. »Diese Geschichte mit Jervis – einen sauberen Schwindel nenne ich das –, Sie hatten mit den Treuhändern abgeschlossen und nur die Unterzeichnung des Vertrages hinausgezögert.«

»Das war ganz legal.«
»Und die 10 000 Pfund an Stavrog, als Sie bereits ein Angebot von 15 000 Pfund hatten?«
»Geschäft ist Geschäft.«
»Und das Mädchen in der Spaniards Road? Und die 1 000 Pfund an Moults Buchhalter für Informationen? Was habe ich getan, was Sie nicht auch getan haben? Antworten Sie schnell. Gebrauchen Sie keine Ausflüchte. Sagen Sie ja oder nein. Herr Präsident und meine Herren Geschworenen, der Angeklagte . . .«
»Ich möchte etwas sagen. Ich muß etwas sagen. Ich bin nicht schuldig.«
»Nach welchem Paragraph? Nach welchem Gesetzbuch? Nach dem Billigkeitsrecht? Nach dem Abgabenrecht? Und vor welchem Senat des Obersten Gerichtshofes? Antworten Sie schnell. Gebrauchen Sie keine Ausflüchte. Sagen Sie ja oder nein. Drei Hammerschläge. Eins, zwei. Dieses erstklassige, gutgehende Geschäft, meine Herren.«
»Warten Sie einen Augenblick. Ich sage es Ihnen sofort. George, Kapitel III, Abschnitt 4. Ehre unter Gaunern.«
Mr. Eckman, plötzlich wieder winzig klein in seinem schäbigen Büro, streckte seine Hände aus und begann zu schluchzen. Und alle Wäscherinnen, die bis zu den Knien in der Strömung wateten, hoben ihre Köpfe und weinten, während ein trockener Wind den Sand vom Meeresstrand aufwirbelte und ihn prasselnd gegen die Blätter des Waldes trieb, und eine Stimme, die Mrs. Eckmans Stimme hätte sein können, ihn wieder und wieder anflehte: »Kommen Sie zurück.« Dann erzitterte die Wüste unter seinen Füßen, und er öffnete die Augen. Der Zug war stehengeblieben, und der Schnee ballte sich klebrig an der Fensterscheibe. Coral war noch immer nicht zurückgekommen.
Plötzlich begann hinten im Zug jemand höhnisch zu lachen; andere stimmten ein und schimpften und pfiffen mit zwei Fingern im Mund. Myatt sah auf die Uhr. Er hatte über zwei Stunden geschlafen, und Corals Abwesenheit beunruhigte ihn vielleicht deshalb, weil er sich an die Stimme in seinem Traum erinnerte. Er öffnete das Fenster. Rauch quoll aus der

Lokomotive, und ein Mann in grobem Arbeitsanzug stand mit geschwärztem Gesicht daneben und starrte sie verzweifelt an. Mehrere Fahrgäste der dritten Klasse riefen ihn an; er wandte sich um, schüttelte den Kopf und zuckte mit einer anmutigen Bewegung ratlos die Achseln. Der Zugführer kam mit raschen Schritten von der Lokomotive her am Bahndamm entlang. Myatt hielt ihn auf: »Was ist geschehen?«
»Nichts. Gar nichts. Ein kleiner Defekt.«
»Werden wir lange hier stecken?«
»Nein, nur ganz kurz. Eine Stunde oder anderthalb. Wir telefonieren eben um eine neue Lokomotive.«
Myatt schloß das Fenster und trat in den Gang hinaus. Coral war nirgends zu sehen. Er durchschritt die ganze Länge des Zuges, schaute in die Abteile und versuchte die Klosettüren zu öffnen, bis er die dritte Klasse erreichte. Dort fiel ihm der Mann mit der Violine ein, und er suchte ihn in den harten, holzverkleideten und übelriechenden Abteilen, bis er ihn entdeckte, ein kleines, verhutzeltes Männchen mit einem geschwollenen Auge.
»Ich gebe heute abend ein Festessen«, sagte Myatt zu ihm auf deutsch, »und ich möchte, daß Sie für mich spielen. Ich werde Ihnen fünfzig Para dafür geben.«
»Fünfundsiebzig, Eure Exzellenz.«
Myatt hatte es eilig; er wollte Coral finden. »Also fünfundsiebzig.«
»Etwas Träumerisches, Schwermütiges, das die Tränen hervorlockt, Eure Exzellenz?«
»O nein. Ich möchte etwas Beschwingtes und Heiteres.«
»Ja, natürlich. Aber das ist etwas teurer.«
»Was soll das heißen? Warum teurer?«
Seine Exzellenz sei natürlich ein Ausländer. Er verstehe das nicht. Es sei Landessitte, für lustige Lieder mehr zu bezahlen als für traurige. Oh, eine uralte Sitte. Anderthalb Dinar also?
Mit einem Male packte Myatt die Freude am Feilschen und sie vertrieb all seine Ungeduld und Sorge. Es ging ihm nicht ums Geld; der Betrag war lächerlich. Aber es war ein Geschäft, und er würde nicht nachgeben. »Fünfundsiebzig Para. Nicht einen Para mehr.«

Der Mann grinste ihn vergnügt an; das war ein Fremder nach seinem Geschmack. »Ein Dinar dreißig. Das ist mein letztes Wort, Eure Exzellenz. Ich würde meinem Beruf Schande machen, wenn ich weniger annähme.«
Der Geruch altbackenen Brotes und sauren Weins störte Myatt nicht mehr; es war der Geruch des Marktplatzes seiner Vorfahren. Und dies war die reine Poesie des Handels: Gewinn und Verlust fielen kaum ins Gewicht bei einem Abschluß, bei dem es um Para ging, deren einer nicht ein Viertel eines Penny wert war. Myatt trat einen Schritt ins Abteil, aber er setzte sich nicht hin. »Achtzig Para.«
»Eure Exzellenz, ich muß leben. Ein Dinar fünfundzwanzig. Ich würde mich schämen, weniger zu verlangen.«
Myatt bot ihm eine Zigarre an.
»Ein Glas Rakia, Eure Exzellenz?«
Myatt nickte und nahm ohne Ekel das dickwandige, ausgeschlagene Glas entgegen. »Fünfundachtzig Para. Nehmen Sie an, oder lassen Sie es bleiben.« Während sie rauchten und tranken, verstand einer den andern vollkommen, und sie wurden beide hitzig.
»Sie beleidigen mich, Eure Exzellenz. Ich bin ein Musiker.«
»Siebenundachtzig Para, das ist mein letztes Wort.«

Die drei Offiziere saßen rund um den Tisch, von dem die Gläser entfernt worden waren. An der Tür standen zwei Soldaten mit aufgepflanzten Bajonetten. Dr. Czinner betrachtete Oberst Hartep mit Neugier. Er hatte ihn zuletzt beim Kamnetz-Prozeß gesehen, wo er mit eleganter Mißachtung der Gesetze seine falschen Zeugen vorgeführt hatte. Das war vor fünf Jahren gewesen, aber diese Jahre hatten wenig an seiner Erscheinung geändert. Sein Haar war über den Ohren gleich feinem Silber, und einige freundliche Fältchen drängten sich um seine Augenwinkel.
»Major Petkovitch«, sagte er, »wollen Sie die Anklageschrift gegen die Häftlinge verlesen? Geben Sie der Dame einen Stuhl.«
Dr. Czinner nahm die Hände aus den Taschen seines Regenmantels und wischte seine Brille ab. Er konnte die Erregung

in seiner Stimme unterdrücken, nicht aber in seinen Händen, die leicht zitterten. »Eine Anklage?« fragte er. »Was wollen Sie damit sagen: Ist dies ein Gerichtshof?«
Major Petkovitch, der einen Bogen Papier in der Hand hielt, herrschte ihn an: »Schweigen Sie!«
»Es ist eine berechtigte Frage, Herr Major«, sagte Oberst Hartep. »Der Herr Doktor war im Ausland. Sehen Sie«, fuhr er sanft und mit großer Freundlichkeit fort, »wir mußten Maßnahmen für Ihre Sicherheit treffen. In Belgrad wären Sie Ihres Lebens nicht sicher gewesen. Das Volk ist über die Revolte aufgebracht.«
»Ich sehe noch immer nicht ein, wie Sie zu dem Recht kommen, mehr als eine Voruntersuchung abzuhalten«, wandte Dr. Czinner ein.
Oberst Hartep erläuterte: »Dies ist ein Kriegsgericht. Gestern morgen wurde der Belagerungszustand verhängt. Bitte weiter, Herr Major.«
Major Petkovitch begann ein umfangreiches handgeschriebenes Dokument vorzulesen, das er wiederholt unleserlich fand: »Der Angeklagte Richard Czinner ... Verschwörung gegen die Regierung ... unverbüßte Strafe wegen Meineids ... falscher Reisepaß ... der Angeklagte Josef Grünlich ... unerlaubter Waffenbesitz ... die Angeklagte Coral Musker, die sich mit Richard Czinner gegen die Regierung verschworen hat.« Er legte das Schriftstück hin und sagte zu Oberst Hartep: »Ich bezweifle die Legalität dieses Gerichtshofes in der Form, wie er hier zusammengetreten ist. Die Angeklagten sollten Rechtsbeistand haben.«
»Ja, das ist freilich ein Versehen. Wollen vielleicht Sie, Herr Major –?«
»Nein. Das Gericht muß aus mindestens drei Offizieren bestehen.«
Dr. Czinner unterbrach sie: »Bemühen Sie sich nicht. Ich werde auch ohne Verteidiger auskommen. Die beiden anderen hier verstehen kein Wort von dem, was Sie sagen. Sie werden keinen Einspruch erheben.«
»Es ist aber ungesetzlich«, wandte Major Petkovitch ein.
Der Polizeipräsident blickte auf die Uhr. »Ich habe Ihren

Einspruch zur Kenntnis genommen, Herr Major. Jetzt können wir beginnen.«
Der dicke Hauptmann schluckte und hielt sich die Hand vor den Mund. Dann zwinkerte er.

»Neunzig Para.«
»Ein Dinar.«
Myatt drückte seinen Zigarettenstummel aus. Er hatte das Spiel lange genug getrieben. »Ein Dinar also. Abends um neun.« Er kehrte rasch in sein Abteil zurück, aber Coral war nicht dort. Reisende kletterten nun aus dem Zuge, sprachen, lachten und streckten ihre Arme. Der Lokomotivführer war der Mittelpunkt einer kleinen Menschenansammlung, der er humorvoll den Maschinendefekt erklärte. Obwohl kein Haus in der Nähe zu sehen war, hatten sich doch zwei, drei Leute aus dem Dorf eingefunden und boten Mineralwasser an und Süßigkeiten, die auf einem Stäbchen staken. Die Straße verlief hier parallel zur Bahnstrecke, von der sie nur durch eine Schneewand getrennt war. Der Besitzer eines Autos drückte immer wieder auf das Horn und rief dazu: »Schneller Wagen nach Belgrad. Hundertzwanzig Dinar. Schneller Wagen nach Belgrad.« Es war ein unverschämter Preis und nur ein dicker, untersetzter Geschäftsmann schenkte dem Fahrer Beachtung. Am Straßenrand begann ein langes Feilschen. »Mineralwasser! Mineralwasser!« Ein Deutscher mit kurzgeschorenem Haar ging unruhig auf und ab und murmelte erregt vor sich hin. Myatt hörte hinter sich jemand auf englisch sagen: »Wir kriegen noch mehr Schnee.« Er wandte sich um in der Hoffnung, Coral zu finden; es war aber die Frau, die er im Speisewagen gesehen hatte.
»Es wird kein Vergnügen sein, hier steckenzubleiben«, sagte er. »Es kann viele Stunden dauern, bis eine neue Lokomotive eintrifft. Wie wäre es, wenn wir uns ein Auto nach Belgrad nähmen?«
»Ist das eine Einladung?«
»Auf geteilte Rechnung«, beeilte sich Myatt zu sagen.
»Aber ich habe keinen Sou.« Sie wandte sich um und winkte einem Herrn. »Mr. Savory, kommen Sie und nehmen wir mit

dem Herrn das Auto. Sie werden meinen Teil bezahlen, nicht wahr?«

Mr. Savory befreite sich mit Hilfe seiner Ellbogen aus der Gruppe, die den Lokomotivführer umstand. »Ich verstehe nicht, was der Mensch sagt. Etwas über den Kessel. Ein Auto nehmen?« fügte er langsamer hinzu. »Das wird ziemlich teuer kommen, nicht?« Er sah die Frau genau an und schwieg, als erwarte er von ihr eine Antwort auf seine Frage.

Myatt dachte sich: ›Er überlegt natürlich, was er davon haben wird.‹ Savorys Zögern, das schweigende Warten der Frau erregten in ihm den Instinkt des Konkurrenten. Er wollte die Pracht seines Reichtums vor ihr ausbreiten, wie ein Pfau seine prunkvollen Schwanzfedern zum Rad entfaltet, und sie durch die Schönheit seiner Besitztümer blenden. »Sechzig Dinar für Sie beide«, sagte er.

»Ich will mal hingehen«, erklärte Mr. Savory, »und mit dem Zugführer sprechen. Vielleicht weiß der, wie lange . . .«

Wieder setzte der Schneefall ein. »Wenn Sie vielleicht mein Gast sein wollen«, sagte Myatt, »Miss –«

»Ich heiße Janet Pardoe«, erwiderte sie und stülpte den Kragen ihres Pelzmantels über die Ohren hoch. Ihre Wangen glühten, wo der Schnee sie berührte, und Myatt konnte durch den Pelz hindurch den Linien ihres verhüllten Leibes folgen und ihn mit Corals magerer Nacktheit vergleichen. ›Coral werde ich auch mitnehmen müssen‹, dachte er und fragte: »Haben Sie eine junge Dame in einem Regenmantel gesehen, sehr schlank und etwas kleiner als Sie?«

»O ja«, antwortete Janet Pardoe, »sie stieg in Subotica aus dem Zug. Ich weiß, wen Sie meinen. Sie haben gestern abend mit ihr gespeist.« Dann lächelte sie ihn an. »Sie ist Ihre Freundin, nicht wahr?«

»Wollen Sie sagen, daß sie mit ihrem Koffer ausgestiegen ist?«

»O nein, sie hatte nichts bei sich. Ich sah sie mit einem Zollbeamten auf das Bahnhofsgebäude zugehen. Sie ist ein drolliges kleines Ding, nicht? Eine Tänzerin?« fragte sie mit höflichem Interesse, aber Myatt hörte aus ihrem Tonfall eine Kritik heraus, nicht an dem Mädchen, sondern an seiner

Person, weil er sein Geld mit so geringem Nutzen anlegte. Das ärgerte ihn ebensosehr, wie wenn sie die Qualität seiner Rosinen bekrittelt hätte; es war ein Tadel an seiner Urteilskraft und Klugheit. Er überlegte: ›Schließlich habe ich für Coral doch nicht mehr ausgegeben, als ich für dich ausgeben würde, wenn ich dich nach Belgrad mitnähme. Und würdest du mir so bereitwillig in natura bezahlen?‹ Aber die Unwahrscheinlichkeit weckte nur bitteres Verlangen in ihm; denn dieses Mädchen war gleichsam Silberware, während Coral höchstens ein Stück hübschen bunten Glases darstellte, das man aus sentimentalen Gründen schätzt; die andere dagegen hatte objektiven Wert. ›Sie ist die Art‹, dachte er, ›die mehr als Geld braucht: einen schönen Männerkörper, der ihrer eigenen Lust entgegenkommt, und Geist und Bildung. Ich bin ein Jude und habe nur gelernt, wie man Geld verdient.‹ Nichtsdestoweniger verdroß ihn ihre Kritik und erleichterte es ihm, das Unerreichbare aufzugeben.
»Sie muß den Zug versäumt haben. Ich glaube, ich muß umkehren, um sie zu suchen.« Er entschuldigte sich nicht wegen seines Wortbruchs, sondern entfernte sich rasch, solange es ihm noch leichtfiel, wegzukommen.
Der dicke Kaufmann feilschte immer noch mit dem Chauffeur. Dieser hatte den Preis auf hundert Dinar ermäßigt, und der andere hatte sein Angebot auf neunzig erhöht. Myatt schämte sich, weil er die beiden anderen unterbrach und weil sie für sein übereiltes, unkaufmännisches Verhalten Verachtung empfinden mußten. »Ich gebe Ihnen hundertzwanzig Dinar«, sagte er, »wenn Sie mich nach Subotica und wieder zurückbringen.« Als er sah, daß der Fahrer von neuem zu feilschen anfangen wollte, erhöhte er sein Angebot: »Hundertfünfzig Dinar, wenn Sie mich hin- und zurückbringen, bevor der Zug weiterfährt.«
Der Wagen war alt, verbeult, aber sehr stark. Sie fuhren mit hundert Stundenkilometern gegen den Schneesturm, auf einer Straße, die seit Jahrzehnten nicht ausgebessert worden war. Die Federn waren zerbrochen, und Myatt flog von einer Seite auf die andere, während der Wagen in Schlaglöcher stürzte, wieder herauskletterte und hin und her schwankte.

Er stöhnte und keuchte wie ein menschliches Wesen, das von einem unbarmherzigen Herrn bis an den Rand des Erträglichen getrieben wird. Der Schnee fiel dichter, und die Telegrafenmasten entlang der Straße erschienen Myatt wie schwarze Lücken in der weißen Schneemauer. Er beugte sich zu dem Chauffeur nach vorn, und um den Lärm des uralten Motors zu übertönen, schrie er laut auf deutsch: »Können Sie etwas sehen?« Der Wagen schleuderte und schoß quer über die Straße, aber der Fahrer schrie zurück, er brauche sich nicht zu fürchten, sie würden niemandem begegnen; ob er etwas sehen konnte, sagte er nicht.
Der Wind schwoll plötzlich an. Die Straße, die bisher hinter der senkrechten Mauer des fallenden Schnees verborgen gewesen war, stieg jetzt steil an und schien dann förmlich auf sie zurückzufallen, gleich einer Woge, auf der der Schnee den weißen, prickelnden Gischt bildete. Myatt schrie dem Mann zu, er solle langsamer fahren. ›Wenn jetzt ein Reifen platzt‹, dachte er, ›so sind wir hin.‹ Er sah, wie der Chauffeur auf die Uhr blickte und aufs Gaspedal trat. Der alte Motor gab noch ein paar Stundenkilometer mehr her, gleich jenen kraftvollen und zähen alten Männern, von denen die Leute sagen: ›Sie sind die letzten ihrer Art. Solche Menschen bringen wir heute gar nicht mehr hervor.‹ Wieder schrie Myatt: »Langsamer!«, aber der Chauffeur deutete auf die Uhr und trieb den Wagen unter lautem Rattern zur äußersten, gefahrvollen Grenze seiner riesigen Kraft. Er war ein Mensch, für den dreißig Dinar – der Unterschied, ob er den Zug erreichte oder nicht – Monate eines behaglichen Daseins bedeuteten; er hätte sein Leben und das seines Fahrgasts für viel weniger aufs Spiel gesetzt. Als der Wind einmal den Schnee beiseite trieb, tauchte plötzlich zehn Meter vor ihnen ein Gespann auf. Myatt fand eben noch Zeit, die staunenden Augen des Ochsen zu sehen und zu überlegen, wo seine Hörner das Glas der Windschutzscheibe zertrümmern würden; ein ältlicher Mann schrie auf, ließ seinen Treibstock fallen und sprang vom Gefährt. Der Chauffeur riß das Steuerrad herum, der Wagen sprang auf die Böschung, fuhr wie verrückt auf zwei Rädern, während die andern zwischen Wind und Boden

durch die Luft sausten, neigte sich mehr und mehr über, bis Myatt die Erde gleich siedender Milch auf sich zukommen sah, raste wieder von der Böschung herab, kam erst mit zwei, dann mit allen vier Rädern auf die Straße und stob dann mit über hundert Kilometern dahin, während die Schneewand sich hinter ihm schloß und Ochsen, Bauernwagen und den entsetzten Alten verschlang.
»Fahren Sie doch langsamer«, keuchte Myatt, aber der Chauffeur wandte sich um, grinste ihm zu und winkte mit einer Hand, die kein Zittern verriet.

Die Offiziere, die in einer Reihe am Tisch saßen, und der Arzt, der Frage um Frage beantwortete, verschwammen: Coral Musker schlief ein. Die Nacht hatte sie ermüdet; sie verstand von der ganzen Verhandlung kein Wort; sie wußte nicht, warum sie hier war, sie hatte Angst und begann zu verzweifeln. Sie träumte zuerst, daß sie ein Kind war und daß alles ganz einfach und ganz gewiß war, und daß alles seine Erklärung und seine Moral hatte. Und dann träumte sie, daß sie sehr alt war und auf ihr Leben zurückblickte, daß sie alles wußte und auch wußte, was gut und was böse war, und warum dieses und jenes geschehen war, und daß alles sehr einfach war und eine Moral hatte. Aber dieser zweite Traum glich nicht dem ersten, denn sie war beinahe wach und lenkte den Traum nach ihrem Gutdünken, und im Hintergrund ging das Gespräch der anderen immer weiter. In diesem zweiten Traum begann sie, sich von der sicheren Warte des Alters aus die Ereignisse der Nacht und des Tages ins Gedächtnis zurückzurufen, und auch, wie alles aufs beste ausgegangen und wie Myatt zurückgekommen wäre, um sie zu holen.
Man hatte auch Dr. Czinner einen Stuhl angeboten. Er konnte es der Miene des dicken Offiziers ansehen, daß die verlogene Komödie nun fast zu Ende gespielt war; denn der Offizier hatte es aufgegeben, den Fragen Beachtung zu schenken; er nickte nur, schluckte und nickte wieder. Oberst Hartep hielt aus einem Gefühl echter Güte den Schein der Gerechtigkeit aufrecht. Er kannte keine Skrupel, aber er wollte nicht unnötigen Schmerz zufügen. Wenn es möglich

gewesen wäre, dann hätte er Czinner bis zum Ende einen schwachen Hoffnungsschimmer gelassen. Der Major erhob einen Einwand nach dem andern; er wußte so gut wie jeder andere, wie dieser Prozeß ausgehen würde, war aber entschlossen, ihm den Schein der Gesetzmäßigkeit zu belassen und darauf zu achten, daß alles in der richtigen Ordnung abgewickelt werde.

Die Hände ruhig in seinem Schoß gefaltet und den abgetragenen, weichen Hut auf dem Boden zu seinen Füßen, kämpfte Dr. Czinner seinen aussichtslosen Kampf. Die einzige Genugtuung, auf die er hoffen konnte, würde das Eingeständnis sein, daß sein ganzer Prozeß ein Schwindel war. An dieser kleinen Grenzstation wollte man ihn nach Einbruch der Dunkelheit in aller Stille aus dem Wege räumen und begraben, und niemand würde etwas davon erfahren.

»Über den Anklagepunkt des Meineids ist noch nicht verhandelt worden«, sagte er, »das liegt außerhalb der Kompetenz eines Standgerichts.«

»Sie wurden in Ihrer Abwesenheit angeklagt und zu fünf Jahren Kerker verurteilt«, sagte Oberst Hartep.

»Ich glaube, Sie werden feststellen, daß ich zu einer Verurteilung immer noch vor ein ordentliches Gericht gestellt werden muß.«

»Er hat ganz recht«, sagte Major Petkovitch. »Wir sind hierfür nicht zuständig. Wenn Sie Abschnitt 15 nachlesen –«

»Ich glaube Ihnen, Herr Major. Wir werden das Urteil wegen Meineids aufheben. Dann bleibt noch der falsche Paß.«

Dr. Czinner sagte schnell: »Sie müssen erst beweisen, daß ich nicht die britische Staatsbürgerschaft erworben habe. Wo sind Ihre Zeugen? Werden Sie dem britischen Botschafter telegrafieren?«

Oberst Hartep lächelte: »Das würde zu lange dauern. Wir werden die Sache mit dem falschen Paß fallenlassen. Sind Sie einverstanden, Herr Major?«

»Nein«, antwortete Petkovitch. »Ich glaube, es wäre korrekter, die Verhandlung wegen des geringeren Delikts aufzuschieben, bis eine Verurteilung – ich meine, ein Schuldspruch – wegen des größeren verkündet worden ist.«

»Das ist mir gleichgültig«, sagte Oberst Hartep. »Und Ihnen, Herr Hauptmann?« Alexitch nickte, grinste und schloß die Augen.
»Und nun«, fuhr der Oberst fort, »die Anklage wegen Verschwörung.«
Der Major unterbrach ihn: »Ich habe darüber nachgedacht. Ich glaube, ›Hochverrat‹ ist das Wort, das man in der Anklageschrift hätte gebrauchen müssen.«
»Also Hochverrat.«
»Nein, nein, Herr Oberst. Es ist unmöglich, zu diesem Zeitpunkt die Anklageschrift abzuändern. ›Verschwörung‹ wird bleiben müssen.«
»Die Höchststrafe –«
»Ist dieselbe.«
»Also gut, Dr. Czinner, bekennen Sie sich schuldig oder nicht schuldig?«
Der Arzt dachte eine Weile nach und sagte dann: »Es macht wohl wenig aus?«
Hartep blickte auf die Uhr und griff dann nach dem Brief, der auf dem Tisch lag. »Nach der Überzeugung des Gerichtshofes genügt dieses Beweisstück, um Sie zu überführen.« Er hatte die Miene eines Mannes, der höflich, aber unmißverständlich eine Unterredung beenden will.
»Ich nehme an, ich habe das Recht, zu fordern, daß der Brief verlesen wird, und ferner das Recht, den Soldaten, der ihn mir abgenommen hat, einem Kreuzverhör zu unterziehen?«
»Ohne Zweifel«, stimmte Major Petkovitch eifrig zu.
Dr. Czinner lächelte. »Ich will Ihnen keine Scherereien machen. Ich bekenne mich schuldig.« Zu sich aber sagte er: ›Wenn dies ein Belgrader Gericht wäre, wo auf der Pressegalerie die Reporter schmieren, hätte ich Schritt für Schritt gekämpft.‹ Jetzt, da er kein Publikum hatte, quoll in ihm die Beredsamkeit von Worten über, die durchbohren konnten, und von Worten, die zu Tränen gerührt hätten. Er war nicht mehr der Mann, dem der Zorn die Zunge gehemmt und der Mrs. Peters nicht hatte beeindrucken können.
»Der Gerichtshof zieht sich zurück«, erklärte der Oberst.
In der kurzen Stille konnte man den Wind gleich einem

wütenden Wachhund rund um den Bahnhof heulen hören. Es war eine sehr kurze Pause, gerade so lange, daß Oberst Hartep ein paar Sätze auf ein Blatt Papier schreiben und es über den Tisch den beiden andern Offizieren zur Unterschrift zuschieben konnte. Die beiden Posten nahmen eine bequemere Haltung an.

»Der Gerichtshof«, verlas Oberst Hartep, »findet alle Angeklagten schuldig. Der Angeklagte Josef Grünlich wird zu einem Monat Gefängnis verurteilt und danach in seinen Heimatstaat abgeschoben werden. Die Angeklagte Coral Musker wird zu vierundzwanzig Stunden Gefängnis verurteilt und danach in ihren Heimatstaat abgeschoben werden. Der Angeklagte . . .«

Hier unterbrach ihn Dr. Czinner: »Darf ich zu dem Gerichtshof sprechen, bevor das Urteil verkündet wird?«

Der Oberst sah rasch nach dem Fenster: es war geschlossen; und dann auf die Soldaten: ihre an Disziplin gewöhnten Gesichter waren ausdruckslos und ohne Verständnis. »Ja«, sagte er.

Major Petkovitch stieg die Röte ins Gesicht. »Unmöglich«, rief er, »ganz unmöglich. Paragraph 27a. Der Angeklagte hätte sprechen müssen, ehe sich der Gerichtshof zurückzog.«

Der Polizeipräsident blickte an dem scharfen Profil des Majors vorbei auf Dr. Czinner, der in sich zusammengesunken auf seinem Stuhl saß, die Hände in den grauen Wollhandschuhen gefaltet. Draußen pfiff eine Lokomotive und fuhr dann langsam davon. Am Fenster rieselte leise der Schnee. Hartep blickte auf die lange Reihe von Ordensbändern an seinem Mantel und gewahrte das Loch in Dr. Czinners Handschuh.

»Es wäre ganz ungehörig«, wetterte Petkovitch weiter, während er mit einer Hand zerstreut nach dem Hund unter dem Tisch tastete und das Tier an den Ohren zog.

»Ich nehme Ihren Einspruch zur Kenntnis«, erklärte Hartep, und zu Dr. Czinner gewandt: »Sie wissen so gut wie ich, daß nichts, was Sie sagen können, den Urteilsspruch ändern wird. Aber wenn es Ihnen gefällt, wenn es Sie glücklicher macht, zu sprechen, so dürfen Sie es tun.«

Der Arzt hatte Widerstand oder Hohn erwartet, und Worte wären ihm von der Zunge geflossen, um gegen beides anzukämpfen. Freundlichkeit und Rücksicht ließen ihn vorübergehend verstummen. Wiederum erfüllten ihn die Eigenschaften, die nur das Selbstvertrauen und die Macht ihrem Besitzer verleihen können, mit Neid. Harteps freundliches Schweigen hemmte seine Zunge. Alexitch öffnete die Augen und schloß sie wieder. Dr. Czinner sagte bedächtig: »Diese Auszeichnungen haben Sie im Dienste Ihres Vaterlandes während des Krieges erworben. Ich besitze keine Auszeichnung, weil ich mein Vaterland zu sehr liebe. Ich will nicht Menschen töten, weil sie gleichfalls ihr Vaterland lieben. Ich kämpfe nicht für ein neues Gebiet, sondern für eine neue Welt.« Er stockte; es gab hier keine Zuhörer, die ihm Auftrieb gegeben hätten, und er wurde sich bewußt, wie gekünstelt seine Worte klangen, die nicht für die große Liebe und den großen Haß, die ihn befeuerten, Zeugnis ablegten. Traurige und schöne Gesichter, abgemagert durch Unterernährung, vor der Zeit gealtert und der Verzweiflung ergeben, zogen an seinem inneren Auge vorüber; es waren Menschen, die er gekannt, die er behandelt und die er nicht hatte retten können. Es war eine chaotische Welt, die soviel Adel ungenutzt ließ, während es den Finanzmagnaten und den Offizieren wohlerging. Er sagte: »Sie sind dazu bestellt, eine morsche Welt zu stützen, die voll Ungerechtigkeit und Wirrwarr ist, für Menschen wie Vuskovitch, die die kleinen Ersparnisse der Armen stehlen, damit zehn Jahre ein tolles, sattes, stupides Leben führen und sich dann eine Kugel in den Kopf jagen. Und dennoch werden Sie dafür bezahlt, daß Sie das einzige System verteidigen, welches Menschen seines Schlages beschützt. Die kleinen Diebe hängt man, die großen aber leben in Palästen.«
Major Petkovitch sagte: »Was der Angeklagte vorbringt, hat mit dem vorliegenden Fall nichts zu tun. Es ist eine rein politische Rede.«
»Aber lassen Sie ihn weiterreden.« Oberst Hartep beschattete sein Gesicht mit der Hand und schloß die Augen.
Dr. Czinner dachte, daß der Oberst zu schlafen vorgäbe, um

seine Gleichgültigkeit zu verbergen. Aber er öffnete seine Augen wieder, als der Arzt ihm zornbebend zurief: »Wie veraltet sind Sie doch mit Ihren Grenzen und Ihrem Patriotismus. Das Flugzeug kennt keine Grenzen, und sogar Ihre Finanzgrößen erkennen keine Grenzen an.« Da sah Dr. Czinner, daß irgend etwas Oberst Hartep traurig stimmte, und der Gedanke, daß der andere seinen Tod vielleicht gar nicht wollte, ließ ihn wieder den Faden verlieren. Er wandte seinen Blick unruhig von einem Punkt zum andern, von der Landkarte an der Wand zu dem kleinen Regal unter der Uhr, das mit Büchern über Strategie und Militärgeschichte in abgenutzten Einbänden vollgepfropft war. Schließlich erreichten seine Augen die beiden Wachtposten: der eine sah an ihm vorüber, ohne ihm Beachtung zu schenken, und war bemüht, die Augen ständig auf denselben Punkt zu richten und das Gewehr im vorgeschriebenen Winkel zu halten. Der andere beobachtete ihn mit weit aufgerissenen, einfältigen und unglücklichen Augen. Das Gesicht dieses Soldaten gesellte sich zu dem traurigen Zug in seinem Geiste, und es durchfuhr ihn der Gedanke, daß er hier eine bessere Zuhörerschaft hatte als Journalisten, daß hier ein armer Teufel stand, der vom Dienst am Bösen zum Dienst am Guten zu bekehren war, und Worte kamen ihm, jene unbestimmten und sentimentalen Worte, die einst ihn überzeugt hatten und jetzt auch den andern überzeugen würden. Aber er war nun schlau mit der Schlauheit seiner Gesellschaftsschicht; er blickte von dem Manne weg zu Boden und ließ seinen Blick nur einmal – gleich dem Schwanz einer Eidechse – blitzartig zu ihm zurückschnellen. Er sprach ihn in der Mehrzahl an und sagte: »Brüder.« Armut, so betonte er, sei keine Schande, und man dürfe ihretwegen nicht nach Reichtum streben, und sie sei auch kein Verbrechen, so daß man die Armen unterdrücken müsse. Wenn einmal alle arm wären, würde niemand mehr arm sein. Der Reichtum der Erde gehöre allen. Wenn man ihn aufteilte, würde es keine Reichen geben, aber jedermann würde genug zu essen haben und sich vor seinem Nachbarn nicht zu schämen brauchen.

Der Polizeipräsident verlor das Interesse. Dr. Czinner gab

mit seinen Worten seine Individualität als Mann mit den grauen Wollhandschuhen und dem Loch im Daumen auf. Er wurde zum gewöhnlichen Hetzredner. Hartep blickte auf die Uhr und sagte: »Ich glaube, ich habe Ihnen Zeit genug gelassen.« Petkovitch murmelte etwas Unverständliches und trat in plötzlichem Unwillen seinen Hund in die Rippen und rief: »Marsch raus! Immer soll man sich mit dir abgeben.« Alexitch erwachte davon und sagte im Ton großer Erleichterung: »Also, das wäre vorüber.«

Dr. Czinner starrte einige Meter links von dem einen Posten zu Boden und sprach: »Dies war kein Prozeß. Die Offiziere hatten mich bereits zum Tod verurteilt, bevor sie noch begonnen hatten. Erinnert euch, ich sterbe, um euch den Weg zu weisen. Es macht mir nichts aus, daß ich sterbe. So gut meinte es das Leben nicht mit mir. Ich glaube; ich werde euch mehr nützen, wenn ich tot bin.« Aber während er noch sprach, sagte ihm die klarere Hälfte seines Verstandes, die Aussicht sei gering, daß sein Tod irgendwelche Wirkung haben werde.

»Der Angeklagte Richard Czinner wird zum Tode verurteilt«, verlas Oberst Hartep; »das Urteil ist binnen drei Stunden vom kommandierenden Offizier der Garnison Subotica zu vollstrecken.«

›Dann wird es schon finster sein‹, dachte Czinner, ›und niemand wird etwas davon erfahren.‹

Einen Augenblick lang saßen alle still, als wohnten sie einem Konzert bei, in dem das Orchester eben einen Satz beendet hat, und als zweifelten sie, ob sie Beifall klatschen sollten. Coral Musker erwachte. Sie verstand nicht, was um sie vorging. Die Offiziere unterhielten sich und schichteten ihre Papiere. Dann gab einer von ihnen einen Befehl, worauf die Wachtposten die Tür öffneten und in den Wind, den Schnee und zu den weißverhüllten Gebäuden hinaustraten.

Die Gefangenen folgten. Im Schneesturm, der sie draußen anfiel, hielten sie sich nahe beisammen. Sie waren noch nicht weit gegangen, als Grünlich den Arzt am Ärmel zupfte. »Sie sagen mir nichts. Was soll mit mir werden? Sie gehen weiter und sagen mir nichts.« Er brummte, und sein Atem ging rasch. »Sie bekommen einen Monat Gefängnis«, antwortete Dr.

Czinner, »und dann werden Sie nach Hause abgeschoben.«
»So? Die glauben das? Die halten sich wohl für verdammt gescheit.« Er verstummte und prüfte mit größter Aufmerksamkeit die Lage der verschiedenen Gebäude. Dabei stolperte er über eine Schiene und brummte unwirsch vor sich hin.
»Und ich?« fragte Coral. »Was wird mit mir geschehen?«
»Sie wird man morgen in Ihre Heimat abschieben.«
»Aber das geht doch nicht. Meine Stelle. Ich werde sie verlieren, und meinen Freund auch.« Sie hatte sich vor dieser Reise gefürchtet, weil sie nicht verstand, was die Gepäckträger zu ihr sagten, weil ihr das Essen fremd war, und weil sie nicht wußte, was am andern Ende ihrer harrte. Als der Zahlmeister ihr über den regennassen Kai in Ostende nachgerufen hatte, war der Augenblick gewesen, da sie gern umgekehrt wäre. Aber seither war ›allerhand‹ geschehen. Nun würde sie in dasselbe Zimmer zurückkehren, zu Toast und Orangensaft als Frühstück, und zum endlosen Warten auf den Treppen vor den Vermittlungsbüros mit Ivy und Flo, mit Phil und Dick und all den zärtlichen Leuten, die man küßte und beim Vornamen nannte, ohne eine Ahnung zu haben, wer sie eigentlich waren. Intimität mit einem einzigen Menschen konnte dies bewirken: kleine Freundschaften verschwanden aus der Welt, Küsse von Frauen und deren lebhaftes Geschnatter wurden einem zuwider und der Alltag ein wenig unwirklich und gänzlich uninteressant. Sogar der Arzt bedeutete ihr nichts, wie er so neben ihr in einer fremden Welt einherging. Als sie aber die Tür des Wartesaals erreichte, fiel ihr ein, ihn zu fragen: »Und Sie? Was geschieht mit Ihnen?«
Er vergaß, ihr den Vortritt zu lassen, und antwortete ganz vage: »Ich werde hierbehalten.«
»Wohin werden sie mich bringen?« erkundigte sich Grünlich, als die Tür ins Schloß gefallen war.
»Und mich?«
»Ich denke, für die Nacht in die Kaserne. Es gibt keinen Zug mehr nach Belgrad. Sie haben das Feuer im Ofen ausgehen lassen.« Er versuchte, durch das Fenster einen Blick auf die Bauern zu werfen, aber diese waren offenbar des Wartens

überdrüssig geworden und nach Hause gegangen. Erleichtert sagte er: »Es ist nichts zu machen«, und fügte mit unbegreiflichem Humor hinzu: »Aber es ist schon etwas, wieder zu Hause zu sein!« Einen Augenblick sah er sich inmitten einer Wüste von Schulbänken und von Reihe um Reihe boshafter Gesichter, und erinnerte sich der Zeiten, da er um sein Herz die kleinen, eisigen Windstöße des Ungehorsams verspürt hatte, die Zeichen geheimer Verständigung und die Ausbrüche versteckten Gelächters, die seinen Lebensunterhalt bedroht hatten; denn ein Lehrer, der nicht Ordnung halten kann, muß schließlich entlassen werden. Seine Feinde boten ihm das eine, was er nie gekannt hatte: Sicherheit. Er brauchte keine Entscheidungen mehr zu treffen. Er hatte seinen Frieden.

Bald begann er eine kleine Weise zu summen. Dann sagte er zur Tänzerin: »Es ist ein uraltes Lied. Der Liebhaber sagt: ›Ich kann am Tag nicht kommen, denn ich bin arm, und dein Vater wird die Hunde auf mich hetzen. Aber in der Nacht komme ich zu deinem Fenster und bitte dich, mich einzulassen.‹ Und das Mädchen antwortet: ›Wenn die Hunde bellen, bleib ganz still im Schatten der Mauer. Ich werde zu dir hinunterkommen, und wir werden zu den Obstbäumen am Ende des Gartens gehen.‹« Er sang die erste Strophe mit einer Stimme, die ein wenig rauh klang, weil er sie schon sehr lange nicht mehr geübt hatte. Grünlich, der in der Ecke saß, sah den Sänger unwillig an. Coral stand neben dem kalten Ofen und lauschte mit Staunen und mit Vergnügen, weil der Arzt ihr jünger erschien und voll Zuversicht. ›In der Nacht komme ich zu deinem Fenster und bitte dich, mich einzulassen.‹ Damit redete er keine Geliebte an; seine Worte hatten nicht die Kraft, aus den trockenen, zielbewußten Jahren politischer Tätigkeit ein Mädchenantlitz herzuzaubern, aber seine Eltern nickten ihm mit ihren lustigen, faltigen Gesichtern zu, jetzt nicht mehr voll Ehrfurcht vor dem gebildeten Mann, dem Arzt, der fast ein feiner Herr geworden war. Dann sang er etwas leiser die Antwort des Mädchens. Seine Stimme klang nun weniger heiser, und sie mochte einst schön gewesen sein. Einer der Soldaten kam ans Fenster und schaute herein; Grünlich begann in einer sinnlosen, echtdeutschen Art zu weinen; er dachte an Waisenkinder im Schnee und an Prinzessinnen mit eiskalten Herzen und keinen Augenblick an Kolber, dessen Leichnam zu dieser Stunde durch den grauen Schnee der Großstadt gefahren wurde, gefolgt von zwei Beamten in einem Auto und einem einzigen Trauergast in einem Taxi, einem ältlichen Junggesellen und hervorragenden Damespieler. ›Bleib ganz still im Schatten der Mauer. Ich werde zu dir hinunterkommen.‹ Die Welt war ein Chaos, wenn die Armen hungerten und die Reichen deswegen nicht glücklicher waren, wenn die Diebe vielleicht bestraft oder vielleicht mit hohen Titeln ausgezeichnet wurden, wenn man in Kanada Weizen verbrannte und in Brasilien Kaffee, und wenn die Armen in seinem eigenen Vaterlande kein Geld für das tägliche Brot hatten und in ungeheizten Stuben erfroren: die Welt war aus den Fugen, und er hatte sein Bestes getan, sie wieder einzurenken; aber das war nun vorbei. Er war aller Macht beraubt und glücklich darüber. ›Wir werden zu den Obstbäumen am Ende des Gartens gehen.‹ Wieder war es nicht die Erinnerung an ein Mädchen, die ihn tröstete, sondern die betrübten und schönen Gesichter der Armen, die ihm Ruhe versprachen. Er hatte alles getan, was er tun konnte, jetzt erwarteten sie nichts mehr von ihm; sie übergaben ihm ihre Hoffnungslosigkeit, das Geheimnis ihrer Schönheit und ihres Glücks und auch das ihres Kummers und führten ihn der blätterumrauschten Dunkelheit entgegen.

Der Wachtposten preßte sein Gesicht ans Fenster, und Dr. Czinner hörte zu singen auf. »Nun sind Sie an der Reihe«, wandte er sich an Coral.

»Ach, ich kenne keine Lieder, die Ihnen gefallen würden«, entgegnete sie ernst und forschte dennoch in ihrem Gedächtnis nach einer Weise, die ein wenig altertümlich und melancholisch war, und die mit seinem Lied den Charakter des Schwermütig-Idyllischen gemein hatte.

»Irgendwie müssen wir uns die Zeit vertreiben«, sagte er, und plötzlich begann sie mit einer feinen, klaren Stimme, die der Musik einer Spieldose glich, zu singen:

»Ich fuhr im Auto gern
mit Michael,
Ich blickt' nach manchem Stern
mit John
Und saß in mancher Bar
mit Peter.
Doch früher oder später
Fielen die Würfel schlecht – sie fallen selten recht.
Aber wenn sie wieder günstig sind –
Zähl doch die Augen nach, mein Kind! –
Eines Tages oder nimmer
Bin ich wieder treu, für ewig und für immer.«

»Ist das Subotica?« schrie Myatt, als im Schneesturm einige Lehmhütten vor ihnen auftauchten, und der Chauffeur nickte und deutete mit der Hand nach vorn. Ein kleines Kind rannte in der Mitte der Fahrbahn, und der Fahrer riß den Wagen herum, um ihm auszuweichen; ein Kücken piepste, und eine Handvoll grauer Federn wirbelte über den Schnee. Ein altes Weib stürzte aus einer Hütte und schrie hinter ihnen her.
»Was sagt sie?«
Der Chauffeur grinste nach hinten und sagte: »Dreckiger Jud.«
Der Zeiger des Geschwindigkeitsmessers fiel zitternd zurück: 90 km, 70 km, 50 km, 30 km.
»Überall Soldaten«, sagte der Fahrer.
»Wollen Sie damit sagen, daß es hier eine Höchstgeschwindigkeit gibt?«
»Nein, nein, nur wenn diese verfluchten Soldaten einen guten Wagen sehen, requirieren sie ihn gleich. Dasselbe geschieht mit den Pferden.« Er wies durch das Schneegestöber auf die Felder. »Die Bauern, die hungern alle. Ich habe hier einmal gearbeitet, aber ich dachte mir: nein, für mich ist die Stadt. Das Land ist auf jeden Fall tot.« Er nickte gegen die Bahnstrecke, die im Flockenwirbel verschwand. »Ein, zwei Züge am Tag, das ist alles. Man kann den Roten keinen Vorwurf daraus machen, daß sie Krach schlagen.«

»Hat es Krach gegeben?«
»Krach? Das hätten Sie sehen sollen. Der ganze Güterbahnhof in Flammen, das Postamt zerstört. Die Polizei war zu Tode erschrocken. In Belgrad ist Standrecht.«
»Ich wollte von dort telegrafieren. Wird das Telegramm befördert werden?«
Das Auto keuchte im zweiten Gang eine kleine Steigung hinauf und kam in eine Straße von schmutzigen Ziegelhäusern, die von oben bis unten mit Plakaten beklebt waren.
»Wenn Sie telegrafieren wollen«, antwortete der Chauffeur, »so sollten Sie es hier tun. In Belgrad stehen die Journalisten Schlange. Das Postamt ist zerstört, und sie mußten das Gasthaus des alten Nikolai requirieren. Sie können sich vorstellen, was das heißt; aber nein, Sie können es nicht, denn Sie sind ein Fremder. Es sind nicht die Wanzen, niemand macht sich etwas aus ein paar Wanzen – sind sogar gesund –, aber die Gerüche . . .«
»Habe ich Zeit, hier ein Telegramm aufzugeben und noch den Zug zu erreichen?«
»Der Zug wird noch stundenlang dort stehen. Sie haben um eine neue Lokomotive geschickt, aber in Belgrad wird sich kein Mensch darum kümmern. Sie sollten den Bahnhof sehen, dieses Durcheinander. Fahren Sie lieber mit mir nach Belgrad. Ich zeige Ihnen auch die Sehenswürdigkeiten; ich kenne die besten Häuser.«
Myatt unterbrach ihn: »Ich gehe zunächst ins Postamt. Und dann suchen wir die Hotels nach der Dame ab.«
»Es gibt nur eines.«
»Und dann den Bahnhof.«
Die Absendung des Telegramms nahm einige Zeit in Anspruch. Zuerst mußte Myatt die Nachricht an Joyce in solche Worte kleiden, daß Mr. Eckman ihn nicht wegen Verleumdung belangen konnte. Schließlich entschied er sich für folgenden Wortlaut: ›Eckman sofortiger Monatsurlaub bewilligt. Übernehmt Büro. Eintreffe morgen.‹ Das würde andeuten, was er sagen wollte. Dann mußte er den Text mit dem Geheimschlüssel der Firma chiffrieren, und als er das chiffrierte Telegramm dem Beamten am Schalter hinreichte,

verweigerte dieser die Annahme. Alle Telegramme unterlägen der Zensur, und kein Chiffretelegramm könne befördert werden. Endlich kam Myatt los, nur um festzustellen, daß man im Hotel, welches nach vertrockneten Topfpflanzen und Insektenpulver roch, nichts von Coral wußte. ›Sie muß noch auf der Station sein‹, dachte er. Er verließ das Auto hundert Meter vom Bahnhof, um den Chauffeur loszuwerden, der sich als allzu gesprächig und hilfsbereit zu erweisen begann, und ging allein durch Wind und Schnee weiter. Er kam an zwei Posten vorüber, die vor einem Gebäude standen, und fragte sie nach dem Weg zum Wartesaal. Einer von ihnen sagte ihm, daß es jetzt keinen Wartesaal gäbe.
»Wo kann ich eine Auskunft erhalten?«
Der größere Soldat verwies ihn an den Stationsvorstand.
»Und wo ist seine Kanzlei?«
Der Soldat deutete auf ein zweites Gebäude, fügte aber freundlich hinzu, daß der Stationsvorstand abwesend sei; er befinde sich in Belgrad. Myatt unterdrückte seine Ungeduld, weil der Soldat so offensichtlich wohlmeinend war. Sein Kamerad dagegen spuckte aus, um seine Verachtung zu bekunden, und murmelte etwas kaum Hörbares über die Juden.
»Wo kann ich mich dann erkundigen?«
»Beim Major«, meinte der Mann zweifelnd, »oder beim Fahrdienstleiter.«
»Den Major können Sie nicht sprechen. Er ist in die Kaserne gegangen«, erklärte der zweite Wachtposten.
Mit seinen Gedanken ganz woanders, näherte sich Myatt der Tür; da vernahm er von drinnen leise Stimmen. Plötzlich geriet der weniger freundliche der beiden Soldaten in Wut und schlug Myatt mit dem Gewehrkolben brutal über die Beine. »Verschwinden Sie. Wir brauchen hier keine Spione. Verschwinden Sie, Sie Jud!«
Myatt entfernte sich mit der Ruhe seiner Rasse. Es war eine oberflächliche Ruhe, die er unbewußt mit sich herumtrug wie einen ererbten Wesenszug. Darunter bewegte ihn die Empörung eines jungen Mannes, der sich seiner eigenen Bedeutung bewußt ist. Er beugte sich gegen den Soldaten vor in der

Absicht, in dessen erhitztes tierisches Gesicht den Stachel scharfer Worte zu treiben, besann sich aber noch rechtzeitig, als er mit Staunen und Entsetzen die Gefahr erkannte: in den kleinen, hungrigen Augen des Soldaten loderte der Haß und die Lust zu töten. Es war ihm, wie wenn jede Unterdrückung, alle Pogrome, die Ketten und der Neid und der Aberglaube, die all dies verursachten, sich in einer dunklen Erdhöhle zusammengedrängt hätten und er nun an ihrem Rande stünde und in sie hineinstarrte. Er zog sich zurück, ohne seine Blicke von dem Soldaten abzuwenden, dessen Finger um den Abzug des Gewehres spielten.

»Ich werde zum Fahrdienstleiter gehen«, sagte er, aber sein Instinkt riet ihm, rasch zum Auto zurückzugehen und wieder dem Zug nachzufahren.

»Das ist nicht der richtige Weg«, rief ihm der freundlichere Soldat nach. »Dort hinüber. Über die Geleise.«

Myatt war dem Sturm dankbar, der entlang der Bahnstrecke daherkam und seine wilden Böen zwischen ihn und die Soldaten warf. Wo er selbst stand, war es fast windstill, denn der Sturm hatte sich in den schmalen Durchgängen zwischen den Gebäuden gefangen und jagte seine Stöße in entgegengesetzten Richtungen um die Hausecken. Myatt wunderte sich über die Hartnäckigkeit, mit der er in dem öden gefahrvollen Bahnhof blieb; er sagte sich, daß er Coral nichts schuldete, und wußte, daß sie ihm recht geben würde. ›Wir sind quitt‹ würde sie sagen, ›du hast mir die Fahrkarte bezahlt, und ich habe dir eine schöne Stunde geschenkt.‹ Aber gerade ihre Zustimmung, ihre Weigerung, irgendeine Forderung an ihn zu stellen, hielt ihn hier fest. Angesichts solch vollkommener Demut konnte man nicht anders als großmütig sein. Er kletterte vorsichtig über die Geleise und öffnete eine Tür. Ein Mann mit ungekämmtem Haar saß an einem Tisch und trank Wein. Er kehrte Myatt den Rücken zu, und dieser sagte in einem Ton, von dem er hoffte, daß er gebieterisch und einschüchternd wirkte: »Ich möchte eine Auskunft haben.« Er hatte keine Ursache, sich vor einem Zivilisten zu fürchten; aber als der Mann sich umwandte und er sah, wie dessen Augen bei seinem Anblick hinterhältig und unverschämt

wurden, da verließ ihn sein Mut. Über dem Schreibtisch hing ein Spiegel, und Myatt erblickte darin eine Sekunde lang ganz deutlich sein Ebenbild, seine kleine, stämmige Gestalt, seine große Nase, den schweren Pelzmantel, und es kam ihm der Gedanke, daß diese Leute ihn vielleicht nicht nur darum haßten, weil er ein Jude war, sondern auch weil er die Zeichen des Reichtums in ihre hoffnungslos arme Umgebung brachte.
»Bitte?« fragte der Mann.
»Ich möchte mich nach einer jungen Dame erkundigen«, sagte Myatt, »die heute morgen vom Orientexpreß hier zurückgelassen wurde.«
»Was soll das heißen?« fragte der Mann frech. »Wenn jemand aussteigt, so steigt er eben aus. Er wird nicht zurückgelassen. Der Zug hielt heute früh hier über eine halbe Stunde.«
»Na gut, stieg eine Dame aus?«
»Nein.«
»Möchten Sie Ihre Fahrkarten durchsehen und das feststellen?«
»Nein. Ich sagte Ihnen schon, daß niemand ausgestiegen ist. Worauf warten Sie noch? Ich habe viel zu tun.«
Mit einem Male war es Myatt klar, daß er ohne Bedauern die Antwort des Beamten hinnehmen und die Nachforschungen einstellen würde; er hatte alles getan, was in seiner Macht stand, und war nun frei. Einen Augenblick verglich er Coral mit einem engen Gäßchen, das einen Mann dazu verlockt, seine Schritte hineinzulenken, sich dann aber als Sackgasse erweist, die an einer fensterlosen Mauer endet; es gab noch andere Frauen – eine Sekunde lang dachte er an Janet Pardoe –, die wie Straßen voll lichtstrahlender Läden waren, welche wohlige Wärme versprachen, wie Straßen, die zu einem Ziel führten. Er näherte sich dem Alter, da er heiraten und Kinder haben, sein festes Zelt aufschlagen und seinen Stamm vermehren wollte. Aber seine Gedanken waren allzu peinlich genau, und sie weckten sein Gewissen im Namen einer Frau, die nicht die leiseste Erwartung gezeigt hatte, daß er sie heiraten werde, und nur auf anständige Gegenleistung und ihre eigene Zuneigung bedacht gewesen war. Wieder

kam ihm gleich einem seltsamen, unerwarteten Schrei Corals Ausruf in den Sinn: ›Ich liebe dich.‹ Deshalb kehrte er von der Tür noch einmal zu dem Beamten hinter seinem Schreibtisch zurück, fest entschlossen, alles zu versuchen und keine Mühe zu scheuen. Vielleicht befand Coral sich jetzt in einer unangenehmen Lage, war ohne Geld gestrandet, und wahrscheinlich hatte sie Angst. »Sie wurde gesehen, wie sie aus dem Zug stieg.«

Der Beamte stöhnte: »Was wollen Sie von mir? Soll ich in den Schnee hinauslaufen und sie suchen? Ich sagte Ihnen schon, ich weiß nichts von ihr. Ich habe keine Dame gesehen.« Seine Stimme sank immer tiefer herab, während er zusah, wie Myatt seine Brieftasche herauszog.

Er entnahm ihr einen Fünfdinarschein und glättete ihn mit den Fingern. »Wenn Sie mir sagen können, wo sie ist, können Sie zwei solche Scheine haben.«

Der Beamte stammelte etwas, Tränen traten in seine Augen, und er sagte mit lebhaftem Bedauern: »Wenn ich nur könnte, wenn ich nur könnte! Ich würde Ihnen ja von Herzen gern helfen.« Seine Miene erhellte sich, und er sagte zuversichtlich: »Fragen Sie doch im Hotel nach.«

Myatt steckte die Brieftasche wieder ein; er hatte alles getan, was er tun konnte; dann trat er hinaus, um zu seinem Auto zurückzukehren.

Während der letzten Stunden war die Sonne verdeckt gewesen, aber man hatte ihre Anwesenheit an dem Glitzern des fallenden Schnees und an der Helligkeit des Flockenwirbels erkannt. Jetzt sank sie, und der Schnee nahm den grauen Farbton des Himmels an. Myatt dachte, er werde den Zug vor Einbruch der Dunkelheit nicht mehr erreichen. Aber selbst diese Hoffnung verringerte sich, als er zum Auto kam und feststellen mußte, daß der Motor trotz der Decke, die der Fahrer über die Kühlerhaube gebreitet hatte, eingefroren war.

4

»Singen ist ja recht gut und schön«, sagte Josef Grünlich. Obwohl er über die Schwäche seiner Augen klagte, waren diese doch vom Weinen gerötet, und er konnte nur mit Mühe die kleinen Waisenmädchen mit den Schwefelhölzern und die Prinzessinnen mit den eiskalten Herzen aus seinem Sinn verdrängen. »Sie werden mich nicht so leicht erwischen.« Er begann an den Wänden des Warteraums entlangzugehen und preßte von Zeit zu Zeit einen befeuchteten Daumen gegen die Holzverschalung. »Ich bin noch nie eingesperrt gewesen. Es wird Sie vielleicht überraschen, aber es ist wahr. In meinem Alter kann man mit solchen Sachen nicht mehr anfangen. Und mich wollen sie nach Österreich zurückschicken.«
»Werden Sie dort gesucht?«
Grünlich zog seine Weste herunter und versetzte mit dieser Bewegung das kleine Silberkreuz in Schwingungen. »Es macht mir nichts aus, wenn ich es Ihnen sage. Wir sind ja unter uns, eh?« In einem plötzlichen Anfall von Bescheidenheit drehte er seinen Hals ein wenig zur Seite. »Ich habe in Wien einen Mann erschlagen.«
Entsetzt rief Coral aus: »Heißt das, daß Sie ein Mörder sind?«
Grünlich dachte: ›Ich würde es den beiden gern sagen. Es ist zu schön, um ein Geheimnis zu bleiben. Geschwindigkeit? Ja – schauen Sie dort hinüber, Herr Kolber!, nach der Schnur greifen, zielen, zweimal feuern, ein paar Zuckungen, und er ist tot; alles in zwei Sekunden. Aber lieber nicht.‹ Er beherrschte sich nach dem vorsichtigen Wahlspruch seines Berufs, der fein säuberlich in Brandmalerei verfaßten Weisung, seinen Stolz zu bezähmen: ›Man kann nie wissen!‹ Mit dem Finger fuhr er in seinem Kragen hin und her und sagte leichthin: »Ich konnte nicht anders. Es war eine Ehrenaffäre.« Sein Zögern war kaum merklich. »Er hatte – wie sagt man nur? – meine Tochter in die Hoffnung gebracht.« Nur mit Mühe unterdrückte er ein lautes Auflachen, als er an den kleinen, vertrockneten Kolber dachte und an dessen verdrossenen Vorwurf: »Das ist eine schöne Bescherung.«
»Sie wollen sagen, daß Sie ihn getötet haben«, fragte Coral erstaunt, »nur weil er mit Ihrer Tochter herumgespielt hat?«

Grünlich hob seine Hand und fragte geistesabwesend – denn seine Augen irrten zum Fenster hin und maßen dessen Entfernung vom Boden: »Was hätte ich tun sollen? Ihre Ehre, meine Ehre . . .«
»Guter Gott«, erwiderte Coral, »bin ich froh, daß ich keinen Vater habe.«
Da sagte Grünlich ganz unvermittelt: »Vielleicht eine Haarnadel.«
»Was meinen Sie mit einer Haarnadel?«
»Oder ein Taschenmeser?«
»Ich habe keine Haarnadeln. Wozu brauche ich Haarnadeln?«
»Ich habe ein Papiermesser«, bemerkte Dr. Czinner. Als er es Grünlich übergab, sagte er: »Meine Uhr ist stehengeblieben. Können Sie mir sagen, wie lange wir schon hier sind?«
»Eine Stunde.«
»Noch zwei Stunden also«, sagte darauf der Arzt in nachdenklicher Stimmung.
Keiner von den andern hörte hin. Grünlich schlich mit dem Papiermesser in der Hand auf Zehenspitzen zur Tür hin, und Coral folgte ihm mit ihren Blicken.
»Kommen Sie her, Fräulein«, sagte Grünlich, und als sie an seiner Seite war, flüsterte er ihr zu: »Haben Sie etwas Creme?« Sie gab ihm einen Tiegel Cold Cream aus ihrer Handtasche, und er strich diese in einer dicken Schicht über das Türschloß, wobei er ein kleines Fleckchen frei ließ. Dabei lachte er leise vor sich hin, bückte sich tief und hielt das Auge an das Schlüsselloch. »So ein Schloß«, flüsterte er jubelnd, »so ein Schloß!«
»Wozu brauchen Sie die Creme?«
»Sie wird alles leiser machen, was ich tue.«
Darauf kehrte er zum erkalteten Ofen zurück und winkte die beiden andern heran. »Dieses Schloß«, erklärte er ihnen, »ist nichts. Wenn wir einen der Soldaten wegschicken könnten, so könnten wir davonrennen.«
»Man wird Sie erschießen«, wandte Dr. Czinner ein.
»Sie können nicht uns alle drei auf einmal erschießen«, entgegnete Grünlich. Hierauf ließ er zwei Andeutungen in

ihr Schweigen fallen: »Die Finsternis – der Schnee«, und trat dann zurück, um auf ihre Entscheidung zu warten. Sein eigener Verstand überlegte ganz kalt: ›Ich werde als erster draußen sein, als erster davonkommen; ich kann schneller laufen als ein alter Mann und als ein Mädchen; der Posten wird auf den Flüchtling schießen, der ihm am nächsten ist.‹
»Ich würde Ihnen raten, hierzubleiben«, sagte Dr. Czinner zur Tänzerin. »Hier sind Sie nicht in Gefahr.«
Grünlich öffnete schon den Mund, um ihm zu widersprechen, sagte aber dann nichts. Zu dritt beobachteten sie durch das Fenster, wie der eine Soldat mit geschultertem Gewehr immer wieder vorüberstapfte.
»Wie lange werden Sie brauchen, um die Tür aufzukriegen?« fragte der Arzt.
»Fünf Minuten.«
»Machen Sie sich an die Arbeit.« Dr. Czinner klopfte an das Fenster, und der andere Soldat kam herbei. Er brachte seine großen, freundlichen Augen nahe an das Glas und starrte in den Wartesaal. Drinnen war es dunkler als im Freien, und er konnte nur verschwommene Schatten ausnehmen, die ruhelos hin und her wanderten, um sich zu erwärmen. Der Arzt legte seinen Mund an die Fensterscheibe und sprach zu ihm in seiner Muttersprache: »Wie heißen Sie?« Kritsch, kritsch, kritsch, machte das Papiermesser, aber sooft es ausglitt, dämpfte die Fettschicht das Kreischen des Stahls.
»Ninitch«, antwortete die gespenstische Stimme durch das Glas.
»Ninitch«, wiederholte Dr. Czinner ganz langsam. »Ninitch. Ich kannte Ihren Vater; ich glaube, in Belgrad.«
Ninitch zog diese billige Lüge nicht in Zweifel. Er drückte seine Nase flach an das Fenster, aber das Gesicht des Arztes verwehrte ihm den Blick in den Wartesaal. »Er starb vor sechs Jahren«, sagte er.
Nun wagte Dr. Czinner, was nur ein geringes Wagnis war für einen, der mit den Armen Belgrads und mit der Nahrung vertraut war, die sie zu sich nahmen. »Ja, er war ein kranker Mann, als ich ihn kannte. Magenkrebs.«
»Krebs?«

»Schmerzen.«
»Ja, ja, im Bauch. Das war es. Sie kamen in der Nacht, und es wurde ihm ganz heiß im Gesicht. Meine Mutter lag immer neben ihm, um mit einem Tuch seine Haut zu trocknen. Merkwürdig, daß Sie ihn gekannt haben, Euer Gnaden. Soll ich das Fenster aufmachen, daß wir besser reden können?«
Grünlichs Messer kratzte, kratzte, kratzte; eine Schraube fiel aus dem Schloß und rollte klirrend auf den Boden.
»Nein«, wehrte Dr. Czinner ab, »Ihrem Freund würde das vielleicht nicht recht sein.«
»Er ist in die Stadt gegangen, zur Kaserne, um mit dem Major zu sprechen. Ein Ausländer war hier und hat hier herumgefragt. Er meint, da ist etwas nicht in Ordnung.«
»Ein Ausländer?« fragte der Arzt. Sein Mund wurde ganz trocken vor freudiger Hoffnung. »Ist er weggegangen?«
»Er ist eben zu seinem Auto zurückgegangen, die Straße hinunter.«
Schatten drängten sich im Wartesaal. Dr. Czinner wandte sich kurz vom Fenster ab und fragte tonlos: »Wie steht's? Können Sie sich beeilen?«
»Zwei Minuten noch«, antwortete Grünlich.
»Ein Ausländer mit einem Auto ist unten auf der Straße. Er hat Erkundigungen eingezogen.«
Coral legte die Hände ineinander und sagte kaum hörbar: »Er ist mich holen gekommen. Sehen Sie? Und Sie sagten, daß er nicht zurückkommen werde.« Sie begann leise zu lachen, und als Dr. Czinner ihr zuflüsterte, sie solle still sein, sagte sie: »Ich bin nicht hysterisch. Ich bin nur glücklich.«
Denn es war ihr der Gedanke gekommen, daß dieses grausige Abenteuer schließlich zu ihrem Besten gewesen war; es hatte gezeigt, daß er ihr zugetan war, weil er sich sonst nicht die Mühe genommen hätte, zurückzukommen. ›Er muß den Zug versäumt haben‹ überlegte sie, ›und wir werden die Nacht – vielleicht zwei Nächte – miteinander in Belgrad verbringen müssen.‹
Und sie begann von eleganten Hotels und von teuren Diners zu träumen, und wie seine Hände auf ihrem Arm liegen würden.

Dr. Czinner wandte sich wieder zum Fenster. »Wir sind sehr durstig«, sagte er. »Haben Sie etwas Wein?«
Ninitch schüttelte den Kopf. »Nein.« Dann fuhr er zweifelnd fort: »Lukitch dort übern Weg hat eine Flasche Rakia.« Die Dämmerung hatte den Weg schon länger werden lassen; es gab keinen Mond, der die Schienen erhellt hätte, und die Lampe in der Kanzlei des Bahnhofsvorstandes hätte hundert Meter, und nicht dreißig, entfernt sein können.
»Seien Sie ein guter Junge und bringen Sie uns etwas zu trinken.«
Er schüttelte den Kopf. »Ich darf die Tür nicht verlassen.«
Dr. Czinner bot ihm kein Geld an. Vielmehr rief er ihm durch die Scheibe zu, daß er seinen Vater behandelt habe. »Ich gab ihm Tabletten zum Einnehmen, wenn die Schmerzen zu stark waren.«
»Kleine runde Tabletten?« fragte Ninitch.
»Ja. Morphium-Tabletten.«
Ninitch überlegte, das Gesicht ans Fenster gepreßt. Man konnte in seinen durchsichtigen Augen die Gedanken gleich Fischen umherschwimmen sehen. Er sagte: »So was, Sie haben meinem Vater die Tabletten verschrieben. Er nahm immer eine, wenn die Schmerzen kamen, und dann noch eine am Abend. Dann konnte er schlafen.«
»Richtig.«
»Wieviel ich meiner Frau zu erzählen haben werde!«
»Etwas zu trinken«, erinnerte ihn Dr. Czinner.
Darauf sagte Ninitch langsam: »Wenn Sie zu fliehen versuchen, während ich weg bin, dann habe ich die größten Schwierigkeiten.«
Der Arzt erwiderte: »Wie können wir fliehen? Die Tür ist verschlossen, und das Fenster ist zu klein.«
»Also meintewegen.«
Dr. Czinner sah ihn davongehen und wandte sich mit einem unglücklichen Seufzer den andern zu.
»Jetzt«, rief er.
Der Seufzer hatte dem Verlust seiner Sicherheit gegolten. Er hatte den Kampf wiederaufgenommen; es war seine widerwärtige Pflicht, zu fliehen, wenn er konnte.

»Einen Augenblick noch«, sagte Grünlich und kratzte an dem Schloß.

»Draußen ist niemand. Der Posten ist jenseits der Bahn. Wenn Sie hinauskommen, wenden Sie sich nach links, und dann noch einmal nach links zwischen den Gebäuden hindurch. Das Auto steht unten auf der Straße.«

»Weiß ich alles«, erwiderte ihm Grünlich, und eine zweite Schraube fiel zu Boden. »Fertig!«

»Ich würde an Ihrer Stelle hierbleiben«, sagte der Arzt zu Coral.

»Das kann ich doch nicht. Mein Freund wartet unten auf der Straße.«

»Fertig!« wiederholte Grünlich und sah die beiden stirnrunzelnd an. Sie sammelten sich an der Tür.

»Wenn sie schießen«, sagte Dr. Czinner, »dann laufen Sie geduckt.«

Grünlich stieß die Tür auf, und der Schnee wehte herein. Draußen war es nicht so dunkel, wie es drinnen gewesen war; die Lampe des Stationsvorstandes jenseits der Geleise beleuchtete die Gestalt des Postens vor dem Fenster. Grünlich stürzte sich als erster in den Schneesturm; den Kopf fast bis zu den Knien hinabgebeugt, sprang er davon wie ein Ball. Die andern folgten. Es war nicht leicht, zu laufen. Wind und Schnee vereinigten sich wie Feinde, um sie zurückzutreiben; der Wind hemmte ihren Lauf, und der Schnee nahm ihnen die Sicht. Coral verschlug der Schmerz den Atem, als sie gegen eine hohe Eisensäule mit einem Rüssel wie ein Elefant rannte, durch den das Wasser in die Lokomotiven gepumpt wird. Grünlich war weit vor ihr, Dr. Czinner etwas weiter hinten; sie konnte das gequälte Keuchen seiner Lungen hören. Ihre Schritte machten im Schnee kein Geräusch, und keiner von ihnen wagte die Insassen des Autos anzurufen. Ehe Grünlich noch die Lücke zwischen den Gebäuden erreicht hatte, wurde irgendwo eine Tür zugeschlagen, jemand rief etwas, und dann krachte ein Schuß. Grünlichs erste Anstrengung hatte ihn erschöpft. Die Entfernung zwischen ihm und Coral verringerte sich. Der Posten feuerte zweimal, und Coral konnte die Kugel hoch über ihren Kopf pfeifen hören. Sie fragte sich, ob er absichtlich hoch zielte. Noch zehn Sekunden, und sie würde um die Ecke aus dem Blickfeld des Soldaten verschwunden sein und vom Auto aus gesehen werden können. Wieder hörte sie, wie eine Tür sich öffnete. Eine Kugel wirbelte neben ihr den Schnee in die Höhe, und sie rannte schneller. Sie hatte Grünlich fast eingeholt, als sie die Ecke erreichte. Da schrie Dr. Czinner hinter ihr auf, und sie meinte, er rufe ihr zu, schneller zu laufen; aber ehe sie um die Ecke bog, wandte sie sich um und sah, daß er sich mit beiden Händen an die Mauer klammerte. Sie blieb stehen und schrie: »Herr Grünlich«, der aber kümmerte sich nicht um sie, sondern sprang tief geduckt um die Ecke und war verschwunden.

»Laufen Sie weiter«, rief Dr. Czinner.

Das Licht, das am Horizont durch die dünnere Wolkenschicht drang, begann zu schwinden. »Nehmen Sie meinen Arm«, sagte sie. Er gehorchte, aber sein Gewicht war zu schwer für sie, obwohl er sich leichter machte, indem er sich mit einer Hand gegen die Mauer stützte. Sie erreichten die Ecke. Das Schlußlicht des Autos blinkte durch die Dämmerung und durch den Schnee, nur hundert Meter von ihnen entfernt, und Coral hielt inne. »Ich kann's nicht schaffen«, sagte sie. Er gab ihr keine Antwort, und als sie ihre Hand zurückzog, glitt er zu ihren Füßen in den Schnee. Sie überlegte kurz, ob sie ihn im Stich lassen solle, und sagte sich mit Überzeugung, daß er niemals auf sie gewartet hätte. Aber sie schwebte nicht in so großer Gefahr wie er. So stand sie unentschlossen da und beugte sich zu ihm hinab, um in sein bleiches, altes Antlitz zu schauen; da bemerkte sie, daß sein Schnurrbart blutig war. Um die Ecke kamen Stimmen, und sie erkannte, daß ihr keine Zeit zu langem Überlegen blieb. Dr. Czinner saß mit dem Rücken gegen eine Holztür, die nur eingeklinkt war, und Coral zog ihn da hinein und schloß die Tür hinter sich; aber sie scheute sich, den Riegel vorzuschieben. Draußen lief jemand vorüber, und ein Motor knatterte. Dann setzte sich das Auto aufheulend in Bewegung, aber bald verminderte die wachsende Entfernung den Lärm zu einem leisen Surren. Der Schuppen hatte keine Fenster;

Finsternis herrschte darin; aber jetzt war es zu spät; sie konnte ihn nicht mehr verlassen.
In Dr. Czinners Taschen fand sie eine Schachtel Streichhölzer; als sie eines anzündete, schossen gleich einer Bohnenstange Wände und Dach rings um sie empor. Irgend etwas füllte den Schuppen an einem Ende halb hoch. Ein zweites Zündholz zeigte ihr pralle Säcke, die in doppelter Manneshöhe aufgeschichtet lagen. In Czinners rechter Tasche fand sie eine zusammengefaltete Zeitung. Sie riß ein Blatt davon ab, rollte es eng zusammen und zündete es an, damit sie genug Licht hätte, um den Verletzten quer durch den Schuppen zu schleppen. Sie fürchtete nämlich, daß jeden Augenblick ein Posten die Tür öffnen könne. Aber Dr. Czinners Gewicht war zu schwer für sie. Sie hielt das brennende Papier nahe an seine Augen, um festzustellen, ob er bei Bewußtsein war, und der beißende Rauch weckte ihn; er schlug die Augen auf und blickte sie verwirrt an. Sie flüsterte ihm zu: »Ich möchte Sie zwischen den Säcken verbergen.« Er schien sie nicht zu verstehen, und sie wiederholte den Satz ganz langsam.
Er sagte auf deutsch: »Ich spreche kein Englisch.«
›O Gott‹, dachte sie, ›hätte ich ihn nur zurückgelassen! Säße ich jetzt nur im Auto! Er muß im Sterben liegen, weil er kein Wort versteht.‹ Und der Gedanke, daß sie dann ganz allein mit einem Toten in diesem Schuppen bleiben müßte, erfüllte sie mit Grauen. Da ging die Flamme aus, erstickt in ihrer eigenen Asche. Auf Händen und Knien suchte sie wieder nach der Zeitung, riß ein zweites Blatt ab und faltete es zusammen. Da merkte sie, daß sie die Zündhölzer verlegt hatte, und suchte auf allen vieren den Boden im Umkreis ab. Dr. Czinner begann zu hüsteln, und auf dem Boden regte sich etwas nahe an ihren Händen. Sie hielt es für eine Ratte und hätte beinahe vor Angst aufgeschrien. Als sie endlich die Streichhölzer fand und das Papier anzündete, bemerkte sie, daß es der Arzt war, der sich bewegt hatte. Er kroch zusammengekrümmt gegen einen Winkel der Scheune. Sie versuchte ihn zu leiten, er aber schien sie nicht zu bemerken. Den ganzen, langsamen Weg fragte sie sich, warum niemand zu ihnen hereinblickte.

Dr. Czinner war völlig erschöpft, als er die Säcke erreichte; er streckte sich hin und vergrub sein Gesicht in sie; aus seinem Munde floß Blut. Wieder lastete die ganze Verantwortung auf Coral. Sie fragte sich, ob er sterben werde, und legte ihren Mund nahe an sein Ohr: »Soll ich Hilfe holen?« Sie fürchtete, er werde ihr wieder auf deutsch antworten, aber diesmal sagte er ganz deutlich: »Nein, nein.« Sie dachte: ›Schließlich ist er ja ein Arzt und muß es wissen‹, und fragte ihn, ob sie etwas für ihn tun könne. Er aber schüttelte bloß den Kopf und schloß die Augen; er blutete nicht mehr, und sie glaubte, es gehe ihm jetzt besser. Sie zerrte einige Säcke von dem Stoß herab und baute eine Art Höhle, groß genug, sie beide aufzunehmen, und schichtete am Eingang dieser Höhle Säcke auf, so daß niemand sie von der Tür aus sehen konnte. Die Säcke waren schwer von Getreide, und sie war mit ihrer Arbeit noch nicht fertig, als sie Stimmen vernahm. Sie kroch flach in die Höhle hinein und drückte abergläubisch den Daumen. Da öffnete sich die Tür und eine Taschenlampe blitzte über die Säcke zu ihren Häupten. Dann wurde die Tür wieder geschlossen, und alles war still. Es dauerte lange, bis Coral den Mut fand, ihr Werk zu vollenden.

»Wir werden den Zug versäumen«, sagte Myatt, während er dem Chauffeur beim Ankurbeln des Motors zusah; der Starter war unbrauchbar.
»Ich werde Sie noch schneller zurückbringen«, entgegnete der Fahrer. Endlich begann der Motor zu erwachen, er brummte, schlief wieder ein und erwachte wieder. »Jetzt fahren wir los«, sagte der Mann. Er kletterte auf seinen Sitz und schaltete die Scheinwerfer ein, aber während er den Motor zu gleichmäßigem Lauf auf hohen Touren zu überreden suchte, ertönte in der Dämmerung hinter ihnen ein lauter Knall.
»Was war das?« fragte Myatt, der glaubte, der Motor habe eine Fehlzündung gehabt. Da gab es noch einen Knall und etwas später ein dumpfes Geräusch, wie wenn ein Kork aus der Flasche fährt.
»Am Bahnhof schießen sie«, sagte der Chauffeur und wollte

schon den Gang einschalten. Myatt stieß seine Hand vom Schalthebel weg. »Wir warten noch.«
Der Fahrer antwortete: »Warten?« und erklärte hastig: »Das sind die Soldaten. Wir sollten uns lieber aus dem Staub machen.«
Er wußte nicht, wie sehr Myatt seinen Rat insgeheim guthieß. Er hatte Angst. In der Haltung des einen Soldaten hatte er die Gesinnung gesehen, aus der Pogrome entspringen können; aber er blieb fest; denn er war noch nicht ganz davon überzeugt, daß er alles in seiner Macht Stehende getan habe, um Coral in Subotica zu finden.
»Sie kommen«, rief der Chauffeur. Auf der Straße vom Bahnhof kam jemand gelaufen. Erst entzog der fallende Schnee ihn den Blicken der beiden, dann konnten sie einen Mann erkennen, der im Zickzack auf sie zugerannt kam. Mit überraschender Schnelligkeit war er bei ihnen, klein und dick, und faßte aufgeregt nach dem Türgriff, um in den Wagen zu klettern.
»Was ist los?« fragte ihn Myatt. Der andere sprudelte hervor: »Fahren Sie schnell davon!« Die Tür klemmte, und so schwang er sich darüber und sank atemlos auf den Rücksitz.
»Kommt noch jemand?« fragte Myatt. »Sind Sie allein?«
»Ja, ja, ganz allein«, versicherte der Mann. »Fahren Sie doch schon los!«
Myatt beugte sich vor und versuchte ihm ins Gesicht zu schauen. »Keine junge Dame?«
»Nein. Keine Dame.«
Irgendwo beim Bahnhof zuckte eine Flamme auf, und eine Kugel streifte den Kotflügel. Der Chauffeur wartete keinen Befehl ab, sondern trat mit dem Fuß auf das Gaspedal und ließ das Auto von Schlagloch zu Schlagloch über die Straße springen.
Myatt blickte noch einmal forschend in das Gesicht des Fremden. »Waren Sie nicht im Orientexpreß?« Der Mann nickte. »Und haben Sie nicht am Bahnhof eine Dame gesehen?« Jetzt wurde der Mann sehr gesprächig: »Ich werde Ihnen alles erzählen.« Seine Sprache war undeutlich; viele Sätze verschlang der Lärm des tanzenden Wagens. Er er-

zählte, man habe ihn zurückbehalten, weil er ein kleines Stück Spitze nicht verzollt hätte, ein ganz kleines Stück, und er sei von Soldaten mißhandelt worden, und sie hätten ihm nachgeschossen, als er entfloh.
»Und Sie haben keine Dame gesehen?«
»Nein, keine Dame.« Er begegnete Myatts forschendem Blick mit vollkommener Ehrlichkeit. Es hätte einer langen Prüfung bedurft, um tief in seinen arglosen Augen den Funken von Bosheit, den schwachen Schimmer von Tücke zu erspähen.

Obwohl die Holzwände im Winde bebten, war es doch in der Dunkelheit des fensterlosen Schuppens zwischen den Säcken warm. Dr. Czinner wand sich hin und her, um dem Schmerz in seiner Brust zu entrinnen, aber es gelang ihm nicht; nur im Augenblick der Drehung entging er ihm, kaum lag er aber still, kam der Schmerz sofort wieder. So wälzte er sich die ganze Nacht hin und her. Es gab Zeiten, da ihm der Wind draußen bewußt wurde und da er das rieselnde Schneetreiben irrtümlich für das Geräusch der kleinen Kieselsteine am Meeresstrand hielt. In diesen Augenblicken kam ihm hier im Schuppen die Erinnerung an seine Exiljahre wieder, so daß er deutsche Deklinationen und unregelmäßige französische Zeitwörter aufzusagen begann. Aber seine Widerstandskraft war geschwächt, und anstatt seinen Peinigern einen starrsinnigen Sarkasmus entgegenzusetzen, vergoß er Tränen.
Coral Musker bettete seinen Kopf in eine bessere Lage, er aber bewegte ihn wieder, wand sich hin und her und murmelte in einem eintönigen Rhythmus, wobei ihm die Tränen über die Wangen in den Schnurrbart rannen. Sie gab den Versuch auf, ihm zu helfen, und suchte vor ihrer eigenen Furcht in die Vergangenheit zu fliehen, so daß, hätten ihre Gedanken eine Form angenommen, in der sie dem andern sichtbar geworden wären, eine seltsame Mischung den Schuppen erfüllt hätte: unter einer farbigen Lichtreklame, die den Operettentitel ›It's a Baby‹ in den Nachthimmel schleuderte, zerknüllte ein Geistlicher seinen Talar überm Arm und stürzte sich mit einem Stück Kreide auf die Schultafel; ein paar Schulkinder

verfolgten einander mit Schimpfworten durch die Bühnentür, über die Treppen vor den Theateragenten hinauf und wieder hinunter. Unter einem gläsernen Wartehäuschen am grauen Meeresstrand sagte eine Frau einer andern gehörig ihre Meinung, während eine Schulglocke zum Tee oder zum Kirchgang rief.

»Wasser«, flüsterte Dr. Czinner auf deutsch.

»Was wünschen Sie?« Sie beugte sich zu ihm nieder und versuchte sein Gesicht zu sehen.

»Wasser.«

»Soll ich jemand holen?« Er hörte sie nicht. »Wollen Sie etwas zu trinken haben?« Dr. Czinner ging auf ihre Frage gar nicht ein, sondern wiederholte nur fortgesetzt das eine Wort »Wasser«. Sie begriff, daß er bewußtlos war, aber ihre Nerven waren zermürbt, und es ärgerte sie, daß er ihr nicht antwortete. »Also gut, bleiben Sie hier liegen. Ich habe weiß Gott für Sie getan, was ich konnte.« Sie kroch so weit von ihm weg, wie sie nur konnte, und versuchte einzuschlafen, aber das leise Zittern der Wände hielt sie wach, das Seufzen des Windes brachte ihr ihre grenzenlose Verlassenheit zum Bewußtsein, und so kroch sie wieder an Dr. Czinners Seite, um der Einsamkeit zu entrinnen und Trost zu finden. »Wasser«, flüsterte er wieder. Sie berührte mit der Hand sein Gesicht und war überrascht von der trockenen Hitze seiner Haut. ›Vielleicht will er wirklich Wasser haben‹, dachte sie und wußte augenblicklich nicht, wo sie es finden sollte, bis ihr einfiel, daß es rund um sie niederströmte und sich draußen an den Wänden des Schuppens häufte. Ein schwacher Zweifel warnte sie: ›Soll jemand im Fieber Wasser trinken?‹ Aber als sie an seine trockene, heiße Haut dachte, gab sie ihrem Mitleid nach.

Obwohl das Wasser rund um sie war, war es doch nicht leicht oder schnell zu beschaffen. Sie mußte noch zwei Papierrollen anzünden, und ohne sie auszulöschen, durch die Lücke zwischen den Säcken hinauskriechen. Sie öffnete kühn das Tor, denn jetzt wäre ihr eine Entdeckung fast willkommen gewesen; doch die Nacht war dunkel und niemand zu sehen. Sie schöpfte eine Handvoll Schnee auf, kehrte in den Schuppen

zurück und schloß das Tor; der Luftzug, der dabei entstand, blies ihr Licht aus.
Sie rief Dr. Czinner an, der aber antwortete nicht, und es wurde ihr bei dem Gedanken bange, daß er vielleicht schon tot sei. Sie hielt eine Hand schützend vors Gesicht und ging vorwärts, stieß aber sogleich gegen eine Wand. Einen Augenblick wartete sie, ehe sie es noch einmal versuchte, und war froh, als sie ein Geräusch vernahm. Auf dieses ging sie zu, rannte aber wieder gegen eine Wand. Mit wachsender Angst dachte sie: ›Es muß eine Ratte gewesen sein, die sich bewegt hat.‹ Der Schnee in ihrer Hand begann zu schmelzen. Sie rief abermals, und jetzt antwortete ihr ein kaum hörbares Flüstern. Es war so nahe, daß sie zusammenfuhr; seitlich tastend berührte sie mit der Hand die Barrikade aus Säcken. Sie begann zu lachen, schalt sich aber sofort aus: »Werde nur jetzt nicht hysterisch! Es hängt alles von dir ab«, und suchte sich mit der Versicherung zu trösten, daß dies ihre erste Starrolle wäre.
Aber im Finstern und ohne Applaus war es schwer, mit dem nötigen Selbstvertrauen zu spielen.
Als sie endlich die Lücke zwischen den Säcken gefunden hatte, war der Schnee fast ganz verstreut oder zerronnen; aber den letzten Rest preßte sie gegen den Mund des Arztes. Es schien ihm Erleichterung zu bringen. Er lag still, während der Schnee auf seinen Lippen schmolz und zwischen seinen Zähnen einsickerte. Er war so ruhig, daß sie wieder eine Papierfackel anzündete, um in sein Gesicht zu sehen, und sie war erstaunt über seinen klugen, bewußten Blick. Sie redete ihn an, er aber war zu sehr seinen Gedanken hingegeben, als daß er ihr geantwortet hätte.
Czinner überblickte seine Lage, die Bedeutung seines zweiten Mißerfolges. Er wußte, daß er im Sterben lag; das eisige Wasser auf seiner Zunge hatte ihn aus seiner Bewußtlosigkeit erweckt, und nach einem Augenblick der Verwirrung erinnerte er sich an alles. Der Schmerz sagte ihm, wo man ihn getroffen hatte; er wußte um sein Fieber und um die geheime tödliche Blutung in seinem Innern. Einen Augenblick hielt er es für seine Pflicht, den Schnee von seinen Lippen wegzuwi-

schen, dann aber sah er ein, daß er gegen niemand mehr eine Pflicht hatte als gegen sich selbst.
Als Coral das Papier anzündete, dachte er gerade: ›Grünlich ist entkommen.‹ Es belustigte ihn, darüber nachzudenken, wie schwer es einem Christen fallen würde, dieses Entrinnen mit seinem sicheren Tode in Einklang zu bringen. Er lächelte ein wenig boshaft. Aber dann nahm seine christliche Erziehung ironische Rache an ihm, denn er selbst versuchte, die Ereignisse der letzten Tage miteinander in Einklang zu bringen, und fragte sich, wo er geirrt habe, und wie es gekommen sei, daß andere Erfolg gehabt hätten. Er sah den Expreßzug, in welchem sie gereist waren, gleich einer Rakete den dunklen Himmel durchbrechen. Sie klammerten sich daran mit jedem Kunstgriff, den sie kannten, lehnten sich bald dahin, bald dorthin und verlegten ihr Gleichgewicht bald nach dieser, bald nach jener Seite. Man mußte sehr beweglich sein, sehr geschmeidig, sehr opportunistisch. Der Schnee auf seinen Lippen war nun ganz geschmolzen und seine Wirkung im Schwinden. Bevor der letzte Funken des Papiers erlosch, trübte sich sein Blick, und der große Schuppen mit seinem Säckeberg schwamm von ihm fort in die Dunkelheit. Er merkte nicht, daß er doch mitten drin war, sondern glaubte zurückgeblieben zu sein und sah den Schuppen in der Ferne verschwinden. Sein Geist verwirrte sich, und bald meinte er durch den endlosen, leeren Raum zu stürzen, atemlos, mit einer brausenden Leere in Kopf und Brust, weil er sich nicht festhalten konnte auf dem, was zuweilen ein Schiff war und dann wieder ein Komet, bald die ganze Welt und dann wieder nur ein D-Zug von Ostende nach Konstantinopel. Seine Eltern wiegten nahe vor seinen Augen ihre hageren, tiefgefurchten Gesichter, folgten ihm durch den Äther, über die dahinstürmenden Sterne hinaus, und sagten ihm, daß sie froh und dankbar seien, weil er getan habe, was er nur konnte, weil er ihnen die Treue gehalten habe. Er fand keinen Atem und konnte ihnen nicht antworten, da die Schwerkraft ihn schmerzhaft in die Tiefe zog. Er wollte ihnen sagen, daß er durch seine Treue verdammt worden sei, daß man sich lieber nach der einen oder der anderen Seite neigen solle; aber er

war genötigt, auf dem ganzen Wege ihren trügerischen Trostsprüchen zu lauschen, indessen er in furchtbarem Schmerz immer weiter fiel.
Es war unmöglich, im Schuppen den Ablauf der Nacht zu erkennen. Sooft Coral ein Streichholz anzündete, um auf ihre Uhr zu schauen, sah sie enttäuscht, wie langsam die Zeit verging. Nach einer Weile war der Vorrat an Zündhölzern fast aufgebraucht, und sie wagte nicht mehr, noch eins anzuzünden. So überlegte sie, ob sie den Schuppen verlassen und sich ergeben sollte; denn allmählich gab sie die Hoffnung auf, Myatt je wiederzusehen. Er war zurückgekommen und hatte dadurch mehr getan, als sie von ihm billigerweise erwarten konnte, und es war unwahrscheinlich, daß er nun nochmals wiederkehren werde. Sie fürchtete sich vor der Welt draußen, nicht vor den Soldaten, sondern vor den Theateragenten, den endlosen Treppenhäusern, den Vermieterinnen, kurz, vor dem früheren Leben. Solange sie an Dr. Czinners Seite lag, hielt sie etwas von Myatt fest, eine Erinnerung, die ihnen beiden gemeinsam war.
›Ich kann ihm natürlich schreiben‹, sagte sie sich, aber es würden Monate vergehen, ehe er wieder in London wäre, und sie konnte nicht hoffen, daß seine Zuneigung oder sein Verlangen nach ihr die lange Trennung überdauern werde. Sie wußte auch, daß es ihr gelingen würde, ihn zu einem Wiedersehen zu bewegen, wenn er nach England zurückkam. Er würde es für seine Pflicht halten, sie wenigstens einmal zum Lunch einzuladen, aber: »Ich habe es nicht auf sein Geld abgesehen«, flüsterte sie laut in dem finsteren Schuppen an der Seite des Sterbenden. Ihr Gefühl der Verlassenheit, das Wissen, daß sie Myatt aus irgendeinem Grunde (Gott allein wußte, warum) liebte, ließ sie einen Augenblick lang aufbegehren: ›Warum nicht? Warum soll ich ihm nicht schreiben? Es würde ihm vielleicht recht sein, er wird mich vielleicht immer noch mögen; und wenn nicht, warum soll ich nicht darum kämpfen? Ich habe es satt, anständig zu sein und immer nur zu tun, was sich gehört.‹ Ihre Gedanken kamen denen Dr. Czinners sehr nahe, als sie ausrief, daß sich die Anständigkeit nicht bezahlt mache.

Aber sie wußte nur zu gut, daß dies nun einmal ihre Natur war; sie war so zur Welt gekommen und mußte sich damit abfinden, so gut sie eben konnte. Sie wußte, daß sie es andersherum nur falsch machen würde: sie würde rücksichtslos sein, wenn sie schwach sein, und verzeihend, wenn sie hart sein müßte. Sogar jetzt konnte sie nicht lange voll Neid und Bewunderung bei dem Gedanken verweilen, daß es Grünlich war, der an Myatts Seite in die Nacht hinein davonfuhr. Ihre Gedanken kehrten mit unsinniger Ergebenheit zu Myatt selbst zurück, zu ihrem letzten Blick auf ihn im Speisewagen, während seine Finger die goldene Zigarettendose liebkosten. Aber sie war sich die ganze Zeit wohl bewußt, daß Myatt keine Eigenschaft besaß, die ihre Treue gerechtfertigt hätte; sie war nun einmal so geartet, und er war zu ihr gut gewesen. Einen Augenblick erwog sie, ob es sich nicht mit Dr. Czinner ähnlich verhielt; auch er hatte Menschen die Treue gehalten, denen mit Schlauheit besser gedient gewesen wäre. Sie hörte seine schweren Atemzüge in der Dunkelheit und dachte ohne Bitternis oder Kritik: ›Es macht sich eben nicht bezahlt.‹

Die Straßengabelung sprang den Scheinwerfern des Autos entgegen. Der Chauffeur zögerte den Bruchteil einer Sekunde zu lange, dann warf er das Lenkrad herum und riß den Wagen auf zwei Rädern um die Kurve. Grünlich flog auf den andern Sitz hinüber und hielt vor Schreck den Atem an. Er wagte erst wieder die Augen zu öffnen, als der Wagen mit allen vier Rädern auf dem Boden war. Sie hatten die Hauptstraße verlassen, das Auto stolperte in den tiefen Wagenspuren einer Landstraße dahin und warf sein grelles Licht auf die knospenden Bäume, so daß sie wie aus Pappendeckel wirkten. Myatt lehnte sich von seinem Sitz an der Seite des Fahrers zurück und erklärte: »Er weicht Subotica aus und überquert die Bahnstrecke auf einem Viehweg. Halten Sie sich ordentlich fest.« Die Bäume verschwanden, und plötzlich rasten sie zwischen kahlen, schneebedeckten Feldern bergab. Der Feldweg war vom Vieh zu einem Morast zertrampelt worden, der dann gefroren war. Von weiter unten sprangen ihnen auf einmal zwei rote Lichter entgegen, und ein kurzes Stück des

Schienenstrangs schimmerte wie von hellgrünen Tropfen. Die Lichter bewegten sich nach vorne und wieder zurück, und über dem Heulen des Motors vernahmen sie laute Rufe.
»Soll ich durch sie durchfahren?« fragte der Chauffeur gelassen, den Fuß abwartend am Gaspedal.
»Nein, nein«, rief Myatt, der nicht einsah, warum er wegen eines Fremden Unannehmlichkeiten haben sollte. Jetzt konnte er die Männer, die die Laternen hielten, erkennen. Sie trugen graue Uniformen und waren mit Revolvern bewaffnet. Das Auto hielt zwischen ihnen, sprang über die erste Bahnschiene und blieb dann gleich einem gestrandeten Boot in schräger Lage stehen.
Einer der Soldaten sagte ein paar Worte, die der Chauffeur ins Deutsche übersetzte: »Er möchte unsere Ausweise sehen.«
Grünlich lehnte sich ruhig in die Polster zurück und kreuzte die Beine; seine Hand spielte müßig mit der silbernen Kette. Als einer der Soldaten ihn ansah, lächelte er freundlich und nickte ihm zu; jedermann hätte ihn für einen reichen und liebenswürdigen Kaufmann gehalten, der mit einem Sekretär reiste. Es war Myatt, der sich in seinem Pelzmantel nicht ganz behaglich fühlte; denn er erinnerte sich an das Schimpfwort des alten Weibes, an die Blicke des Postens, an die Unverschämtheit des Bahnbeamten. In einem so öden Winkel der Erde, zwischen hartgefrorenen Feldern und magerem Vieh, konnte man noch den Haß antreffen, dem die Welt anderswo schon entwuchs. Einer der Soldaten hielt ihm die Lampe vors Gesicht und wiederholte barsch und voller Verachtung seine Aufforderung. Myatt zog seinen Paß hervor, der Soldat hielt ihn verkehrt und betrachtete eingehend den Löwen und das Einhorn im britischen Wappen und brachte dann das einzige deutsche Wort hervor, das er kannte: »Engländer?«
Myatt nickte, und der Soldat warf den Reisepaß auf den Sitz zurück und vertiefte sich in den Ausweis des Chauffeurs, der wie ein Kinderbuch aus einem vielfach gefalteten langen Papierstreifen bestand. Indessen beugte sich Grünlich vorsichtig nach vorn und nahm Myatts Paß vom Vordersitz. Er grinste, als der Soldat das rote Licht gegen sein Gesicht hielt,

und schwenkte den Reisepaß. Der Soldat rief seinen Kameraden heran, dann standen beide da und blickten Grünlich im Lichte ihrer Laternen forschend an und flüsterten miteinander, ohne seinen Gebärden Beachtung zu schenken. »Was wollen die von mir?« fragte er vorwurfsvoll, ohne sein starres, feistes Lächeln zu ändern.
Einer der Soldaten gab einen Befehl, den der Chauffeur übersetzte: »Sie sollen aufstehen.«
Grünlich gehorchte. Myatts Reisepaß in der einen Hand und die andere an seiner silbernen Kette, stand er auf; die Soldaten ließen ihre Lampen von seinen Füßen bis zum Kopf über ihn hingleiten. Er hatte keinen Mantel und zitterte vor Kälte. Einer der Soldaten lachte und stieß ihn mit dem Finger in die Magengrube.
»Sie wollen sehen, ob er echt ist«, sagte der Chauffeur.
»Ob was echt ist?«
»Ihr dicker Bauch.«
Grünlich mußte so tun, als belustige ihn die Beleidigung; er lächelte in einem fort. Seine Selbstachtung war von zwei namenlosen Narren verletzt worden, die er nie wiedersehen würde. Jemand anders würde für diese Erniedrigung zu büßen haben, denn es war stets sein Stolz gewesen, wie es jetzt sein Kummer war, daß er niemals eine Beleidigung vergaß. Er tat sein Bestes, indem er zum Chauffeur auf deutsch sagte: »Können Sie sie nicht über den Haufen fahren?« Er grinste die Soldaten an und fuchtelte mit dem Paß herum, während diese sich eingehend über ihn unterhielten. Dann traten sie mit einem Kopfnicken zurück, und der Chauffeur drückte auf den Starter. Das Auto fuhr über den Schienenstrang und kletterte dann eine lange Straße voller Wagenspuren hinan. Grünlich blickte zurück und sah, wie die beiden roten Lampen gleich Lampions in der Dunkelheit auf und ab tanzten.
»Was wollten die Soldaten?«
»Sie suchen nach jemandem«, gab ihm der Chauffeur zur Antwort.
Aber das wußte Grünlich nur zu gut. Hatte er nicht Kolber in Wien ermordet? War er nicht vor einer knappen Stunde unter den Augen eines Postens aus Subotica entkommen?

War er nicht schlau, ein gerissener Bursche, der rasch von Entschluß war und nie zauderte? Sie hatten alle Straßen abgeriegelt, und er war ihnen dennoch durchgeschlüpft. Zugleich aber traf ihn wie ein feiner Luftzug aus einer verborgenen Öffnung der Gedanke, daß sie ihn wohl gefunden hätten, wenn sie auf der Suche nach ihm gewesen wären. Sie suchten einen andern, der ihnen wichtiger war. Sie hatten eine Personenbeschreibung des alten, langsamen Arztes verbreitet und nicht die Grünlichs, der Kolber ermordet hatte und sich brüstete: »Fünf Jahre schon dabei und noch nicht gesessen.« Die Furcht vor der hohen Geschwindigkeit des Wagens verließ ihn; während sie in dem uralten, ächzenden Fahrzeug durch die Finsternis rasten, saß er still da und brütete tiefsinnig über die Ungerechtigkeit dieser Welt.

Coral Musker erwachte mit einem Gefühl der Fremdheit, des Andersseins. Sie setzte sich auf, und der Getreidesack unter ihr knisterte. Das war der einzige Laut; denn das Rieseln des fallenden Schnees war verstummt. Sie horchte und gewahrte voll Angst, daß sie allein war. Dr. Czinner war verschieden; sie konnte seinen Atem nicht mehr hören. Von weit her erreichte sie durch die Dämmerung das Geräusch eines Autos, das den Gang wechselte; es kam zu ihr wie ein freundlicher Hund, der die Nase an einem reibt und dazu mit dem Schweif wedelt.
›Wenn Czinner tot ist‹ überlegte sie, ›so hält mich nichts mehr hier fest. Ich werde hinausgehen und das Auto suchen. Wenn es die Soldaten sind, werden sie mir nichts tun, vielleicht . . .‹ Ihre Sehnsucht ließ den Satz offen – er glich dem Schnabel eines hungrigen Vogels. Sie streckte eine Hand aus, um sich zu stützen, während sie sich auf die Knie erhob, und berührte dann das Gesicht des Arztes. Er regte sich nicht, und obwohl sein Gesicht noch warm war, fühlte sich das Blut um seinen Mund trocken und spröde an wie altes Leder. Sie tat einen Aufschrei, aber dann faßte sie sich rasch und ging zielbewußt vor. Sie suchte nach den Streichhölzern und zündete wieder eine Papierrolle an; aber ihre Hand zitterte. Obwohl ihre Nerven durchhielten, so bebte sie doch unter der Last ihrer

Verantwortung. Es schien ihr, als hätte jeder Tag der abgelaufenen Woche ihr eine Entscheidung aufgebürdet, sie mit einer Furcht beschwert, die sie verleugnen mußte. »Da ist das Engagement in Konstantinopel. Nehmen Sie an, oder lassen Sie es sein. Draußen wartet ein Dutzend Girls.« Dann Myatt, der ihr die Fahrkarte in die Handtasche steckte, ihre Hauswirtin, die ihr dies und jenes riet, der plötzliche Schreck vor der Fremde auf dem Kai in Ostende, als der Zahlmeister ihr nachrief, sie möge seiner gedenken.
Im Lichtschein des brennenden Papiers sah sie wieder mit Staunen den wissenden Blick des Arztes; aber jetzt war es ein erstarrtes Wissen, das sich nie mehr ändern würde. Sie wandte sich ab und blickte noch einmal hin, und immer war es dasselbe. ›Ich wußte nie‹, dachte sie, ›daß es ihm so schlechtging. Ich kann nicht hierbleiben.‹ Sie fragte sich sogar, ob man sie wegen seines Todes zur Verantwortung ziehen würde; diese Ausländer, deren Sprache sie nicht verstand, waren zu allem fähig. Aber während das Papier niederbrannte, verweilte sie doch zu lange, da eine seltsame Neugier sie festhielt. Hatte auch er einst eine Frau besessen? Der Gedanke daran verminderte die Wucht des Eindrucks, den er auf sie ausübte; er war nicht mehr so schrecklich tot, und sie erforschte sein Gesicht genauer, als sie es je zuvor gewagt hatte. Äußerliche Formen verschwanden mit dem Leben. Sie bemerkte zum ersten Male, daß sein Gesicht sonderbar grobe Züge aufwies; wenn es nicht so abgezehrt gewesen wäre, hätte es vielleicht abstoßend gewirkt. Vielleicht waren es nur Sorge und kärgliche Nahrung gewesen, die ihm Intelligenz und eine gewisse Verfeinerung verliehen hatten. Selbst im Tode, unter dem flackernden bläulichen Licht eines Stücks Zeitungspapier, war der völlige Mangel an Humor in diesem Gesicht auffallend. Vielleicht hatte er, ungleich den meisten Männern, nie eine Frau besessen. ›Hätte er mit einem Menschen zusammengelebt, der ihn gelegentlich ausgelacht hätte‹, dachte sie, ›würde er jetzt nicht tot hier liegen; er hätte alles nicht so ernstgenommen, hätte gelernt, nicht soviel Aufhebens von den Dingen zu machen, sondern ihnen ihren Lauf gelassen. Es ist das einzig Mögliche.‹ Sie berührte seinen langen

Schnurrbart; der war komisch und rührend zugleich, und er hätte ihm nie ein tragisches Aussehen verleihen können. Da ging das Licht aus, und Dr. Czinner hätte schon begraben sein können, so wenig sah sie von ihm und so wenig dachte sie bald an ihn, weil ihre Aufmerksamkeit durch das schwache Geräusch eines schnell dahinfahrenden Autos und durch das Knarren von Schritten abgelenkt wurde. Ihr Schrei war nicht ungehört verhallt.

Unter der schlechtschließenden Tür erschien ein schmaler Lichtstreifen. Stimmen erklangen, und das Auto kam langsam surrend die Straße herauf. Die Schritte entfernten sich, eine Tür ging auf, und durch die dünnen Wände des Schuppens hörte sie in einem Nebenraum jemanden unter den Säcken stöbern; ein Hund schnupperte vernehmlich. Das erinnerte sie an die langweiligen, flachen Felder der Grafschaft Nottingham und an einen Sonntag, an dem sie mit einer Gesellschaft von Bergarbeitern und mit einem Hund namens Fleck einst auf Rattenjagd gegangen war. Der Hund war aus einer Scheune in die andere gelaufen, während seine Begleiter mit Stöcken bewaffnet im Kreis herumstanden. Draußen entspann sich nun ein Wortwechsel, doch sie konnte keine der Stimmen erkennen. Das Auto hielt, sein Motor aber lief leise summend weiter.

Dann wurde die Tür des Schuppens geöffnet, und das Licht sprang auf den Berg von Säcken. Sie stützte sich auf einen Ellbogen und erblickte durch eine Ritze in ihrem Schutzwall den bleichen Offizier mit dem Goldzwicker und den Soldaten, der vor dem Wartesaal Wache gestanden hatte. Sie kamen quer über den Lehmboden auf sie zu, und da ließen ihre Nerven sie im Stich; sie konnte es nicht ertragen, wie langsam die Zeit verrann, bis man sie endlich entdecken würde. Sie waren noch halb von ihr abgewandt, da sprang sie auf und rief: »Hier bin ich!« Der Offizier fuhr herum und zog den Revolver. Dann sah er, mit wem er es zu tun hatte, und richtete, immer noch mit erhobenem Revolver, von der Mitte der Scheune aus eine Frage an sie. Sie glaubte ihn verstanden zu haben und antwortete: »Er ist tot.«

Der Offizier erteilte einen Befehl, und der Soldat trat vor und begann, langsam die Säcke wegzuziehen. Es war derselbe Mann, der sie auf dem Weg zum Speisewagen aufgehalten hatte, und sie haßte ihn einen Moment lang, bis er aufblickte und sie unglücklich und reumütig anlächelte, während der Offizier ihn von hinten mit ungeduldigen, scharfen Worten bombardierte. Als der Soldat den letzten Sack vom Eingang der Höhle wegzog, berührte er mit seinem Gesicht beinahe das ihre, und in diesem Augenblick gab er ihr so viel, wie das Zwiegespräch mit einem schweigenden Menschen nur geben kann.

Als Major Petkovitch sah, daß der Arzt sich nicht rührte, trat er näher heran und ließ das Licht seiner Laterne voll auf das Antlitz des Toten fallen. Der lange Schnurrbart erblaßte in dem Lichtschein, den die offenen Augen wie zwei Metallplatten zurückwarfen. Der Major hielt seinen Revolver dem Soldaten hin. Der gemütliche Humor und die letzten Reste einfachen Glücks, die der Mann sich irgendwo hinter seiner kummervollen Miene bewahrt hatte, brachen zusammen. Es war, wie wenn alle Fußböden eines Hauses durchgebrochen wären und nur noch die Mauern stünden. Er war entsetzt, sprachlos und erstarrt, und die Waffe blieb in der Hand des Majors. Dieser verlor seine Ruhe nicht; durch den goldenen Zwicker betrachtete er mit Neugier und Unentschlossenheit den Soldaten. Er hatte die Stimmung einer Kaserne in den Fingerspitzen; denn außer den abgegriffenen Büchern über deutsche Strategie stand auf seinem Bücherbrett eine kleine Reihe von Werken über Psychologie; er kannte jeden seiner Untergebenen so genau wie ein Beichtvater, wußte, wie weit sie roh waren, wie weit gütig, wie weit schlau und wie weit einfältig, und wußte ferner, was ihre Vergnügungen waren: Rakia, Karten und Weiber. Auch ihren Ehrgeiz kannte er, mochte dieser auch nicht weiterreichen als zu einer aufregenden oder fröhlichen Geschichte, die man seiner Frau erzählen konnte. Am besten wußte er, wie man die Strafe dem Charakter anpaßte und wie man den Willen brach. Vorhin war er mit dem Soldaten ungeduldig gewesen, als er so langsam die Säcke entfernt hatte, aber jetzt war er nicht ungeduldig; er ließ den Revolver auf seiner flachen Hand liegen und wieder-

holte mit einem Blick durch seinen goldgeränderten Zwicker ganz ruhig seinen Befehl.
Der Soldat senkte den Kopf, wischte sich mit der Hand die Nase ab und blickte schmerzbewegt zu Boden. Dann nahm er den Revolver und drückte ihn an Dr. Czinners Mund. Wieder zögerte er. Hierauf legte er seine andere Hand auf Corals Arm, und mit einem plötzlichen Stoß schleuderte er sie zu Boden, so daß sie mit dem Gesicht nach unten zu liegen kam. In diesem Augenblick hörte sie den Schuß. Der Soldat hatte ihr zwar den Anblick erspart, aber vor ihrer Phantasie konnte er sie nicht retten. Sie sprang auf und floh zur Tür; es würgte sie in der Kehle, während sie die paar Schritte rannte. Von der Finsternis vor dem Tor hatte sie sich eine Linderung erhofft, deshalb traf sie der Lichtstrahl der Autoscheinwerfer wie ein Schlag vor den Kopf. Sie lehnte sich gegen den Türpfosten und suchte ihr Gleichgewicht wiederzugewinnen; dabei fühlte sie sich unendlich einsamer, als da sie erwacht war und Dr. Czinner tot aufgefunden hatte. Schmerzlich, verzweifelt sehnte sie sich nach Myatt. Neben dem Auto zankten sich die Leute noch immer, und ein schwacher Geruch von Schnaps lag in der Luft.
»Da soll doch der Teufel . . .!« rief eine Stimme. Die Menschengruppe wurde barsch auseinandergerissen, und Miss Warren tauchte zwischen ihnen auf. Ihr Gesicht war feuerrot, ihre Miene grimmig triumphierend. Sie ergriff Coral am Arm. »Was geht hier vor? Nein, erzählen Sie es mir nicht jetzt. Sie sind krank. Sie kommen gleich mit mir von hier fort.« Die Soldaten standen zwischen ihr und dem Auto, und der Offizier trat aus dem Schuppen und gesellte sich zu ihnen. Miss Warren sagte rasch und mit leiser Stimme: »Versprechen Sie alles. Es ist ganz gleichgültig, was Sie sagen.« Sie legte ihre große, eckige Hand auf den Ärmel des Offiziers und begann mit einschmeichelnden Worten zu reden. Er versuchte sie zu unterbrechen, aber seine Einwände wurden von ihrem Redeschwall hinweggespült. Dann nahm er seinen Zwicker ab, um ihn abzuwischen, und in diesem Augenblick war er verloren. Drohungen wären vergebens gewesen, denn Miss Warren hätte die ganze Nacht weitergeredet. Sie aber

hielt ihm einen Köder hin, den abzulehnen gegen seine Natur gewesen wäre, nämlich die Vernunft; und hinter der Vernunft, die sie ihm lockend anbot, ließ sie ihn einen Blick tun auf eine wertvolle Räson, einen hochdiplomatischen Beweggrund. Wieder wischte er seinen Zwicker ab, nickte endlich und willigte ein. Miss Warren ergriff seine Hand und drückte sie so energisch, daß sie den Stempel ihres Siegelringes tief in seinen Finger preßte und er darob schmerzlich zusammenzuckte.

Coral sank zur Erde. Miss Warren erfaßte sie, und sie versuchte sich loszumachen. Nach dem gewaltigen Lärm kam die Erde ihr jetzt lautlos entgegengeschwommen, und in weiter Ferne sprach eine Stimme: »Ihr Herz ist angegriffen.« Sie öffnete die Augen und erwartete das Gesicht eines alten Mannes unter sich zu sehen. Aber sie lag ausgestreckt auf dem Rücksitz eines Autos, und Miss Warren war eben dabei, eine Decke über sie zu breiten. Dann goß sie ein Glas Brandy voll und hielt es an Corals Mund. Da fuhr der Wagen an, Miss Warren fiel auf sie und schüttete ihr das Getränk über das Kinn. Coral lächelte zurück in das erhitzte, zärtliche und ziemlich betrunkene Gesicht.

»Hören Sie, Liebling«, sagte Miss Warren, »ich nehme Sie zunächst mit nach Wien. Ich kann meinen Bericht von dort aus telegrafieren. Wenn irgendein dreckiger Kerl sich an Sie heranmachen will, dann sagen Sie nichts. Öffnen Sie nicht einmal den Mund, um nein zu sagen.«

Die Worte sagten Coral nichts. Sie trug einen Schmerz in ihrer Brust. Als das Auto sich in Bewegung setzte, um sie nach Wien zu bringen, sah sie die Lichter des Bahnhofs verlöschen und dachte mit hartnäckiger Treue daran, wo Myatt jetzt wohl sein mochte. Der Schmerz erschwerte ihr das Atmen, aber sie war entschlossen, nicht zu sprechen. Zu sprechen, ihren Schmerz zu beschreiben, um Hilfe zu bitten – damit würde sie Myatts Gesicht einen Augenblick lang aus ihrem Gedächtnis vertreiben. Ihr Ohr würde den Klang seiner Stimme vergessen, die ihr zuflüsterte, was sie in Konstantinopel alles tun würden. ›Ich will nicht als erste vergessen‹, dachte sie eigensinnig und rang mit all den andern Bildern, die um die Vorherrschaft stritten, mit dem rotblinkenden Schlußlicht von Myatts Auto auf der dämmrigen Straße, mit Dr. Czinners starrem Blick im Schein der Papierfackel, rang schließlich verzweifelt mit dem Schmerz, mit der Atemnot, mit dem Verlangen, laut aufzuheulen, und mit einer dunklen Wolke in ihrem Geist, die ihr sogar die Bilder rauben wollte, gegen die sie gerade ankämpfte.

›Ich erinnere mich. Ich habe nicht vergessen.‹ Aber einen Schrei konnte sie nicht unterdrücken; er war so leise, daß der Lärm des Motors ihn verschlang. Er erreichte Miss Warrens Ohr ebensowenig wie die Worte, die sie danach wieder flüsterte: »Ich habe nicht vergessen.«

»Exklusiver Bericht«, murmelte Miss Warren und trommelte dazu mit den Fingern auf die Autodecken. »Ich will alles exklusiv bringen – es ist meine Geschichte«, forderte sie voll Stolz und erlaubte es irgendwo im Hintergrund ihrer Gedanken, hinter den Schlagzeilen und den gesperrten Balkenlettern, einem Traumbild Gestalt zu gewinnen: Coral im Pyjama beim Cocktailmixen, Coral im Schlaf in ihrer renovierten und jugendlich gestalteten Wohnung.

FÜNFTER TEIL

KONSTANTINOPEL

»Hallo, hallo, ist Mr. Carleton Myatt schon eingetroffen?«
Der kleine lebhafte Armenier mit einer Blume im Knopfloch antwortete in einem Englisch, das ebenso makellos und formvollendet war wie sein Cutaway. »Nein, leider noch nicht. Soll ihm etwas ausgerichtet werden?«
»Aber der Zug ist doch gewiß schon da?«
»Nein. Er hat drei Stunden Verspätung. Ich glaube, bei Belgrad gab es einen Maschinendefekt.«
»Sagen Sie ihm, Mr. Joyce . . .«
»Und jetzt«, sagte der Empfangschef und beugte sich vertraulich über sein Pult gegen die beiden verzückten jungen Amerikanerinnen, die ihn mit offenem Mund unter wunderschön ausgezupften Augenbrauen anstarrten, »was darf ich den Damen für heute nachmittag empfehlen? Sie sollten sich einen Führer durch die Basars nehmen.«
»Vielleicht Sie, Mr. Kalebdjian«, sagten sie fast in demselben Augenblick; ihre weiten, gierigen, jungfräulichen Augen folgten ihm, als er sich dem klingelnden Telefon zuwandte.
»Hallo, hallo, Ferngespräch? Persönlicher Anruf? Jawohl. Hallo. Nein. Mr. Carleton Myatt ist noch nicht eingetroffen. Wir erwarten ihn jeden Augenblick. Soll ich ihm etwas ausrichten? Um sechs werden Sie wieder anrufen. Danke.«
Er wandte sich wieder den beiden Amerikanerinnen zu: »Ach, wenn ich nur könnte, wäre es mir ein großes Vergnügen. Doch meine Pflicht hält mich hier fest. Aber ich habe einen entfernten Vetter, und ich werde veranlassen, daß er Sie morgen vormittag hier abholt und zum Basar führt. Für heute nachmittag würde ich Ihnen empfehlen, ein Taxi zu nehmen und am Hippodrom vorbei zur Blauen Moschee zu fahren und hernach die römischen Zisternen zu besuchen. Wenn sie dann im russischen Restaurant in Pera Tee trinken und zum Diner hierher zurückkommen, so würde ich Ihnen anschließend einen Theaterbesuch empfehlen. Wenn es Ih-

nen recht ist, so bestelle ich Ihnen für den Nachmittag von einer verläßlichen Garage ein Taxi.«

Die beiden sagten wie aus einem Munde: »Das ist aber herrlich, Mr. Kalebdjian«, und während er die Garage eines noch entfernteren Vetters in Pera anrief, durchquerten sie die Halle zu dem staubigen Verkaufsstand für Zuckerwaren und überlegten, ob sie ihm eine Schachtel Bonbons kaufen sollten. Das große, protzige Hotel mit seinen Fliesenböden, seinem internationalen Personal und dem Restaurant, das eine Nachahmung der Blauen Moschee war, war vor dem Weltkrieg erbaut worden; jetzt, da die Regierung nach Ankara gezogen war und Konstantinopel die Konkurrenz des Piräus zu verspüren bekam, war der Weltruhm des Hotels ein wenig verblaßt. Das Personal war verringert worden, und man konnte durch die riesige, menschenleere Halle wandern, ohne einem Pagen zu begegnen, und die Klingeln waren dafür bekannt, daß sie nicht funktionierten. Aber am Empfangspult stemmte sich Mr. Kalebdjian in seinem vorzüglich geschnittenen Cut gegen die allgemeine Trägheit.

»Ist Mr. Carleton Myatt hier, Kalebdjian?«

»Nein, mein Herr, der Zug hat Verspätung. Wollen Sie auf ihn warten?«

»Hat er ein Empfangszimmer?«

»Ja, gewiß. Hier, mein Junge, führe den Herrn in Mr. Myatts Zimmer.«

»Wenn er kommt, bitte, geben Sie ihm meine Karte.«

Die beiden Amerikanerinnen beschlossen, Mr. Kalebdjian doch keine Schachtel türkischen Honigs zu schenken; aber er war so süß und hübsch, daß sie ihm etwas Neues tun wollten, und so standen sie in Gedanken verloren, als er unvermittelt neben ihnen auftauchte. »Ihr Taxi ist vorgefahren, meine Damen. Ich werde dem Chauffeur genaue Anweisungen geben. Sie werden ihn höchst zuverlässig finden.« Er führte sie hinaus und sah darauf, daß ihre Abfahrt klappte. Die kleine Aufregung und das rege Treiben legten sich wieder wie Staub, und Mr. Kalebdjian kehrte in die schweigende Halle zurück. Für ein paar Minuten war es fast so gewesen wie einstmals in den Tagen der Hochsaison.

Eine Viertelstunde lang trat niemand ein. Eine allzufrüh zum Leben erwachte Fliege erlag der Kälte und starb geräuschvoll an einer Fensterscheibe. Mr. Kalebdjian rief den Hauswart an, um sich zu vergewissern, ob die Heizung in den Zimmern aufgedreht war, und dann saß er, die Hände zwischen den Knien, hinter seinem Pult und hatte nichts zu überlegen und nichts zu tun.
Die Drehtür schwang mehrmals hin und her und ließ eine Gruppe von Menschen ein. Myatt betrat als erster die Halle, Janet Pardoe und Mr. Savory folgten ihm und drei Träger brachten ihr Gepäck. Myatt war glücklich. Hier fühlte er sich in seinem Element. Ein internationales Hotel war seine gewohnte Oase, mochte sie auch noch so dürftig sein. Der Alpdruck von Subotica wich von ihm und verlor in der Gegenwart Mr. Kalebdjians, der ihnen mit einem Willkommensgruß entgegentrat, alle Wirklichkeit. Er freute sich darüber, daß Janet Pardoe nun sehen sollte, wie man in den besten Hotels fern seiner Heimat von ihm Notiz nahm.
»Wie geht es Ihnen, Mr. Carleton Myatt? Das ist eine große Freude.« Mr. Kalebdjian schüttelte ihm die Hand und verbeugte sich aus den Hüften; seine unglaublich weißen Zähne blitzten in aufrichtigem Vergnügen.
»Freue mich, Sie wiederzusehen, Kalebdjian. Der Manager ist wohl abwesend, wie immer? Dies sind meine Freunde, Miss Pardoe und Mr. Savory. Das ganze Hotel hier ruht auf Mr. Kalebdjians Schultern«, erklärte er den andern. »Sie werden es uns gemütlich machen? Das ist schön. Lassen Sie eine Schachtel Bonbons auf Miss Pardoes Zimmer bringen.«
Janet Pardoe begann leise: »Mein Onkel erwartet mich«, aber Myatt schob ihren Einwand beiseite: »Er kann einen Tag warten. Heute abend müssen Sie mein Gast sein.« Wieder begann er sein Pfauenrad mit einem Selbstvertrauen zu schlagen, das er von den Marmorsäulen und Mr. Kalebdjians Unterwürfigkeit borgte.
»Wir haben schon zwei Anrufe für Sie gehabt, Mr. Myatt, und in Ihrem Zimmer wartet ein Herr auf Sie.«
»Gut. Geben Sie mir seine Karte, und kümmern Sie sich um meine Freunde. Habe ich dasselbe Zimmer wie gewöhn-

lich?« Mit raschen Schritten ging er zum Lift, den Mund in freudiger Erwartung gespitzt, denn es hatte in den letzten Tagen zuviel gegeben, was ungewiß und schwer zu begreifen war; aber jetzt war er wieder bei seiner Arbeit. ›Es wird Mr. Eckman sein‹, dachte er, ohne einen Blick auf die Karte des Besuchers zu werfen, und wußte plötzlich ganz genau, was er zu ihm sagen würde. Der Lift stieg ruckweise in den ersten Stock empor, und der Page führte ihn einen staubigen Gang entlang und öffnete eine Tür. Durch das offene Fenster strömte das Sonnenlicht ins Zimmer, und von unten konnte er die gellenden Autohupen hören. Ein untersetzter blonder Mann in einem Tweedanzug erhob sich vom Sofa. »Mr. Carleton Myatt?«

Myatt war überrascht. Er hatte diesen Mann noch nie gesehen. Nun blickte er auf die Visitenkarte in seiner Hand und las den Namen. »Oh, Mr. Leo Stein.«

»Überrascht, mich hier zu finden?« fragte Mr. Stein. »Hoffe, Sie halten mein Erscheinen nicht für übereilt.« Er sprach sehr freimütig und herzlich. ›Sehr englisch‹, dachte sich Myatt; aber die Nase verriet ihn, die durch eine Operation gestreckt worden war und davon noch eine Narbe trug. Die Feindschaft zwischen dem offenen und dem getarnten Juden zeigte sich sofort in ihrem Augurenlächeln, dem herzhaften Händedruck und in der Art, wie sie einander mit den Blicken auswichen.

»Ich hatte unseren Agenten erwartet«, sagte Myatt.

»Oh, der arme Eckman, der arme Eckman«, seufzte Mr. Stein und schüttelte sein blondes Haupt.

»Was meinen Sie damit?«

»Darum bin ich ja hier; um Sie nämlich zu bitten, mit mir zu kommen und Mrs. Eckman aufzusuchen. Sehr beunruhigend für sie.«

»Wollen Sie etwa sagen, daß er fort ist?«

»Verschwunden. Kam gestern nacht einfach nicht mehr nach Hause. Sehr geheimnisvoll.«

Im Zimmer war es kalt. Myatt schloß das Fenster und ging, die Hände in den Taschen seines Pelzmantels vergraben, im Raume auf und ab, drei Schritte hin und drei Schritte zurück.

Er sagte bedächtig: »Ich bin nicht überrascht. Vermutlich konnte er mir nicht unter die Augen treten.«
»Mir sagte er vor einigen Tagen, daß er das Gefühl habe, Sie trauen ihm nicht. Er war gekränkt darüber, tief gekränkt.«
Darauf sagte Myatt langsam und mit Überlegung: »Ich traue nie einem Juden, der Christ geworden ist.«
»Aber ich bitte Sie, Mr. Myatt, ist das nicht ein wenig dogmatisch?« fragte Stein mit leisem Unbehagen.
»Mag sein. Ich vermute«, fuhr Myatt fort, der mitten im Zimmer stehengeblieben war und Stein den Rücken kehrte, ihn jedoch bis zu den Knien in dem goldgerahmten Spiegel sehen konnte, »daß er in seinen Verhandlungen weitergegangen ist, als er mich je hat wissen lassen.«
»Ach, die Verhandlungen« – Steins Spiegelbild schien sich weniger behaglich zu fühlen, als seine Stimme vermuten ließ –, »die waren natürlich beendet.«
»Er sagte Ihnen also, daß wir nicht kaufen würden?«
»Er hat gekauft.«
Myatt nickte. Das überraschte ihn nicht. Hinter Eckmans Verschwinden mußte allerhand stecken. Stein sagte langsam: »Ich mache mir über Eckman wirklich Sorgen. Ich darf gar nicht daran denken, daß er vielleicht Selbstmord begangen hat.«
»Ich glaube nicht, daß Sie sich zu beunruhigen brauchen. Er hat sich nur vom Geschäft zurückgezogen, nehme ich an; allerdings ein wenig plötzlich.«
»Sehen Sie«, fuhr Stein fort, »er hatte Sorgen.«
»Sorgen?«
»Ja. Zunächst das Gefühl, daß Sie ihm nicht trauten. Und dann: er hatte keine Kinder. Er wollte Kinder haben. Es gab vieles, was ihn bedrückte. Da muß man schon Nachsicht üben.«
»Aber ich bin kein Christ, Mr. Stein. Ich glaube nicht, daß Nächstenliebe die erste Tugend ist. Darf ich den Vertrag sehen, den er unterzeichnet hat?«
»Selbstverständlich.« Mr. Stein zog einen langen, in der Mitte gefalteten Briefumschlag aus der Tasche seines Tweedrockes.

Myatt setzte sich, breitete die Papiere auf dem Tisch aus und las sie sorgfältig durch. Er äußerte sich nicht dazu, und auch sein Gesichtsausdruck verriet nichts. Niemand hätte ihm angesehen, wie glücklich er war, weil er sich wieder über Rechnungen beugen konnte, über etwas, was er begreifen konnte, was keine Gefühle hatte. Nachdem er alles durchgelesen hatte, lehnte er sich zurück und starrte auf seine Fingernägel. Er hatte sie vor seiner Abreise aus London maniküren lassen, aber sie bedurften schon wieder der Pflege.
Mr. Stein sagte sanft: »Hatten Sie eine gute Reise? Ich hoffe, die Unruhen in Belgrad berührten Sie nicht.«
»Nein«, antwortete Myatt zerstreut. Das war die Wahrheit. Es schien ihm, daß der ganze ungeklärte Zwischenfall in Subotica ganz unwirklich gewesen war. Sehr bald würde er ihn vergessen haben, weil er mit dem alltäglichen Leben nichts zu tun hatte und weil es für ihn keine Erklärung gab. Er sagte: »Sie wissen natürlich, daß wir diesen Vertrag ohne weiteres für null und nichtig erklären lassen könnten.«
»Das glaube ich nicht«, erwiderte Mr. Stein. »Der arme Eckman war Ihr bevollmächtigter Vertreter. Sie ließen ihn die Verhandlungen führen.«
»Er hatte nicht die Vollmacht, dies zu unterzeichnen. Nein, Mr. Stein, ich fürchte, dieses Papier ist für Sie ganz wertlos.«
Mr. Stein setzte sich auf das Sofa und schlug die Beine übereinander. Er roch nach Pfeifentabak und Tweed. »Ich will Sie natürlich zu nichts zwingen, Mr. Myatt«, sagte er. »Mein Motto lautet: Laß nie einen andern Kaufmann in der Tinte sitzen! Ich würde diesen Vertrag auf der Stelle zerreißen, Mr. Myatt, wenn das ein ganz faires Vorgehen wäre. Aber sehen Sie, seit der arme Eckman dieses Dokument unterschrieben hat, ist die Firma Moult von ihrem Angebot zurückgetreten und wird es jetzt natürlich nicht erneuern.«
»Mir ist ganz genau bekannt, wie weit Moult an Rosinen interessiert war«, entgegnete Myatt.
»Ja, sehen Sie, unter diesen Umständen und in aller Freundschaft, Mr. Myatt, wenn Sie diesen Vertrag zerreißen, dann müßte ich Ihre Entscheidung anfechten. Darf ich rauchen?«
»Nehmen Sie eine Zigarre!«

»Darf ich eine Pfeife rauchen?« Er begann den hellen, süßlichen Tabak in seine Pfeife zu stopfen.
»Ich vermute, Eckman hat eine Provision bekommen?«
»Ach, der arme Eckman«, war Steins rätselhafte Antwort.
»Ich möchte wirklich, daß Sie mit mir kommen und Mrs. Eckman besuchen. Sie ist sehr beunruhigt.«
»Sie braucht sich nicht zu beunruhigen, wenn seine Provision hoch genug war.«
Mr. Stein zündete mit einem Lächeln seine Pfeife an. Myatt begann den Vertrag noch einmal durchzulesen. Es war ganz richtig, daß man ihn umstoßen konnte, aber die Gerichte waren stets unberechenbar. Ein guter Rechtsanwalt konnte einem viele Scherereien verursachen. In dem Vertrag standen Ziffern, die er lieber nicht veröffentlicht sehen wollte, und Steins Unternehmen war letzten Endes für die Firma etwas wert. Was ihm nicht behagte, waren der Preis und der Direktorenposten, der Stein zugestanden wurde. Selbst der Preis war nicht unannehmbar, aber Myatt konnte das Eindringen eines Fremden in sein Familienunternehmen nicht ausstehen. Er sagte: »Ich will Ihnen sagen, was ich tun werde. Wir werden diesen Vertrag zerreißen und Ihnen ein neues Angebot machen.«
Mr. Stein schüttelte den Kopf. »Aber ich bitte Sie, das wäre doch nicht ganz fair gegen mich. Nicht wahr, Mr. Myatt?«
Myatt entschied sich, was er tun würde. Seinen Vater wollte er nicht durch einen Prozeß beunruhigen. Er würde also den Vertrag anerkennen unter der Bedingung, daß Stein auf seinen Direktorenposten verzichtete. Aber damit wollte er jetzt noch nicht herausrücken; Stein würde vielleicht doch noch klein beigeben. »Überschlafen Sie die Sache noch einmal, Mr. Stein«, riet er dem andern.
Darauf entgegnete Stein aufgeräumt: »Ja, aber ich bezweifle, ob man mir gerade das gestatten wird; kaum, wie ich die Mädchen von heute kenne. Ich treffe mich heute nachmittag nämlich hier mit einer Nichte. Sie ist in Ihrem Zug aus Köln angekommen. Die Tochter des armen Pardoe.«
Myatt zog seine Zigarrentasche heraus, und während er eine Zigarre auswählte und beschnitt, beschloß er, wie er weiter

vorgehen würde. Er begann Stein zu verachten; der redete zuviel und gab unnötigerweise seine Geheimnisse preis. Kein Wunder, daß sein Geschäft nicht gutgegangen war. Zu gleicher Zeit nahm Myatts unklare Neigung für Steins Nichte feste Formen an. Die Gewißheit, daß ihre Mutter eine Jüdin war, stellte ihn sofort auf vertrauten Fuß mit ihr. Sie war nicht mehr unnahbar, und er schämte sich seines steifen Benehmens vom Abend zuvor. Sie hatten im Zug miteinander gespeist, nachdem er aus Subotica zurückgekommen war, aber während des ganzen Essens hatte er sein bestes Benehmen an den Tag gelegt. Er sagte bedächtig: »Ja, ich lernte Miss Pardoe im Zug kennen. Übrigens ist sie jetzt hier unten im Hotel. Wir sind zusammen vom Bahnhof gekommen.«
Nun war die Reihe an Mr. Stein, die Worte sorgfältig auf die Waagschale zu legen. Als er sprach, geschah es mit einer geringfügigen, aber bedeutungsvollen Abweichung vom Thema: »Die arme Kleine, sie hat keine Eltern. Da meinte meine Frau, wir sollten sie doch zu uns nehmen. Ich bin nämlich ihr Vormund.«
Sie saßen nebeneinander, und auf dem Tisch vor ihnen lag der von Mr. Eckman unterzeichnete Vertrag. Sie kamen nicht darauf zurück; das Geschäftliche schien abgetan; aber Stein sowohl wie Myatt wußten, daß die Verhandlungen darüber wiederaufgenommen waren. Jeder erriet, was der andere dachte, aber sie wichen dem Gegenstand aus.
»Ihre Schwester«, begann Myatt, »muß eine wunderschöne Frau gewesen sein.«
»Sie hatte ihre Erscheinung von meinem Vater«, entgegnete Mr. Stein. Keiner wollte zugeben, daß es Janet Pardoes Schönheit war, die sie interessierte; sogar ihre Großeltern fanden vor ihr Erwähnung.
»Stammte Ihre Familie nicht aus Leipzig?« erkundigte sich Myatt.
»Richtig. Mein Vater verlegte das Geschäft hierher.«
»Und Sie erkannten das als Fehler?«
»Nicht doch, Mr. Myatt. Sie haben ja die Zahlen gesehen. Es war nicht so schlecht. Aber ich möchte verkaufen und mich zurückziehen, solange ich das Leben noch genießen kann.«

»Wie meinen Sie das? Das Leben genießen?« fragte Myatt neugierig.
»Nun, ich bin am Geschäft nicht übermäßig interessiert«, antwortete Stein.
Myatt wiederholte verwundert seine Worte: »Am Geschäft nicht interessiert?«
»Golf«, sagte Stein, »und ein kleines Landhaus, danach sehne ich mich.«
Der Schock ging vorüber, und Myatt stellte wiederum fest, daß Stein zuviel verriet; dessen mitteilsame Art war allerdings sein Vorteil. Blitzschnell lenkte er das Gespräch wieder auf den Kaufvertrag zurück: »Warum wollen Sie dann einen Posten als Direktor haben? Ich glaube, in der Geldfrage könnte ich Ihnen weitgehend entgegenkommen, wenn Sie den Direktorenposten fallenlassen wollten.«
»Ich will ihn nicht unbedingt für mich«, erwiderte Stein, der zwischen seinen Worten aus seiner Pfeife paffte und auf Myatts immer länger werdende Zigarrenasche schielte, »aber ich möchte – um der Tradition willen, Sie verstehen mich – jemanden von der Familie in der Leitung haben.« Er lachte lange und freimütig. »Aber ich habe keinen Sohn, nicht einmal einen Neffen.«
Darauf sagte Myatt nachdenklich: »Sie werden Ihrer Nichte zureden müssen.« Und beide lachten und gingen zusammen die Treppe hinab. Janet Pardoe war nirgends zu sehen.
»Ist Miss Pardoe ausgegangen?« fragte Myatt Mr. Kalebdjian.
»Nein, Mr. Myatt. Miss Pardoe ist eben mit Mr. Savory ins Restaurant gegangen.«
»Bitten Sie sie, zwanzig Minuten mit dem Lunch zu warten. Mr. Stein und ich werden uns den beiden dann anschließen.«
An der Drehtür gab es einen kleinen Kampf, da jeder dem andern den Vortritt lassen wollte; die Freundschaft zwischen Myatt und Stein gedieh zusehends.
Als sie im Taxi zu Eckmans Wohnung unterwegs waren, fragte Stein: »Dieser Savory, wer ist das?«
»Nur ein Schriftsteller«, antwortete Myatt.
»Läuft er Janet nach?«

»Ganz freundschaftlich«, antwortete Myatt. »Sie trafen sich im Zug.«
Er verschränkte die Hände auf den Knien und saß still da; er dachte ernsthaft über das Heiraten nach. ›Sie ist sehr schön‹, sagte er sich, ›sie ist kultiviert, sie würde eine gute Gastgeberin sein; sie ist eine Halbjüdin.‹
»Ich bin ihr Vormund«, sagte Stein. »Soll ich vielleicht mit ihm reden?«
»Er hat Geld.«
»Ja, aber ein Schriftsteller«, erklärte Stein. »Paßt mir nicht. Sie sind so unzuverlässig. Ich möchte Janet mit einem soliden Geschäftsmann verheiratet sehen.«
»Ich glaube, das Frauenzimmer, mit dem sie in Köln lebte, machte sie mit Savory bekannt.«
»Ach ja«, meinte Stein und fühlte sich ungemütlich. »Sie verdiente sich seit dem Tode ihrer Eltern selbst den Lebensunterhalt. Ich habe mich nicht eingemischt. Tut einem jungen Mädchen ganz gut; aber meine Frau dachte, wir sollten sie eine Zeitlang bei uns haben, und so habe ich sie hierher eingeladen. Ich dachte mir, wir könnten für sie vielleicht in unserer Nähe eine bessere Stellung finden.«
Sie schwenkten um den kleinen Schutzmann herum, der auf einem runden Sockel stand und den Verkehr regelte, und fuhren eine Anhöhe hinan. Unter ihnen, zwischen einer hohen, nüchternen Mietskaserne und einer Telegrafenstange, stiegen die Kuppeln der Blauen Moschee gleich einer Traube von azurnen Seifenblasen empor.
Mr. Stein war es noch immer unbehaglich zumute. »Tut einem jungen Mädchen ganz gut«, wiederholte er. »Und das Geschäft hat mich in letzter Zeit ununterbrochen in Anspruch genommen. Aber wenn der Verkauf einmal durchgeführt ist«, fügte er heiter hinzu, »werde ich ihr eine laufende Rente aussetzen.«
Das Taxi bog in einen finsteren, engen Hof, in dem ein einsamer Mülleimer stand; aber die hohe Treppe, die sie hinaufstiegen, war durch große Fenster erhellt, und ganz Istanbul schien unter ihnen hervorzufluten. Sie konnten die Hagia Sophia, den Feuerturm und eine langgestreckte Was-

serfläche westlich des Goldenen Horns gegen Eyub hinauf überblicken.
»Eine herrliche Lage. Es gibt keine schönere Wohnung in Konstantinopel«, sagte Stein, während er klingelte. Myatt aber dachte darüber nach, was diese Wohnung wohl kosten mochte und wieviel seine Firma zu Eckmans prächtiger Aussicht beigesteuert hatte.
Die Tür öffnete sich. Stein nahm sich nicht die Mühe, dem Mädchen seinen Namen zu nennen, sondern führte Myatt einen weißgetäfelten Gang entlang, der zwischen seinen Fenstern die Sonne wie ein braungelbes Raubtier einfing.
»Sie sind wohl ein Freund der Familie?« meinte Myatt.
»Ach, der arme Eckman und ich sind schon eine ganz hübsche Zeit befreundet«, antwortete Mr. Stein und stieß die Tür zu einem fensterreichen Salon auf, in welchem ein Konzertflügel, eine flache Schale mit Blumen und einige Stahlrohrstühle in der zarten Frühlingsluft zu schwimmen schienen.
»Hier, Emma«, sagte Mr. Stein, »habe ich Mr. Carleton Myatt mitgebracht, der dich sprechen möchte.«
Es gab keine dunklen Ecken in diesem Raum, keine Zuflucht vor der Flut sanft strömenden, wohltuenden Lichtes, aber Mrs. Eckman hatte versucht, hinter dem Klavier Zuflucht zu nehmen, das sich zwischen ihr und den Gästen wie ein glänzend polierter Fußboden erstreckte. Sie war klein, grauhaarig und elegant gekleidet; aber die Kleider paßten ihr nicht. Sie erinnerte Myatt an ein ältliches Dienstmädchen, das die abgelegten Kleider ihrer Herrin trägt. Sie hatte einen Berg von Nähsachen unterm Arm und flüsterte aus dem Winkel, wo sie stand, einen Willkommensgruß; aber sie wagte sich keinen Schritt weit auf den sonnenüberfluteten Fußboden hervor.
»Nun, Emma«, begann Mr. Stein, »hast du etwas von deinem Mann gehört?«
»Nein, noch nicht«, antwortete sie. Mit deutlichem Schmerz fügte sie hinzu: »Er ist ein so schlechter Briefschreiber«, und bat die beiden, doch Platz zu nehmen. Sie begann Nadeln, Nähfaden, Wollknäuel und Flanellstücke in einen großen Nähkorb zu stopfen.

Stein blickte unbehaglich von einem Stahlrohrstuhl zum andern. »Ich verstehe nicht«, flüsterte er Myatt zu, »warum der arme Eckman solches Zeug gekauft hat.«
Myatt sagte laut: »Sie brauchen sich nicht zu beunruhigen, Mrs. Eckman. Zweifelsohne werden Sie noch heute von Ihrem Herrn Gemahl hören.«
Sie unterbrach ihre Aufräumarbeiten und blickte Myatt auf die Lippen.
»Ja, Emma«, sagte Mr. Stein, »sowie mein armer Freund Eckman erfährt, wie gut Mr. Myatt und ich einander verstehen, wird er sofort nach Hause eilen.«
Mrs. Eckman hauchte aus ihrem Winkel am fernen Ende des schimmernden Parketts die Worte: »Oh, es macht mir nichts, wenn er nicht hierher zurückkommt. Ich würde ihm überallhin folgen. Das ist ja kein Zuhause.« Sie unterstrich diese Worte mit einer kleinen nachdrücklichen Geste und ließ dabei eine Nadel und zwei Perlmutterknöpfe fallen.
»Bin ganz deiner Meinung«, bemerkte Stein und blies dabei seine Backen auf. »Ich begreife nicht, was dein Mann an diesem stählernen Zeug findet. Man gebe mir ein paar gute Stücke aus Mahagoni und einige Lehnstühle, in denen man gemütlich schlafen kann.«
»Oh, mein Mann hat einen sehr guten Geschmack«, flüsterte Mrs. Eckman hoffnungslos; ihre erschrockenen Augen starrten unter dem eleganten Hut hervor wie die einer Maus, die sich in einem Kleiderschrank gefangen hat.
»Na«, sagte Myatt ungeduldig, »ich bin überzeugt, daß Sie sich um Ihren Gatten überhaupt nicht zu sorgen brauchen. Das Geschäft hat ihn ein bißchen aus dem Gleichgewicht gebracht, weiter nichts. Kein Grund, zu befürchten, daß er – daß ihm etwas passiert ist.«
Mrs. Eckman kam hinter dem Flügel hervor und trat unter nervösen Handbewegungen näher. »Das befürchte ich auch nicht«, sagte sie. Sie blieb zwischen ihnen stehen, wandte sich dann wieder um und kehrte rasch in ihre Ecke zurück.
Myatt erschrak. »Wovor fürchten Sie sich dann?« fragte er.
Sie schüttelte den Kopf vor dem ganzen hellen, von Stahl schimmernden Salon. »Mein Mann ist so modern«, sagte sie

ängstlich und zugleich stolz. Dann aber verließ sie der Stolz, und mit den Händen zwischen den Knöpfen und Wollknäueln in ihrem Nähkorb wühlend, sagte sie: »Vielleicht wird er gar nicht zu mir zurückkommen wollen.«

»Nun, was halten Sie davon?« fragte Stein, während sie die Treppe hinabstiegen.
»Arme Frau«, sagte Myatt.
»Ja, ja, arme Frau«, wiederholte Stein und schneuzte sich in einer ehrlichen, gefühlvollen Art. Er hatte Hunger, aber Myatt wollte vor dem Mittagessen noch allerlei erledigen, und Stein wich nicht von seiner Seite. Er fühlte, daß mit jedem Taxi, das sie gemeinsam benutzten, ihre Vertraulichkeit wuchs, und ganz abgesehen von ihren Plänen hinsichtlich Janets, war Myatts vertrauter Umgang für ihn jährlich einige tausend Pfund wert. Das Taxi ratterte eine steile, mit Kopfsteinen gepflasterte Straße hinunter, auf den gedrängt vollen Platz am Hauptpostamt hinaus und dann weiter nach Galata und zu den Docks. Über eine unsaubere Treppe erreichten sie das kleine Büro, das mit Karteikästen und Versandkartons vollgestopft war und nur ein einziges Fenster besaß, durch welches man eine hohe Mauer und den Rand eines Dampferschornsteines erblickte. Staub lag in einer dichten Schicht auf dem Fensterbrett. Das war der Raum, der den großen, vielfenstrigen Salon hervorgebracht hatte, so wie eine alternde jüdische Mutter als letztes Kind einen Künstler gebären mag. Eine große Standuhr, die zusammen mit dem Schreibtisch fast den ganzen restlichen Raum ausfüllte, schlug zwei; aber obgleich es noch so früh war, war Joyce bereits zur Stelle. Eine Stenotypistin verschwand in einer Art Schuhkasten.
»Nachricht von Eckman?«
»Nein, Mr. Myatt«, sagte Joyce. Myatt überflog ein paar Briefe und verließ dann den Buchhalter, der sich gleich einem treuen Hund über Eckmans Schreibtisch und Eckmans Verfehlungen beugte.
»Und nun zum Essen«, rief Myatt. Mr. Stein befeuchtete seine Lippen.

»Hungrig?« erkundigte sich Myatt.
»Ich hatte ein zeitiges Frühstück«, antwortete Stein ohne jeden Vorwurf.
Aber Janet Pardoe und Mr. Savory hatten nicht auf sie gewartet. Als Myatt und Stein eintraten, tranken sie in dem blaugekachelten Restaurant bereits Kaffee und Likör. Janet und Mr. Stein küßten einander formell auf die Stirn, und Stein rief aus, wie gut es sich treffe, daß seine Nichte und Myatt einander schon kennengelernt hätten. Janet sagte nichts, beobachtete ihn aber mit friedvollen Augen und lächelte Myatt einmal zu. Sie schien ihm zu sagen: ›Wie wenig weiß er doch von uns!‹ Und er erwiderte ihr Lächeln, ehe ihm bewußt wurde, daß es ja nichts zu wissen gab.
»Ich nehme also an«, sagte Stein, »ihr beide habt einander den ganzen Weg von Köln her Gesellschaft geleistet.«
Nun setzte sich Mr. Savory in Szene, indem er sagte: »Oh, ich denke, Ihre Nichte war mehr mit mir beisammen.«
Aber Stein überging ihn völlig und fuhr fort: »Habt einander ordentlich kennengelernt, wie?«
Janet Pardoe öffnete ihre weichen, üppigen Lippen ein wenig und sagte leise: »Ah, Mr. Myatt hatte eine andere Freundin, die er besser kannte als mich.« Myatt wandte sich gerade zur Seite, um das Essen zu bestellen, und als er sich wieder zum Tisch drehte, stellte Janet Pardoe eben mit süßer und sanfter Bosheit fest: »Sie war seine Geliebte, weißt du, Onkel.«
Stein lachte herzlich. »Seht euch nur den lockeren Vogel an! Er wird ganz rot.«
»Und stell dir vor, sie ist ihm davongerannt«, fuhr Janet Pardoe fort.
»Davongerannt? Hat er sie denn geschlagen?«
»Ja, wenn du ihn danach fragst, wird er ein Geheimnis daraus machen. Als der Zug den Maschinendefekt hatte, fuhr er in einem Auto die ganze Strecke bis zur letzten Station zurück, um sie zu suchen. Endlos lang blieb er aus. Und das Geheimnis, das er daraus zu machen sucht! Er half jemandem, den Zollbeamten zu entwischen.«
»Und das Mädchen?« fragte Stein und sah Myatt spitzbübisch an.

»Die ging mit einem Arzt durch«, sagte Mr. Savory.
»Das wird er nie zugeben«, sagte Janet und nickte Myatt zu.
»Ich bin tatsächlich einigermaßen beunruhigt«, erwiderte Myatt. »Ich werde den Konsul in Belgrad anrufen.«
»Rufen Sie Ihre Großmutter an«, rief Mr. Savory aus und sah mit kecker Nervosität von einem zum anderen. Er hatte die Gewohnheit, wenn er seiner Gesellschaft ganz sicher war, irgendeine entwaffnende Wendung aus der niederen Umgangssprache zum besten zu geben, die die allgemeine Aufmerksamkeit auf den Ladentisch und auf die Schlafstube des Kaufmannslehrlings in seiner eigenen Vergangenheit lenken würde. Immer noch berauschte er sich bisweilen an dem glücklichen Gefühl, daß man ihn akzeptiert hatte, daß er sich im besten Hotel aufhielt und dort mit Menschen auf derselben gesellschaftlichen Stufe stand, von denen er einst geglaubt hatte, er werde sie nie anders kennenlernen als über Ballen von Seidenstoffen oder Stöße von Seidenpapier hinweg. Die großen Damen, die ihn zu ihren literarischen Empfängen einluden, waren von seinen Worten entzückt.
Denn was half es, einen Romanschriftsteller vorzuführen, der von der Stoffabteilung aufgestiegen war, wenn er nicht noch schwache Spuren seiner Herkunft, einen letzten Rest des Ausverkaufs zu tief reduzierten Preisen mit sich herumtrug?
Mr. Stein starrte ihn grimmig an. »Ich glaube, Sie täten gut daran, zu telefonieren«, sagte er zu Myatt. Mr. Savory war beschämt. Diese Leute hier zählten zu der kleinen Minderheit, die seine Bücher nie gelesen und keine Ahnung hatten, welche Hochachtung sie ihm schuldeten. Sie hielten ihn bloß für ordinär. Er sank in seinem Stuhl ein wenig zusammen und wandte sich an Janet: »Der Arzt – war nicht Ihre Freundin an diesem Arzt interessiert?« Aber da Janet die Mißbilligung der beiden anderen bemerkte, bemühte sie sich nicht, die endlose und langweilige Geschichte aus ihrem Gedächtnis hervorzukramen, die Miss Warren ihr erzählt hatte. Sie fiel Savory ins Wort: »Ich kann nicht alle Leute in Evidenz halten, für die Miss Warren sich interessiert. Ich erinnere mich überhaupt nicht an den Arzt.«

Mr. Stein verwahrte sich nun gegen die vulgäre Wendung, die Mr. Savory gebraucht hatte. An sich hatte er nämlich nichts dagegen einzuwenden, daß Myatt wegen des Mädchens in ganz harmloser Weise ein bißchen gehänselt wurde, denn dies würde seine wertvolle Intimität mit Myatt nur besiegeln. Als der erste Gang aufgetragen war, brachte er das Gespräch wieder darauf zurück: »Nun, erzähl uns doch ein wenig mehr von Mr. Myatts Missetaten.«
»Sie ist sehr hübsch«, sagte Janet Pardoe, und aus ihrem Ton war die Großmut deutlich herauszuhören.
Mr. Savory blickte zu Myatt hin, um festzustellen, ob er beleidigt wäre; aber dieser war zu hungrig und verzehrte mit Genuß sein spätes Mittagsmahl. »Ist sie nicht beim Theater?« fragte er.
»Ja. Beim Varieté.«
»Ich sagte ja gleich, sie ist ein Girl vom Chor«, bemerkte Janet. »Ein ganz kleines bißchen gewöhnlich. Hatten Sie sich schon vorher gekannt?«
»Nein, nein«, verwahrte sich Myatt schleunigst. »Eine rein zufällige Begegnung.«
»Was in diesen Fernzügen alles vorkommt«, rief Mr. Stein genießerisch. »Hat sie Sie viel gekostet?« Er fing den Blick seiner Nichte auf und zwinkerte ihr zu. Er war erfreut, als sie sein Lächeln erwiderte. Es wäre unangenehm gewesen, wenn sie eines jener altmodischen Mädchen gewesen wäre, vor denen man nicht offen reden konnte; nichts war ihm lieber als eine leicht schlüpfrige Unterhaltung in weiblicher Gesellschaft – solange die Sache natürlich ein vornehmes Niveau wahrte, dachte er mit einem mißbilligenden Seitenblick auf Mr. Savory.
»Zehn Pfund«, antwortete Myatt und winkte zugleich dem Kellner.
»Mein Gott, wie kostspielig«, meinte Janet Pardoe und sah ihn respektvoll an.
»Ich machte nur Spaß«, entgegnete Myatt. »Ich gab ihr gar kein Geld, sondern kaufte ihr eine Fahrkarte. Außerdem war es nur eine kleine Freundschaft. Sie ist ein liebes Ding.«
»Ah, ah«, äußerte sich Mr. Stein. Myatt leerte sein Glas.

Über die blauen Fliesen kam ein Kellner, der einen Serviertisch vor sich her schob.
»Das Essen ist hier sehr gut«, stellte Mr. Savory fest.
Myatt blühte in dieser heimatlichen Atmosphäre mit ihrem leichten Küchenaroma förmlich auf. In einem der großen Säle wurde ein Rachmaninoff-Konzert gespielt. Man hätte in London sein können. Beim Klang der Musik kam ihm eine Erinnerung, die in scharlachrotem Licht zerbrach: Menschen steckten die Köpfe aus den Zugfenstern, scherzten, unterhielten sich und verspotteten den Geiger. Langsam sagte er zu sich selbst: »Sie war in mich verliebt.« Er hatte nicht beabsichtigt, diese Worte allen vernehmbar in das nüchterne blaue Restaurant fallen zu lassen; nun war er verlegen und ein wenig erschrocken, als er sie hörte; sie klangen so prahlerisch, und er hatte nicht prahlen wollen. Man konnte doch nicht damit prahlen, daß eine kleine Tänzerin einen liebte. Er errötete, als sie alle über ihn lachten.
»Oh, diese Mädchen«, sagte Stein mit einem Kopfschütteln, »sie wissen, wie man einen Mann herumkriegt. Es ist der Glanz der Bühne. Ich erinnere mich, wie ich als junger Mann stundenlang an der Bühnentür zu warten pflegte, nur um so ein kleines Ding aus der ersten Reihe des Chors zu sehen. Pralinen, Soupers.« Der Anblick einer grauen Entenbrust auf seinem Teller ließ ihn einen Moment innehalten. »Die Lichter Londons«, schloß er.
»Wenn wir schon von der Bühne reden, Janet«, sagte Myatt, »wollen Sie heute abend mit mir ins Theater gehen?« Er nannte sie beim Vornamen, denn er fühlte sich jetzt unbefangen, seit er wußte, daß ihre Mutter eine Jüdin war, und daß er ihren Onkel praktisch in der Tasche hatte.
»Sehr gern, aber ich habe Mr. Savory versprochen, mit ihm zu dinieren.«
»Wir könnten zu einer späten Kabarettvorstellung gehen.« Aber er hatte nicht die Absicht, sie mit Savory speisen zu lassen. Den ganzen Nachmittag würde er sie nicht sehen können, weil er zuviel zu tun hatte. Er mußte ein paar Stunden im Büro zubringen, um all die Angelegenheiten zu entwirren, die Mr. Eckman mit so viel Geschick durcheinan-

dergebracht hatte; er mußte ferner einige Besuche erledigen. Als er um halb vier Uhr durch das Hippodrom fuhr, sah er, wie Mr. Savory inmitten einer Kinderschar fotografierte; er arbeitete rasch, denn er knipste dreimal, während Myatts Taxi vorüberfuhr, und jedesmal lachten die Kinder ihn aus. Es war halb sieben, als Myatt ins Hotel zurückkehrte.

»Ist Miss Pardoe in der Nähe, Kalebdjian?«

Mr. Kalebdjian wußte alles, was im Hotel vorging. Nur aus seiner Rastlosigkeit erklärte sich die Genauigkeit seiner Information; er pflegte unvermittelt aus der verlassenen Hotelhalle hinauszustürzen, die Treppen hinauf- und wieder herunterzurasen, in eine abgelegene Diele einzudringen und dann wieder mit den Händen zwischen den Knien untätig an seinem Pult zu sitzen. »Miss Pardoe kleidet sich eben zum Diner um, Mr. Carleton Myatt.« Als einst ein Mitglied der Regierung im Hotel wohnte, hatte Mr. Kalebdjian einen hochnoblen Besucher von der britischen Botschaft durch die Auskunft schockiert: »Seine Exzellenz ist gerade im Klosett. Aber sie wird nicht länger als höchstens drei Minuten ausbleiben.« Korridore entlangzutraben, an Badezimmertüren zu horchen und wieder an seinem Schreibtisch zu sitzen und nichts zu tun zu haben als ein kleines Bündel von wichtigen Informationen in seinem Geiste durchzublättern – das war Mr. Kalebdjians Lebensinhalt.

Myatt klopfte an Janet Pardoes Tür.

»Wer ist's?«

»Darf ich eintreten?«

»Die Tür ist nicht abgesperrt.«

Janet war fast fertig. Ihr Abendkleid lag auf dem Bett ausgebreitet, und sie saß vor dem Toilettetisch und puderte sich die Arme.

»Wollen Sie wirklich mit Savory essen gehen?«

»Nun, ich hab's ihm versprochen«, antwortete Janet.

»Wir könnten im Pera Palace speisen und dann weiter ins Petits Champs gehen.«

»Es wäre herrlich gewesen, nicht?« sagte Janet und begann ihre Wimpern zu bürsten.

»Wer ist das?« Myatt deutete auf die große Fotografie eines

breiten Frauengesichts in einem zusammenlegbaren Rahmen. Das Haar war kurz geschnitten, und der Fotograf hatte versucht, die steinharte Linie um Kinn und Unterkiefer in einem Nebel aufzulösen.

»Mabel. Sie reiste mit mir im Zug bis Wien.«

»Ich erinnere mich nicht, sie gesehen zu haben.«

»Sie hat jetzt einen kurzen männlichen Haarschnitt. Das ist eine alte Aufnahme. Sie läßt sich nicht gern fotografieren.«

»Sie sieht grimmig aus.«

»Ich habe sie dort aufgestellt für den Fall, daß ich auf schlimme Gedanken komme. Sie schreibt Gedichte. Eines ist auf der Rückseite. Es ist miserabel, glaube ich, aber ich verstehe nichts davon.«

»Darf ich es lesen?«

»Aber gewiß. Es wird Sie wahrscheinlich komisch anmuten, daß mir jemand Gedichte widmet.«

Myatt wandte die Fotografie um und las:

Najade, schlank und wasserkühl,
Für den Fluß geboren,
Eilest du dem Meere zu.
Verweile noch zwölf Monde Du,
Im salzig fels'gen Pfuhle.

»Es reimt sich ja nicht. Oder doch?« fragte Myatt. »Und was soll es überhaupt bedeuten?«

»Ich denke, es ist als Kompliment gemeint«, antwortete Janet, während sie ihre Nägel polierte.

Myatt setzte sich auf die Bettkante und beobachtete sie. »Was würde sie tun«, überlegte er, »wenn ich sie zu verführen suchte?« Er wußte die Antwort: sie würde lachen. Lachen war die beste Verteidigung der Keuschheit. Er sagte: »Sie werden nicht mit Savory essen. Nicht einmal tot würde ich mich mit einem solchen Menschen blicken lassen. Ein Ladenschwengel.«

»Mein lieber Freund, ich habe es versprochen«, tadelte ihn Janet Pardoe. »Außerdem ist er ein Genie.«

»Sie werden jetzt mit mir hinuntergehen, in ein Taxi springen und im Pera Palace dinieren.«

»Armer Kerl, er wird mir das nie verzeihen. Aber ein Spaß wäre es!«
›Das wäre geschafft‹, dachte Myatt und zupfte seine schwarze Schleife zurecht, ›jetzt geht alles leicht, da ich weiß, daß ihre Mutter eine Jüdin war.‹ Es fiel ihm leicht, während des ganzen Mahles, mit ihr eifrig zu plaudern und den Arm um sie zu legen, als sie vom Pera Palace zum Petits Champs in der Nähe der britischen Botschaft hinübergingen. Die Nacht war warm, und die Tische im Garten waren voll besetzt. Subotica wurde noch unwirklicher, als er an den Schnee dachte, den der Sturm ihm ins Gesicht geweht hatte.
Auf der Bühne paradierte eine Französin im Smoking; sie hatte einen Spazierstock unterm Arm und sang ein Lied von ›Ma Tante‹, dem Spinelli vor mehr als fünf Jahren in Paris zur Berühmtheit verholfen hatte. Die türkischen Herren tranken Kaffee, lachten, schwatzten und schüttelten gleich lärmendem Geflügel ihre kleinen, dunklen Wuschelköpfe. Ihre Frauen aber, erst kürzlich vom Schleier befreit, saßen stumm da und starrten mit teigigen, ausdruckslosen Gesichtern auf die Sängerin. Myatt und Janet gingen am Rande des Gastgartens dahin und suchten nach einem Tisch, während die Französin kreischte, lachte, lüstern auf und ab stolzierte und ihre verzweifelten Zoten in eine teilnahmslose und gelangweilte Zuhörerschaft schleuderte. Unter ihnen fiel Pera steil zum Meere ab, die Lichter der Fischerboote im Goldenen Horn blitzten wie Taschenlampen auf, und die Kellner gingen umher und servierten Kaffee.
»Ich glaube kaum, daß ein Tisch frei ist. Wir werden ins Theater gehen müssen.« Da winkte ihnen ein dicker Mann zu und grinste über das ganze Gesicht.
»Kennen Sie ihn?«
Im Weitergehen dachte Myatt einen Augenblick nach. »Ja, mir kommt es so vor . . . ein Mann namens Grünlich.« Er hatte ihn nur zweimal deutlich gesehen, zum ersten Mal, als er in das Auto kletterte, und zum zweiten, als er im Licht des wartenden Zuges wieder ausstieg. Deshalb war seine Erinnerung an ihn nur undeutlich wie im Falle eines Menschen, den er in einem anderen Lande vor langer Zeit einmal besser

gekannt hatte. Als sie an dem Tisch vorüber waren, vergaß er ihn wieder.
»Hier ist einer frei.« Unter dem Tisch berührten sich ihre Beine. Die Französin verschwand mit wiegenden Hüften, und ein Mann kam radschlagend aus den Kulissen bis zur Bühnenmitte. Dann sprang er auf, nahm den Hut ab und sagte etwas auf türkisch, daß alle lachten.
»Was hat er gesagt?«
»Ich konnte es nicht hören«, antwortete Myatt.
Der Mann warf seinen Hut in die Luft, fing ihn wieder auf, verbeugte sich bis zum Boden und rief ein einziges Wort aus. Wieder lachten alle Türken, und sogar die teigigen Gesichter lächelten.
»Was sagte er?«
»Es muß ein Dialektwort gewesen sein. Ich konnte es nicht verstehen.«
»Ich möchte etwas Sentimentales hören«, erklärte Janet Pardoe. »Ich habe beim Diner zuviel getrunken. Ich bin so sentimental gestimmt.«
»Sie geben einem dort ein gutes Diner, nicht?« sagte Myatt stolz.
»Warum wohnen Sie eigentlich nicht dort? Es heißt, daß es das beste Hotel ist.«
»Ach, wissen Sie, unseres ist ganz gut, und ich habe Kalebdjian gern. Er macht es mir immer behaglich.«
»Aber die besten Leute . . .«
Als nächste Nummer tanzte eine Girltruppe in kurzen Höschen auf die Bühne. Sie trugen die hohen Mützen der Londoner Leibgarde und hatten Pfeifen um den Hals hängen; aber das türkische Publikum verstand die Bedeutung dieser Aufmachung nicht, an eine Garde in kurzen Höschen war es nicht gewöhnt.
»Ich glaube fast, es sind englische Girls«, sagte Myatt und beugte sich plötzlich vor.
»Kennen Sie eine von ihnen?«
»Ich dachte – ich hoffte«; aber er war nicht sicher, ob das Gefühl, das ihn beim Auftreten von Dunn's Babies bewegte, nicht Angst war. Coral hatte ihm nicht erzählt, daß sie im

Petits Champs auftreten würde, aber höchstwahrscheinlich hatte sie es nicht gewußt.
Er erinnerte sich, wie sie tapfer, aber bestürzt in die donnernde Finsternis hinausgestarrt hatte.
»Mir gefällt das Pera Palace.«
»Ja, ich wohnte dort auch einmal«, sagte Myatt, »aber mir passierte etwas sehr Peinliches. Darum bin ich nie wieder hingegangen.«
»Erzählen Sie. Aber seien Sie nicht kindisch – Sie müssen es mir erzählen. Wirklich.«
»Nun, ich hatte eine Freundin mit mir. Sie schien ein ganz nettes und ruhiges junges Ding zu sein.«
»Eine Tänzerin?«
Dunn's Babies begannen zu singen:

»Willst du mir gern sagen,
Was dein Herz bewegt,
Wenn es bald kalt ist
Und bald heiß erregt?«

»Nein, nein. Sie war die Sekretärin eines meiner Bekannten. Bei einer Schiffahrtsgesellschaft.«
». . . Dann komm hier herauf«, sangen Dunn's Babies, »dann komm hier herauf!« und einige englische Matrosen, die ganz hinten im Garten saßen, klatschten Beifall und schrien: »Wartet nur. Wir kommen schon.« Einer von ihnen begann sich zwischen den Tischen zur Bühne vorzudrängen.

»Willst du mir gern sagen,
Wie elend es dir ist,
Wenn du ganz alleine –
Im Zweibettzimmer bist?«

Der Matrose fiel nach hinten um, und alles lachte.
Myatt sagte: »Es war fürchterlich. Plötzlich, um zwei Uhr morgens, wurde sie rabiat. Sie begann zu schreien und zerschlug die Zimmereinrichtung. Der Nachtportier kam herauf, und alle Leute standen im Gang herum. Sie glaubten, ich hätte ihr was zuleide getan.«
»Und war es so?«

»Aber keine Spur. Ich habe fest geschlafen. Es war schrecklich. Ich habe seither nie mehr dort eine Nacht verbracht.«
». . . Dann komm hier herauf, dann komm hier herauf!«
»Wie war sie?«
»Ich kann mich überhaupt nicht mehr an sie erinnern.«
Da sagte Janet Pardoe ganz leise: »Sie können sich nicht vorstellen, wie satt ich es habe, mit einer Frau zusammenzuleben.«
Ganz zufällig berührten sich ihre Hände und blieben dann nebeneinander liegen. Die Lichter der bunten Lämpchen, die in den Büschen hingen, strahlten von Janets Halsschmuck zurück, und über ihre Schulter hinweg sah Myatt, wie ganz am Ende des Gartens sich Mr. Stein, die Pfeife in der Hand, zwischen den Tischen hindurchschlängelte. Es war ein Generalangriff. Er wußte, daß er sich jetzt nur vorzuneigen und Janet zu bitten brauchte, ihn zu heiraten, und er würde viel mehr geregelt haben als bloß seine eigene Zukunft! Er würde damit Steins Geschäft zu Steins Preis erworben haben, und Stein würde einen Neffen in der Leitung der Firma haben und zufrieden sein. Mr. Stein kam näher und winkte mit der Pfeife. Er mußte einen Umweg machen, um dem Betrunkenen auf dem Boden auszuweichen, und während dieser kurzen Gnadenfrist rief Myatt alle Gedanken zu Hilfe, die vielleicht noch gegen seine glatte und wohlgeordnete Zukunft anzukämpfen vermochten. Er dachte an Coral und an die plötzliche Fremdheit in ihrer Begegnung, als er eben geglaubt hatte, daß alles an ihr so alltäglich wäre wie Zigarettenrauch. Aber ihr Gesicht entglitt ihm, vielleicht deshalb, weil der Zug in jenem Augenblick fast völlig im Dunkel gewesen war. Sie war hübsch, sie war überschlank, aber ihrer Gesichtszüge konnte er sich nicht entsinnen. ›Ich tat für sie, was ich konnte‹, sagte er sich. ›Wir hätten einander auf jeden Fall nach ein paar Wochen adieu gesagt. Es ist an der Zeit, daß ich heirate.‹
Mr. Stein schwenkte wieder seine Pfeife. Und Dunn's Babies stampften mit den Füßen und bliesen dazu auf ihren Pfeifchen.

»Die lieben Verwandten
Sch-sch, sch-sch,
Die Nichten, die Tanten,
Sch-sch, sch-sch . . .«

Myatt sagte: »Gehen Sie nicht zu ihr zurück. Bleiben Sie bei mir.«

»Die erwarten wir keß
Beim Stambul-Expreß.«

Sie nickte, und ihre Hände fanden sich. Er überlegte, ob Mr. Stein den Vertrag in seiner Tasche hatte.

Lizenzausgabe mit Genehmigung des Paul Zsolnay Verlages
Gesellschaft m.b.H., Wien – Hamburg.

Titel der Originalausgabe ›Stamboul Train‹.
Aus dem Englischen übertragen von Walther Puchwein und J. Lesser.

Gesamtausstattung Hennes Maier, Frankfurt am Main. Papier OP Daunendruckpapier 90 g/qm, der Papierfabrik Scheufelen Oberlenningen.
Schrift Korpus Times Linotype. Satz und Druck W. Kohlhammer GmbH, Stuttgart. Bindung Großbuchbinderei Monheim GmbH, Monheim.
Printed in Germany 1978. ISBN 3 7632 2195 6